云中驼 著
红的二分之一
Red 1/2
上海文化出版社

图书在版编目（CIP）数据

红的二分之一 / 云中驼著 . -- 上海 : 上海文化出版社 , 2025. 8. -- ISBN 978-7-5535-3259-2

Ⅰ . I247.5

中国国家版本馆 CIP 数据核字第 2025NN8830 号

出 版 人　姜逸青
责任编辑　王茗斐
封面设计　普遍善良
内文装帧　汤靖

书　　名　红的二分之一
编　　著　云中驼
出　　版　上海世纪出版集团　上海文化出版社
地　　址　上海市闵行区号景路 159 弄 A 座 3 楼　201101
发　　行　上海文艺出版社发行中心
　　　　　上海市闵行区号景路 159 弄 A 座 2 楼 206 室　网址：www.ewen.co
印　　刷　常熟市文化印刷有限公司
开　　本　890×1240　1/32
印　　张　13　插页 2
版　　次　2025 年 8 月第一版　2025 年 8 月第一次印刷
书　　号　ISBN 978-7-5535-3259-2/I.1271
定　　价　49.80 元

告 读 者　如发现本书有质量问题请与印刷厂质量科联系　T：0512-52219025

RED 1/2

真正的红色
只会为你展示它的1/2

Red 1/2

徘徊在那条线外多年，
跨过去只要一瞬间。

目录

与往昔相遇

* 第一章

新海市委机关报
今日4版 总第27983期
星期六 20XX年12月
农历甲辰年十一月廿六
12
06
新海市新闻传媒中心

……《父女绝密档案》主演云霆、沈麦疑似遭遇绑架，目前属于失联状态……两人的经纪公司天寰娱乐于今日发布紧急声明，证实了这一消息，并已向警方报案。警方已介入调查，并初步怀疑这是一起有预谋的绑架案件……

新海新闻频道
2461278821649

……遭到绑架的受害者共有三名，初步调查显示，云霆在被绑架48小时后即遭到杀害，警方已击毙数名嫌疑人，余下的正在全力追捕中……沈麦获救后，被立即送往医院进行全面的身体检查，据医院方面透露，她虽然受到了严重惊吓，但身体状况良好……

12月
08日

今日热点

20XX年 新海市今日热点

12月11日

……近日，部分不理智的网民将云霆被害的原因归于沈麦，对此警方呼吁……此外，与两人一起被绑架的男孩，身份目前尚不明朗……

20XX年 新海市今日热点 12月14日

新海头条

……据知情人士透露，“父女绑架案”导致沈麦受到了巨大的精神创伤，一度无法保持清醒……天寰娱乐在声明中强调，公司将全力支持她的治疗和恢复，并呼吁公众给予沈麦足 够的空间和隐私……

特大新闻

“父女绑架案”

新海市XX出版社 日报

受害者沈麦正式宣布退出娱乐圈

粉丝们对这一消息感到震惊和不舍……

20XX年1月15日

1

七年后的重逢

七月初的新海市烈日当头，陪考大军的热情也是烈火烹油。

今日电影、音乐、舞蹈学院艺考同时开启，根据多年总结下来的行业定律，凡是在这场考试中崭露头角的人，日后必将在娱乐圈中掀起一番风浪。

“哎，穿这么多不热啊？”队伍中，一位热心家长关心起身边这位画风格格不入的同志。

对方转过头时家长吓了一跳，这人长得实在打眼，一头栗色长发披散肩头，水灵灵的大眼睛一看就没怎么被生活拷打过，俨然应该属于考生大军中的一员，还是那种竞争力强到让人心生忌惮、欲除之而后快的存在。

“你来接孩子的？”家长看着这保养的差距，腿有点打软。

“嗨，接我弟来的。”女生说着脱了外套，随意地往腰上一系。

“呼……我还说呢，你好像那个谁——跟云霆一块演戏的，当年可火了，沈什么来着？”

“沈麦？我被认错好几回啦。”

“对对，你们眼睛都长得可灵了，但你比她好看，”家长脸上忽然露出一丝嫌弃，“那个沈麦以前还挺可爱，我孩子喜欢得不得了，后来她打扮得跟个妖精似的也不知道勾引谁，你这白白净净的，可比她看着舒服多了。”

"嘿嘿，阿姨您真会夸人。"

一顿吐槽后，家长便去别的地方贡献热心了，一会儿帮忙拉红毯，一会儿又去撑横幅，原本庄严的考场愣是被他们整得阵仗比全国电影节还要盛大。

沈麦不动声色地走远几步，一晃脑袋，一副巨大的蛤蟆镜从她头顶扣了下来，往脸上一盖显得有种身残志坚的气质。她以为自己离开娱乐圈七年了，偶尔不做伪装也无妨，结果就这么一松懈，差点翻车。

这大概是当年留下太多黑点的后果，她有些郁闷地想。

沈麦如今是个小有名气的制作人，涉及的业务五花八门：写歌、编曲、做视频，甚至顶着耳朵受工伤的风险给人修音，其奉献精神在业内颇受好评。至于为何她会加入陪考大部队，还得从她的老东家——天寰的现状说起。

前些日子，财经网举办一年一度的企业评选，天寰娱乐已经连续三年上榜。

有个评委痛心疾首地说，从前管追星叫玩物丧志，现在叫促进消费和彰显文化自信，文化没见哪里自信了，一个个片酬倒是签得挺自信的。粉丝们听了这话可就不高兴了，扒了扒这位评委都推荐过什么板块，这一扒可不得了，列出来的板块绿得就跟内蒙古大草原似的，然后这事就这么不了了之了。

虽说在外界看来天寰依然星光璀璨，但他们自己心里清楚，自从沈麦带着她兴风作浪的流量跑路后，公司在圈内的统治力也是每况愈下。于是，今年天寰灵机一动，宣布与新海音乐学院合作，誓要把考试中崭露头角的人才第一时间纳入旗下。

天寰这水花一炸，新海音乐学院也是备受瞩目，媒体朋友们蜂拥而至，他们非常确定今天大概率能够目睹一颗乐坛紫微星的诞生。

沈麦并不关注什么紫微星，她只知道当年绑架案的当事人之一，因为这次合作的缘故，出现在了这里。

正当沈麦琢磨着自己是不是也该去拉下红毯时，一通电话打断了她的胡思乱想。

来电的是她的大客户，帮助她屡次创下单笔业务的收入纪录，于是她看到人家名字立马来了精神："哟，休假了啊大明星，有空能给我打电话。"

"别逗我了麦麦姐,这不是有事找你帮忙呢,"大客户说话很客气，下一句话忽然放低了声音，听起来鬼鬼祟祟的，"上次那首歌我按你的意见改好了，想让你再看看。"

"可以啊你，这么快，先发我吧。"

"我怕公司有网络监控，今天下午能找你一趟吗？"

"至于这么谨慎吗，下午不行，我在考场接人呢。"

"考场——啊，你家里有高考生？"

"哦，我弟，你没见过，"沈麦随便糊弄过去，"这样吧，你明天抽空来我公司这边，我直接帮你搞定。"

"好。"对方火急火燎地挂了电话，沈麦总觉得刚才他挂电话前声音莫名变大了，像听了什么突如其来的八卦一样。

沈麦有个弟弟也称不上什么八卦，不过她从没对外界说起，毕竟两人并没有血缘关系。

这孩子当年与她一起经历了绑架案，正是新闻中那个神秘男孩本尊，自然，媒体朋友们也不知道沈麦选择退出娱乐圈，和这个男孩有着千丝万缕的联系。

她盯着新加上的联系人信息，名片上写着"左罗"两个字。

沈麦至今也没想明白他这名字是怎么起出来的，估计是他亲爸亲妈看老电影时一拍脑门的产物。事情是这样的，自从那次绑架案后，左罗就去了美国，俩人七年没再见过面。昨晚，沈麦正准备睡觉，母亲一通越洋电话突然杀了过来，说左罗要回国考大学，考的还是当初她念的新海音乐学院，指示女儿做好当姐姐的接送工作。

沈麦蒙了半天后反应过来，问母亲能不能发张左罗的近照，结果被亲妈怼了一通，说她白混那么多年娱乐圈了，认多少张脸怎么可能连自己弟弟都认不出来。她坚定地认为母亲这是强人所难，这么多年没见就是个大人都不一定能认得出来，更何况是个男大十八变的小朋友。

左罗的手机号还是美国的，连个社交软件都没有，活得不像这个时代的年轻人。沈麦做了很久的心理建设，才给他发了条短信。没想到，对方回复倒是很快，语气也很礼貌，只是字里行间都透着两个字——不熟。

她发完信后缓了好久，当年两个人在绑架案里历经的一幕幕，又浮现在了眼前。

暗无天日的地牢，穷凶极恶的绑匪，无尽的拷打与恐吓……沈麦很清楚，那场死亡对这个孩子的冲击，丝毫不比对她的小。

看到校门口的媒体朋友们开始往这边移动，沈麦冒出一个大胆的想法：进学校里面躲躲。

她离开人群，凭着以前读书时的记忆，来到东门外面一条隐蔽的小路。当年施工队在这里忙活了半天，最后搞了个烂尾工程，无意中给学校开了一条口子。所谓的口子就是一堵墙，这墙修得凹凸不平，有几个明显的着力点，她当年逃课跟家常便饭似的，这条小路驾轻就熟。

沈麦默数一二三，一个助跑，几下就翻到了墙头上，她想自己好歹是个知名校友，虽然争光和丢脸时刻一半一半，但这时候进去参观一下，她相信母校不会介意。

事实证明，母校不介意，但考生可就很介意了。

沈麦这一翻稳稳落地，一声机械碎掉的动静应声而起。

坏事了。

这是沈麦第一次遇到这么偏僻的角落有人，她惊恐地看着脚下的笔记本电脑，好半天才意识到自己究竟闯了什么祸。

而受害考生，亦是在第一时间发现自己的大好前途上，杀出来一只拦路虎。

害死电脑的凶手顶着巨大的蛤蟆镜，跟受害者大眼瞪小眼。电脑的主人是个男生，穿一身黑，身材跟模特似的，一眼望去眼里都是腿，他戴了顶鸭舌帽，帽檐压得特别低，沈麦匆匆瞟了一眼，看不分明他的脸。

她还没开口，对方就以迅雷不及掩耳之势冲了过来，一把抓起电脑。

“啊，编曲没了。”男生在电脑的尸体上胡乱摆弄了一阵，脑袋无力地耷拉下来。

“对不起对不起！是你考试要用的？”

“嗯，我的伴奏还没改完。”

沈麦听了两眼一黑，她意识到自己的行为相当于士兵上战场前，给人弹夹卸没了。

“那、那你怎么办？”

“没事，清唱就好了。”

考生的情绪非常稳定，稳定得令她害怕，沈麦怕他下一秒就要掏出什么东西朝着她的脑袋砸过来。

“这样，你没有伴奏老师对吧，我帮你，”沈麦当机立断，“我是这所学校毕业的，当了好多年制作人，告诉我你要唱啥，最好有谱，我没问题的。”

“嗯，好。”考生也没别的选择了，只能同意死马当活马医。

“现在离进场还有多久？”

“还有 15 分钟。”

“……我尽力。”

沈麦掐指一算，在完成考生接送任务前，时间足够完成这次极限挑战。

不幸中的万幸是，考生选的这首歌，沈麦熟悉得不能再熟悉。

这是一部科幻大片的插曲，当初是她跟几个人一起写的。片方给他们的创作要求是得磅礴大气，还要体现家国情怀，虽说成片的三个小时里，有两个小时都在演谈情说爱。

原曲是由交响乐团录制的，配置豪华，气势恢宏，现在考场里却只有一台钢琴可用。与考生商量后，沈麦决定在前奏和间奏上重新编曲，其他部分则稍许简化，一旦出现和人声合不上的情况，就交给歌手自由发挥。

声乐考试的规则是，考生们挨个上来唱，台下三个考官打分，最后再根据总分进行排位，过线的幸运儿们才能进入复试。

先进去的几位考生出来时路都快走不稳了，说考官去了阎王面前都能给人吓得抖三抖。沈麦听了这话有点忐忑，她本人是有点害怕压力面试的，想当年考驾照的科目三，她那考官长得像魔家四将，吓得她半路差点给开沟里去。

考生本人倒是没什么情绪波动，沈麦觉得他好像是来陪自己考试的，反正他给人一种形容不上来的安全感，还隐隐约约有点熟悉。

考生进场前终于摘了帽子，露出一头干净利落的短发，还有匆匆在沈麦眼前闪过的侧脸。

沈麦合作过的男演员数不胜数，大概因为她早年定位是亲和可爱路线的，于是高冷路线的同行都喜欢跟她同框，以寻求一种温差上的和谐感，久而久之，她就对这类面容冷峻、眉目深邃的人设看烦了。这一隐退，也正好图了个清净。

然而这位考生，令她着实在几秒钟内，就冒出了一点复出的想法。

两人进了考场，房间大得略显空旷，三个考官中，有两位低头死死盯着评分表，表情认真得像坐天桥上给人手机贴膜的师傅，只有中间那个女人画风截然不同，她居高临下，目光犀利，桌前摆着一张"天寰娱乐宣传部"，很显然，她是这个考场的压力来源。

"27 号考生，曲目是？"女人见两人差不多就位，朗声问道。

"《星尘不曾为我歌颂》。"考生平静地应答。

"准备好了就开始吧，等等，这位伴奏老师的眼睛怎么了？"

"对不起，那个……伤到眼了。"

沈麦捏着嗓子，声音听着特别委屈，跟快要哭出来似的。

考官点点头没说什么，估计是怕不小心刺伤一个盲人钢琴家的自尊心。

接到考生的手势示意，沈麦稳住气息，手指在琴键上游走起来。

沈麦为了给考试加分，特地往编曲里加了些花活，相较原版层次丰富了不少，前奏稍显漫长，待最后一个音符过去，少年终于唱响了第一句。

那一瞬间，这个沉闷的世界，被粗暴地撕开一道口子。

制作人从业的这些年，沈麦跟形形色色的歌手合作过，每个人的音色特质、擅长风格都不相同，在量体裁衣的技术上，每个合作方都对她赞不绝口。

在创作的过程中，她喜欢把一个曲子做成几种不同的风格，供合作方挑选，可惜对方的答案，往往不是她期待的那一个。

沈麦幻想过，能否有这样一个歌手，他 / 她的声音，能让任何答案都失去评判标准。

而此刻，这个声音就在耳边。

《星尘不曾为我歌颂》，这首歌后半部分对应着全片的高潮画面：星球与小行星发生撞击，男主角驾驶飞船，在爆炸的最后一刻逃了出来，碎片消散后，映入眼帘的是星辰大海。

沈麦的手指控制不住地颤抖起来。在写这首歌的过程中，她曾思考过一个问题，那就是主人公向宇宙抒发思乡之情，如果宇宙能够回应，会发出怎样的声音？

她以此为灵感，编排了一段自己的和声，混在了其中一个版本里，不出她所料，考虑到空灵的吟唱喧宾夺主，对方并未选择这版方案。

而现在，这位原作者觉得，是时候让这段"宇宙的声音"重见天日了。

沈麦一开口，就知道自己已经没有回头路可走。这段"啦啦啦"的吟唱，在她最初的设计里，是放在歌曲的间奏段，吟唱节奏越来越快，音越来越高，和声将以一段花腔收尾，将最精彩的高潮交给歌手。

就在她吟唱到第二段时，另一个声音突然加入。

少年压低了嗓子，以一个截然不同的"啦啦啦"，加入了她的吟唱。两种截然不同的音色，在间奏中相互交织，就像穿梭于星间的飞船，被宇宙温柔地包裹。

间奏走向末尾，节奏逐渐激昂，沈麦一段花腔脱口而出，将两人的合唱带向高潮。就在她收声的刹那，少年冲破云霄的高音，接过了最后一棒，犹如飞船冲破了黑暗，迎来了曙光。

沈麦回过神来时歌曲已经结束了，考场里一片寂静，跟空气里撒了安眠药似的。只见考生恭敬地鞠了一躬，拔腿就走，丝毫不搭理三个屁股已经离开椅子，不知所措的考官。

中间那个女人像是刚掉了层面具一样,脸上全然不见刚才的冰冷，沈麦小心翼翼地问是不是他们的表演哪里有问题，对方连连摆头道："这位老师，请稍等一下，你的声音我好像在哪里听过。"

沈麦扶正了蛤蟆镜，正色道："您听错了，我是个音乐老师，教孩子学琴的。"

"不,你一定是专业歌手,"女人急着否定了她,"而且非常有名。"

"哎呀您说啥呢，多谢夸奖——"

"你是不是在什么大的唱片公司干过？"

沈麦已经手心冒汗了，但对方没有丝毫放她走的意思，当年她在节目上犯事时，对她咄咄逼人的媒体朋友也不过如此。

"姐，赶紧走吧，眼科要下班了。"

考生突然从门口探出头来，叫了她一声，还指了指自己的眼睛。

"不好意思，我要去看眼睛。"

她微微欠身，接着几乎是拔腿就跑，边跑边想刚才那声姐叫得还怪自然的。

"同学同学！你唱得特别好，刚才那段和音是我即兴发挥的，事先没跟你打招呼，不好意思啊。"

"不会,多亏有老师帮忙,"考生认真鞠躬答谢,"凭我自己的版本,未必能成。"

"嗨，能帮到你就好，对了，先加个微信吧，赔你电脑钱，"她见对方要拒绝，抢先说道，"哎别客气，一码归一码的。"

"等等,我用的是美国手机号,还没注册。"对方的语气有点为难。

“啥？今年咋这么多美国回来的，我有个弟弟也是今天回，一个个扎堆来考试，你们这些留学生都不肯提前买一张手机……卡？”

沈麦抬起头，怔怔地看着对方。她寻思着母亲怼得没错，自己这么多年圈子真是白混了。

她终于看清对方的正脸了，这张面孔经过了七年的成长，不光在高冷赛道，就算是放眼整个娱乐圈，也足以让人为之一振。这位同学是特别标准的浓眉大眼，双瞳又黑又亮，清澈见底，不动声色时看着很冷，但只要眼尾稍微勾出那么一点笑意，就如同阳光打到了冰川上，千年积雪都为之消融。

沈麦被这阳光照蒙了，抹了一把有些发烫的脸，暗骂自己真是单身太久了，小屁孩长大变了个模样，就搞得她差点心神荡漾。

“走吧姐，是不是还要从刚才那儿翻出去啊？”

左罗轻轻一笑，把仅剩的一点冰雪融得一干二净。

2

凶手仍在天寰

左罗表示虽然有个大蛤蟆眼镜扣在她脸上，但他还是第一眼就认出了姐姐，只是怕她知道考生是自己会有压力，就这么顺其自然地装了下去。

沈麦知道男大十八变很抽象，没想过会这么抽象，她记得当年剧组里有个跟她年纪差不多的男生，俩人当年是童星里的楷模，如今那位童星已经从偶像派长成了综艺派，混迹在各个综艺里当笑星。反观左罗能长成这副样子，就显得命运很不公平。

姐弟俩还是顺着原路，从后门那堵墙撤退，沈麦这次不用担心落地问题，因为左罗先是以迅雷不及掩耳之势翻了出去，然后站在下面，高举双臂。

“姐！直接跳吧，我接你。”左罗高声喊道。

沈麦看着他强而有力的臂膀，心满意足地跳了下去，享受着四年都没享受过的翻墙待遇。

拜这乌龙般的重逢所赐，她设想过的尴尬场景，通通都没有出现，但她心里清楚得很，那道伤口从未愈合，至今依然醒着。

“天地良心啊，怎么能堵成这个样子，走走走——”

车子好不容易奔离主路，沈麦一脚油门下去，蹿上了通往对岸的大桥。新海市近年是越来越堵了，她有个同行去年搬来，很烧包地买了辆路虎，后来没开半年就卖了，理由是开车还没路边遛狗的跑得快。

左罗观赏着下班高峰的景象:“新海这堵的感觉跟纽约差不多了。”

“哦，你一直住在纽约？”

沈麦一直挺向往纽约的，她只去过美国一次，除了在旧金山溜达了一天外基本都泡在拉斯维加斯，别的花花绿绿记不太清了，就记得那里酒店的前台特别实在，办入住时给护照里塞个二三十美金进去，人不多包给你升一个顶层套房。

“大部分时候都待在纽约，有时候也去其他城市转转，”左罗忽然问道，“姐，我记得你以前不是说有机会想去留学吗？”

“哈，错过好时候了。”

夜幕降临，桥对岸的高楼逐渐点亮五光十色，银白色的天寰大厦，在其中格外显眼。

沈麦最近迷恋 80、90 年代的音乐，特别是 City pop，她改编了一些经典老歌，和自己做着玩的歌曲放在一起，做了张复古风格的专辑，自娱自乐。

音响里换了一首歌，鼓点节奏强劲，人声却轻柔惰懒，复古摇滚配上合成器，车子穿梭在霓虹灯之中，一切都显得恰到好处。

这些年，复古浪潮盛行，人们乐观地说享受当下，却追寻着旧日的幻影，就像新海市一样，时光荏苒，唯有纸醉金迷从未远去。

沈麦看着一抹残阳照在身旁少年的身上，仿佛窥到了这七年光阴的一角。

“哎老弟，你觉得这首歌咋样？”沈麦见副驾上的人听得出神，问道。

她记得左罗小时候身上是看不出一点音乐细胞，不爱看电视也不爱听音乐，就喜欢跟人卷分数，老师说这孩子是当科学家的料，可谁能想到，长大后的他，倒有点像在抓周仪式上抓蒙了。

“你写的？调子好听，就是人声不太像你，有点怪。”

“嘿嘿，我写的，”沈麦扬了扬眉毛，“听个旋律得了，AI唱的，当然奇怪。”

“姐，我听爸妈说，你现在已经不唱歌了，只当制作人？”

“对呀，我签了个音乐平台叫Galaxy，基本只接他们的委托。”

“Galaxy？”

“是个听歌用的平台，这两年培养了不少原创作者，我那时候是第一批加入的，”沈麦想了想说，“你就当我是个专职给他们写歌的好了。”

“没想过复出吗？”

“算了吧，你姐我最后两年得罪的人略多。”

车子驶到高架桥的出口，桥上两个大屏幕突然开始播放广告。

广告的主角是现在的顶流男团——光年。这个男团因一场大型选秀而成立，现在是天寰的头号“摇钱树”。因为Galaxy的缘故，沈麦跟他们有些交集，算起来也是最早投资他们的原始股民。

光年这些天一直在各大地区兴风作浪，天寰向来财大气粗，越是曝光量高的地方，其他公司的人想露脸越是奢望。

“左儿，你为什么会突然考我们学校，是想当歌手，还是……”沈麦瞅着屏幕上炫酷的特效，车里音乐停了好久后，她终于开口问道。

“因为我想去天寰，有些当年的事，只有去了那里才能查清楚。”

左罗刚才还是一副享受音乐的表情，此刻他的眼中却被一层阴霾笼罩。

沈麦本以为左罗不愿提起当年的事，结果他这么直截了当，倒让她不知道该怎么接话，幸好车子拐了个口就进停车场了，两人很快就把话题转到了家长里短上。

这间公寓是沈麦上高中时候买的,算新海市里数得上的高端楼盘,那时候是她的财富巅峰期，每年交税都能收到回信，说感谢她为国家的哪项大型工程做出了重要贡献。当年她看房子的价格不算离谱，就买下了这间公寓的顶层，四室一厅，带一个大露台，这地方藏了不少明星业主，楼下保安天天站岗巡逻，见谁路过都像狗仔。

到家后母亲又一通越洋电话打了进来,问姐弟俩有没有顺利会合,得知俩人现在住一起，便安下心来。沈麦她妈现在动不动就在美国待着，沈麦不太清楚这人当年是怎么过了绿卡这关的，毕竟她一直以为美国的第一任总统是耶稣。

视频里面的女人一脸惆怅:“你个不孝女也不来看看我，现在就剩我这孤家寡人了。”

“那您就回家呗，咋了，跟我爸又闹别扭了？”

“我才不回家呢，除非他先跟我道歉。”

“哎哟你俩又吵了啥，是不是他又说你乱写东西了。”

女人一拍桌子:“他说我出国取材都是瞎取，就为了写没有营养的总裁小说！”

“……那个，不是总裁小说吗？”

“不是总裁，是总统！”

沈麦承认以自己的文学造诣，从来没觉得亲妈笔下的总统和总裁除了名字以外有什么分别，正当她琢磨怎么给亲爹挽尊，就见女人指着她，一副兴师问罪的样子。

“麦麦，你这姐以前当得不上心也就算了，这有点过分了吧。”

沈麦一头雾水地回头，只见左罗套了件围裙，小心翼翼地端着锅走了过去。

“我不是我没有——”

她慌了，连忙扔下手机，生怕这跳进黄河都洗不清的场面，会让亲妈效仿笔下的总统一样，天亮了就让她家里破产。

沈麦实在有些难以接受餐桌上五彩斑斓的样子。

鉴于多年的职业操守，她做饭走的是极简主义风格，水煮西兰花常年位于餐桌C位，左罗的到来，无疑是吹来了一缕国际主义的春风。她认真思考着为什么人与人的差距这么大，同样是半成品，有人能做得像满汉全席，有人能做得像供品。

“咋了，味道不对？”左罗看她抓着筷子半天不下手，问道。

“不，外卖吃多了，那句话怎么说来着，山猪吃不了细糠。”她幽幽地说。

沈麦想起好多离家的游子，都说怀念妈妈做饭的味道。沈麦妈妈也曾有心尝试，奈何她是个厨房恐怖分子，因此在沈麦从小的记忆里，满大街都是妈妈的味道。

“姐，我做饭其实还行，想吃啥尽管告诉我，”左罗听得于心不忍，把面前的盘子往对面推了推，“哦对了，学校刚给我发消息了，确定进了复试。”

沈麦惊叫一声，举起红酒杯：“来，庆祝一下！还有，欢迎回家。”

两人上次像这样举杯相庆，还是在某一年的圣诞节。

沈麦非常重视节日的仪式感，就跟公司请了个假，拎了一瓶红酒，拉着左罗出门凑热闹，结果满大街西餐厅都人满为患，最后，他们可怜兮兮地找了家麦当劳，才稍微有了点仪式感。结果她不知怎多喝了几口，在麦当劳哭得惊天动地，店员问她咋回事，她扯着嗓子吼了句：“圣诞老人今年不来了！”然后全麦当劳的小朋友也跟着哭得惊天动地。

“父女绝密档案，今晚八点，不见不散！”

沈麦正忙着对付牛排，听见电视里的声音一刀直接剁歪了。就是这句话，当年也拯救了圣诞节气氛岌岌可危的麦当劳。

左罗目不转睛地盯着电视，里面正放着沈麦的成名作，这部剧每年暑期档都会占据一席之地。女主角站在舞台的最中间，一袭红裙，光彩夺目，电视外的演员本人则忍不住嘟囔道："年年放年年放，也不嫌腻。"

电视里，红裙少女在舞台上尽情高歌，镜头一转，一名西装革履的特工在剧场间穿梭。不知何时，敌人悄然来到舞台上，少女是他们的目标。

眼看绑架就要得逞，谁知下一秒，少女和特工心有灵犀，顷刻之间，局面扭转。激烈的搏斗，精彩的歌舞，全场热烈的掌声，观众们以为一切是设计好的表演，谁也不知那些被特工撂倒的人，是怎样危险的角色。

"姐，我觉得你没怎么变样。"左罗看了眼电视，又凑上前看了看本人。

沈麦听得心花怒放："哎呀你小子，在美国学啥了，现在嘴巴这么甜。"

左罗其实说得没错，沈麦是娃娃脸长相，上次她去买个酒还被人要求看身份证，这件事她在朋友圈里吹了好几天。

就在她沾沾自喜时，左罗又说道："可惜，云霆他……"

任务完成，镜头定格在特工脸上，他擦去额上流下的一滴血，朝着舞台上的少女，投来温柔的视线。

云霆是沈麦的恩师，也是对她演艺生涯影响最大的人，没有之一。

圈里有个说法，平时吹起牛谁都能叫"天王天后"，但要传出来有位"天王"担了什么事，这时候"天王"就单指云霆一个人。

这种级别的人物，和沈麦一个小姑娘产生交集，是因为一部电视剧《父女绝密档案》。片中讲述了一对半路父女的日常故事：外表乖巧、内心叛逆的女儿，还有表面是公司职员，实际是秘密特工的父亲。

这部片子是天寰初次开拓青少年市场的试水之作，不想掀起了惊涛骇浪。

那年沈麦正要上初中，从几千个竞争者中脱颖而出，初次来到剧组，沈麦自信满满，结果第一天与天王对戏，紧张得连一句完整的话都讲不出来。几番下来，连导演都怀疑自己是不是看走眼了，这时，云霆却温柔地揉着她的头发，说道："我的女儿，我相信她。"

后来，沈麦待在剧组里的时间，远比在家和学校的时间多，云霆那时候就像她真正的父亲一样，从演戏、唱歌，再到圈中的方方面面，都对她关怀得无微不至。两人这种亲如父女的关系，持续了数年，直到天寰有一日下令，要让沈麦转型走争议艺人路线，强行将她拉出了与云霆共同行进的轨道。

这部剧一年一季，沈麦从 12 岁演到 18 岁，眼看就要迎来故事的高潮，然而一切都随着七年前那起绑架案戛然而止。

最令她无法释怀的是，云霆再也没机会看到摆脱天寰束缚后的她，变回他最欣赏的模样。

沈麦心口一阵绞痛，视线从电视屏幕上挪开。

"害了我母亲的凶手，跟当年那些绑匪，可能是同一伙人。"左罗忽然开口。

"你母亲？"沈麦瞪大眼睛，脑中忽然涌入初遇左罗时的一幕幕，"她跟天寰——"

"她是云霆当年的制作人，"左罗眼神一凛，沉声道，"我想去这家公司看看，他们到底藏了多少秘密。"

复试前还有一场集训，左罗在报到之前，独自来到了沿海的一片住宅区。

荒废已久的别墅，破败的院子，不知是不是警方的要求，多年来一直维持原样。左罗推门而入，四处摆放的物件，还有地上的一片狼藉，都与当年的景象毫无分别，正如他母亲离去的那一天。

这里是左罗家的老宅，也是他与沈麦相遇的地方，去学校集合前，他要在有限的时间里尽可能搜寻自己要找的东西。

左罗凭着记忆拐到一处小房间，他掀开帘子，将手电筒对准墙面，只见上面满满的电影海报，每张上面只有云霆的脸格外清晰，在这些发旧发黄的海报上，还盖了几张零零碎碎的剪报，"父女绑架案"的字样，在每一张的标题上触目惊心。

没有人察觉，七年前有一个孩子来过这里，在埋葬一个秘密的同时，也把这些案件的报道添在了上面。

"你回了家？"手机屏幕亮起，一条来信悄然而至。

"找点东西，我初试过了。"

"恭喜啊，你的合同我已经备好了。"

左罗蹲下来，开始从柜子最下面的抽屉，挨个翻起来。

"打算怎么给你姐交代？"对面见他没动静，又问道。

"如果她不想回天寰，别勉强她。"左罗答非所问。

"这个嘛，得看她自己的选择了。"

左罗翻着翻着，总有老物件出来打断他的思路，他要找的东西在哪，印象愈发模糊不清。

他看着地上杂乱的景象，思绪回到了多年前的那个雨天。

那时刚入冬不久，天下着雨，老宅里举行一场葬礼。房子的女主人死了，自杀离世，死得不明不白，只留下一个刚上小学的孩子。

左罗缩在客厅一角，看着人们里里外外忙活着后事，他们说那个女人死前精神就已经不正常了，有说酗酒的，吸毒的，反正听不到什么同情的话语。左罗想叫他们安静点，但他明白，此时默不作声，就是对自己最大的保护。

虽然年纪尚小，但母亲这些年的遭遇，让他明白这些冒出来的所谓“亲人”，绝不可信。

“你还好吗？”

声音从很近的地方传来，左罗带着防备的眼神抬头，这次来的并非不怀好意的成年人，而是一个娇小的身影。少女站在灯光下，被柔和的暖光包裹着，显得不那么真实，仿佛随时就会被风吹散一样。

左罗机械似的点头，他本以为对方客套一下就会离去，不料少女在他面前蹲下来，她脸上纯粹的关心，与周围肃杀的氛围格格不入。

“嗨，我叫沈麦。”少女的笑融和在光中，向着他伸出手来。

她随即自顾自地介绍起来，说他的母亲跟自己家里认识，让他不用担心，等等。左罗脑子嗡嗡的，什么都没听进去，只是双眼空洞，面无表情。

七岁的小朋友没什么人生经验，但冥冥中有个声音告诉他，眼前的姐姐，是可以相信的。

“你愿意和我一起走吗？”

男孩踌躇许久，忽然眼前一亮，伸出了手。

左罗从出生起就没见过他父亲，多年以来生死未卜。他的母亲深受打击，换着法子寻求慰藉，后来被人骗得体无完肤，精神也出了问题。去世的几个月前，她连儿子都不再认得。后来沈麦母亲聊起这事时说，她当时看到左罗的模样，完全是半条腿迈进了棺材的人，是沈麦一冲动，硬生生地给他拽了回来。

然而，如果不是姐姐这一冲动，多年后她也不会经历恩师死亡的痛苦，更不会因为这场变故，离开这生来就属于她的舞台。

左罗的掌心传来一阵刺痛,不知什么时候指甲已经深深嵌入手掌。

“姐，这次轮到我拽你一把了。”

3

来自天寰的邀请

沈麦又梦见了七年前那个地牢，扑面而来的血腥味异常真实，醒来时她下意识抹了一把眼眶，湿漉漉的，再一看台风过境一样的床铺，心想幸好还没发展成梦游。

她想再跟左罗谈一谈，然而对方为了集训，一大早就出了门，只留了个字条在茶几上。

沈麦也无暇顾及家里的事，匆匆赶到了Galaxy。昨天电话里的大客户约了她见面，好巧不巧，昨天他们才刚打过照面，就在高架桥的大屏幕广告上。

光年男团的一哥，林天炀，如今娱乐圈顶流的代名词，假以时日能拿个“诺贝尔人气奖”才配得上他的热度。这人天生长得有点忧郁，有种居安思危的气质。他往公司一坐，外头员工个个伸长脖子偷瞄，比盯发薪日到账短信还专注，搞得沈麦只得赶紧把他拽进录音室。

沈麦从林天炀这里接到一项奇特的委托，这位顶流偷偷写了两首歌曲，不敢让公司知道，只能找她来帮忙。沈麦也不细问他这么偷偷摸摸到底是为了啥，反正在天寰的淫威下，谁都有着些说不出口的秘密。

录音室里很快上演如下场景：沈麦戴了耳机拿支笔，批歌的样子活像批作业的班主任，林天炀的表情像个在等待分数的学生，生怕老师蹦出一句：“这你怎么也能错？”

“你这两首歌旋律还可以，挺抓耳的，第一首的 bridge 有点单薄，你可以自己录个和声放进去看看效果，然后第二首 4/4 拍中间变成 12/8 拍，这个处理没问题，不过长短可以再优化一下比例，我回头编一版发给你。”

林天炀忙不迭记着笔记，末了恭恭敬敬地来一句:“多谢沈老师。”

“要是被你粉丝看到咱俩这样，天寰能给他们掀个底朝天。”沈麦被他认真的样子逗乐了。

“嗨，不至于吧。”

“兄弟，你什么风评我什么风评？当年我只不过跟那谁客串一个 MV，人家粉丝以为我会半夜敲人家房门去对剧本。”沈麦摘了耳机，满不在乎地说。

林天炀停下笔，眼神有些复杂。

林天炀很是客气，坚持晚上要请沈麦吃饭，她开心地答应了，因为对方每次请客都能请出一种挥金如土的派头。

新海市就这么大点地方，圈内人吃饭还得划分地盘，不过这群明星各聊各事互不干扰，在这个屁大点事就能上个热搜的年代，倒也舒坦。天寰的地盘是一艘游轮改造成的餐厅，这地方私密性特别强，导航一分钟的路得七上八下老半天，好多人跟店长提建议门口立一个牌子，写上“小心晕船”。

今天也不知怎么回事，所有包厢全部满员，林天炀问有没有包间，服务员说今天泠听给餐厅包场了，一个位置都腾不出来。

“抱歉，我们只能在大厅了。”林天炀一脸吃瘪的表情。

“没关系，我懂，”沈麦摆摆手，“这女人霸道得很。”

天寰号称天王天后宫，这半边天主要靠光年，而另外半边天，全靠泠天后。泠听现在可太红了，红到什么抽象新闻都有，昨天一个考古团队才发布成果，说要把一只新发现的恐龙命名为泠听棘龙。

圈子里都知道沈麦跟泠听什么关系，这俩人以前那些破事，拍成电视剧起码能演 30 集。

沈麦自己也没想到，第 31 集偏偏在今天拉开了序幕。

她从卫生间回来的路上，发现最贵的那个小包间里居然有人，这个小包间一直充满了神秘色彩，不是有钱就能订，连林天炀这身价都从没成功过。于是在服务员推门进去的刹那，她鬼使神差地探头望了一下，然后就与那位泠天后的眼神，正面撞到了一起。

包间里坐了两个人，泠听穿了身银白色的定制西装，既高洁又典雅，配上她那张冷脸，活脱脱一个冰雪皇后。对面那个男人则是生面孔，长相是高冷赛道里偏成熟那一挂的，有点像最近哪个很火的演员，一时间对不上号。

沈麦不由自主向后退，不过泠听没理她，只是随意地瞥了她一眼，便转过头去。

泠听侃侃而谈，男人细心倾听，场面跟拍偶像剧似的，就差旁边搁一导演给他们喊句“Action”。

沈麦边撤退边琢磨这是哪位贵客，脸面大到能让泠大天后都包场子，还能放着几十号人不管，单独接见。

惊魂未定的沈麦带着一颗八卦的心回到了座位，这是她第一次见到泠听单独跟异性坐一起，泠听以前就从没在这方面开过窍，看天气预报都比看她谈恋爱有情调。

“麦麦姐，能给我讲讲你是怎么进去 Galaxy 的吗？”她刚来上几口热乎菜，林天炀忽然问道。

“嗯？问这个干吗。”沈麦寻思着他一个顶流为何对创作平台有了兴趣。

“……我今年不一定跟公司续约了。”

“哈？”沈麦听得直皱眉，对方的意思是打算离职，顶流的离职可了不得，处理不好就是法庭见，“咋了？你们在天寰不是发展得挺好吗？”

林天炀眨了眨眼，表示不太好讲。

沈麦心领神会，开始回答对方的问题：“我上大学时在 Galaxy 上面发过些东西，后来平台就有人找我，问我愿不愿意去他们那儿当专职制作人，还给了股权激励，我不太懂那是啥，不过几个朋友跟我说不签就是脑子进水。”

“股权激励，这么大方？”

“没那么容易啦，当时面试了好久的。”

沈麦说面试自己的人非常神秘，两人全程都是语音交流，不见真容，至于决定签她的理由，那人只说了一句：“我想签你和天寰无关，只因为你是沈麦。”

后来她才知道，正是这位面试官一手促成了她与 Galaxy 签约，他持有公司半数股份，实力深不可测。

“这么大方的伯乐，你也不是一般的运气好。”林天炀听了感慨不已。

沈麦笑了笑，这个时候她还没料到，自己与这个从未谋面的面试官，很快就要迎来历史性的会面。

沈麦真心觉得以左罗的表现，天寰的人会恨不得把他堵到家门口签约，万万没想到，先被找上门的人是自己。

今天一早，Galaxy 的员工都收到了一封邮件。简单来说，沈麦的那位面试官，将 Galaxy 的股份全部转让给了天寰，于是一夜之间，公司里所有人就全被卖了。

看见天寰两字沈麦眼前一黑，两个小时后，她怀着老家被端的复杂心情推开了会议室的门，然后一看里面其乐融融的氛围，哪里像是收购，结亲家都没这么开心的。事实是，Galaxy 这种小公司被天寰看上，跟癞蛤蟆娶到白天鹅差不多，她想怪不得一群家被卖了的人笑得这么没出息。

天寰来了不少人，为首的是上次考场里的女人，宣传部的部长，姓罗。这次她没摆考官架子，说话特别客气，还说沈麦上次眼睛看得不错，这么快就重见光明了。

沈麦心不在焉地应付着，注意力一直放在会议室的中心，因为坐在那个位置的人，与周围的氛围格格不入。

官场上有句话，开会把位子安排错了会等于白开。两波人马，Galaxy 和天寰聊得热火朝天，而坐在他们中间的老大，只顾捧着手机，也不知是在看什么东西，反正对房间里的喧闹是充耳不闻。周围都是西装革履的，唯独他穿着随意，像个误入了谈判现场的大学生。

突然一阵动次打次响起来，还跟着猴子一样的怪笑，那人激灵一下，赶紧给手机按掉。

“咳咳,云少,你好歹也听听大家聊的东西。”罗部长尴尬地提醒道。

“你们商量就好，协议不都写了，走个程序罢了。”

被称为云少的男人收起手机，他抬起头，惰懒地靠在椅子上，朝着这边漫不经心地一瞥，沈麦心里一惊，昨天晚上包间里坐冷听对面的，就是此人无疑。

“来，麦麦，给你介绍一下，”部门领导开口，“这是我们公司的大股东，李霁云。”

沈麦被这名号吓了一跳，便仔细打量着他。拥有 Galaxy 五成股份，谈下多家唱片公司版权，还专门大费周折地搞那场面试……这位金主太年轻了，跟她的想象大相径庭。

“你好啊，沈小姐，久仰大名，你本人可比电视上漂亮多了。”李霁云主动与她握手，一开口仅剩的那点领导范也荡然无存，像个不入流的演员，空有容貌，离了镜头就破功。

“李总过奖。”沈麦不动声色地遮掩着自己的失望。

会议继续进行，天寰的意思是，Galaxy的业务还是他们自己做主，母公司主要提供资金，然后想让他们的平台为旗下艺人提供支持，说白了就是看重平台的影响力，让大家在胡乱找歌时，更容易听到天寰出的东西。

李霁云又回到了刚才事不关己的状态，别人问他啥，也基本都是“你们说了算”或者“这个不归我管”。

聊过一大堆公司的问题后，罗部长终于关心到员工个人，她说沈麦与Galaxy的合约还有两天到期，问沈麦打算怎么处理。沈麦不太理解，对方解释说按照行规，Galaxy被收购后，她的合约也会转到天寰，但当时协议上有些东西也没写死，所以还有商量的空间。

罗部长说，天寰很多人都希望她能够回去，建议沈麦不妨先回公司看看。沈麦第一反应是拒绝，但一想到公司全家都卖给天寰了，又不知如何是好。

对方看出她在犹豫，想乘胜追击：“我们尊重你的意思，但是——”

“着啥急，你们要聊回头聊，”李霁云的打岔来得非常不合时宜，他站起身，大摇大摆往门口走，“这地方看着比我们公司好玩，能不能先带我们转转？”

沈麦看见罗部长一口气差点没上来，跟泄了气的皮球一样瘪了下去，心想他们平时估计没少被这位大少爷折腾。

罗部长表示时间紧，想尽快把事谈完，于是便请求沈麦来当这个导游。沈麦一点都不想跟他耗，偏偏李霁云跟第一次来国内坐地铁的老外似的，对哪哪都好奇，转了大半层，还是不消停，而每次沈麦想认真点介绍，他都自顾自地晃别处去了，搞得她一阵阵无名火起。

倒是在跟这位大少爷的秘书聊的过程中，沈麦得知了不少有趣的信息。

天寰是个家族企业，以前都是大老板管事，现在年纪大了，就开始把每块业务安排给了家族里的年轻一代。李霁云是他们家族年纪最小的孩子，岁数就比沈麦长一点，留学回来后，家里让他先进新海公司历练历练，给他表哥，也就是天寰现任的 CEO 打下手。

沈麦问他了不了解 Galaxy 的业务，李霁云大言不惭地说不懂，说这是他家里人搞的公司，但天寰并不想让外界知道这层关系，就让他来做了代持，仅此而已。

逛了好几层后，李霁云说自己口渴了，吆喝秘书去楼下买点喝的，就剩下沈麦一个导游。

“这地方是干什么用的？”李霁云问。

沈麦才注意到他们七绕八绕，绕到了自己平时用的录音室。录音室的门敞开着，估计刚有人用过，急着去开会忘了关，她还没来得及回话，李霁云就自顾自地钻了进去。

“哟，你们这录歌呢？”李霁云拿起桌上的耳机，前后翻了翻，“东西还挺好，不过天寰的东西更好。”

“您可真会比较，我们哪能跟天寰比，人家多有钱啊。”沈麦阴阳怪气道。

“沈小姐，你会写歌？”

“会一点。”

李霁云来了兴致：“有吗？放来听听。”

“嗨，我还没啥作品啦。”

沈麦扯了些乱七八糟的借口,绝口不提自己在Galaxy上发歌的事。她几乎确定了那个与自己对话的金主另有其人，想到刚开始见到李霁云还挺期待，她觉得现在自己整个就被冷水浇透了似的，同时也觉得泠听的眼光彻底没救了。

“真没有啊。”李霁云有点失望。

“真没有，李总，咱们出去等吧。”

“可是我觉得你能写出很好的歌，因为你是沈麦。”对方才下了逐客令，李霁云就这么接了一嘴，语气也瞬间变了一个人。

“……什么？”沈麦只觉得耳旁“嗡”的一声。

“那份股权激励的协议，你当时没什么犹豫就签了，不是吗？”

李霁云那副懒懒散散的样子彻底无影无踪了，像是一开始就没存在过。

李霁云一顿自爆，炸得沈麦六神无主。

秘书回来后，李霁云立马变回了之前吊儿郎当的模样，沈麦啥也没来得及问，后来她再怎么给眼色，对方都不为所动。

直到一行人要离开时，李霁云经过她的身边，悄声说了句，我在天寰等你。沈麦摸不准对方的语气，听着有点不怀好意，也不知道是不是给她设了什么陷阱。

尽管如此，沈麦也知道自己没什么选择。

“我明天去天寰一趟。”

晚上沈麦跟左罗通电话时，把今天发生在Galaxy的事一五一十地告诉了他。那边左罗刚训练完，正一个人坐在桌前吃盒饭，听到沈麦提了天寰，惊得脸都要贴到了屏幕前。

“姐，你自己去行吗？”

“这有啥,该面对的总要面对的,”沈麦敲着屏幕问,“你那边如何?要不要我帮你再把把关。”

“不用了姐，找你把关有点废电脑。”他有点心疼地摸了摸屏幕。

“喂！”沈麦一指头怼过去，脸上青一阵红一阵的。

“哈哈，开玩笑的，我想让你看看全凭我自己的表现，”左罗笑了两声，“到时候来给我加油吧。”

“好呀。”沈麦应了下来，天寰虽然严格，但对左罗她有着十足的信心。除非，天寰的人看穿了他真实的目的。

随着自己的老东家这几天高频在身边出现，沈麦明白了一个道理，你想逃避的过去，总有一天会与你不期而遇。

4

老朋友，新相遇

第二天一早，沈麦杀到了天寰大楼。

她掐着约定的时间出了电梯，迎面撞见一排西装革履的人在走廊里列队，个个笔直挺拔，犹如寒风中不屈不挠的青松。领头的罗部长站在队伍最前面，自报家门罗子琼，气场活脱脱一个黑社会大姐头。

在大姐头的组织下，沈麦的参观整得像领导视察一样，一群人将她护在中间，罗子琼雄赳赳、气昂昂地在前面开路，就差沈麦每到一处都来一句“同志们辛苦了”。走完一个部门后，沈麦受不了了，问罗子琼天寰的企业文化到底出了什么问题，对方却特别自豪地说：“大明星回娘家，风光点是理所当然的。”

沈麦想到自己当年最不可一世的时候在公司也没这待遇，不禁感叹世风日下。

一行人走到练习区时，罗子琼说光年在排练，问她有没有兴趣观摩。沈麦一口应下，她想会会光年的制作团队，咨询一下那些炫酷的舞曲，还有那些 MV 的特效到底砸了多少银子进去。

此时她还不知道这一“会”,就让一只亚马孙河的蝴蝶扇动了翅膀。

光年专用的练习室整得像个太空舱，一行人进门时录制刚刚开始，成员悉数到齐，林天炀站在他习惯的 C 位上，第一个随着音乐开始了动作。

团体舞蹈有几个硬指标，走位准确，动作到位，力量感该有都得有，再高一个层次，就是跳出每个人自己的特色，而光年，正是这个层次的代表。

沈麦之前只看过光年一些表演视频，第一次看到现场，给她震撼得一愣一愣的，不过马上，更让她一愣一愣的事也随之而来。

“沈麦？”

她回过头去，只见泠听把长发扎成一束高马尾，脖子上挂了个巨大的降噪耳机站在她身后，一副来押送犯人的架势。

沈麦倒吸一口冷气，泠听跟左罗一样生了一对特别好看的眼睛，可惜大部分时候只发射急冻光线，或许正因如此，无论她穿什么样的造型，都能穿出一种冷冽的气质。时尚圈对她这一卦青睐有加，沈麦还在跟孩子们嘻嘻哈哈的时候人家已经走上国际秀场了。

可惜泠听中间走了不少弯路，要不然不止今天的成就。

罗子琼显然是个不会读空气的人,忙着介绍说泠听现在不止唱歌，这两年也参与制作人的工作，比如这首光年的新歌，大部分的东西都是她来负责。她一口气说完才发现坏事了，眼前这俩人是出了名的势同水火，谁也听不得谁的好话。

泠听意料之中没什么好脸色：“你怎么在这？”

“咋了，天寰邀我的，我为什么不能在？”

“不想在你那个小公司待了，想回天寰复出？”

“我们是公司合并，现在天寰我想来就来，有意见？”

“没有，”泠听哼了一声，“但从你当年走人的一刻起，我们就不再是一个级别了。”

沈麦没吭气，扭过头去，继续向整齐划一的光年行着注目礼。

当年沈麦和泠听第一次见面就结下梁子，还得是天寰干的好事。

当时天寰组了个女团，看中了泠听的业务能力，就让她来当主唱，后来公司想到可以找前辈来让她们蹭蹭热度，美其名曰提携一把，就选中了当时如日中天的沈麦。

沈麦那时候红得不知天高地厚,哪能忍得了几个新人抢自己风头，于是她处处刁难，泠听不卑不亢地接招，结果两人每次合作，沈麦都被对方逼得使出浑身解数。公司看出了这股火药味，于是动不动就安排俩人同台上节目。她俩合作的那几年，可谓是给娱乐圈添上了浓墨重彩的一笔。

最后这出“连续剧”，以沈麦放弃续约天寰，隐退歌坛而告终。

事实上，沈麦觉得自己和泠听的关系也称不上糟糕。然而，在她宣布放弃续约天寰后，却听说泠听在化妆间里罕见地大发雷霆。

直到今天，她的怒气似乎仍未消散。

光年早先还算注重音乐质量，后面流水线出品的比重明显增加，不少作品来自所谓的国外大牌制作人，实际上是人家的滞销产品打包甩卖。根据罗子琼的说法，正是泠听的加入才纠正了这股不正之风。

泠听这次参与的这首舞曲名为《圣者》，编曲有浓厚的宗教氛围，编曲、舞蹈各个方面的设计都别出心裁，沈麦不得不承认，同样的风格换做自己来搞，未必能有她做得出色。

一曲完毕，泠听开始点评，在场的人大气都不敢出。

“不太行，特别是林天炀，第二段主歌的走位不对，最后一次换队形也没有跟上，整体一下就乱掉了，你们记住，这首歌首秀不是在大场，稍有一点瑕疵就会被镜头放大。”

“这鸡蛋里挑骨头吧，我怎么没看出问题。”沈麦小声吐槽。

“不，她对光年一向这么严格要求。”罗子琼解释道。

“抱歉，泠姐，我留下来继续练。”

林天炀举手，虚心接受批评。上次见到林天炀，沈麦就觉得他声音有点虚，今天这个疲惫感，似乎加重了不少。

“天炀，你晚上还有个节目要录。”光年的经纪人突然开口，小心翼翼地插了一句。

泠听迅速把枪口对准他：“排练时间已经这么紧张了，你们到底给他接了多少东西？”

经纪人没敢说话，气氛再次僵掉。

“泠姐，这节目是我们很早和新海台那边谈好的，他们那边有点状况，需要我们提前过去，”林天炀深深鞠了一躬，“晚上回来，我单独加练。”

“……行，我不管你们行程怎么样，但舞台上不能出错。”

语毕，泠听掏出手机就往门外走，出去前还不忘瞥了沈麦一眼。沈麦倒吸一口凉气，泠听以前上学时板起脸来就吓人，跟身体里住了个雅典娜似的，班主任都怕她。

沈麦管经纪人要了行程表看了眼，这行程着实不合理，五花八门的工作几乎塞满了他的所有空余时间，唯独看不到睡觉和排练，沈麦最红的时候工作密度跟他半斤八两，但 solo 歌手尚且可以应付，要兼顾团体工作，纯粹是个不可能的任务。

她说怪不得泠听看了生气，这安排放谁身上都像在搞职场霸凌。经纪人也很无奈，说今日这番局面，都是因为林天炀为了合约的事，和上面闹得不太愉快。

迟早得抓着这家伙问个一清二楚，沈麦想。

听到沈麦说想和李霁云单独聊聊，罗子琼的表情很微妙。究其原因，是因为李霁云这人的风评非常抽象。

天寰不光是艺人，管理层也很引人注目，天寰现任的 CEO 很低调，除了出席一些会议，其他时候都没什么动静，而这位新的家族成员，惹事的本领比正经流量是有过之而无不及。

网上流传着许多关于李霁云的传说，比如他很有经商头脑，读小学时就会开文具店，SKU 数量高达 2000，不仅走通了教职工的文具供应链，还会指点家长如何为小朋友提供情绪价值。

可惜这是唯一的正面事迹。

其余的八卦新闻，基本围绕一个词——花天酒地。沈麦翻到很多李霁云在外活动的照片，宴会较少，夜店居多，大部分时候身边都簇拥着一群人，男男女女勾肩搭背的，一个个都没正形。至于没拍到的部分，传得可就精彩了，比较离谱的有李霁云跟他爸的秘书有一腿，还在国外整出了两个孩子来。

奇怪的是，这些捕风捉影的消息里，没有一条提到泠听，这位天寰旗下的堂堂一姐。

罗子琼送她去李霁云的办公室跟送闺女出嫁似的，反正气氛有点沉重，沈麦嘀咕着这李总是做了多少伤天害理的事。

走进办公室的门，李霁云正叼了根没点的烟，靠在窗边，一副百无聊赖的样子。

“哟，是你啊。”

沈麦开门见山：“李总，演戏累吗？”

“怎么，你觉得我在演戏？”

“别藏着掖着了，说说看当了几个孩子的爹啊，李霁云先生。”

李霁云爽朗地笑了几声，把烟一丢，与她面对面坐下。

“我让他们写点东西编排我，看来效果挺好。”

他收起了那副痞气的模样，现在李霁云的眼神让沈麦想起了一种动物，猎豹。

“那么，我重新介绍一下，李霁云，天寰制作部部长，Galaxy 联合创始人。”

李霁云语气一换，毫无疑问是沈麦熟悉的那位领导本尊。

他说 Galaxy 的股权是他代持母亲的股份，但收购的决策是他本人的主意。这几年 Galaxy 的平台越来越有影响力，天寰想要把控这条要道，而 Galaxy 也正需要一笔大额的资金，至于要这么多钱是为了什么，他说自有用处。

沈麦听得汗颜：“李总，你跟自家人做买卖，咋还搞得这么迂回？”

“因为我要打怪兽。”办公桌上放着一套传统茶具，李霁云熟练地翻弄着水壶与茶杯，动作快得令人目不暇接。

“所以，你装出那副不靠谱的样子，也是这个原因？”

李霁云不置可否地笑了笑。

家族企业的保留节目就是窝里横，沈麦心里大概有了个数。

“那为什么当年要实施股权激励，让我加入 Galaxy？”她继续问道。

李霁云的回答和当年差不多：“因为你是沈麦，天寰最成功的女歌手。”

这头衔安得有点大，沈麦猝不及防：“别抬举我了，这么讲也不怕泠听生气。”

Galaxy 平台有一个权威的艺人榜，统计人员会在全国取样调查，从几个维度调查艺人的知名度、人气等多方位指数，最后汇总成一个图形，图形面积越大成绩越佳，泠听在榜单中，总是最显眼的那个六边形。至于她沈麦，靠着从前攒下的流量还能垂死挣扎几下，榜单最近计划给隐退艺人搞个纪念堂，不让他们掺和这些神仙打架。

“嗯？关泠听什么事。”

“你们认识吧，那天你和泠听在海边吃饭，我正好也在，”沈麦顺着自己想法问，“她帮你一起打怪兽？”

“怎么，你想打听我们是什么关系？”李霁云笑得有点玩味。

沈麦噎了一下：“才没有，我就是好奇一下，方不方便说看你。”

“当年她跟前东家解约遇到点麻烦，我帮了她，她感谢我，仅此而已，”李霁云没进一步解释，“至于我自己家里的事，跟她无关。”

沈麦还想再挖挖打怪兽的事，对方却说，现在该轮到自己来提问了。

“这么多年了,你一直不愿回天寰,是不是因为当年那个绑架案？”

沈麦撇开视线，说你明知故问。

那些绑匪不要赎金，只要某样东西，种种细节沈麦一点也不愿去回忆。她记得那几个绑匪当时就被干掉了，警察没有查出幕后主使，公众一直怀疑这事和天寰有关，毕竟在闹出这起案件前，云霆和天寰的矛盾，众人皆知。

“董事长那天跟我聊天，知道你在 Galaxy，问我这些年你过得好不好。”

“……谢董事长？”

李霁云为她斟上茶，沈麦的手指勾了一下茶杯，半天没有去拿，这是时隔多年，她第一次听见董事长关心自己。

每每想到董事长，沈麦的心里都跟打翻了五味瓶一样，这个人赏识她，曾经力排众议将她带到天寰的顶端，也曾经为了天寰，差点让她走上恩师的老路。不过就在她最后坚持不下去的时候，还是这个人，力排众议放了她一条生路。

“沈小姐，我就直说了，我想邀请你来天寰的制作部。”李霁云的提议来得突然。

“啥？为什么？”

“我需要你帮我打造一个明星，而这个人，必须是我亲手培养起来的自己人，”他一脸正色道，“从 Galaxy 过来的人里，只有你能帮我实现这个目标。”

“您这话听着真怪，明星不都是给天寰打工的吗？怎么还能叫自己人。”

“不急，你先看看这个，”李霁云递来一个信封，上面盖了个红章，赫然有着新海音乐学院的字样，“我想找的人，就在这里。”

5

一纸合同

沈麦做了个莫名其妙的梦，梦里她回到了小学，音乐课正在搞期末考试，大家抽曲子，抽到什么唱什么，别的小朋友都是什么《茉莉花》《让我们荡起双桨》，轮到她时，抽出来一首《青藏高原》。

沈麦忍不住问老师你疯了吗，结果迎来了李霁云一张冷脸。李霁云倒是好说话，说你不会唱没关系，给我讲讲勾股定理是什么就行。

她这一听更头疼了，以她的数学水平，考试都能把计算器带成遥控器，正当她琢磨着勾股定理是说三角形还是平行四边形时，忽地一下就惊醒了，睁眼一看自己坐在一张大桌前，面前放着厚厚的资料和一杯生椰拿铁。

“喂，怎么了，醒醒。”李霁云的声音特别有穿透力，直接给她从梦里叫醒了。

“好像是三角形！”

“嗯？”

“哦，嗨，李总。”沈麦晃了晃脑袋，看到手中的评分表，想起这里是新海音乐学院的复试现场。初试在一间普通的音乐教室，而复试则在学校的音乐礼堂，观众席500人满员，评委席位于舞台前方，全体考生侧席就位。

先前李霁云给了她一份复试的邀请函，说希望她帮忙一块参谋，最后一轮现场评审的环节，四位考官，其中两位代表天寰，一个她，一个李霁云。天寰和音乐学院合作的幕后推手正是李霁云，天寰本就是学校的大金主，这场合作来得名正言顺。沈麦说他干这事挺有想法的，在公司一提也不怕崩了不学无术的人设，李霁云笑着说自己的人设是浪，不是傻。

沈麦看向侧席，进入第二轮的考生人数远比预计要多，事实证明上次罗子琼只是看着严厉，实际并不挑剔。很快她就发现了左罗，他挑了个偏僻的角落，周围考生聊得起劲，只有他在闭目养神。

沈麦有种预感，这场复试，会成为许多人命运的转折点。

表演正式开始，上来这一批选手的表现，沈麦只能用两个字来概括：抽象。

第一个上来的是个唱跳小青年，模样还算清秀，就是眼妆有点浓，观众席一直有女生叫好帅，李霁云和另一位男评委都没什么反应，那个选手似乎意识到了这点，伴奏响起来时眼神就一直在沈麦身上晃悠。

沈麦被盯得浑身不自在，刚想往后靠靠，小青年就突然脸对脸凑到她跟前。观众席一瞬间嗨了，她觉得自己应该配合一下气氛，就鬼使神差地伸出手，不知怎的把人假睫毛给扯了下来。事后另一个女评委说你真牛，人还没表演完就被你整破相了。

第二个选手是个古风小美女，自弹自唱，仪态出众。说起古风，沈麦其实是有点心理阴影的，当时公司买了一首美国制作人的歌，让她帮忙改编，并且在平台发行时，征集中文翻译。负责审核的人估计当时古装剧看多了，就选了篇文言文版的进来。

这篇翻译很有才，沈麦读完后，对自己的语文水平产生了深深的质疑。比如，“Say you love me”是怎么翻译成“曼弄情深玉指纠缠”，还有“I miss you”到底怎么翻译成“三千世界山河永寂”的。

正当她第 N 次思考着这个问题时，小美女带着哭腔来了句“山河永寂”，沈麦一口生椰拿铁啪地喷了出去，台下一片哗然。短暂的寂静后，小美女连琴也不要了，捂着脸哇哇地落荒而逃。

沈麦连着捅了娄子，瑟瑟发抖地看向李霁云。

“心理素质太差。”李霁云毫不犹豫地写了个叉，也不知道是说选手还是评委。

再有选手上来时，沈麦学聪明了，她决定当一尊普度众生的菩萨，只要没有实在看不过眼的，就不发表建设性意见。

这次的规则是只要两个以上评委给叉，选手就即刻淘汰，复试比初试严格得不是一点半点，于是经常是两个叉已经送出去了，沈麦再亮一个高分以示鼓励。她相信今天过后，许多学生都再也忘不了一个笑得很温暖的，戴着巨大蛤蟆镜的女人。

“怎么，一个叉都不给？”她划水划得太明显了，次数一多，李霁云终于看不下去。

“嗨，反正目前没一个行的嘛，还不如给点面子让人开心开心。”

李霁云细问怎么个不行法，沈麦表示大家乍看之下素质都不错，但要进天寰完全不够格。每个科目能考 80 分的人，以如今市场的内卷程度，想成为谈资都有难度，想要杀出血路，需要一把锋利的尖刀，用一个特质来形容，叫做侵略感。

这形容是她顺口胡诌的，就想显得有点逼格，想不到李霁云思考得还挺认真。

“侵略感……吗？”

“对呀。”

“那么，他怎么样？”

李霁云示意她转过头去，只见一个高挑的身影，大步流星地走上舞台，聚光灯缓缓移到中央，映亮了歌手的眼眸。

上回左罗初试，沈麦全程面对一架钢琴，只闻其声不见其人。现在她看到自己的弟弟，用刀子般的目光一扫台下。

其他考生鼓足了勇气，面对现场观众和评委的审视，而他的眼神，就像是问你们是否有资格对我指指点点。

这次左罗的选曲来自一部神话改编的电影，就在主角一方陷入危难之时，看似被恶魔诱惑，走向堕落的男主角，突然上演一波精彩的反转——原来真正的猎人，往往都以猎物的姿态出现。左罗一身漆黑的西装，与剧中角色别无二致，一举一动，全然入戏。身为驯服了恶魔的狠角色，他表面儒雅斯文，内心的黑暗却深不见底。

初试的歌曲畅抒胸臆，而这场的表演却令人不寒而栗。以普通考生的标准来说，他过于霸道了，霸道得跟个大魔王似的，沈麦以为他就是来砸场子的。

她拍了拍脸，怕自己表情太僵，一看周围大家脸上都挺僵的。

歌曲到了高潮，左罗从架子上抽走麦克风。沈麦专注地听，注意到他相比原曲整整升了 3 个 Key，间奏的电吉他 solo 一过，凌厉的高音排山倒海。旁边的老师忍不住爆了粗口，说这嗓子真你妈绝。

侵略感。

沈麦想不到自己顺口一诌的说法，这么快就有人展现在了面前。

打分排名的工作完成了，评委们齐刷刷地把左罗的名字放到最上面，没有丝毫犹豫。

沈麦跟李霁云一路复盘着考生们的表现，不知不觉随他一起进了评委专用的休息室。而一进门，今天全场的焦点，早已等待多时。

“姐？”左罗见到她出现，完全是吓了一跳的样子。

沈麦也愣住了，她刚才转了一圈没找到左罗人，想不到他杀进了评委大后方来。

“恭喜你啊，今天的 No.1。”

李霁云径直朝着左罗走了过去，边说边打开手上的文件夹，从里面掏出几页纸：“我遵守约定了，还有什么想问的？”

左罗犹豫了一下接过来，问道：“……我什么时候给你？”

“不着急，先和你姐商量一下吧。”李霁云看了一眼沈麦，表情意味深长。

沈麦看着这地下党接头一样的戏码，满脸问号：“那是什么东西？”

“哦，是给这小子的合同。”

他掏出另一张纸秀了秀，沈麦这下看清楚了，当年自己进天寰之前，曾经收到过一模一样的东西。

在李霁云的描述中，沈麦认识到了一个十分陌生的左罗。

他说，左罗是美国演艺圈关注已久的新星，他师从名师，回国前已经有几所高校为抢他打得头破血流，光奖学金就卷出了一个新高度。就在那个时候，李霁云主动找上了他，问他要不要考虑来天寰，后来两人做了一个口头约定，如果左罗能在新海音乐学院的考试中取得全场第一，他当场就把天寰的合同送到，并且，答应左罗一个诉求。

这个诉求是成名，而且要成大名。

见沈麦大脑宕机，李霁云先行告退，只留姐弟二人相视无言。

“呃……姐，对不起，没跟你说这事。”左罗一副等着挨训的样子，沈麦感觉下一秒他就要自觉站到墙角去了。

“别在意，我有什么资格生气呢，你在国外这么多年，我什么都没帮上。”沈麦找了个沙发坐下来，语气轻松，脸上却掩盖不住怅然，“左儿，你说自己想去天寰，但为什么非要选择这样的方式？”

沈麦不太理解，接近天寰有许多方法，为何要走上离危险如此之近的道路。

“姐，你还记得当年，那些绑匪说的话吗？”

沈麦脸上“唰”的一下白了，左罗提到的这句话，不仅是云霆当年身故的关键，也是她这么多年都不敢联系弟弟的原因。

“他们说，要我拿出我母亲的一个东西，才肯放了云霆，”左罗坐到她面前，直勾勾地盯着沈麦，“现在，只有我走上云霆的位置，才能知道他们到底要的是什么。”

左罗一句话，给她带回了噩梦中最不愿想起的部分。

参与绑架案的绑匪有四五人，他们不断威胁云霆，对方宁死不屈，无论如何都不松口。后来，见拿云霆开刀没什么作用，他们便把目标转向了两个孩子。

当沈麦从昏迷中醒转时，看见身旁的左罗嘴角渗血，脑袋“嗡”的一声就炸了，对面云霆靠在墙上，艰难地睁开眼睛，血与水混在一起，上半身已是整个湿透。

“左罗，真是她的儿子？”云霆的嗓子彻底哑了，语气却是前所未有的平静。

“对，现在只有这小鬼能救你，”绑匪一脚踹开沈麦，拽过左罗的衣领，“说，你把你妈的东西藏在哪里了？”

“不能说！”云霆不知哪来的力气，喊得歇斯底里。

双方僵持之间，沈麦了解到绑匪的目标，是一个与云霆相关的东西，而这个东西，现在就握在左罗母亲的手里。

每当左罗流露出松口的态度，云霆的反应就异常激烈，几次下来绑匪没了耐心，威胁左罗，再不说实话，先拿沈麦开刀。

眼见沈麦脖子已被刀尖蹭破，云霆冷静下来，他和蔼地问左罗那个东西在哪里，需不需要出去拿。左罗纠结了很久，说存在自己家里，但只有沈麦有钥匙。云霆见状马上提出，让一名绑匪陪同他们去取，自己留在这里，等他们回来后一手交人，一手交货。

绑匪估计也是黔驴技穷，只得答应，并威胁他们如果报警一定会撕票。那时，沈麦完全没察觉出其中的古怪，只记得云霆最后留给她的，是一如既往的，灿烂的笑脸。

可谁知，取东西的途中左罗改口，说目的地在银行，结果趁着绑匪疏忽，立马与警察接上了头。

当听到四面警笛声骤然响起时，沈麦只觉得一阵天旋地转。

沈麦再次醒来是在医院里，眼前是一张张焦急的面孔。她挣扎着起身，不停地问云霆怎么样了，答复只有一句，救援来得太迟了。

过了很久，她才通过拼凑零零散散的信息，得知了现场的惨烈。云霆是被报复性撕票的，警察尽力赶来了，绑匪选择鱼死网破，最终被击毙。

霎时间，剧集停播，节目取消，天寰的声誉一时间跌入谷底。无数媒体想从沈麦这里挖出什么内幕，都被警方全部挡了回去。警方希望这么做能保护她，然而万万没想到，身为受害者的沈麦，不仅没有得到应有的抚慰，反而迎来了一波又一波惊涛骇浪。

最直接的原因，就是只有她逃了出来，许多为流量而不择手段的人，借此大做文章，将本就因黑红路线而备受争议的沈麦推向风口浪尖，甚至将云霆的死，归咎于他主动将生的机会让给了她。

一场针对她的网暴就此爆发，规模之大足以在娱乐圈历史中有一席之地。

那些日子沈麦像只躁狂的刺猬，不愿接受任何人的关心，她只想尽快搞清左罗出尔反尔的原因，其余任何事，都充耳不闻。

可当左罗真站在她面前，她却发现自己根本无法冷静。左罗说自己真的什么也不知道，当时是云霆创造出唯一的机会，他害怕自己如果抓不住，只会害得姐姐一同送命。然而在沈麦看来，这番解释实在过于苍白无力。

于是她失控了，一句句话恶毒又疯狂，将左罗的旧伤口狠狠挖开，血流如注。

很久以后，沈麦才终于意识到自己究竟干了什么，左罗那天的眼神，和两人第一次见面时别无二致，男孩的眼神哀伤、空洞，好像只要有人推一把，就会坠入万劫不复的深渊。

七年间，沈麦曾许多次鼓起勇气，却始终也没能和左罗说上一句抱歉。

时间回到现在，左罗几年前接到了美国一家私人银行的电话，说有人送来了母亲的遗物。遗物是一个日记本，里面都是他母亲留下来的讯息。

“她说自己有一个硬盘，装的全是写给云霆的歌，大概 100 首，都没发表过。”

沈麦一激灵：“云霆的歌？你妈妈叫什么名字？”

“柏儿，她在外面用英文名，Belle。”

她想起来了，这确实是云霆的御用制作人，Belle 随手写的一两首歌，都可能改变一个歌手甚至公司的命运，更何况，这是整整 100 首。在左罗母亲的葬礼上，沈麦见过她的遗像那是一个有些书卷气的女子，笑得温婉从容，一双深邃的眼睛，跟左罗是一个模子刻出来的。

想不到，自己曾与她的距离如此之近。

“你找到硬盘了吗？”

“不，一直没找到，”左罗顿了顿，“联系银行的人还留了一条讯息给我，说如果想查找硬盘的下落，就要回到天寰。”

她忽然想到李霁云，或许这件事，同样有“怪兽”在背后作祟。

“左儿，你想去天寰，那里比你想得还要凶险。”

沈麦盯着他的眼睛，明白他的决心已不可动摇。而现在，是她该做出决断的时候了。

“所以，我要和你一起去。”

GLITTER

* 第二章

6

多年之后的续集

大概是深知自己寄人篱下的缘故，左罗小时候很少情绪外露，连老师都觉得这孩子让人省心得有些反常，还叫了沈麦父母来学校，确认他家没什么家庭暴力方面的问题。

沈麦买房之前，姐弟俩是跟父母一块住的，左罗很少主动买东西，于是他的小房间显得格外空旷。搬来新家后沈麦看不下去了，自作主张地给他的新房间改造成“火箭发射基地”，后来在他难得的抗议下，才将风格稍微调整回常规模样。

虽说这些年姐姐连个电话都不曾打给他，这个房间却被打理得井井有条，像是随时准备迎接主人拎包入住。

左罗从行李箱里拿出一张相框，小心翼翼地摆在书架的最上层——这是他出国之前，唯一从这个房间里带走的东西。相框里是一张合照：穿红裙的少女笑得明艳，像朵肆意生长的红玫瑰，她怀里的小男孩则有些羞涩，高冷赛道的资质初见端倪。

第一次交到朋友，第一次赢得比赛，第一次去游乐场……纵使七年前，玫瑰的尖刺令他痛不欲生，也不能阻拦这些温暖的回忆，始终治愈着他的心伤。

左罗一点一点擦拭着相框，直到不见丝毫灰尘的痕迹。

“你俩这合同给得还挺痛快，”左罗收拾着行李，电话的另一头话语接二连三，“你们打算什么时候过来？”

“她先去，我过两天还有个军训。”

“军训？这对你来说也太小儿科了。”李霁云哑然失笑。

左罗对学校的活动不怎么上心，倒是沈麦大呼小叫的，自告奋勇帮他去采购物品清单上的东西，结果她买来的药堆得跟炼丹似的，搞得不像是军训像是去修仙。

“OK，沈麦，我倒想看看她还剩当年几分功力。”

“你别打她主意。”

“嗯？天寰是下面人该开口的地方吗？”对方语气里有几分挑衅的意味。

“李霁云。”左罗的声音瞬间冰冷。

“哈哈，不逗你了，没有人会强迫她回舞台。”

为期两周的军训说长不长，但自己不在的期间，左罗总是有些不太放心。

“不管怎么样，如果你想成名，动作要快。”

李霁云的语气不再轻浮了，挂断前留下的最后一句话，语重心长。

沈麦最近买早餐的花样丰富了不少，多亏了左罗三天两头挖掘一个新地方。

左罗从小就很会过日子，时隔多年他又进化了，最近他已经对这个片区了如指掌，包括但不仅限于从办证的派出所到街边的小吃摊，再到东西最全的超市，估计再过一阵，小区里丢只狗他都能找回来。

她想起好久之前去换护照，结果排了半天队发现不是派出所是民政局，窗口大姐还特别关心地问她，姑娘你怎么一个人来结婚呢。

沈麦正式回公司的那天动静特别大，宣传部连天后回归的稿子都拟好了，还对网上可能会有的种种争议做好了充分准备，结果她说要来制作部入职，投入李霁云门下，搞得所有人都大跌眼镜。

李霁云给她工作安排得明明白白，还带来了一纸亲笔信，来自天寰的董事长谢奕先生。董事长为沈麦回归天寰由衷地感到高兴，说要等他回来后，亲自与她见面道贺。

沈麦读完后感慨万千，她当年走得很决绝，想不到董事长对自己还挺挂念。李霁云问她是不是现在很有干劲，沈麦想都不想就应了声“是”。

于是第二天，他就送上来了一份很需要她干劲的“大礼”。

“我说怎么都想拉我回天寰，原来是跟这儿等着我啊。”沈麦反复翻着手中的剧本，对面坐着两个人，忐忑的编剧，以及笑得一脸得逞的李霁云。

封面上写着这部作品的名字，但下面的副标题太刺眼了，沈麦怎么都没法移开视线。

《父女绝密档案——续作》。

李霁云说这些年他们影视业务不太行，艺人都在别家拍得火热，自家出品却毫无水花。考虑到现在特别流行搞情怀，所以《父女》等老作品就又被翻了出来。

这部续集出自原编剧的手笔，故事早就写完了，就是一直缺个 IP 重启的契机，现在当年的女主角回来了，李霁云觉得正是时候，就重新张罗了起来。

为了征求沈麦的同意，编剧送来了润色过的剧本，最后一页上是剧组每个人的签名。他说当年云霆出事后，最后一集只能以重拍的形式草草结束，大家对这个结果都非常不甘心。

沈麦思虑了许久，当晚通读了这份剧本。

开始她总想到云霆，迟迟入不了戏，但读着读着，不知不觉就到了后半夜。

她发现这部作品的致敬方式非常巧妙。《父女绝密档案》之所以常看常新，离不开故事里藏着太多伏笔。乍一看，新作的人物和剧情与原作毫无联系，但只要读到后面，就会发现原作一个又一个谜团，都在这个全新的故事里，得到了非常完美的解答。

沈麦翻到最后一页，在导演旁边签上了自己的名字。大家默契地绕开最中央，为云霆留出了一个位置。

第二天，沈麦联系了剧组，说自己虽然没有出演的意愿，但愿意参与选角工作。

她想先征求一下"内部观众"的意见，于是中午约了罗子琼出来。

真人不露相，宣传部部长竟是《父女》的骨灰级粉丝，还信誓旦旦地说绝不让自己的童年女神再受委屈，于是后来沈麦每每跟她出去吃饭，都有种享受霸权的感觉。

这个女人对服务的要求十分严苛，作为手握天寰核心资源的顾客，她掌握着这片商区所有餐馆的"生杀大权"。一如往常，两人还没进门就有俩服务生上来点头哈腰，跟迎接老佛爷似的把人领到靠窗的沙发座，人还没坐稳，又有两份柠檬水、一篮小点心外加全套的护理用品出现在桌子上，沈麦不禁有点想让林天炀也来见见世面。

两人聊起了续作的剧本，上次是讲父女，这次变成姐弟。故事看起来和前作没什么关系，但看到男主角身后是一帮安全局的人，老观众们就明白了，这就是《父女》的前传。

"我说啊，这个姐姐怎么看都应该由你来演。"

"不行不行，太串戏了，"沈麦坚决地摇头，"而且观众们看了我会——"

"你如果是顾忌当年公司让你扮演的形象，大可不必担心，"罗子琼的语气很真挚，"这么多年该过去的都过去了，现在大家对你真没什么偏见了，反而特别怀念。”

“……再说吧。”

两人暂且搁置女主角的话题，继续讨论起弟弟来，这角色就是《父女》里的云霆，年轻了20岁，演员要顶得住天王光环，撑得起动作场面，还得年轻，能服众，能应付网上的滔天节奏……

“左罗。”沈麦想到这个名字，脱口而出。

“哦，那个唱得巨好的新人啊，他可以的，就是不知道那么多打戏行不行。”

沈麦有些许纠结：“不光打戏的问题，这么重头的角色，不知道他撑不撑得住。”

罗子琼露出诧异的目光：“你先想想自己，当年你进剧组前演过几天戏？”

“哎，好像就拍过一个牛奶广告。”

“那不就得了！”罗子琼用力一拍手，吓得旁边俩服务员立马窜了过来，沈麦心想这女人给他们的烙印可真够深的。

罗子琼的话令沈麦着实动心，抛开自己的私心不谈，单从年龄和外形上来说，左罗确实是近乎满分的人选。这部剧一旦能成，就如同当年的《父女》，能让一个新人飞升到很高的位置。但一来她对左罗的实力没有底，二来如此重量级的角色，什么铺垫都没有就给了新人，难免会引起德不配位的争议。

“李总，我提议举办一个公开试镜。”

沈麦向李霁云提出了自己的想法，当年的她就是通过试镜，名正言顺地拿下与天王共演的机会，她认为左罗能不能抓住这个机会，也要交由全剧组来评判。

李霁云觉得她的主意不错，就是谨慎了点，毕竟以左罗的功夫，出演这个角色绰绰有余。沈麦不明白他的意思，对方说道：“眼见为实，你去学校看看他们军训，有惊喜等着你。”

鉴于领导出过的点子从不出错，沈麦屁颠屁颠地跑去了军训基地。然后，很快就上演了如下情节。

“别过来！再动我就杀了她！”

“救命呀。”沈麦无精打采地叫了一声。

“人质，可以麻烦再入戏一点吗？”

沈麦深吸一口气，飙了一嗓子：“啊！救命呀！”

事情发展成这样，要追溯到半小时前。

新海市的艺校每年都是联合军训，大部分新生都做常规项目，而影视学院那边，有能力的人可以选择上强度，也就是加入正规部队的训练。现在荧幕上那些能扛能打的小生，不少人就是在这个阶段崭露头角。

在沈麦的记忆中，左罗一直是个体弱多病的形象，如今虽然人高马大，但军训的强度闻名在外，沈麦担心他不太能扛得住。

所以当她看到操场上没有左罗的身影时，沈麦有点慌。

她找了几个同学打听情况，他们一听是左罗的家长，瞬间一声声“罗哥”此起彼伏，像是来到了什么大型追星现场。

过了一会儿，沈麦在一群小弟的簇拥下，看到传说中的罗哥，正在训练场里飞檐走壁，表现得比影视学院的还专业。音乐学院的院长见了她特别兴奋，紧紧握着她的手，说多少年了，我们终于也有学生在这里长脸了，他一定是从眼睛不好的姐姐身上，学到了自强不息吧。

沈麦惶恐地推着蛤蟆镜，然后部队长官就找过来了，说他们现在缺个形象合适的人质，能不能请左罗的家长帮忙拍个短片。

长官说片子是留给内部的，因为难得见到这么漂亮的特种兵格斗术，他们想拍下来做一份教学资料。沈麦想想也不是啥大事，扮人质而已，她可太专业了，于是一口应了下来。

真开演时沈麦发觉那把刀不是真货，但架在脖子上也硌得慌，她看向对面的左罗，他屏气凝神，似乎在寻找进攻的角度。

下一秒，他就消失在沈麦的视野里，动作快得几乎看不见。她只觉得耳边一阵风，匕首应声而落，再睁开眼，面前的左罗以一敌五。

扮演绑匪的都是正规军人，他一个学生，一招一式，侵略如火，丝毫不逞多让。沈麦从前接触这些功夫，是与云霆一同拍戏。云霆没有底子，但是练得有模有样，再难的动作都是硬碰硬，镜头实际拍出来，效果远不是那些花拳绣腿能比。

只是他一身正气，无力抵挡那些真正的穷凶极恶之人。

但左罗，她有种感觉，如果那些绑匪落在他手里，会死无葬身之地。

沈麦脑中忽然形成一幅完整的人像。一个从边境回来的佣兵，长年累月走在生死边缘的人，理应就是这个模样。

“姐！刚才没弄疼你吧？”左罗匆匆过来找她，身上全然没有了刚才以一敌五的锋芒。

“小场面，我以前拍的比这刺激多了。”

沈麦见对方一副恨不得给她扛去拍 X 光的架势，叫他别这么大惊小怪。她问左罗这身功夫从哪里学来的，他说这是在国外偶然上了个课，因为教练说他有天赋，就这么坚持下来。

“你们这课程是不是太全面了。”她忍不住吐槽。

“你说过，技多不压身嘛。”

两人往操场那边走，一路上都是左罗收获的迷弟迷妹，不停地跟他们打着招呼，沈麦本来还担心他能不能交上朋友，看这阵仗她的担心纯属多余。

“对了姐，你怎么会来看我们训练啊？”

“《父女》续作的男主角很适合你，我想看看你动作戏怎么样，”沈麦用力一拍他的肩膀，“现在看来，非你莫属。”

左罗的表情一下凝重起来：“为什么会想到我？”

“剧本我读完了，你的角色跟当年的我定位很像，只要演好必然有水花。左儿，我知道你很优秀，但和云霆的差距不是慢慢磨刀就能弥补的,这是眼下你最好的机会,你要想与云霆比较,就必须先超过我。”

沈麦一口气说完，认真地把手搭在他的肩膀上。

“我明白了，姐姐。”

过了一会儿，左罗坚定地应道，已然像是经过了深思熟虑。

九月是明面上光年最后一次合体演出,全体续不续约还是未知数，他们上一轮巡演在半年前结束，这次杀进了五万人的体育场，开票当日售罄。

林天炀和公司的摩擦已经有些苗头，这些天频频在八卦话题中现身，沈麦边看手机边走进会议室，一进去看见光年人都到齐了，正等泠听发表重要指示。

“你来晚了。”泠听有些不满。

“上一个会拖堂了，你们继续。”

为了光年的工作，泠听时常出现在制作部，今天她的心情似乎格外不好。沈麦现在也不再忍气吞声了，于是两人的对话再次变成了这般剑拔弩张的画风：

“我听了你给光年做的 Intro，风格既不流行，旋律也不抓耳，更适合给新人试水，而不是给我们的演唱会。”

“也对呢，泠大天后新专辑主打歌，在 Galaxy 上评分磨了半年还是 5.9，想必也是很懂听众朋友们的喜好了。”

“那是因为我转变了风格，人不能一直待在舒适圈，就像你当年演戏都演到第三季了，还在竞争最佳新人奖一样。”

“幸好你还有自知之明，没舒适到想去跨界画画，毕竟你去年的专辑飞了 7 个提名，好歹能落个最佳美工奖。”

唇枪舌战几个来回后，泠听率先停战，光年众人屏住呼吸，生怕神仙打架，凡人遭殃。

沈麦手翻着册子，眼睛却盯着泠听不放，说红气养人是真的，泠听比上学那会儿精致了不是一点半点，妆容姑且不提，光那头大波浪弄成这个样子，就能累趴两个助理。她骂自己愈发没出息了，刚还琢磨怎么跟泠天后多吵两句，现在只想问她头发在哪儿做的。

“你干吗？”泠听被她盯得发毛，不自觉地缩了缩。

“哦没啥，你好像胖了耶。”

“沈——麦，有工夫看这看那，不如想想那个新人你该怎么搞，”泠听把新人两个字说得很重，“当心碰上光年，怎么死的都不知道。”

“碰上光年？啥意思。”

泠听也不解释，继续像模像样地开会，气得沈麦心里大骂她谜语人。

此时她还没意识到，这位让泠听如临大敌的新人，将会给光年、天寰带来怎样的冲击。

7

试镜与 Attack！

今天是左罗军训结束，正式来公司的第一天。

他人还没到，就先飘到了热搜上。沈麦明白为何冷听眉头皱成那德行了，今天本该是光年发 MV 预告的日子，结果这个热搜直接抢走了光年所有的风头。

起因是军训的结业典礼上，左罗当着三个学校师生的面，现场重演了一遍一打五。这段视频被人拍了下来，拍摄角度还特别凸显了他出众的骨相。评论区有人说看了他的脸一眼就让人畅想未来，想要白头偕老。

离开基地的时候，长官抓着他的手，郑重地说道：“如果想报效祖国，欢迎回来，我们永远为你敞开大门”，那架势差点把自己衣服上的勋章摘了送他。

罗子琼感慨道，说自己在天寰干了这么多年，还是第一次见到军训打拳把自己打出圈的，说着就去部里通知，把光年所有的安排都推后一天。

沈麦克制着去找冷听耀武扬威的冲动。

左罗回来的第一件事就是准备试镜，新剧公告还没对外官宣，选角的消息已经先一步传开，沈麦的名字也一起冲上了热搜，人们都在评论区里召唤她冒泡，她这些年隐藏得太好了，有人甚至传她现在定居在了冰岛。

《父女》是开拍前三个月选的女主角，这次的男主角试镜规模不逊当年，作为粉丝公认的大饼，公告一出，有头有脸的小生基本虎视眈眈。

前几天，沈麦与《父女》的原班人马正式聚了一次。编剧见了她特别激动，说《父女》的故事没讲完是他一辈子的痛，说着说着潸然泪下。导演听了也跟着破防了，说这些年他像心里缺了一块似的，再也没拍出过像样的片子。

沈麦也有些哽咽，来了句如果云霆也在就好了，于是本就岌岌可危的气氛，瞬间崩坏。

过了一会儿，几位服务员小心翼翼地开门，说小区有人投诉他们家店闹鬼。

一番伤感的环节后，沈麦正式向导演推荐了左罗，导演特别信任她，连人照片都不看，直接跟她定好了试镜时间。

于是现在，听见演播室里传来阵阵惊呼声，沈麦知道这事已经稳了。

在沈麦的规划中，左罗在拍剧的同时，要先在音乐上先折腾出点水花。

李霁云的想法也差不多，就在试镜结果大局已定，沈麦打算找他商量一下时，对方也带来了一张老长的节目列表。李霁云说这上面都是能争取到的资源，让她从捧人的角度思考，应该挑哪一项作为起点。

“喔，这你都能帮他接到。”

沈麦只瞄了一眼，就想也不想地点到列表中间的名字——《Attack！》

“我就猜到你会选这个。”李霁云表示英雄所见略同。

《Attack！》是新海台的王牌音综，两年前开播，热度至今不退。

节目的赛制特别硬核，节目常驻 5 名歌手，每周迎来 3 位挑战者，成功则换位，失败则退场。另外，每周比赛都会定个主题周，歌手要在主题的框架下，进行选歌和改编。

歌手常驻时间越久，打歌机会越多，因此谁也不愿离开，但为了避免钉子户太多的现象，节目组选的三位挑战者，一般都与当周的主题是天作之合。

“左罗最早能上的那一期，叫新人挑战周，有利有弊。”

沈麦查了查这所谓的新人挑战周究竟是什么，一搜还有个外号叫“风平浪静周”。

每个综艺节目都是如此，播的时间越久，规则就越复杂。沈麦有个导播朋友说过，这是为了剧本好操作，毕竟越言简意赅的东西，解读空间越小。

虽说这节目很看重歌手发挥，但究竟淘汰谁，往往都是看人气和咖位。历来的新人挑战周，都是些尚未成名的潜力新人，大多只是为了给观众留下点印象，没什么赢面可言。因此，都会以风平浪静的结局收尾。

光年这次以小分队的形式参赛，其中包括唱歌最好的三个成员，林天炀也在内，小分队从节目一开始就加入了常驻，三周 PK 下来成绩亮眼，成了唯一一组仍未被淘汰的歌手。

然而这节目还有一个潜规则，常驻的五组人，大部分时间，都要隶属于不同公司。

沈麦眉头一紧：“也就是说，左罗要挑战，只能选光年了？”

“哦？对你弟的实力没有信心？”

“当然有，只是我没想到会跟他们撞一起。”

左罗对上光年，可谓是新人挑战顶流，不管输还是赢，都要背负一个捆绑的名声。更何况，光年粉丝之间的斗争已经很激烈，再来外人来掺和一脚，会发生什么，很难预料。

“李总，我斗胆问一句，都是天寰的人，为什么要两败俱伤？”沈麦问道。

“因为我跟人打了一个赌。”

李霁云放下手中的茶杯，正视她的双眼。

“我赌下次 Galaxy 排的年度艺人榜，左罗的排名会在林天炀之上。”

按照惯例，新人签约后要有一场欢迎会，左罗来得匆忙就一直欠着。罗子琼撺掇她赶紧搞一场，说出道后可就没这闲工夫了。

沈麦顺口提了一句，结果大家都特别给面子，于是十来号人的大部队浩浩荡荡地杀进了一家俱乐部。这家俱乐部属于罗子琼的势力范围，她打包票这里私密性极好，绝不会让媒体朋友拍到什么乱七八糟的画面。沈麦还以为里面有啥东西，一看就 KTV 和游戏机，撑死加了个麻将桌，连个打台球的地方都没有。

她感叹现在环境保守了，当年她跟冷听一团姑娘组队去夜店长见识，冷听当时坐她旁边，整个人冻得像根冰棍，沈麦想让她放开一点，就招呼服务员说叫俩公主来热闹热闹吧，结果冷听拔腿就跑，严重拖累了一群人的学习进程。

酒足饭饱后，一群艺人分成了两波，一波打游戏，一波 KTV，沈麦看麻将桌前一缺三，只能忍痛离去。

游戏区那边一群人正挤在大电视跟前，屏幕中间竖了一道杠，分了两个操作区出来，林天炀和左罗一人一把特制手枪，各就各位。

“听说你军训是跟正规部队玩的，”林天炀检查着枪膛，微微一笑，“打靶怎样？”

“还可以，”左罗这边手法也很专业，“在国外练过一阵，打着玩儿还行。”

林天炀举枪对准屏幕瞄了瞄：“比一场吧，你赢了，给你当演出嘉宾。”

“天炀哥，听说你跟麦麦姐很熟？”

“是啊，我们很早就合作过了。”

“……好，我不会手下留情的。”左罗目光一凛，语气里没来由地多了些敌意。

“哈哈，加油，小子。”林天炀笑得爽朗，似乎并未察觉左罗对他的态度。

这是一个在宇宙空间站打怪兽的游戏，系统给定了路线让你一直走，边走路边冒怪，打得越多，走得越快，最后看谁先到达终点。

这两名选手打得太快了，路还没到一半，就双双突破了先前玩家留下的最高分。

林天炀的射击风格稳、准、狠，他的身体移动幅度很小，敌人刚刚探头，就会被他精准地击落。左罗则是另一种打法，他不着急消灭刚现身的怪物，而是喜欢在好几只同屏的时候一波端掉，此外，他全程都在单手持枪，有严重的耍帅嫌疑。

听说这边射击比赛打出了奥运水平，那边 KTV 组也扔了麦，都纷纷跑来围观。

两名选手几乎是齐头并进地到了关底，开始对付 Boss。游戏里适时响起了广播，告诉他们干掉这个怪兽的方法，是打破它身上随机显现的弱点，此外，还要小心它起飞变身。

林天炀冷静地实施老战术，弱点出现一个，便打掉一个，而左罗却放下了枪，Boss 身上出现三四个弱点了，还是不出手。

观众们看得躁动了，纷纷嘟囔着他到底葫芦里卖的什么药。

“你怎么了？”林天炀察觉气氛不对，瞟了一眼旁边屏幕。

“你分神了。”左罗轻轻哼了一声。

林天炀突然反应过来，刚才广播里给他们提过醒了，这个敌人阴险得很。

弱点清除完毕的一刹那，怪兽突然生出一对巨大的翅膀，在角落里一飞冲天。它起飞的方位太靠边了，半个身子出了屏幕，弱点刷新位置也很奇怪，林天炀瞄了好多个位置，都找不到合适的时机开枪。

与此同时，左罗那边一连5声枪响，将怪物的身躯牢牢钉在屏幕下方。

“他是要让Boss在这个位置起飞！”有人先看明白了他的意图。

林天炀定了定神，找回节奏，精准地瞄向剩下两个弱点，而左罗那边，变身后的Boss，将全身的破绽毫无保留地展示出来。

两边再次于同一时间破了纪录，结算页面上，Player 2的名字落在了上方。

“漂亮，我输了。”林天炀喘着粗气，无可奈何地笑了一声。

“多多承让，天炀哥。”左罗摘去眼镜，目光如炬。

他的手枪对着屏幕缓缓放下，一丝不苟的样子，仿佛在完成一个精心设计的Ending pose。

沈麦仿佛已经看到了下个月的舞台上，两人之间焦灼的画面。

在这场交锋来临之前，剧组拍摄工作也正式开始。

续作的名称正式命名为《寻红者》，相比起前作，续作的悬疑成分更多一些，但在大场面的呈现方面也不含糊，至少这打戏的密集程度，看得沈麦是暗暗咋舌。

网上把这部剧的送审信息扒了出来，大家都在关心里面的故事梗概。

这是一个黑白两方，如何围绕校园和娱乐圈进行角逐的故事。女主角是一位跨国集团大小姐，故事一开始，父亲领回来一位边境回来的雇佣兵，说这是她早年在境外失散的弟弟。这位弟弟是不是跟她有血缘关系也不清不楚，父亲安排他一边上学，一边担任姐姐的保镖。

大小姐难以接受他的出身，两人在故事前期摩擦不断，但是很快，她就明白了为何自己需要一名特殊的保镖。

第二集的最后，姐姐被绑匪带走，弟弟也亮明自己特工的身份，单枪匹马前去追击。

沈麦忍不住问怎么女主又被绑了，编剧说这叫向前作致敬。

致敬是致敬得很起劲，但大部分角色的人选都有眉目了，女主角的人选还八字没一撇。

沈麦抽了一个上午来看试镜，还没进门就听见导演暴躁地一顿输出，一问导演才知道，这女主角的人选可不好搞，毛遂自荐的人不少，就没一个能撑得起来的。

沈麦好奇到底咋回事，导演直接让她坐到评委席上，亲自感受一下。

看了接下来几个演员的表现，她很快就明白了，问题不仅出在女演员上，还有一部分的锅得归给左罗。

试镜多是拍有对手戏的部分，负责帮忙的那个演员，基本都是走个过场，而现在导演要求每个面试姐姐的人，都要和左罗来亲自对戏，真刀真枪那种。

剧中的姐姐是个心气很高的明星，长相甜美，又气场不凡。然而前来试镜的演员，年纪没比沈麦小多少，却在一个 18 岁的新人面前，一个个连台词都说得磕磕绊绊的。

沈麦当年第一次与云霆对戏，表现亦是如此。

“沈麦，要不你来拍一段给她们看看？”导演突然提议。

导演话音一落，全场掌声雷动，沈麦这人比较经不住捧，只得接过台本：“我试试吧，好多年没演戏了。”

试镜戏的情节发生第一次绑架案之前，姐姐即将参加一场重要的演出，而就在此时，一封威胁信不约而至。姐姐自己没当回事，而弟弟非常谨慎，在她为登台做准备时，潜入了化妆室。于是，剧中两位主角第一次正面冲突，就此开始。

这段争执的背景是，弟弟确实是奉命前来，而姐姐因为私下做了调查，对这个来路不明的少年，此时完全无法信任。

“车子停在外面，请你现在离开吧。”左罗的语气与其说是请求，不如说是命令。

沈麦不为所动：“表演快开始了，你自己回去吧。”

“现在不走就来不及了。”

“我为什么要听你的？”沈麦放下手稿，直视他的眼睛，“我查过了，你以前的经历全都是假的，医院也根本没做过亲子鉴定，你到底是谁，谁派你来的？”

这段正面交锋的台词不难，但刚才试镜时，许多人都在这个地方翻车。

和左罗对视时，沈麦也怔了一下，但并不是被对方的气势压倒，而是他的姿态、神情，特别是眼神，都和云霆太像了，灵魂附体的那种像。

云霆最后的笑浮现在她眼前，令她浑身战栗。

两人僵持数秒，左罗没什么感情地说：“是董事长让我来保护你。”

“保护？无非是我现在有点名气，怕惹出什么麻烦给家里丢脸罢了，”沈麦稍微一停顿，继续道，“你好歹是上过战场的人，上战场没有临阵脱逃这一说，舞台就是我的战场，出什么事，我都不会抛下观众不管。”

“……为什么要做到这个地步？”

“我没义务告诉你。”她拿过手包，把手上的东西纷纷装了进去。

“那些人很可能已经在场内了！”左罗喊道。

“那就保护我吧,这不是你的任务吗。”沈麦挑衅似的瞥了他一眼，起身扬长而去。

她走到场边一个刹车，转身回来，场内半天鸦雀无声，然后是众人齐声喝彩。导演重重捶着大腿，说她这表现，还让其他人怎么玩。

沈麦定睛看向左罗，他好像已经出戏了，刚才云霆附体一般的样子，荡然无存。

这次试镜，让沈麦仿佛回到了当年《父女》的片场，虽然两位角色交换了位置，但她却觉得云霆的影子无处不在。

虽然导演竭力劝她接下这个角色，但沈麦一方面顾虑自己黑红时期留下的问题，而另一方面，是左罗与云霆如此相似，若她这位“女儿”换个身份出演“姐姐”，是否能让当年的观众接受。

以及，能不能让她自己接受。

她正想着左罗的脸，手机上忽然蹦来一条信息，正是对方发来的问候。

“姐，你今天演得真好。”

简短一句夸赞，下面还附了个企鹅两眼放光的表情，跟他本人酷酷的样子完全联系不到一块去。沈麦差点没憋住笑，回道：“怎么，想跟我演吗？”

“想！”这次是一个字，跟了个企鹅撒花的表情，沈麦点上去，花瓣还满屏幕往外蹦跶。

沈麦正想着怎么回，对面又蹦出来一行字。

“很多年以前，我就想跟你演戏了。”

沈麦愣了一下，反应过来对方说的是《父女》。

她想起来了，当年她有空会拽着左罗欣赏两集，那时候男生都喜欢云霆，她就专挑云霆戏份多的那几集播，然而左罗总是一副没兴致的样子，沈麦以为是他不太喜欢这部剧。

唯有一次，整集都是沈麦指导校园活动的戏份，他坐在电视前，几乎没有走神。

“好啊，那就成全你。”

沈麦敲出回复，她想，或许是时候该与当年的自己和解了。

8

进攻时刻

最近经济环境有点跌宕起伏，专家说今年的融资形势和大学生的就业状况差不多，就适合跟家里蹲着。李霁云看着天寰像心电图一样的股价，说是该来个人给股民朋友提提气了，于是《Attack！》的正式邀请，如约而至。

沈麦研究了整个比赛进程，截至当期节目，光年小分队已经比了4场，而且每一场的战绩，都和对手拉开了相当夸张的差距。节目组舍不得大牌明星带来的流量，所以按照常规的剧本，新人挑战周基本不会出现淘汰的岔子。

而现在，沈麦计划亲手撕掉这个剧本。

为了把控比赛结果，这类音综有个潜规则，就是会干涉选手的选歌。大牌歌手还能争些话语权，而无名小卒大多只能听节目组的摆布，沈麦收到节目组的“推荐歌单”时，心想李霁云是真没给节目组做工作。

缠缠绵绵的小情歌，拿什么赢过光年气势恢宏的大歌？答案只有一个，改到面目全非。

沈麦找了个光年全体出差的日子，拉了一大群人，全请进了他们的太空舱。

“我来介绍一下，这是我带的新人左罗，”沈麦把弟弟往前一推，“半岛合唱团，这是我的朋友，团长Ken先生。”

左罗恭敬地行礼：“您好。”

“你好！沈麦介绍的人一定牛，”团长热情地跟他握手，“我们这次要合作什么歌？”

“《相恋的人们》。”

一屋子人发出同一个声音，“啊？”

《相恋的人们》是KTV金曲，各大音综唱了个遍，只是描写少女心事的小情歌跟竞技比赛放一起，跟上了战场发现包里是把滋水枪差不多抽象。

团长怀疑自己听错了：“这么小调调的歌，一大帮人怎么上？”

“谁说谈恋爱就要小调调，我们这次要炸碉堡。”

沈麦一进录制现场，就被这个打仗一样的氛围感染了。

《Attack!》采用的是全网直播形式，整个录制过程无论对节目组还是歌手，都只有一次机会，不容“翻车”。全场几百位观众评审，这会儿看起来慈眉善目，到了该打分的时候，个个都不会手软。唱好了姑且不说，唱坏了，今年基本就等同于钉在耻辱柱上了。

节目组给每个歌手都配了单独的房间，常驻选手负责在摄像机前唠嗑，而挑战选手们则全程关禁闭，自己的表演结束前，都和常驻选手碰不到面。

为了提前预热，新人挑战周的彩排环节，会对外开放特定的媒体名额。这位特派记者会对所有人的彩排表现添油加醋，尽可能地刺激观众。

这一次，特派记者几乎把所有人夸了一遍，然而在写到左罗的时候，却只是轻轻一笔带过，只说敢于挑战光年的新人，确实勇气可嘉。

沈麦觉得有种说不出的怪异，她分明记得，这人在看左罗彩排的时候，激动得快从观众席上蹦下去了。

节目开始前，沈麦和左罗坐在休息室里等候主持人前来通知。左罗的两次公开表演都是在学校里进行，大家只知道他会演戏，搞不清他唱歌水平有几斤几两。

这种信息差的威力，也许是他们制胜的关键，沈麦想。

“憋死我了，跟看贼似的，”沈麦玩着手里的抱枕，“嘿，第一次上电视，紧不紧张？”

“没问题，我每天都在练。”

左罗这几天都在公司的练习室里待到深夜，主要是他声压太强，家里的隔音承受不住。上次沈麦让他试试在顶楼练声，然后他一嗓子给对面十几层的声控灯都喊亮了，差点给消防队招了过来。

“不知道他们选啥歌，是舞曲呢还是摇滚呢？”沈麦盯着屏幕上的光年小分队，“天炀前些天忙成那样，也不知道有没有空好好练舞，哎。”

“姐，不要老惦记对手。”左罗嘟囔一句，语气有些不悦。

“好好好，听你的。”

“姐，你以前参加过这种比赛吗？”

“没，我倒是当过评委，客座的，当初被骂得好惨。”

左罗眉眼闪动了一下：“为什么？”

“我那时候走黑红路线嘛，招人恨，有好多人骂我没资历给人提意见，其实我谁好谁坏没说过一句，结果你知道网上说啥，说现场能不能投票淘汰评委，”沈麦说着露出怀念的神色，“对了，云霆以前蛮爱当评委的，他还说过让我也去跟别人比一比，他给我兜底。”

听见云霆的名字，左罗脸上有一丝微妙的不忿：“下次我上节目，你来当我评委吧。”

“好呀，你敢来参赛，你比我厉害，”沈麦没注意到他的表情，轻轻捶了他一拳，“信我，骂你的人多，夸你的人只会更多。”

“嗯，我不会让你失望的。”

左罗看着舞台上的灯光亮起，“Attack”几个巨大的字母，在屏幕上燃起熊熊火焰。

本周的赛制与往常无异，每当一位歌手表演完毕，便有一个挑战者上场的机会，若是本轮的演唱触发了挑战，观众需要在两个表演后，在 1 分钟内投票决出胜利的一方。

本周常驻歌手的表演顺序是由观众投票决定的，光年毫无争议地最后一个出场。

“果然，他们选了《圣者》。”沈麦一眼认出了台上三人的装扮。

《圣者》就是上次泠听给光年排练的曲子。经过她的一番精雕细琢，这首歌的完全体在编曲上运用了更多的管弦乐，并加入了唱诗班的和声，相比练习时的版本，可谓脱胎换骨。

三位原唱也是不负期待，上来就是一套高难度动作，引得全场尖叫连连。

对于这样一首本身就极具胜算的歌曲，他们在编排上巧妙地选择了做减法。考虑到三个人重新组队的情况，他们去掉了几个复杂的队形变动，取而代之的是中间一段全新设计的 dance break。这段舞蹈难度虽不高，但完成得相当整齐。

全开麦的唱跳现场，稍有不慎便会翻车，而他们的分工也是点睛之笔——一人全力发挥，另外两人随时准备兜底。

热浪从观众席上扑面而来，沈麦感到压力陡增。

正当她觉得大脑运转速度变慢的时候，左罗忽然走到她前面。他默默地扫视舞台，平静如水，圣者的疯狂，似乎没有一丝一毫入他的眼。

“走吧，姐，咱们是压轴。”

看着他的背影，沈麦觉得一团乱的脑子，瞬间变得清澈无比。

去往舞台的路上，两人迎面撞见了泠听。

对方没有多话，说自己刚在隔壁录完综艺，看看光年的表现怎么样，沈麦很识趣地赶紧走人，如果把他们的备战过程拍个幕后短片，泠听看了可能会打死她。

因为沈麦的战术太明确了，就是往死里针对光年。比如，光年人多势众，她就整来了 17 个人的合唱团，光年的舞蹈是撒手锏，她要左罗唱得炸翻全场，光年的舞台用了 LED 屏互动，她就想办法弄来一个豪华版的。

光年表演完毕后现场警报声大作，观众都是一副静候炮灰来临的样子，除了感叹一句挑战者会蹭流量外，没什么其他反应。左罗的履历也实在没啥可讲的，主持人再怎么找词也扯不出什么话，于是在大家还沉浸在《圣者》的光芒时，左罗带着他的《相恋的人们》，裹着一层黑暗，悄然入场。

他今天的装扮黑红相间，版型周正，乍一看像一套华贵的军服，许多观众第一眼就被他的模样吸引住了，听到钢琴凄美的前奏时，没人能把这歌跟原曲联系起来，随着好奇心的膨胀，越来越多的目光，投射到舞台上。

赛前沈麦问李霁云，有什么对抗光年的建议。李霁云原封不动地用了她的话，侵略感。

第一句歌声响起，左罗仰起头，沈麦精心设计的灯光，分秒不差地切了过来。

摄像师把镜头切到观众席上，精准地捕捉到，每个人被侵略的瞬间。

沈麦的编曲循序渐进，先柔后刚，她保留了这首歌的框架，其他要素，都改得很彻底。

节目组在音响设备上投了重资，沈麦只觉得他唱出来的每一句，都比平时排练的效果好上数倍，直到第一段副歌为止，左罗都在深情地讲述，第二段主歌开始，军履踏地，刀光剑影，宛如一个复仇者经过内心的挣扎后，终于觉醒。

现场的气氛，也随着一次又一次的惊喜，不断高涨。

爆发点，在最后一段副歌来临之时。左罗高举右臂，猛地一挥，17 人的合唱团，听从他的号令，于舞台上现身。

全场观众跟反射一样纷纷起立，动作几乎没有一点迟疑。

最后这段的华彩，沈麦简化了编曲，突出了人声，合唱团和左罗在排练积累的基础上，加入了默契的即兴发挥，火力全开的合唱团的气势惊人，但左罗的歌声丝毫不被掩盖，反而压着合唱团打，小小的舞台上仿佛有千军万马在奔腾。

表演一晃而过，等回过神，全场的沸腾，迟迟显不出消退的意思。主持人花了好几分钟才把观众安抚下来。

在沈麦的印象中，这样直播几乎要失控的情况，在这节目上还是头一回出现。

“是我小看你了。”

沈麦不敢相信冷听会夸人，回头一看，人家正在低头看手机，一点也没搭理她的样子。

这个世界还是正常的，她欣慰地想。

光年和左罗的对决，远超以往风平浪静周的热度，节目组官方开了个话题，叫天寰师兄弟对决，你支持哪一方。

点开话题评论区，里面可谓是血雨腥风，然而风向与沈麦预料的不太一样。

光年粉丝仗着人多势众，试图控评，却被四面八方的骂声给打得措手不及。有人质疑光年为了保位做票，也有人趁机清算光年往日的战绩，光年粉丝也不甘示弱，给左罗扣上了一顶碰瓷的帽子，很快，场面就变成决战光明顶。

沈麦一时分不清这些针对光年的人是什么来头，不管怎么说短时间内在所有社交平台刷出这么多东西，都不正常。她忽然想起了那个特派记者，刻意在彩排后压低观众的期待值，现在看来，节目组可能早就预料到局面会变成这样。

有意思的是，虽然网上光年的粉丝呼声很高，但现场的天平，微妙地倾向于左罗。

主持人回台上后，没磨蹭就宣布了前面的两组结果，如大家所料，都是新人大比分输掉。而到了光年和左罗这组，所有人大气都不敢出。

“恭喜光年，守擂成功！”

结果出来的一刻，全场哗然，休息室里的人也都傻了眼，全是替左罗惋惜的声音。

沈麦长出一口气，虽然不甘心，但这个结果倒也不算意外。大屏幕上比分出来的一刻，现场的气氛却有种说不出的古怪。

51%:49%。这是节目史上双方比分最接近的一次。

没等录制散场，记者们便蜂拥而至，姐弟俩瞅准机会，又从电视台的后门跑了。沈麦想想就觉得好笑，上次俩人参加考试就是翻后门走的，这次还是一模一样。

“左儿，想吃啥？饿死了。”

沈麦瘫在了车座上，裤兜里手机响个不停，她估摸着是看了节目的朋友，就没有管。

“输了，没胃口。”左罗一脸不开心的样子，很明显对刚才的结果不大服气。

“逗我呢，给光年干得就差百分之二，你牛，”沈麦甩了甩腿，换上运动鞋，“说真的，明天我都不敢去公司了，我怕泠听会扒了我的皮。”

“可是霁云哥是希望我能赢的。”

“管他干啥，让你跟林天炀PK就是为了造势，结果咋样无所谓，”沈麦语气毫不在意，“这家伙捧你可是有自己的小心思呢。”

她想到了李霁云说的赌局，也不知道赌的筹码到底是什么东西，他到底在下怎样的一盘棋。等时机到了，自然能窥见三分。

“姐，你不接电话？一直响。”

沈麦看对面这么执着，没办法，还是拿起了手机。

对面罗子琼一开口就是连珠炮：“疯了疯了，你赶紧和你弟说，这两天闲得没事就少上网。”

“我们刚走，是不是结果有点争议？”

“岂止是有点啊，出结果的那个动态下面骂了好几万条了。光年的粉丝这边也急了，都把左罗当仇人一样，简直疯了。”

沈麦拧着眉毛：“罗姐，你觉得这对劲吗？”

“对劲才有鬼了，我们在查到底是什么人在带节奏，光年现在这势头，想搞臭他们的敌人要多少有多少，正好有左罗这把刀送上来，当然不能放过。”

沈麦很清楚，左罗被推到光年的对立面，究竟会承担多大压力。从热度看，李霁云的计划是成功了，而且效果比想象中更加夸张，连带着《寻红者》的热度，也再上一层楼。

但是，光年遭受的这些非议，让一场比赛走向了奇怪的方向。

“姐，你能开一下关注权限吗？”左罗突然开口，打断了沈麦的思考，“我建好微博了，想加你一下。”

“哦好……啥啥？”

“微博啊，公司说节目一结束就要开出来，要做宣传用。”

沈麦拿来他的手机瞟了一眼。左罗，歌手，《寻红者》主演。头像配的是公司刚拍的宣传照，一条动态还没发，粉丝数已经像坐火箭一样窜了上来。

“你这全副武装啊，别告诉我以后微博都是你自己写。”

“怎么会，商务的东西，应该由专业人士负责。”

“……”

沈麦不得不承认一个事实，对于成名这件事，左罗早就准备好了，一直没进状况的，反而是重操老本行的自己。

她登上了自己的账号，刚解开权限，立马就收到了新关注者的提示。

“姐，手机借我一下。”

沈麦没多想递了过去，拿回来再看，自己的账号已经显示和左罗互相关注了。

“好了。”左罗看着关注列表两眼发光，像是得了什么宝贝一样。

“这有啥好稀罕的。”沈麦哭笑不得。

“第一个关注献给我的偶像，理所当然。”

对方这么一说，沈麦才想起来，自己关注列表第一个人，正是云霆。

“什么偶像，我可不够那份啊，”她被夸得有点不好意思，“走吧，回家。”

左罗凝视着她用了多年都没换过的头像，无声地叹了一口气。

9

舆论的异动

第二天，这场 PK 的话题持续发酵。根据可靠情报，这场大水冲了龙王庙的戏码，不仅影响到选手，还惊动了领导。

为了天寰的和平安定，以及不错过看戏的大好机会，沈麦义不容辞地来到了公司。

“来了来了，有好戏看了。”罗子琼顶着巨大的黑眼圈，神采奕奕。

“咋了，光年打起来了？”

“是有人为光年打起来了，”罗子琼凑近她的耳朵，小声说，“大领导回公司了，他对同门PK这事很不满意，准备去拿李霁云兴师问罪。”

“大领导？”沈麦对这些大的小的头衔反应不过来，爹妈说她从小就没有当官的天分，政治敏感度跟考数学的分数半斤八两。

“是我们 CEO，他接手新海这边没两年，你不认识正常。”

沈麦想起来了，之前李霁云的秘书提过，现任的 CEO 是他的亲表哥。

两人赶到领导交火的现场，屋里的门开了一条缝，里面说话声不小，路过的人都能听得清清楚楚。罗子琼拍马赶到，用眼神逼退了吃瓜群众，然后示意沈麦加入偷听的组织。

屋子里两位领导面对面，其中一位正襟危坐，表情有点烦躁，另一位则悠哉地品着茶，对面什么脸色他是毫不关心。

“我出国前叮嘱过你了，做好自己那些事，不要瞎给艺人安排。”

正襟危坐的男人说道。

罗子琼小声介绍这个人是谢总，他们的CEO。

“让新人露露脸很正常啊，”李霁云的语气满不在乎，“这节目以前就经常有同公司PK了，我哪知道光年这么不禁打。”

“光年现在是关键时期，很多人盯着他们，不能出错。”谢总抬高了音量，“李霁云，我爸当初让你进公司的时候是怎么说的，你自己心里掂量清楚。”

“放心放心，我就跟制作部玩玩，其他事不插手，”李霁云嬉皮笑脸地回应着，“对了哥，我听说公司和节目组打过招呼，出了问题会给咱们的人做票？”

“……你问这个干什么？”对面的人一下子警惕了起来。

“没，我就是好奇一下，左罗真实的票是个什么水平啊，我心里好有点数。”

“这不是你该管的事，专心管好你的人。”男人有点粗暴地结束了话题。

说到做票，自《Attack！》播出的第一日起，这个传闻就从没断过。这节目从一开始就牵扯到了各大公司的利益，所谓的公平，注定只能在一个相对合理的范围内。为了保证各家歌手能够撑过足够的曝光期，节目有些类似做票的保险操作，最常见的手法是，在现场有投票权的观众里，安插一部分固定票仓。

对做票的事，沈麦内心十分矛盾。观众认可左罗的实力固然是好事，但倘若他真的赢了光年，那舆论的走向又会不会滑向另一个极端呢？

她不希望自己当年淋过的雨，会再降到弟弟身上。

罗子琼对公司的历史如数家珍，人送外号天寰司马迁。她说谢董事长有好几个孩子，分管公司几个不同的主营业务，新海运营的事，是交给了他资历最浅的小儿子，谢尧。

谢尧比李霁云大两岁，管理公司的经验也没多哪去，之所以拿下天寰 CEO 的位子，是因为他组建光年时，运营了一场成功的选秀。

罗子琼说话也不顾忌，说很多人挺担心公司的现状，谢尧这两年没做出什么突出成绩，李霁云又是个吊儿郎当的公子哥，也就沈麦的回归给大家提了提气。

想到李霁云的狐狸尾巴还没露出来，沈麦琢磨，这天寰以后可是少不了好戏。

两位领导彼此折磨的会谈总算结束了，谢尧走后，罗子琼先一步去找他汇报工作。

沈麦正想走，就被李霁云叫住了。

“今晚我有一个宴请，方便的话陪我过去一趟吧，叫上左罗。”

“宴请？”

“给《寻红者》找投资方，”李霁云似笑非笑地说，“这艘船，我不打算让表哥上来。”

宴请的地方离沈麦家意外得近。这是一个高级公寓的顶层会所，中心是酒廊，外面一圈全是露天的，整个滨海大道的夜景一览无余。沈麦看了这景象恨恨地想，明明两个房子地段差不多，自己当年是不是被中介坑了。

出席酒会的人们讲话都挺随意，跟李霁云称兄道弟的，问来头都是什么 xx 传媒，xx 文化，反正名号一个比一个响。李霁云说投资方里真正下场的只占一半,另一半则还在观望,因此他需要沈麦亲自出马，帮忙打上一剂强心针。

《寻红者》自筹备以来，一直没有公布主演阵容，人们都对这个剧到底能不能成持怀疑态度，所以沈麦这时候出场，意义不言而喻。

只见她身着一袭红裙，闲适从容地穿梭在宾客中间。来宾都很关注她复出后的动静，话题都若有若无地往李霁云身上引。沈麦一身“打太极”的本事练得炉火纯青，突出一个说了跟没说一样。众人费尽口舌问了半天，也没搞明白李霁云到底是怎么把她请出山的。

不过她适时扔出了一颗重磅炸弹：“我会出演《寻红者》的女主角。”

然后，她话锋一转：“李总邀请我时我是犹豫的，但我看了剧本后觉得不能让给别人，况且，跟我搭档的弟弟，实在是太优秀了。”

左罗从一开始就扮演一个听话的后辈，突然变成全场的焦点，有点无所适从。

“原来他就是左罗啊，这小子确实厉害，能唱能打，下次见到，就是能演了，”一个老板拍了拍李霁云的肩膀，“都说云少看一个红一个，果然名不虚传，哈哈。”

李霁云鼻子都快翘上天了：“我要说他是投简历面试的，你们估计也不信。”

“我靠，听说你今天把谢尧那小子都气跑了，人脸都是绿的，”另一个投资人调侃道，“这是准备跟他争了？”

“他是 CEO，我就是个小部长，争什么。”

“骗骗兄弟可以，你要真不想对天寰出手，会在你那个 Galaxy 上面，突然上了首云霆的歌？”

沈麦敏锐地捕捉到了云霆和歌曲两个关键词。

她说了声失陪，当下掏出手机登录了 Galaxy。正如刚才那位投资人所说，Galaxy 上线了一首云霆的歌曲，是曾经一首热门老歌，在线收听人数到了一个惊人的数量级。

众人纷纷感叹，居然有云霆的歌能听了。

从历史上来看，巨星陨落，生前的作品，会迎来最后一波绝无仅有的热度，而他所属的公司，通常会推出一些遗作，或是精选，既为让粉丝留念，也有商业上的考量。然而，云霆离去后，天寰却是长久的沉默。

这么多年过去，国内所有的音乐平台上，没有留下云霆一张专辑，不仅如此，他的歌曲和MV，也随着他人一起消失了。

众所周知，这是因为版权不在天寰的缘故。没人知道这上百首歌的版权在谁手里，坊间传言手握他版权的是个狠人，天寰拼死拼活都拿不回来一丝半点，而Galaxy上的这首歌，是云霆这么多年来，第一首真正回归平台的作品，也就是说，李霁云很可能已经接触到了云霆的版权。

沈麦不敢想象这一首歌，究竟值多大的数字。据她了解，欧美那边的顶级歌手，版权费都是几亿几亿的收，好多甚至都是提前收了几十年版税，云霆一首热门歌曲放在国内，光是演唱改编都了不得，更别说播放和发行了。

她想，倘若李霁云真的手握这么重磅的资源，那在天寰，必然是能为所欲为。然而，他又偏偏把歌曲放在了Galaxy上面，不让自家人有任何染指的机会。

沈麦猜测，这版权的所有人，可能并不希望云霆的作品再与天寰扯上关系。

沈麦回到酒廊时，看见刚才还四处走动的人，全都拿了酒杯汇聚到了一处，显然，刚刚来了一位重量级的宾客。

她见状向服务生要了一杯酒，回到人群之中。只见李霁云的身边，多了一位身材高挑的女性，一身新中式风格的装扮，像把一幅水墨画穿在身上。他说想来大家都知道了，但还是走个流程，然后便介绍说这个女人是自己的母亲，阮欣洁女士，也是Galaxy的实质控制人。

“沈麦，你来一下。”李霁云忽然叫她。

沈麦深吸一口气，平复了一下心绪，走上前去，她还没来得及打招呼，却见阮欣洁大步走到她跟前，热情地握住她的手。

“呀！沈麦，你好，”阮欣洁的语气有点浮夸，“好多年没见你了，现在好美啊。”

沈麦受宠若惊：“您，您好，我们见过吗？”

“你应该没见过她，但她很了解你，她是云霆当年的经纪人，”李霁云与母亲交换一个眼神，“地方给你们安排好了，现在就可以过去。”

茶室静谧而典雅，座客却心潮澎湃。

阮欣洁提住茶壶，轻拉手腕，上下三起三落，水声三响三轻。李霁云的泡茶技术已经很娴熟，但跟这位师父相比，细节上还要差出不少。

沈麦仔细端详着她的脸。当年云霆在片场，身边都只带了助理，样貌如此出众的经纪人，只要出现过一次，她就不会毫无印象。

她有许多想问的事，话到了嘴边又不知如何开口。阮欣洁倒是侃侃而谈，说她进天寰的第一个工作，就是带云霆这个新人，她说《父女》开拍之后，自己大部分时间在国外，所以沈麦没见过她很正常。

“毕竟，云霆在出演这部电视剧的时候，已经不能算是天寰的人了。”

阮欣洁点出了一个圈外人不太清楚的事实，云霆出演《父女》的时候，正与天寰处于一种十分微妙的关系。

当时男主演公布的时候，所有人都很震惊，在大众认知中，一位天王级人物，几乎不可能来演一部主打青少年市场的偶像剧，况且早期的剧情，几乎全是这位天王，给一个新人作配。而这些舆论，让当年的沈麦也曾感到莫大的压力。

阮欣洁的表情忽然严肃起来:“沈麦,你回到天寰,是为了云霆吗?”

“对,”沈麦毫不犹豫地说,“所以我才会出演《寻红者》。”

接下来的时间,阮欣洁打开了记忆的匣子。

她记得,云霆在天寰干了这么多年,大大小小的矛盾,说过也就过去了,唯一一次闹到台面上,是因为一部音乐剧。

云霆当时接到了一位海外导演的邀请,想和公司商量能不能留出长时间的档期。阮欣洁努力争取了,但高层却认为出演音乐剧的收益,远配不上他作为天王的名气。于是,这份邀约最终不了了之,这件事让云霆很受刺激,间接导致了他后来与天寰翻脸。

阮欣洁说,他出走公司后,第一件事是成立了自己的工作室,与天寰抗争,而最终他选择出演《父女》,则意味着这场抗争以失败告终。

“您认不认识柏儿?”沈麦忽然想到,左罗的母亲既然是云霆的制作人,他们一定会有交集。

“你居然知道 Belle 的本名啊,我们很熟,”阮欣洁很是惊讶,接着说道,“那时候公司安排我出国了一段时间,我不在的期间,他们做了一些对天寰不太有利的事。于是公司停掉了云霆所有新专辑和演出的安排,命令他来上新剧带新人。”

“原来是这样。”

沈麦只是记得第一次与云霆见面时,对方又亲切,又有活力,丝毫看不出半点失意。

想到自己后来听从公司的安排,与这样的恩师渐行渐远,她心里愈发怅然。

“沈麦,云霆不止一次跟我说,你是他的贵人,”阮欣洁见她失落的样子,安慰道,“当时谁也想不到,这部剧居然红了,只是我以为一切要好起来了,后面却发生了那件事。”

“那些绑匪说想要柏儿留下来的东西，云霆拿不出来，所以就……”沈麦紧紧握着拳头，“您说，凶手会不会跟天寰有关系？”

“或许，想害你们的人不是天寰，而是幕后的什么人，或者，什么组织。”

阮欣洁说到“组织”二字时，话语间有些踌躇，表情和语气也都有点异样。

“沈麦，我想拜托你一件事，如果霁云做了什么奇怪的动作，请你帮我留意一下。”

“您的意思是？”

“你看到Galaxy上了云霆的一首歌曲吧。”

“看到了，您也不知道版权在谁手里？”

阮欣洁摇头：“霁云说他和真正的版权持有者做了交易，但坚决不告诉我是谁，我担心……他在干一些很危险的事情。”

回到会场，沈麦想着也得让左罗和阮欣洁见一面，就把他拉了过来。不料左罗的反应非常反常。

沈麦正介绍他介绍得起劲，忽然觉得自己的手腕被人从背后用力一拧，她回头一看，左罗表面神色淡定，但仔细看去，豆大的汗珠已经布满了额头。

阮欣洁很是热情，对左罗和林天炀的PK赞不绝口，说着还向前迈了一步，这一下，沈麦发觉抓着自己的那只手抖得更加厉害了。

这不是通常意义上的恐惧，沈麦脑中的记忆飞快复苏，迅速明白发生了什么。

这是左罗PTSD发作的表现。

PTSD，创伤后应激障碍，就是亲历家人朋友的死亡后，精神上留下的后遗症。左罗之所以落下这个病症，是因为亲眼看见了母亲自杀的场面。发作诱因尚不明朗，医生说基本上是能勾起他这段回忆的要素，比如电视里跟自杀沾边的情节。而多年后，他再度发作，似乎是因为看见了眼前这位看似人畜无害的阮欣洁。

“不好意——”

“妈，公司那边有点事，我们先去商量一下。”

正当她决定豁出去时，李霁云突然先开了口，示意她往外走。

沈麦朝他抛去一个感恩戴德的眼神，与此同时，那双手的力道终于懈了下来。她听见背后传来粗重的呼吸声，还有一两句听不大真切的乞求。

她知道左罗不希望自己回头。

左罗半睡半醒间觉得身下摇摇晃晃，还被人用力地一抬，他微微睁眼，看见脑袋右边是闪个不停的监测设备，左边则是坐在椅子上跟人聊个不停的沈麦，她语速很快，但脸上看不出一点焦躁来。

他看见姐姐身边的人穿一身墨绿色，又感到胸口好像贴了一堆别扭的东西，这才发觉自己不在刚才的会场，而是在救护车的狭小空间里。

“扫完费啦，麻烦你们一会儿给他直接推进急诊就行。”沈麦摇晃着手机说。

“放心吧，我们经常跑沈主任那边，可熟了，进去不用我们帮忙？”

“不用不用，我叫了俩我爸的学生过来，后面不用管了。”

左罗闭上眼，听着沈麦跟急救人员开起玩笑来，又是说国内出救护车便宜，又是说自己弟弟练得太不知轻重，言语里还谈到病患有些出血，但这点问题无足挂齿。总之她云淡风轻的样子不像坐救护车，像去哪里开车兜风玩一天似的。

迷迷糊糊又睡了一会儿，再次睁眼，左罗发现周围换成了熙熙攘攘的门诊大厅，急救人员抬完担架就走了，只剩沈麦跟个女将军似的指挥俩人办这办那，两个小大夫看见患者的样子后很是慌神，丝毫不及家属淡定半分。

“咋样，好点了吗老弟？”沈麦给人都安排妥当后，终于得空关怀一下患者，“我刚从你兜里翻出来了一瓶药，能用吗？”

左罗盯着她手中的药瓶嗯了一声，沈麦二话不说拿来瓶水，拧了两下瓶盖没拧开，忽然一个手抖，瓶子直接就这么掉到了地上。

“哎哟我去。”

沈麦骂骂咧咧地蹲下身子，只那么一瞬间，左罗便窥见了她骤然发白的脸色。

当沈麦起身后，便又变回了那飞扬跋扈的模样，让人想起她在业内为非作歹的那两年。

“吓死我了你，这些年在外面发作过吗？”

“……没有。”

“你今天这样，是因为阮欣洁吗，你以前见过她？”

“那个女人……”左罗开口，刚刚平稳的呼吸又急促起来。

“好了好了别说了，歇会儿——”

“那天我妈去之前，见到的最后一个人就是她。”左罗用尽浑身力气，挤出一句话。

左罗这一觉睡得很沉，再度醒来时，他发现身上裹得跟个粽子一样，而身旁的陪护只披了一件大衣，趴在床边睡得昏天黑地。

出国后他这个病发作的次数不多,但每次都会在噩梦中挣扎很久，每每醒转，那种刺穿骨髓的寒冷，还有难以言喻的孤独感，都会让他连着几天都缓不过来。

而现在，那种寒意荡然无存，他仿佛看见了当年暖光下的少女，再次向他伸出手来。

时针指向凌晨三点，左罗轻手轻脚地拿起身上的毯子，仔细地在姐姐肩膀上盖好。沈麦双唇微张，呼吸轻柔而均匀，平日里闹闹腾腾的人，睡着的模样却是如此安然。

有人呼吸有条不紊，有人悄然间乱了心神，当左罗回过神时，两张面孔的距离已在不足咫尺间。

过了不知道多久，他终于能够退开一步，远离了那道名为“姐弟”的界限。

左罗自己也不明白是什么时候变成这样的，或许在两人生活过的那些年里，就有了些说不清道不明的苗头，而在这七年间，一种名为“逾越”的欲望，已然生根发芽。

“没有查清真相前，你没资格开口。”

左罗轻声低语，陷入脑海里的迷宫之中。

10

左罗出道

第二天一早，制作部举行左罗的出道主题会议，参会者不乏大佬，这种明显要爆的新人，人人都想分一杯羹。左罗一夜间基本恢复了，沈麦便嘱托了医院那边，自己先赶来参会。

今天的议题是讨论左罗的出道作品，一番激烈讨论后，众人定下了三种方案：压缩工期做原创新歌；从现有的曲库中挑选 demo；或者翻唱一首能引发话题的歌曲。

三种方案的争议都很大，有人坚持原创的必要性，有人认为这事不可拔苗助长，于是到了后面，所有人都在关注沈麦的意见，毕竟从会议一开始，李霁云就明确了她的位置——左罗制作团队的总负责人。

“我听了咱们曲库的一部分，质量其实不错，但没有适合他风格的曲子，”沈麦讲话注意着措辞，“所以，我倾向于另外两种方案。”

“原创的话，这么短的时间能不能做出来不好说。”一位同事提出异议。

“嗯，我明白，写歌不好搞。”众人七嘴八舌间，沈麦忽然有了新思路，“我有一个想法，观众们都知道《寻红者》是《父女》的续作，如果让他翻唱一首《父女》的歌曲，是不是可以人和剧一起炒个热度？而且，正好可以给做原创抢出来一段时间。”

她话一出口，屋里先是短暂的沉默，然后有人发出一声恍然大悟的“哇哦”。

“你别说，还真行，”一位前辈接着她的话分析起来，“比起翻唱别人乱七八糟的东西，还真不如选一首你的歌。”

“放在《寻红者》的发布会上唱，这事不就成了吗。”

其他人纷纷附和，越聊意见越统一，看到同事们这么捧场，沈麦有些受宠若惊。

“就这么办吧，”李霁云拍板，“沈麦你选一首歌做好改编，其他人尽快开始创作。”

确定思路后，沈麦准备闭关工作，只要不是罗子琼这样的大忙人来找，谁都一概不理，结果一位比罗子琼还忙的人，出其不意地找上门来。

刚在节目上打得不可开交，看到林天炀有点憔悴的脸，沈麦不免有点尴尬。对方问她有没有看到网上的视频，沈麦不明所以，一翻热搜才发现网上光年的热度条都要飞出来了。

这是一段练习室里的偷拍视频，画面模糊，声音却很清晰。

大体内容是队里吵架，Attack 小分队里的一个人对林天炀发难，说因为林天炀行程太满的缘故，他们来不及排练中间 dance break 的高难度动作，导致最精彩的部分不仅不能用，也让另外两人的练习成果全都白费。还有两个队友也跟着补刀，林天炀被几个人围在角落，连为自己辩解的机会都没有，光年的队长站在中间来回不是人，几次调停无果。

沈麦看得不大舒服，连忙拖动进度条，就在手指停下的时候，泠听恰好走进了画面。

“我不指望你们有多团结，但在这个节骨眼闹内讧，是想干什么？”

泠听大步走来，围堵林天炀的人群自觉散开。

“舞蹈老师跟我说了，林天炀就算没来合练，也会每晚给她发排练的视频，”泠听一副居高临下的姿态，指着为难林天炀的成员，“倒是你，直播副歌第二段结束时的走位，第一个跨步就跟其他人没同步，镜头没给到近景，我这里可是看得一清二楚！”

迫于冷听的气势，人们纷纷噤声。

“大家，各位，听我说一句，”沉默许久的林天炀终于开口，“我明白自己的任性给你们带来了负担，真的很对不起。”

他朝着众人深深地鞠了一躬：“这场比赛我会继续努力，你们对我有意见没关系，不管以后我还在不在天寰，但光年这个集体，我一定不会辜负。”

接下来是长达一分钟的沉默，见平日众星捧月的人这样放低姿态，谁也不知道该说什么。

视频在此处戛然而止。

沈麦难以置信地看着手机，她已经能想象到网上写的东西有多不堪入目。

“左罗是不是还没有经纪人？”林天炀露出为难的神色，“我想求你个事，能不能让我们的经纪人来你们这边？”

沈麦蒙了一下，光年的经纪人已经跟了他们好多年，怎么看都不是说换就换的事。

“为什么？他不是——”

“他被解雇了。”

林天炀说这事闹得很大，上面想方设法平息网上的怒火，鉴于他行程不合理的问题，很多粉丝都归罪于经纪人的能力上。谢尧就顺水推舟，让光年的经纪人来当了这个替罪羊。虽然有聪明的粉丝意识到这是在转移火力，但新来的经纪人很会操控水军，不费吹灰之力就把质疑声压了下去。

“好，但你得先告诉我，你为什么会跟公司闹成这个样子？”

林天炀瞒了这么久，此刻终于说出了实情："是因为 solo。"

当年沈麦第一次见到林天炀时，他还不红，被天寰当块砖，哪里缺人就往哪里搬，沈麦死活不明白他这条件是咋被埋没的，估摸着他上辈子是只哥斯拉，企图毁灭地球。

然后沈麦决定要帮一帮这头哥斯拉，这一帮，就给他帮到了光年里头。

光年是个通过选秀成立的男团，后来红得一发不可收拾。可几年之后，就像其他团体一样，个人发展上的矛盾也接踵而来：有人想多演戏，有人想多上综艺，还有人指着广告费躺平。

林天炀则比较有艺术追求，他说不想再搞唱跳舞台了，想当唱作人。这其实是当年领导给他画的饼，答应他只要成绩好，就支持他做 solo。只是今时不如往日，如今的 CEO 眼里可能只剩钱了，觉得 solo 投入高收益低，还干扰团队整体规划，就拖着不认账。

于是，为了达成自己的目的，林天炀只得偷偷干自己的事，而这些矛盾，也终于逐渐闹到了台面上。

"……我明白了，"沈麦点了点头，没有多问，"你回头直接让他过来吧。"

林天炀郑重地致谢，又问道："对了，你今天去了《寻红者》剧组吗？"

"没呢，我忙着弄歌，怎么，你找他们有事？"

"嗯，导演通知我过去试一个角色。"

把一首大家耳熟能详的老歌改出新意，是个吃力不讨好的事，上次沈麦对着一首小情歌思如泉涌，到了搞自己的作品，却变得寸步难行。

她扔了笔，坐在椅子上转了几个圈，仰天长叹。

天寰的团队出活效率很高，大家下班前都给她交了一份 demo，他们试图把那些青春洋溢的歌曲改得高大上，结果就是有种“三千世界山河永寂”的美感。

沈麦忍痛拒绝了回家享受左罗的手艺,义无反顾地留在公司加班。然后，她在冷清的茶水间里，撞见了一个同样坚守岗位的领导。

“你就吃这个？”李霁云指着她的泡面问。

“懒得下去拿外卖，”沈麦瞅了一眼他手里的面包，“哟，咱俩彼此彼此。”

“也是，辛苦了。”

他饶有兴致地看着沈麦撕调料包：“怎么，编歌不太顺利？”

“难死了，我纯是自己给自己挖坑，就等着跳进去埋了。”

“这样，我有个东西给你听，也许会给你点灵感。”

“真的？”沈麦刚拿起热水壶，直接放了回去，“感谢老板，快来快来。”

李霁云传给她的是一首半成品歌曲，杂音略多，像是拿手机在家里录的。沈麦把音量调到了最大，听了完整的一段，突然反应过来，这就是自己在剧中演唱过的《海鸥》。

沈麦在剧中的歌曲大多很轻快，特别适合做跳舞做操，有两首歌更是放遍各大中小学的操场,孩子们亲切地称她为“课间操女神”。《海鸥》则与众不同，这是后期剧情中，她在学校毕业典礼上演唱的曲目，励志、大气，字里行间充满了对未来的希冀。

李霁云播放的这个版本，乐器简化了很多，大部分都是钢琴在独奏撑场，然而很多细节的处理与原版截然不同，表达更加舒缓深情，还有时不时的鼓点与口哨声做着点缀，中间进来的一段木吉他间奏，更是设计得精妙绝伦。

沈麦不自觉地跟着哼唱起来。剧中，她是万众瞩目的明星，可毕业典礼上，却迟迟不见亲友团到场。看着每个人都走向各自的家长，她眼底的光渐渐黯淡。然而，就在一曲将尽时，云霆在最后一刻赶到了礼堂，高声为女儿人生的重要时刻喝彩。

耳机里的《海鸥》落下帷幕，沈麦感到有些恍惚。

“呀这这，改得太棒了。”沈麦摘了耳机，不住地赞叹。

“这个版本是这首歌的原作者完成的，”李霁云迟疑一下，“你觉得适合左罗吗？”

“适合，当然适合，”她一拍桌子，“快，老板，帮我联系一下这人。”

“可惜，那位作者已经不在了……不过，如果是她的话，一定会同意把这首歌给你弟。”

沈麦闻言打开音乐播放器，只见《海鸥》的作曲作词一栏上，写着同一个名字——Belle。她这才发觉，左罗的母亲居然跟自己还有这等交集。

“……你知道她和左罗的关系？”她不太确定地问。

“当然，那场绑架案，警方的记录非常详细，想查都能查到。”

“李总，关于云霆和柏儿的死，你还知道什么？”沈麦急忙追问。

李霁云这次没有闪烁其辞：“他们两人成立个人工作室，这事得罪了天寰。我猜测，云霆后面做了一些让他们没法容忍的事情。”

对方的说法，和阮欣洁所言如出一辙。

沈麦记忆中的一个片段慢慢浮出水面——

“我惹了一些惹不起的人，麦麦，不要学我那么冲动。”

这是云霆当年出事前一段时间，对她说的一句没头没尾的话。

“对了，《寻红者》的男二号定了林天炀。”李霁云突然说道。

沈麦听到他去试镜时就料到了，但还是很意外在这种时候，他能拿到这么重量级的角色。

“林天炀 9 月会续约。”李霁云知道她在想什么，又补了一句。

“咦，怎么就突然续约了，他跟谢总谈拢了？”

“别的不好说，但至少他心心念念的 solo 有了。”

沈麦感叹这饼画了 4 年都没给人家落地，问李霁云是怎么说服谢尧这个铁公鸡的。李霁云说他建议林天炀去拿下《寻红者》里的男二号，然后再跟谢尧谈条件。谈了后的结果是，谢尧答应给他资源做 solo，林天炀接这部戏维持热度，顺便帮他牵制左罗。

“牵制左罗？”

“给表哥一个说法而已，毕竟都演一部戏，也好监视你们的动向。”

沈麦听着这说法有点牵强：“那，我不太明白，既然你想让左罗在榜单上超过林天炀，为什么这时候还要帮他？”

“哈，因为我有点对不住他。”

沈麦忽然想到了录左罗和林天炀 PK 的那天，网上乌烟瘴气的画面，以及，平台上犹如蝗虫过境一般的小号发言。

她就此打住，没再多想。

“不过，表哥动手还是挺快的，”李霁云耸了耸肩，“他打算把发布会的时间提前了。”

“他想提前到哪天？”

“这周末。”

“这周末？！”沈麦差点把耳机线扯成两半。

不算今晚的话，他们只剩两天准备时间。如果不是《海鸥》来得及时，左罗恐怕只能拿出一个普普通通，辜负观众期待的作品，还大概率会被同台的林天炀公开处刑。

“唉，李总，我服了，你这和谢尧神仙打架，可真是把我们折腾得够呛。”

“打架吗，我倒是希望换个得劲儿点的对手，”李霁云语气一变，声音低沉下来，“比起我那半吊子表哥，你真正应该小心的，是光年的经纪人。”

11

腾飞的契机

发布会改期的决策来得突然，罗子琼边骂边带着全部门加班加点。天寰大楼中层两个晚上灯火通明，后来附近居民反映半夜听到这里有狼嚎。

正式公布演员名单的这天，林天炀和左罗的名字并列出现，两人的戏份差距其实很大，但在宣发上完全是双男主的待遇。双方粉丝对此都不服气，罗子琼倒是对这个局面很满意，说反正全国人民现在都想看这俩人打架，越打剧越火。

在新一轮大战过后，沈麦的名字压轴登场，这才平息了争吵。她有些忐忑地问网上是什么反应，得来的答复是罗子琼竖起的大拇指。正如对方所言，转型期的黑红流量过去许多年，人们对她剩下的唯有怀念。

近年的新剧其实不太举办发布会了，多是线上直播，或者以扫楼、看片会等形式替代。这次《寻红者》的发布会，选在了能坐 2000 人的礼堂，誓要搞一番大阵仗。

发布会当天一早，光年的经纪人在林天炀的引荐下，正式加入了左罗团队。与此同时他还带来一个坏消息：上面把发布会的组织权交给了光年的粉丝后援会，因此别人的粉丝，早早就被拒之门外。

沈麦并不意外，谢尧的意图很明显，这次就是要给光年找回场子。

“这人气真夸张啊。”看到全场都在喊林天炀名字的盛况，沈麦忍不住吐槽。

“确实，不愧是天炀哥。”左罗面无表情地附和道。

两个没粉丝来的人很淡定，只有林天炀脸色贼难看，看那副脚趾抓地的样子，沈麦有点担心他那双死贵的皮鞋。

“都是我们那个新经纪人干的，”他捂着脑袋，有气无力地说，“她只说了声会搞定这次发布会，没想到搞成这样。”

“别在意，这种事当年我也经历过。”

“当年？你被谁欺负了？”

“是我粉丝欺负了别人，受害者是泠听，哎嘿。”沈麦回想着自己的缺德史，扬扬得意。

发布会不知不觉流程过半，《寻红者》的演员们挨个上去亮相并接受访谈。林天炀走上去时欢呼声震耳欲聋，搞得他为了控场屡屡分心，不得不中断了好几次。

“沈小姐，对发布会的热度可还满意？”

沈麦转过头去，来者一身笔挺的西装，手上拿着一支电子烟，外貌和罗子琼差不多的路数，但少了几分英气，多了几分看不透的城府。说城府可能有点抽象，反正核心意思是看着就像个坏女人。

她明白了，对方就是李霁云让她提防的光年新来的经纪人。

“满意满意，难为你找来那么多粉丝撑场子。”

“蒋梦，幸会，”女人与她握手，直截了当地说，“谢总说，要让这场发布会的主角是林天炀，而不是左罗。”

“噗，你们想什么呢，”沈麦看着观众席沸腾的样子，笑道，“这可是《寻红者》的发布会，主角难道不是我吗？”

蒋梦愣了一下，也笑了：“沈小姐比我想象中更有趣。”

沈麦也积极打探敌情：“你以前在南星文化工作？”

“怎么，是泠听告诉你的？”

“你觉得我们这关系，可能吗？”沈麦做了个嫌弃的表情。

“也对，泠听这个人性子倔，不听劝，说好听点就是不同流合污，”蒋梦抽了口烟，露出一丝嘲弄的眼神，“不过啊，她命还是好，都混成那样了，还能有人给她捞进这地方。”

“你想整她？”

“整？怎么会，我可要好好欣赏她在天寰过得什么样的好日子。”

沈麦看着她那皮笑肉不笑的模样，心里有些发毛。

“所以，你接手光年的工作，跟泠听有关？”

“是谢尧找我来的，让我干啥我就干啥，仅此而已，”蒋梦看着林天炀几乎是逃着下了舞台，“我倒是羡慕沈小姐，跟了个真正厉害的领导。”

沈麦没吱声，目光随着左罗走上舞台，耳边是全场高呼林天炀的声音。

主持和现场安保花了好几分钟才让现场稍微安静下来。导演有点尴尬，想多聊些有的没的挑起气氛，但不管怎么努力现场都没有一点掌声，仿佛左罗这位真正的男一号，在发布会里就没存在过。

类似的事件在圈内有许多先例，但发生在一个新人身上，也是闻所未闻。

当左罗聊到与其他角色的交集时，观众席中开始有人起身向外走去，没闹出什么动静，但在直播画面里清清楚楚。

“你安排的粉丝可真听话。”沈麦阴阳怪气地说。

“哎呀，我可没让他们用力过猛。”

“搞这么明显，你觉得大家不会对光年有意见？”

“闹得越大，关注度也越高，不是吗？”蒋梦向前凑了凑，小声说道，

“我倒是好奇，发布会真正的主角，现在又打算怎么办呢？”

“这个嘛，你就等着瞧吧。”沈麦轻轻一笑，拿起一直握在手里的对讲机。

“左儿，准备好吧，”她顿了顿，“嗯，就是现在。”

她的话音刚落，现场灯光突然暗了下来。人们还未来得及反应，钢琴演奏的旋律，从舞台上飘扬而至。

这首歌就像触动了所有人的 DNA 一样，往外走的那些观众，也纷纷停下了脚步。

后援会到底还是尽职尽责的，虽然找来的都是光年的粉丝，但大部分人，显然都对《父女》的种种非常熟悉。

聚光灯打来，照亮左罗的身影，他坐在场中的小板凳上，一首《海鸥》娓娓道来。

主持人和剧组成员纷纷掏出手机，打开闪光灯，为周围点起一片光亮。左罗唱了两句，观众席中又多了几个闪烁的光点，很快，这些光点开始蔓延，从上到下，从左到右，不出一会儿，就遍布全场。

他唱到副歌时，起身抬手，像是施了什么法术，接下来一大段副歌的“啦啦啦”，刚才还对他同仇敌忾的观众，竟纷纷加入了大合唱。

蒋梦面色铁青地看着失去控制的全场，沈麦的目光则不离左罗分毫。

再次仰起头，迎接左罗的，是排山倒海的欢呼。

两天间，左罗一直在打磨这首歌，光录制的版本，不同的处理，就有不下十余种。沈麦没有跟他聊这首歌应该怎么处理，只是一遍一遍地陪着他把编曲细化，最终现场呈现出来的答案，正如她的心中所想。

沈麦轻轻地与左罗合唱了最后一句，然后说道：“看来，这次发布会的主角，是海鸥啊。”

听了她的话，蒋梦一言不发。

从满场粉丝抵制，到《海鸥》震撼全场，最后集体沦陷，发布会这戏剧性的全过程，被镜头如实记录了下来，而且与《Attack！》那次一样，全程直播，让人没有质疑的余地。

罗子琼说这一出好像爽剧，要是每个明星都像左罗这样，宣传部的工作就可以去申遗了。

沈麦倒是没觉得哪里爽，这都第三次了，他俩还是从后门逃走的。

晚上难得能歇会儿，沈麦瘫在沙发上，有一搭没一搭地换着台。新闻上也都开始说发布会的事了，不光是左罗的表现，还有现场观众捧一踩一的行为，争议是一波未平一波又起。

她忍不住吐槽几句，但是身旁沉迷游戏的朋友丝毫不感兴趣。

沈麦凑到左罗的手机屏幕跟前，看见一只戴着蛤蟆镜的大企鹅，跟什么鸡啊鸭啊的打成一团，脸上的笑容逐渐凝固。

“……你这是在玩啥？”

“企鹅侠新作，昨天刚上线，很有趣的，我教你吧。”

她看着画面想起来了，这游戏是个老动画IP改的，火了好多年了，就是现在火的方向有点怪。沈麦说自己没什么兴致，她比较喜欢看别人打游戏，主要是嫌自己打得菜，经常说别人打是比谁更厉害，她打是比谁更好笑。

“不是，这企鹅怎么穿得跟个太监似的。”她看得懂人物形象，看不准这些奇装异服。

“宫廷装，第一批预约送的特典，还有泳装，要看吗？”

“……算了。”

沈麦有点羡慕当事人的情绪稳定，琢磨左罗要是参加奥运，保不准真能拿个奖牌回来。

林天炀力荐的经纪人动作就是利索，几天工夫就让左罗的粉丝组织拔地而起，粉丝们一番热血澎湃的操作，将偶像这些天取得的成绩广而告之。

《海鸥》的发布会视频，当晚就在 Galaxy 的热度榜上登了顶，连带着《Attack！》PK 林天炀的那首歌回到前三，导致光年的新歌惨遭夹击。另一边，收听指数上，《海鸥》也超过了云霆那首老歌，时隔多年，两首《父女》的歌曲再度于前二会师。

光年历来在榜单上所向披靡，这是第一次被人逼到这种境地，对方甚至是个还没正式出道的萌新。网上都说，现在左罗这个热度，他还有他背后的功臣，估计在天寰可以横着走。

沈麦想说，胡扯，人正在天寰，如履薄冰。

CEO 和制作部部长，两人越级打架的事已经闹得人尽皆知。大家都知道谢尧惹不起，李霁云也绝非是个省油的灯，于是只能夹在两者中间听天由命。沈麦现在去办公室送个东西，都得先侦察敌情，比抢银行还谨慎。

另一边，蒋梦新官上任三把火，把光年的活动拉回了正轨。新一轮的《Attack！》，光年赢得实至名归，总算是平息了一点之前的争议。此外，也许是蒋梦老在公司晃悠，这些天，泠听的人影都见不着。

沈麦无暇顾及身边的恩恩怨怨，毕竟《寻红者》试播集的开机近在眼前。

试播集的内容，剧组在试镜时就捋得差不多了，导演为了让这集更有看头，就把大小姐被绑的戏份提到了前面。

“为什么你和林天炀的台词加起来都没我多？”沈麦指着台词本，“特别是你，老弟，全是什么好的，明白，知道了，你是机器人吗？”

“很正常啊，编剧说给你加戏了，”左罗昨晚玩企鹅玩得上头，专注着闭目养神，“我前面人设就这样，你被绑架前，我都不用怎么开口。”

沈麦无言反驳，只得继续气鼓鼓地背台词。

上午大段的戏份，基本在讲述大小姐的明星生活，沈麦本色出演，毫无压力。而后，左罗接到长官的命令，从部队来到新家，姐弟俩第一次见面，对手戏就火花四溅。

“Cut！状态很好！”导演用力拍着手，“沈麦可以啊，功力不减当年，刚才那小脾气发得，别说观众了，我都想骂你两句。”

沈麦哭笑不得：“我就当您是在夸我吧。”

幸好俩人也就前面吵吵，每每想起她当年不分青红皂白，把案件的过错归罪于左罗身上，她就觉得自己简直该死。

“导演！”

就在她刚给胳膊上缠了一圈绳子，准备被绑的时候，经纪人突然打断了他们，他一路飞奔过来，跑得上气不接下气。

“刚泠姐告诉我，天炀突然昏迷了，人现在在医院。”

意外发生在泠听新 MV 的拍摄现场。

林天炀在 MV 里友情出演一个落魄的艺术家，一天因为醉酒失足落水，被自己梦中的缪斯救回。故事很浪漫，温度却很骨感，一大段长镜头都在水下拍摄，林天炀因为时间紧迫，想要一口气拍完，结果他光顾着敬业了，完全忘了自己的身体几斤几两。

沈麦一行人赶到的时候，林天炀刚从抢救室被推出来，医生说是因为过度劳累，人没大碍，不过还得留院观察一晚。

泠听也停了手头的工作，似乎在这里等了很久，沈麦看她脸色苍白，显然还没从刚才的惊心动魄中脱离出来。

林天炀的助理告知众人他本来的行程，大家听了面面相觑，想不到新经纪人来了后，这工作强度非但没有调整，反而变本加厉。

“蒋梦知道他出事了吗？”沈麦问。

“她先带了其他几个人去电视台了，还没过来。”小助理怯怯地说。

“呵，这就是她的风格。”刚才一直沉默的泠听，突然开口。

沈麦逮住机会单刀直入：“发布会那天我跟蒋梦见过面了，你和她认识？”

“……说过几句话，仅此而已，”泠听不愿多说，“我下午要去公司一趟，先走了。”

沈麦快快地闭了嘴，指望泠听能够坦诚，纯属自讨没趣。

“怎么，我们的关系这么见不得人？”

走廊的安静再度被打破，蒋梦神不知鬼不觉地出现在他们面前。

“我在南星文化当经纪人时，泠听是我的第一个艺人。”

沈麦有段时间爱看国外的医疗剧，她感觉国内大部分这类剧，剧中角色似乎从头到尾就只有俩目的——传播正能量和领结婚证。而国外医疗剧就很敢拍了，什么勾心斗角、尔虞我诈，一个小诊所里的人际算计比皇帝后宫里还要复杂。

看到泠听和蒋梦两位演员的对手戏，沈麦忽然觉得有那味儿了。

“想不到才来天寰几天，我的艺人就被泠听小姐折腾病了。”

“你明知他的身体状况，还给他安排那么多工作，”泠听用力反驳回去，“堂堂光年的人，至于要接这么多莫名其妙的活？”

“泠听，你还是老样子，”蒋梦扫了一圈周围的人，笑道，“林天炀知道自己想摆脱天寰，就要承受自己所作所为的代价，不像你只会逃避，等一个白马王子来救自己。”

沈麦琢磨着李霁云哪里像白马王子了，像头恶龙还差不多。

“南星以前那些事本来就不光彩，你还打算带到天寰来？”泠听质问道。

“光彩？”蒋梦冷笑一声，“你眼中的不光彩，多少人求也求不来。”

“蒋梦，你到底想干什么？”

蒋梦没搭理她，从包里掏出几张单子，交给林天炀的助理：“手续办好了，不用通知他家人了，人醒了就告诉我，没我的允许，不能对外说。”

“你——”经纪人忍不住想上前，被沈麦拦了下来。

蒋梦眼神轻蔑：“小子，作为过来人我教你一下，这种时候要第一时间发微博报平安。”

“微博？”

沈麦翻出自己的首页，最新刷出来的一条，赫然是林天炀躺在病床上的照片。

网上吵得热火朝天，病房里却是一潭死水，泠听走时有点魂不守舍的，沈麦看她这样子也不好再问什么。左罗的经纪人实在看不下去朋友如此受罪，恳切地请求留下来照顾病人，沈麦便把该交代的都交代了，带弟弟一起返回剧组。

“姐，你怎么看蒋梦说的话？”左罗刚才一直缄口不语，直到上车后才开口。

“天炀自己选择跟公司对着干，搞成这样也没办法，”沈麦嘴上云淡风轻，心里却沉甸甸的，“如果让艺人能随意做想做的事，就不是天寰了。”

“其实你当年也跟他一样，不是吗？”

“是啊。”沈麦自嘲地一笑。

左罗说得没错，在她的歌手生涯中，所有的形象都是团队精心规划好的产物。

《父女》开播的前几年，她保持着元气少女形象，在青少年市场中所向披靡。随着年龄增长新鲜感褪去，她又非常聪明地“适时”转型，再次抢占了大众的视线，或许她是有点造话题的天赋在，这次她将公司安排给她的黑红路线，发挥得淋漓尽致。

她其实跟团队提出过自己想做什么样的东西，但得来的答复都是一成不变的“你不适合”“市场不会买账”等，久而久之，也就懒得去辩解和抗争了。

自从当了制作人后，沈麦专注于挖掘别人的需求，也经常强调适合的才是最好的，久而久之，就忘了自己想要什么。

“你帮林天炀做他的东西，没考虑过再做自己的音乐吗？”左罗又一句话敲打过来。

“别胡思乱想了，左儿，我现在心思就放你身上。”

沈麦好声好气地揉着他的头发，左罗似乎被她揉得有些别扭，撇过脑袋去，没再吭声。

12

名声大噪

林天炀是第二天清醒的，昏迷后这一觉睡了快 20 个小时。

许多平日不关心林天炀的人，此刻也纷纷为他发声，天寰的所有相关账号下，都被愤怒的文字淹没。迫于大众压力，光年的官方账号紧急发布通知，说林天炀暂时休养，不参与任何公开活动。

塞翁失马焉知非福,不仅光年的内部矛盾随着这起事件悄然化解，蒋梦那边也终于收手，之前公司为难人给他安排的工作，要不取消，要不推后。

林天炀出院的前一天，沈麦拉着左罗过来探望，他的病床周围堆得满满当当的，全是队友塞的东西，什么鲜花水果玩具应有尽有，光游戏机就有三台。

“再送下去你都能做电商了。”沈麦好不容易找了个空位，把一大把向日葵塞了进去。

林天炀不好意思地笑笑，大概是睡眠足了，气色比之前好了不是一点半点。

两人都很清楚，无论是左罗还是光年，都只是两个派系博弈的棋子，可是这场博弈，她到现在都没有弄清是什么目的。

过了一会儿沈麦使唤左罗下去买东西，趁着他不情不愿地走了，她连忙问道:“天炀，你知道谢尧和李霁云，他俩到底有什么过节吗？”

“……我大概知道一些。”

林天炀说以前天寰管事的人是谢尧的父亲，就是一直很关照沈麦的谢董事长，而在光年成团的前一年，CEO 完成了更新换代，他的儿子谢尧隆重登场。

管理层的人对谢尧的态度很微妙，谢尧作为名正言顺的继承人，虽然做出了光年选秀这种大成果，但光年成团后，他再也没有匹配得上天寰 CEO 的表现。

而他们对李霁云的看法，观点差异就比较大了。多数人不喜欢他轻浮张扬的作风，但左罗 PK 光年这件事，已经有人看出了其中的端倪。现在他又带来了沈麦和左罗两员大将，他们意识到这个传说中不学无术的小公子，似乎并不简单。

天寰虽说是家族企业，但领导者的位子是能者居之，林天炀说倘若李霁云这个外甥更优秀，大老板未必会让亲儿子继续当这个 CEO。

沈麦再次确信，《Attack！》从头到尾，都是李霁云做好的一场局。左罗是李霁云亲手挖掘，带进公司的新人，而谢尧能在公司立足，最大的资本就是光年，这场关注度足够高的对垒，已经达到了李霁云的目的。

只是她想不明白，云霆版权，这天寰多年搞不到的东西，李霁云是凭什么本事拿到手的。

“其实不止一个人说，李霁云有点谢董事长当年的样子。”林天炀忽然说道。

“所以，你才去找他帮忙 solo 的事？”沈麦想起他那突如其来的选角。

“……比起被人控制到底，不如赌一把试试。”

沈麦摇了摇头：“你当心点，如果换成董事长来干这事，现在是能给你甜头，以后让你做什么可就说不好了。”

林天炀苦笑着让她放心，毕竟对方在天寰经历过的事，他一清二楚。

今年新海市的秋天来得有点早，这才刚到九月，早上出门就有点凉飕飕的。

八月初立秋时全网都在营销什么“秋天的第一杯奶茶”，现在又到了“开学的第一杯奶茶”。这年头的消费主义太浮夸，人们的钱不是大风刮来的，倒是都像大风刮走的。

“姐，你要什么口味的？我给剧组买点。”上车后左罗递给沈麦手机，认真地指着屏幕。

“你怎么也……给我来杯柠檬茶就行。”

左罗得令后起劲地操作起来，沈麦扫了一眼屏幕，好家伙，都买成开心茶白金卡会员了。

新季节要有新气象，天寰的人们也在做着相应的努力。

《海鸥》为左罗的原创作品争取了足够的时间，沈麦从5、60首歌曲里反复斟酌，最后挑出了风格迥异的5首组成了一张EP。EP与《寻红者》的宣传接力上线，各大平台的推广一次到位，用一个词来形容就是“横扫”。沈麦看着这一长串推广列表眼睛都酸了，感叹早年是先红一首歌才有数据，现在是得先有了数据才能红一首歌。

另一边，在体育场的演唱会上，光年现场公布了续约消息。表面上与公司和团体和解的林天炀满血复活，宣传部每天都忙得不可开交，大字报通稿和热搜层出不穷。

泠听最近也在全国巡演，每次开票粉丝都是哀号一片，新海体育场可开心了，光年前脚刚塞了几万人进来，泠听后脚这就来了，四舍五入天寰也为我国的体育事业做出了杰出贡献。

微博首页全是天寰的人，沈麦每次打开都有种在远程办公的感觉。

当然，在光年和左罗斗得火热时，沈麦自己也不声不响地整了个大动作。

《寻红者》在片花发布的前一天，放出了迄今为止最重磅的宣传。

“好久不见，我是沈麦。”

画面里，七年没露面的女明星正襟危坐。沈麦不紧不慢地聊着自己的近况，从幕后工作，参演《寻红者》的想法，再到对云霆的怀念。她说自己暂不考虑回归舞台，只想安心把戏演完，给剧组，也给所有观众一个交代。

这段复出宣言让《父女》全系列回到了热播剧的榜首，连带着她自己的老歌，在 Galaxy 榜单上刷掉了一大片同行。或许是绑架案后的网暴让很多人真情实感地反省过了，又或许是现在知性的形象与隐退前的“黑红偶像”判若两人，沈麦并没有遭到预期之中的攻击。

看着同事们香槟开得起劲，沈麦久违地体会到了劫后余生的感觉。

第二天导演发来消息，说试播集给领导们都看过了，上面统一认定这是只绩优股，说让他们把时长增加一倍，力求在正式开播时打个开门红。于是剧组内部开了个会，决定把“校园霸凌”这部分整个提前，用 90 分钟时长讲述一篇完整的故事。

校园部分的套路爽剧是这样的：转学生左罗以前都在部队，从没正经上过学，性格又冷又拽，校霸一伙闲得没事就找他麻烦，而唯一对他释放善意的班长，又在班里遭受同学霸凌。左罗对校霸的挑衅无动于衷，但看到班长被一群人围了，他终于破了功。

把该揍的人揍完后，他打听到这群人幕后有位“老大”指使。这个爱搞霸凌的“老大”是个不太干净的富二代，很可能与最近出现的娱乐圈不法生意有关。这项生意，涉及一种奇怪的药物，而这种药物，与此人的家里，脱不开关系。

后来左罗又查到点眉目，这位“老大”和自己家的姐姐，有些不清不楚的传闻。

“于是，你弟来问你情况，你骂了他一顿，然后你被绑走了，他还得去救你，”经纪人读着剧本，精准地做了个总结，“编剧把这女主写得，有点，有点——”

“作，别说了，我都想揍她，有一说一，后面我表现还行。”

沈麦扶额叹气，她感叹这女主真像为她量身定做的，飞扬跋扈、目中无人的样子，颇有她当年转型期间的风范。

后来左罗查到了那个霸凌班长的“老大”，是不法分子安插在学校里的下线，这个人想把一种有上瘾性质的药物销售给那些胆大妄为的纨绔分子。头头被抓，他的手下立马绑架了沈麦，企图是将她作为人质以一换一，当然最后只换得了所有人被左罗一网打尽。

一系列波折后，姐弟俩初步消除了误会，沈麦逐渐放下心防，愿意让弟弟担任自己的保镖，而在学校名声大噪的左罗，也一边融入着新的环境，一边打怪升级。

“所以，林天炀人呢？”经纪人翻了半天剧本，也没找到他几句话。

“哦，他前面都是‘床戏’，”沈麦顿了一下，“人家是受了工伤的人民好警察，要躺到第三集出院。”

“……”

左罗今天的打戏特别密集，他拍打戏全程不用替身，一气呵成，看得林天炀从病床上都不敢下来了，说过两集自己都不好意思登场。

剧组解散后，沈麦来到左罗面前，他看起来还没有出戏，手里紧紧抓着根棍子，好像随时就会给人头顶来上一下。

“醒醒，还没打爽啊。”沈麦伸手在他面前晃了晃。

左罗刚才有点失神，见姐姐站到眼前，赶紧说了声抱歉，把棍子扔到了一边。

“怎么，累了？”

“有点，”左罗往门口的长凳上一坐，问道，“姐，你相信现实中有那种药吗？”

沈麦怔了怔，没想到对方脑子里在想这个。

剧里描述的药物，表面用于治疗，也确实对病人有功效，但服用时间一长，便会给人带来强烈的药物依赖，进而就会带来幻觉、精神破坏。根据剧中的设定，那些不法分子企图用这种控制人心的药物，来做一些丧尽天良的事。

如果想要控制的对象，本身就是一个病人……

“这，这真不好说，”沈麦被自己的假设吓到了，“你问这个干吗？”

“我想到了我母亲，她当时，可能就是这么被人控制的。”

左罗说自己5岁时，他的母亲就因为某种药物侵蚀到了神经，发病时会将一切接近的人视为怪物，连亲儿子也不例外。那段时间，每每他尝试与母亲交流时，得到的都不是温暖的拥抱，而是一阵疯狂的谩骂。

PTSD严重到这个程度，冰冻三尺非一日之寒。

“那你母亲之所以会自杀，是因为……”

“姐，那天我不管怎么样都要救你出去，就是怕他们手中有这个东西。”

左罗沉声说了一句，眼中仿佛泛起一团幽蓝色的火焰。

沈麦憋着心中的怒火，她在CEO办公室里坐了十几分钟了，现在只感觉如坐针毡。谢尧不知怎的忽然召见她，上来就摆了个领导架子，说要探讨旗下艺人的发展规划，结果规划没怎么说，全是讲他的丰功伟绩，搞得沈麦以为他扯这么多是要管自己借钱。

她过了好半天才听明白，谢尧的意思是让她换边站队。

“你这种资历，没必要委屈自己去带个新人。”谢尧的语气倒是恳切。

沈麦有些尴尬：“谢总，真不委屈，我现在带新人可开心了。”

“能进光年团队的人屈指可数，我希望你能把握这个机会。”

“哎呀您高看啦，我觉得自己还不够格。”

“李霁云是不是给了你很多好处？”谢尧见她毫不动摇，也不再弯弯绕绕，“是钱还是股份？我可以给你双倍。”

“谢总，您误会了，我对掺和你们的斗争真没兴趣，”沈麦连忙打断他，“我虽然负责左罗的工作，但光年的事我能帮也会尽量帮，都是天寰的人，何必在这里内耗？”

“难道……你还介意我父亲当年对你的安排？”

谢尧忽然收起了刚才那副咄咄逼人的样子，搞得沈麦一时不知如何反应。然而她还没想好怎么答复，对方又开始打包票，说自己绝对不会随便为难艺人发展，搞得像林天炀之前和公司的闹剧，跟这位CEO毫无关系一样。

“嘿，她套你话呢，谢尧哥。”

俩人正驴唇不对马嘴地掰扯，李霁云就这么突兀地闯了进来，沈麦在心里大喊救星。

“霁云，说了进来前先敲门，”谢尧愣是忍着没发作，“什么事？”

“你俩聊的时间太久了，我们下午要开会。”李霁云瞅了眼沈麦，示意她赶紧撤退。

沈麦起身、鞠躬、撒丫子就跑，动作一气呵成，丝毫不给谢尧挽留她的机会。

“谢尧刚才为难你了？”

“也说不上为难啦，他问你给了我多少好处，说给我双倍，想收买我，”沈麦挑了挑眉毛，“怎么，李总不考虑给我加点码？”

李霁云不以为然地说：“你是左罗的原始股东，还看得上那些？”

沈麦不服气：“谢总人家是CEO，岂不是让左罗干什么就得干什么咯。”

“放心，他很快就没那个本事了。”

李霁云一句话给她干沉默了，搞得她有点发怵。

“还记得我跟你说，我跟一个人打赌吗？”

沈麦记得很清楚，左罗和林天炀，在下次Galaxy艺人榜上的名次。

“那个人，就是天寰的董事长，谢奕，我的亲舅舅。”

“……你跟他赌了什么？”

“如果我输了，就离职天寰，把Galaxy的股份全部转让给谢尧，如果我赢了，他这CEO的位子就保不住了。”李霁云说得轻描淡写。

Galaxy每年公布一次艺人大榜，根据实时数据分析，虽然左罗的几个维度全面看涨，但想要超过火力全开的林天炀，还是希望渺茫。

对此，团队准备了一套重型武器。

中午12点整，在各大音乐平台上听歌的用户，都发现了首页的异动。

平台首页上通常是广告和歌曲推荐，歌手放的广告图千奇百怪，想方设法让你点进去看看，而此时这些千奇百怪的广告，全都换成了不同角度的城市夜景，仔细一看，全是新海市的地标。随便点进去一张，都会链接到一个全新的页面，然后骑着摩托的左罗，就会从屏幕上慢慢显现。

待摩托开过去后，会留下一个视频，正是他的 EP 主打歌《滨海大道》的 MV。

画面里，他驾着摩托，驰骋在夜晚的在滨海大道上，光怪陆离的景象，在他惰懒歌声的烘托下，将新海市夜晚那份迷人的特质，数十倍地放大。

沈麦知道国外有些大牌也这么玩，用户讨厌那种逼你看的推送广告，但当所有广告都变成一个样子砸到你眼前，观感可就天差地别了。

这个砸法，需要很多很多的钱，现在沈麦明白了，李霁云卖掉 Galaxy，早就在为今天做准备。

面对左罗的来势汹汹，光年自然也有对策，蒋梦拿下了一档国内知名的户外真人秀，录制期间几个话题炒得风生水起，可谓未播先红。

最大的赢家是天寰的股价，沈麦感觉最近楼里的工作氛围都不一样了，上次她去宣传部开会，看见罗子琼对着屏幕上的 K 线边看边乐，跟相亲对象终于同意再见一次面似的。不过，罗子琼说这么大涨，各群到现在一个红包都没见到，估计大家都被套挺惨的。

现在公司里最烦心的人，除了谢尧外，还有一位意料之外的人选。

这天，沈麦正去找经纪人的路上，打算聊聊选综艺的方向。

上次左罗参加了一个访谈，导演反响特别不错，说是直播间里别人都在唱歌讲段子，只有左罗专心致志拼了半个小时乐高，在线观看还创了几十万的记录，观众朋友们觉得这孩子特别有个性。

沈麦听了这就有点忍不了了，想起自己那位转型实力派的童星朋友，上个综艺话少了叫背景板，话多了叫爱抢镜，这世界如此双标，让她就很想抓来自己的老弟揍一顿。

她光想着怎么抨击现实了，完全没注意到前面的门“咣”一声，窜出来一个人。

沈麦回过神来时，差点跟对面撞个满怀。

“我天，你不看路啊。”

她这一下差点把腰闪了，抬头一看，正对上泠听一张冷脸。

“不好意思……”

沈麦着实吓了一跳，换作往常泠听高低要跟她对喷两句，而不是像现在，一副病恹恹的样子，像被什么东西砸了脑袋似的。

抓来罗子琼问了一顿后，沈麦弄明白了，是泠听以前的作品出了些问题。

大体来说，泠听离开前东家前，留下了许多没有正式发布的歌曲。如今南星把这些资源给了一位新人，而她最近的新歌，很明显是将泠听录好的曲子进行了一番移花接木的操作。

当时还有几篇新闻，说泠听拒绝和这位新人同台演出，两人关系不和，新闻刻意营造出一副泠听仗势欺人的样子。对于此事，泠听的回应十分体面，后来媒体也觉得自讨没趣，就偃旗息鼓了。

罗子琼找来一段表演视频，镜头的小姑娘一头粉色头发，模样娇小可人，跳起舞来却是力度十足，动作干净有力，颇有泠听女团时期的风范。

沈麦想起来了，这个新人名叫夏新名，最近频频在电视上出现，年纪与左罗相仿。

“泠听居然能忍下这种事。”沈麦怎么都想不通。

罗子琼也纳闷，说泠听开始好像不同意，但蒋梦去和她聊了一下，就不明不白地妥协了。

沈麦想起那天发布会上和蒋梦的对话，她对泠听不是简单的恩怨，而是非常深邃的、露骨的恶意。

13

第一次代言

这一天，沈麦对门的邻居找上门来，说夫妻俩有急事要外出，想拜托她帮忙照管半天小朋友。

对门业主是个搞金融的女老板，先前因为公司爆了雷，之后便仿佛消失在了地球的哪个角落，音信全无。几年过去，事情摆平了，就从国外风光归来，不仅损失的钱回来了，还“拐回”一个外国小男友，中间俩人还折腾出一个孩子来，俨然是把人生的弯路走出了风采。

这是沈麦第一次见到两人的孩子，是个漂亮的混血儿。那眼睛、眉毛，跟她白皮肤的亲爹是一个模子刻出来的。

“姐姐，你知道人死了叫鬼，鸡死了叫什么吗？”跟两人玩了一会儿后，小朋友奶声奶气地问。

“是什么呀？”

“盐酥鸡！”

沈麦听了一口气差点没上来。

“哥哥，吃。”小朋友好像特别喜欢左罗，刚才还抓把糖，这会儿又拿着一块鸡块跑了过来。左罗蹲下身，接过小朋友的礼物，笑着摸了摸她的头，轻轻地说了声“好”。

沈麦拱了一下左罗的肩膀：“看你怪会哄孩子的，美国亲戚家有小孩？”

“没有，不过我做过一些志愿者活动，带孩子的不少，踢球、画画、郊游啊，都有。”左罗看着无忧无虑的小朋友，脸上露出一丝向往的神色。

“嘿，你真行，我都不知道你这么喜欢小孩子。”

“也谈不上多喜欢吧，但小孩子的心意是要回应的，长大后就来不及了。”

听了这话，沈麦心里面抽搐了一下。

“姐，怎么了？”

“没什么，就是觉得你刚才说话的样子好像云霆。”

沈麦好几次与他对戏时，都有种恍惚的感觉。左罗完全没有刻意去模仿云霆的形象，只是随着拍摄进度推进，他的一举一动，就越来越像当年那个灿阳一般的父亲。

“是吗？可能是我小时候看过他太多作品了。”

“小时候，作品？”

沈麦仔细一想觉得他这话不对劲。当初《父女》开播时，左罗对云霆完全没什么兴趣，他那时候不爱听歌也不爱看电视，唯一有张云霆的专辑，还是沈麦强行塞给他的。

“不对，你是什么时候，看过云霆那么多作品的？”

“跟我妈还住在一起的时候，”左罗接过小朋友扔来的气球，轻轻抛了出去，“那时候她已经不怎么理我了，我不会玩别的，只会看电视，家里全是云霆演的东西，我只能看那些。”

“莫非那两年，你一直都……？”

“嗯，每个都看了很多遍，”左罗语气平淡，像在说别人的故事，“所以表演里有云霆的痕迹，很正常。”

5 岁的孩子，本该享受一生里最无忧无虑的时光，与父母玩耍，和朋友打闹，探索五花八门的兴趣，见识大自然的风光，而不该像左罗这样，一个人憋在暗无天日的屋子里整整两年，把看了几十遍的片子翻来覆去地看，还要调大音量，试图掩盖掉亲人的疯狂。

沈麦揉了揉眼睛：“你母亲给你讲过云霆的事吗？”

“哈，她可爱聊了，都是娱乐圈那点事，我听都听烦了，”左罗收起膝盖，微微低头，“她有时候也会看这些片子，一看就是一整天，不知道睡觉。”

“……那你父亲呢？”

“我从来没见过他，也没人提起过他，好像这个人没存在过一样。”

沈麦不知道该说些什么，只觉得胸口闷得厉害。

“哥哥难受吗？给。”小朋友不知什么时候挤了过来，手里攥着一把糖。

左罗按着小朋友的肩膀，给她调了个头：“谢谢，别光给我啊，能不能给姐姐一些？”

小朋友瞪大眼睛看着沈麦，看她表情好像也挺难受的，于是乖乖地把糖捧了上去。

“啧啧，你以后肯定是个好爸爸。”

沈麦撕开包装纸，把糖挤到嘴里，过了几秒她忽然眉头一紧，叫了声“哇好酸”，阳光顺着她仰头的角度洒下来，将她那有点狼狈的脸，映得通红。

左罗目不转睛地注视着她，喉结不动声色地上下一蠕。

敲锣打鼓大半个月后，《寻红者》的首播集终于亮相，这次的故事涉及了不少社会敏感问题，与《父女》的基调反差很大，老观众都表示看得很爽，粉丝们也跟着发力，首播集的播放量轻取各大视频网站第一。

另外，同沈麦一样，人们也都注意到左罗在镜头中与云霆惊人的神似，特别是与沈麦同屏的时候，让人有种播放列表串台的感觉。网友们纷纷化身福尔摩斯，然而查了半天还是一无所获，最后只落下个结论，天王的私生活实在是太过于干净。

说到天王，Galaxy 也没放过这个蹭流量的机会，首播集上线后，云霆的歌曲又上架了好几首，几乎全是《父女》原声带里缺失的部分。网上都在猜测已经有人拿到了云霆的版权，他的 15 张专辑重见天日，也是指日可待。

对于云霆版权流出天寰外这件事，谢尧很不高兴，指责李霁云这么干没考虑到天寰的利益，李霁云则一副事不关己的态度，说这是版权的提供者单方面与 Galaxy 签订合同，且拒绝与第三方扯上关系。

沈麦十分肯定，过不了多长时间，两人必有一番交锋。

校园霸凌的剧情过后，《寻红者》的故事终于进入主线。在担任沈麦的保镖期间的这段时间里，左罗注意到她的竞争对手，似乎与自己调查的犯罪分子有所瓜葛。

这位竞争对手屡次败在沈麦手下，终于动了害人的邪念，沈麦在左罗的保护下躲过一劫，而后提出了自己做诱饵，在这场聚会上将那些人一网打尽的计划。而号称能治疗抑郁，实际上有着严重上瘾功效的药物，也第一次在故事中展露真面目。

抑郁。沈麦看着剧本，神色凝重。

抑郁症真正可怕之处，在于患者患上而不自知。沈麦曾有个圈内的前辈，今天还在聚会上谈笑风生，隔日只是出门吃个早饭，就忽然走向了沿海的大桥，一去不回头。

借着他人求救的机会，来干泯灭良心的事，她只想送上四个字，不可饶恕。

“麦麦姐，愁什么呢？”

沈麦正散发着心中的正义感，就见林天炀一身警服，扛着把枪，全副武装。

“哟，怎么把警察叔叔招来了，”她举手点了个赞，“装扮不错，人模狗样的。”

林天炀这男二号前面本来没啥戏份，负伤躺了三集，导演为了不被骂宣传欺诈硬是给他加了好多镜头，他的角色是个警察，走另一条平行线来追查犯罪分子，执行任务时不时和左罗撞一块，然后不打不相识。

沈麦趁机打听敌情，林天炀说蒋梦虽然为人不敢恭维，但工作能力确实百里挑一，而且最近在谢尧的授意下，她这手伸得越来越长了，俨然要在天寰分一杯羹。

她想，谢尧未必知道李霁云那个赌注的事，但从他最近的一系列动作来看，再怎么脑子迟钝，也该明白了自己的表弟在扮猪吃老虎。

这一天，李霁云发来了 Galaxy 最新的内部报告，由于 EP 和电视剧的大热，左罗在艺人榜上的面积急剧膨胀，已经是个初具规模的六边形。

虽然是不错的成绩，但想超过林天炀，火候还差得很远。

沈麦认真盘点了一下手头的工作，发现自己忽略了一个重要的点，代言。

在娱乐圈，名人广告既能提升品牌的价值，也反过来影响明星的咖位。天寰每位艺人的代言路子不同，比如泠听是非大厂大牌不接，光年则主打一个百花齐放。

经纪人说最近是有些品牌方找上门，聊过之后他感觉诚意一般，多数是想趁左罗身价不高的时候碰碰运气，不过这次联系的品牌来头有些蹊跷，他正准备找沈麦聊一聊。

沈麦看了这家的名字也觉得挺蹊跷的，心想人家找代言人都是为了卖货，这怎么还来了个做慈善的。

左罗第一次接触品牌方，沈麦马上接见了对面的负责人，亲自保驾护航。这牌子主做运动服饰，后来被一个高奢品牌收了当副线，这几年运动风很是流行，副线的风头差点盖过了本家。沈麦问他们为何会找上左罗，甲方的答复是想找点新鲜面孔，来扩展顾客群。

说起扩展顾客群，沈麦有段很是憋屈的经历。当年，她给一个大牌拍过广告，美其名曰叫什么青春体验官，要体现奢侈品也在拥抱年轻人，结果被家长们投诉下架了，说这是挥霍享乐和骄奢淫逸的不良风气。沈麦为这事郁闷了好久，说广告没了就没了吧，下架的原因还写了个不良引导未成年人。

负责人说让左罗拍几套造型试试效果，这一试摄影师停不下来了，让他不停换 pose，然后自己上蹿下跳，动作特别像左罗爱玩的那只企鹅。等蹦跶够了，摄影师忽然来了句行了就他了，然后负责人得令，抱着一摞文件就跑了过来。

“我们想邀请左罗先生来当我们的首席代言人。”

“就这么定了？”沈麦目瞪口呆。

“嗯，他是我们老板，他自己说了算。”负责人指着摄影师说道。

这年头代言人跟演员表一样，总是用些奇奇怪怪的头衔来模糊三六九等，原来大家都叫主角配角，如今粉丝可忍不了自家偶像低人一等的感觉，于是片方现在搞宣发用词都特别谨慎，像沈麦写歌的那部科幻片，里面就有 12 个领衔主演。

从商务 title 来看，沈麦那体验官撑死是个临时工，再往上的员工品牌大使、品牌挚友相当于试用期，而首席代言人就相当于正式转正了。

拍摄正式开始，观众们屏气凝神，摄影棚里只有摄影师的指示，以及快门的咔嚓声。只见左罗一身很显肌肉线条的运动服，外套一甩，墨镜一搭，愣是拍出了特工大片的氛围，整个拍摄过程几乎没有卡顿，唯有摄影师的语气越来越兴奋。

“沈小姐可以啊，带的艺人素质真不错。”

休息间隙，西装革履的负责人过来和沈麦搭话，见对方一副自来熟的样子，沈麦转了转脑子，好像两人确实在哪里见过。

“怎么，忘了我吗？”

“啊，你是——你不当模特啦？”沈麦想起来了，他们曾给一个饮料牌子拍广告，当时沈麦一首歌给这牌子唱出好几个爆款，后来老板每次见了她表情都跟地上捡到金条一样。

“哈哈，被你拒了后就没那心思了。”男人这话听不出来有多少开玩笑的意味。

沈麦讪讪一笑，当年自己发过的好人卡着实不少。这位负责人知道她如今单身后，估计心里头的火苗重燃了，意图也是越来越不遮掩，考虑到左罗来之不易的代言，她也只能优雅地打着太极，不敢露出一丝一毫的得罪之意。

“沈小姐，今晚有没有——”

“不行，完全不行！”一声吼叫吓得全场一愣。

替她喊出“No”的是刚才还状态大好的摄影师，一顿折腾后大家才弄明白，原来是负责人找来的女模个头太高，上手一拍后不知触了他那根弦了，反正就是坚称与左罗的成片效果不搭。沈麦正寻思着没听说过嫌模特个子高的，就见摄像师朝她这边招呼。

然后，她就这么突如其来地被左罗揽住了肩膀。

“怎样，我就说很合适吧？”左罗的语气仿佛笃定对方会同意。

“好！开工。”摄像师只看了两人一眼便点头，下一秒，沈麦就被造型团队团团围住。

“等等，你们啥意思？”

“合照只需要女模特的背影，没必要再找人了，”左罗眨了眨眼，“帮我一下吧，姐。”

沈麦回头瞟了一眼，只见负责人正在老板面前跟孙子挨训似的，刚才冲她孔雀开屏的心气儿荡然无存。

她按照摄像师的指示，背朝左罗，两人肩膀靠拢，摆出颇有力道的动作。她许多年没有拍广告了，幸好上了妆套上衣服，该在的功力还在。

“你小子是故意的吧？”沈麦小声道。

“我只是‘建议’了一下而已，”左罗勾起嘴角，“那家伙一看就对你不怀好意，姐姐也不想跟他继续聊嘛。”

沈麦噗嗤一笑：“呵，你怎么看出不怀好意的？”

“男人的直觉。”

“好你个直觉，我要拍砸了当众社死怎么办？”沈麦随着快门声变换一下步子，对方紧跟着上前来，动作幅度似乎更大一分。

“你永远不会的。”左罗面向镜头，焦距对准他锐利而坚定的眼神。

从玄学角度来看，左罗这代言来得太顺，都说好事多磨，既然品牌方那边一路畅通，那必然有人要从其他地方膈应你。

果不其然就在即将官宣前，媒体开始煽风点火，说有可靠证据显示，左罗之所以能空降参赛，是靠着抢走了公司另一个人的机会。

所谓的可靠证据就是聊天记录，大家经常调侃这东西断章取义不可信，但事实证明真给你放面前摆一排，很多人就是受用。

沈麦把这些截屏都看了一遍，这位新人很会卖惨，但身份还真不是无中生有。罗子琼说这人是上个月解约的，整个过程双方都心平气和，想不到对方会挑这时候来捅人一刀。她知道很多无良媒体都这么操作，在品牌方宣布合作后，就一条接一条地爆出黑料，以此要挟他们把这事摆平，说白了，就是收保护费。

两人一致决定不能开这个口子，正想着怎么转移热度时，一波未平一波又起。

光年不少粉丝对左罗积怨已久，现在好不容易逮着个机会，立马借题发挥，不到一天就有三四个版本的金主故事传播开来，就在人们猜得起劲时，左罗和这位“金主”就大剌剌地出现在八卦版的首页上。

“哟呵，这照片是什么时候拍的？”李霁云调大了屏幕，只见沈麦很亲密地靠在左罗肩上，姐弟俩看起来都有点喝多了，灯光这么一照，氛围还挺暧昧。

“估计是那天庆功会上疏忽了呗。”沈麦有些无语，想不到幕后的人还留着后手。

现在的情况是，这张照片一出，吃瓜人群顺藤摸瓜，理所当然地认为左罗之所以发展势头这么猛，是因为他和这位消失多年的明星有不正当男女关系，沈麦当年的劣迹斑斑，更显得这个猜测格外有说服力。

“下面你打算怎么办？”

“宣传部那边已经开始行动了，”沈麦不慌不忙地剥手上的橙子，“捅左罗刀子的家伙肯定不会善罢甘休，得先揪出来他的狐狸尾巴，然后再送他上路。”

李霁云乐道：“想不到你搞公关还挺有一套的。”

“谢谢夸奖,以前被骂太多了,经验丰富,”沈麦说着忽然沉下眼皮，“被网暴是怎么个感受，我可太清楚了。”

李霁云注视着她的双眼，张了张嘴，最后也没有开口。

14

中秋节的演出

罗子琼有一群不打不相识的记者朋友，每次公关都是跟这群人纠缠不清，这次她也挨个邀请他们来天寰，说主人公要亲自出场爆料。

沈麦多年未在公众面前现身，大家想问的东西太多了，才一开场就被这群记者搞得毫无章法，她费了好一番力气，才把话题扯到近日左罗的绯闻上。

她直接上结论，说左罗是她弟弟，名正言顺的家人，然后掏出手机，当场把一条早已编好的微博发了出去。配图全是俩人多年前的合照，最中间的一张，则是《寻红者》的主角海报，旁边还配了一句话："今后，让我们继续一起成长吧。"

不光在场的人，左罗自己都看傻眼了，说姐你怎么这都留着。

气氛烘托到位了，沈麦声情并茂地开讲，从俩人小时候的趣事，到多年后的重逢，再到共同走到同一部剧里的机缘巧合，把中间那些变故全部摘走，相亲相爱得天衣无缝。

记者们也都感动得够呛，纷纷说这么美的姐弟情是怎么跟潜规则扯一块的，真是道德败坏，人心不古。还有人说沈麦当年就一直被误会，到现在网民怎么一点长进都没有。

还不是你们这些家伙搞的。沈麦听着这些话，忍着翻白眼的冲动。

沈麦的一堆合照直接炸掉了微博服务器，上次类似的情况是有个单身多年的影帝被爆有三个老婆，热心网友对比后发现这次转发数更高，说明我国网络技术近年又取得了重大进步。

对面被这阵仗干蒙了，好久才有人反应过来，抢同事上节目的事还没个说法。正当有人揪着这事不放时，那位“新人”悄然上了热搜，还带着几张不打码发不出来的照片，再次把局搅得天翻地覆。

吃瓜群众看了这堆马赛克，直呼天寰人真会玩，立马像扒左罗金主一样行动起来，开始深挖这背后的故事。

眼看这一扒要出事，当事人终于慌了，灰头土脸地录了个道歉视频，承认自己从天寰走人跟左罗没关系，是自己一失足成千古恨。

沈麦问是不是罗子琼出手了，罗子琼表示自己毫不知情，并痛心疾首地说，一定是因为自己心思都在相亲上，才会导致工作能力有所退化。罗子琼对待脱单这件事是认真的，只可惜她正常发挥就能毁掉一段男女关系。

或许，这件事还是跟李霁云脱不了干系。沈麦想。

一个指控，两次反转，这场风波既扩大了左罗的知名度，又把《寻红者》的搜索指数炒到了新的高度。团队趁着粉丝都在上头，顺势将代言消息正式官宣,没过多久,品牌方就传来喜讯,称这次销售创了纪录。

罗子琼说一般新面孔的走红往往都是阶段性的，热度不容易持久。像左罗这种，一出又一出，跟连续剧似的，别说放天寰了，放眼整个娱乐圈也很少见。

比起红不红，沈麦更关注的是左罗对这些事的态度。

“怎么，被晒了一堆照片不开心？”沈麦见他闷闷不乐，把手机怼到他面前，“你看你小时候长的，冷是冷了点，但是很可爱嘛。”

“……为什么要说我是你弟弟？”左罗的目光掠过屏幕，对准沈麦的脸庞。

“你是不是傻，人家想造谣不正当男女关系，你不用姐弟堵回去你说啥，”沈麦给了他肩膀一下，“当然你姐我长得比较嫩，说兄妹好像也不是不行——”

“我不是那个意思。”左罗表情纠结，不知不觉抬高了音量。

两人对视了几秒，沈麦被他的纠结搞得莫名其妙。

“到底是怎么了嘛？”

“姐，你一直把我当小孩子吗？”

“你才多大，怎么就不是小孩子了，嗯？”沈麦摸了摸他的头，语重心长地，“你只用维持好自己的形象，这种事就交给我处理，好吗？”

左罗刚才还一副理直气壮的样子，忽然就像泄了气的皮球一样，再也蹦跶不出声。

沈麦没当回事，她想对演戏的人来说，这种程度的多愁善感，也是十分寻常。

中秋马上就要到了，往年新海台的晚会都是预录，今年他们想玩点花的，当天搞直播。台里邀了一批现下红火的熟面孔，编导想邀沈麦过来与左罗合体，他们这次想突出家庭主题，姐弟俩刚刚闹出这么大热度，来添一把火可谓再合适不过。

沈麦想了想还是作罢，她觉得第一次上这么大的晚会，让左罗能solo就solo。

晚会录制期间，沈麦悠哉地在后台边看演出边刷手机，场后主持也跟着搞直播，正如编导所说，这次来的都是一对一对的，在秀恩爱方面特别敬业。

摄像机晃到一对演员夫妇跟前，老公贴心地给老婆喂水果，主持人嚷嚷着又虐狗又虐狗。沈麦对这种秀恩爱一直是嗤之以鼻，在她印象里这群同行还没分居的都屈指可数，反观独自练歌心无旁骛的冷听，这时候就很像一股清流。

她正想过去“骚扰”一下，就见泠听身后不远站着个小姑娘，几次迈了步子都没上前。她以为是什么新来的小助理又被吓怕了，绕旁边一看，居然是泠听前东家捧的那个新人，夏新名。

夏新名在舞台上英姿飒爽的，这时候却踱着步子磨磨蹭蹭，几分钟过去了毫无进展，沈麦怎么也搞不明白这一出戏是什么意思。

就在她胡思乱想的时候，一起突发事件，随着经纪人的电话杀到。

直播晚会的看点和风险呈正比例，现在好多人觉得看翻车比看演出还有趣。

翻车最常见的原因是超时，沈麦有次参加晚会，擅长煽情的主持人刚好遇上泪点太低的嘉宾，众所周知哭是会传染的，现场一片人哭得上气不接下气，愣是花了好几分钟才把场子找回来，然后轮到后台一群小姑娘梨花带雨了，编导为了不超时，砍了她们的节目。

现在左罗遇到的突发事件，就是那几位小姑娘的翻版。

一开始台里开始制定节目单时，有一个大腕本来说到不了，结果在晚会进行到一半的时候，人突然杀了过来。业界都知道这人脾气可不小，真直播时给你来一句这种晚会不来也罢，那谁也兜不住。

这么一搞酿成的后果是，为了平衡人员构造，编导准备踢掉一个单人节目，于是后半场资历最浅的左罗不幸中招，经纪人据理力争了半天还是败下阵来。

“那个夏新名也是今年出道，天寰什么时候这么没面子了，”经纪人愤愤不平，“他们还说咱的人已经同意了，我问是他们跟谁沟通的，也讲不清楚，搞不懂啊。”

“有啥搞不懂的，现场谁来头最大就跟谁沟通的呗。”

“你是说，蒋梦？”

沈麦是这么猜测的，编导遇到问题去找天寰的人商量，蒋梦正好在场，就这么直接替他们拿了主意。经纪人一听有点泄气，天寰这种地方矮人一截就没话语权，蒋梦这一越殂代庖，他们一时间还真没什么好办法。

“可是！左罗第一次参加晚会，总不能任人欺负吧？”他满脸不甘心。

“别急，我有法子，”沈麦看了眼时间，“走，找编导去。”

上一个节目刚送走了一整个剧组，观众们瞅着台上的布景一个个搬上来又搬下去，最后空旷的舞台上只剩下一架钢琴。

主持人正念着串词，忽然看见提词器的内容全变了，差点嘴瓢，他正奇怪单人表演怎么忽然多出来了一个惊喜嘉宾，就见台下跟扔了一炸弹过去似的，炸起来一大片人。

震耳欲聋的欢呼声中，“惊喜嘉宾”从聚光灯下现身，落落大方地走到台前。沈麦提裙颔首，向着七年没见过面的舞台，微笑致意。

几分钟后，这幅画面上了各大热搜头条，后面还跟着一个火红色的“爆”。

两次了，两次她跟左罗合作《星尘不曾为我歌颂》，加起来磨合的时间还不到 20 分钟。

时间紧迫，这次的演出是上次的完全复刻，只不过，上次她是注视着一个考生的背影，这次是注视着一颗冉冉升起的巨星。

沈麦太长时间没登台面对观众了，她有些紧张地抬头，正迎上眼里充满信念感的左罗。他不知道何时从舞台中间挪过来的，现在正靠在钢琴旁，就在自己边上。

就在回归的第一天，沈麦生平第一次感觉到，舞台不是那么孤独的地方。

晚会散场前，沈麦找到了这次的罪魁祸首，蒋梦倒是敢做敢当，她说左罗表演火了，惹了泠听的夏新名也熄火了，问这么好的结局，对方还有什么不满意的。

沈麦知道再说下去也是对牛弹琴，便警告她若还有下次，还会让她搬起石头砸自己的脚。

蒋梦笑着说，我们拭目以待。

光年一行人离开前，林天炀偷偷回过身，无声地对沈麦说了句抱歉。

沈麦的突然袭击给晚会带来了变数，更带来了热度，直播结束后全网都是关于姐弟俩的话题，似乎没人关注节目单上消失了一个身影。

这个时候，所有人都在向沈麦道喜，唯独泠听发出了不一样的声音。

"夏新名的节目被拿掉了。"

沈麦听了对方的话，心里一紧。

她知道节目组没那么善罢甘休，想不到最后还是有人中招，虽说夏新名的团队不怎么地道，但说到底还是因为自己才出不了场，沈麦也有点过意不去。

"怪不得搞这么一出，"听完对方讲的前因后果，泠听脸上不怎么爽快，"你们应该去找蒋梦当面问清楚。"

"你搞笑吗，直播时间那么紧，哪能花费工夫再扯皮。"

"什么叫花费工夫，这是你的复出首秀，你就这样简单对待了？"

泠听忽然语气一变，搞得沈麦一头雾水。

看沈麦一副无所谓的样子，泠听继续道："浪费这样的机会给一个新人当伴唱，你就这么给你的粉丝交代？"

"泠听你什么意思，浪费啥，我帮我弟有问题吗？"见她拐到左罗身上，沈麦也有点恼了，"你放心，我只想把《寻红者》拍完，没心思唱歌也没想跟你争。"

“你想捧他大可待在幕后，像这样子复出有什么意义？”

“我当然有理由，但我没理由告诉你。”

沈麦起身整了整衣服,主动终止了这场没有逻辑只有情绪的对话。

导演说《寻红者》的拍摄进度远超预期，其中首席功臣是男主左罗。罗子琼调侃说,他卷起来让人自愧不如,给他起了个外号叫“天寰卷王”,还说这精神让人想到雍正皇帝,自从知道雍正在位十三年,竟连一次避暑山庄都没去过，沈麦就对这位卷王肃然起敬。

沈麦还发现一件有趣的事，每当这部剧的情节推进一部分，Galaxy 就会上架一首云霆的老歌，这挤牙膏式的上架方式，搞得这平台也跟电视剧的热度一样，水涨船高。

越来越多的人关注到云霆的版权，谢尧对此事也是耿耿于怀，李霁云倒是对外把版权的事撇得干干净净，阮欣洁还说让沈麦帮忙留意他，留意了半天也没看出个蛛丝马迹。沈麦心想编剧真该把李霁云当个 Boss 写进来，铁定精彩。

说到 Boss，剧组进度正好拍到国际特工和当地警方一起打 Boss，这几集林天炀的存在感突飞猛进，与左罗之间上演了大段大段的对手戏。

沈麦在拍摄现场倒是没啥感觉，无非就是上蹿下跳的人从一个变成了两个。她最庆幸的是现在女主性格变好了，要不然眉头再皱下去怕是得报个工伤，落个永久性法令纹了。

这天沈麦忽然好奇，问编剧这次写药物犯罪是为了填什么坑，在她印象中《父女》原作里也有类似的情节，但并没有太多笔墨。

编剧说之前取材时，咨询了一位懂行的高人，发现新海市的一些历史很有意思，至于这人是谁，他神神秘秘地表示是“相关人士。”

沈麦越读这剧本越觉得不对，这位“相关人士”，似乎把现实中发生的不少事，让编剧以另一种形式讲了出来。

比如左罗提到的，坑害他母亲的药物。

“你听说过斯文森医疗吗？”见她一副很感兴趣的样子，编剧问道。

“斯文森……完全没印象。”

编辑忙不迭介绍起来，说这是一家海外的医疗公司，当年的代表产品是一种强效止痛药，只不过后来陷入了药物成瘾的争议，才上市不久很快就被禁止销售。剧中设定的药物，就是参考了他们的产品作为原型。

沈麦想到左罗看了这些情节的反应，很难不联想到现实中他母亲的遭遇。

“那，这家公司还在吗？”

“我查过，他们已经转型不做医药了，后来也没听说他们闹过什么事情，”编剧忽然一拍手背，“哦，还有个有意思的事，这家公司的董事长，好像是新海人。”

“咦，新海人？”

“斯文森医疗和天寰其实有点像，也是个家族企业，只不过很早就扎到海外去了。”编剧说自己怪对不起人家的，指不定他们干的都是救死扶伤的好事，还被自己这样编排。

沈麦默默记下了这家公司的名字，她总觉得他如此编排，或许并没对不起人家。

左罗站在老宅的海报墙前，翻开掩盖在海报下面的一份资料。

斯文森医疗，这家公司的强效止痛药，刚上市不久就停产了，现在没有人知道那些已经生产出来的药物去了哪里，即便公司的说法是已经全部销毁。

即便如此，在新海市仅有一处地方，还是能够找到这个药物的存在。

左罗握紧手中的药瓶，包装上斯文森的烫金 logo 已经氧化，开始褪色，他记得非常清楚，正是这个连警方都翻不出来的东西，当年把他的母亲害得不成人形。

而现在，这瓶药物是他的计划中，最为关键的一环。

他的目光扫过一张张海报，云霆在大荧幕上留下的经典形象太多，即使是转战青少年电视剧，那个英姿飒爽的父亲特工，也成了里程碑一样的存在。

《父女绝密档案》的海报上，两位主角各占一边，云霆穿梭在枪林弹雨中，而沈麦则在聚光灯下放声高歌。

“咚。”

左罗一拳捶在海报的左侧，在枪林弹雨中留下一道裂痕。愤怒与悲哀，糅合在他的眼里，不分彼此。

名利场

* 第三章

15

南星的过往

为了做好宣传工作，剧组几位主演最近都在积极接洽综艺，左罗也不例外，他接了一档真人秀的录制，时间要两天一夜。沈麦本想趁机约朋友出门扫货，一想到天寰卷王的工作精神，最后还是决定钻进录音棚里。

她感叹自己从前三天打鱼两天晒网，现在却向黑心的资本家低头，不过当她看见黑心的资本家办公室里也亮着灯，心情好了那么一丢丢。

沈麦以为办公室里就领导一人，结果一推门就跟蒋梦大眼瞪小眼，心想怎么加个班都能加到冤家路窄。

蒋梦倒是不尴尬，说自己约了和李霁云谈事，问她要不要一块听，还征求李霁云的意见。

李霁云很放松地说随意，沈麦见这俩人都笑得特别阴暗，猜到不会聊啥好事，只是一颗向往八卦的心，让她实在不忍离去。

蒋梦则开始了她的表演："哎，沈小姐，你知道左罗的代言原来是给林天炀的吗？"

见对方愣了一下，蒋梦讲起了代言的来龙去脉。

过程是这样的，品牌方先找到了蒋梦，双方谈得也不磨蹭，本来隔天就要签下合同，不想一个晚上对方突然改了主意，说设计总监想法变了要采用新面孔。

于是，林天炀好好的代言就被截胡了。

“我恰巧和那位总监认识，他跟我说是因为跟李总聊了聊。”蒋梦直接点名真凶。

李霁云摊开手：“哎呀，我只是推荐了一下，主意还是人家拿的。”

“我只是在犹豫，要不要把这回事告诉林天炀，”蒋梦瞄了眼沈麦，语气有些挑衅，“不过这样，肯定会影响他对左罗的看法，对吧？”

沈麦没搭这茬：“讲个丢脸的事，我以前被《M magazine》选上过开年特刊的封面，快开拍了人家给我踢走了，得腾位子给新鲜出炉的国际影后。”

李霁云插嘴：“原来天寰还有那么窝囊的时候，那后来呢？”

“没有后来，说到底呢，大部分客户，选人只看谁更优秀，谁更适合。”一口气说完，沈麦露出一个无所谓的笑。

蒋梦看她一副特别坦荡的样子，有点自讨没趣：“沈小姐见识真广。”

“那，不知道上个《Attack！》，是不是也看谁更优秀谁更适合呢？”

对方刚有点偃旗息鼓的意思，李霁云就冷不丁地来了一刀。

蒋梦听到节目名字时脸僵了一下，问李霁云提这个干吗？

李霁云说诬陷左罗的那个新人，签的下家本来是南星文化，但被爆了一堆马赛克后这事也黄了，现在只能盼着有富婆瞎了眼救济他一下。

“这人虽说是光年的伴舞，但以他的水平，南星给他开的条件有些好过头了，”他装模作样地说，“所以我背后查了查，你们猜他是用什么换的？”

“哎呀呀，不会真有富婆救济吧？”沈麦尽职尽责地当着捧哏。

“哈哈，你想多了，还能用什么换，当然是用能让左罗名誉扫地换的。”

“李总觉得这是我想的主意，对吧，”蒋梦也不兜圈子，“不过你要是调查过，就应该知道我跟南星那些人关系到底如何，犯不上为他们得罪人。”

“你当然犯不上得罪，但谢尧就未必了。”

李霁云的声音低了个八度，办公室里的空气像是结了冰，沉默许久。

在沈麦印象中，除了演纨绔少爷的时候，李霁云基本是心平气和的，刚才那么有压迫感的样子是第一次见，特别像电视剧里审讯人的特务头子。

怪不得蒋梦告辞的时候魂不守舍的，这么强势的人，竟然差点在门前栽一跟头。

李霁云说他调查得差不多了，左罗被诬陷的事蒋梦肯定有参与，但她没那个本事在签约上动手脚。他猜测谢尧和南星文化的高层有联系，蒋梦在其中起到一个穿针引线的作用。

沈麦感慨许多公司都这样，抢蛋糕跟小学生似的，只在乎自己分到多少，而不想着把盘子做大，南星文化好歹算个有竞争力的同行，谢尧却宁可借他们来对付自己人。

不过说到内斗这件事，李霁云也是五十步笑百步。

“我以为你会生气。”

“代言的事？那么低级的挑拨离间，”她终于问出了那个困惑许久的问题，“不过李总，你为何这么想把谢尧干下去？”

“因为我想改变天寰。”对方不愿多说，只有这个回答没有丝毫犹豫。

左罗一录完节目就赶回来了，第一件事是回家看他两盆蝴蝶兰。

这两盆蝴蝶兰是沈麦以前客户送的，她伺候不来，本来都半死不活开始长虫了，左罗也不知施了什么魔法，现在那俩花好好地待在露台上，天天精神抖擞。沈麦认为他如果不当明星，说不定能为我国科学技术进步贡献一份力。

罗子琼说网上评价左罗的表现很有爆点,沈麦心想有爆点很正常，就凭他军训的本事玩户外项目估计跟黑旋风似的，不亮眼才怪，直到罗子琼来了一句“所以你弟和夏新名是什么情况”，她才发觉这个爆点似乎和想象中不太一样。

这期节目关注度很高，正片还没出，路透就遍地都是，节目组也很会玩，提前放了段花絮出来预热，标题里还明晃晃地写了个“甜”字。

沈麦点开视频就看见左罗对夏新名来了个公主抱，然后一路小跑、冲锋陷阵。镜头精准捕捉到女主角别扭又害羞的脸，跟男主角那仿佛要去炸碉堡的表情放一起，瞬间就营造出了一种粉红色的节目效果。

左罗匆忙地解释说这段当时是出了意外，夏新名爬山时踩空了，摔得走不了路，他只想着赶紧运送伤员，想不到导演顺手搞了这一出。

沈麦笑他解释得还挺认真，好像跟个同龄人亲密一点，是什么了不得的事一样。

然而罗子琼认为可了不得，她说，你想给人当空调，人家只拉你炒 CP。

罗子琼问沈麦在转型之前有没有单方面被炒 CP 的经历。沈麦回忆了下说还真有，当时她也是上综艺跟个小鲜肉做搭档，俩人年纪差不多玩得也挺好，还约了一块打麻将，一晚上都在做大做强，结果节目一播天都变了，头条上全是 XX 夫妇的热搜，阵仗惊天动地。

沈麦不明白打个麻将怎么就能打出结婚证来，看了节目才发现好多他俩的镜头加工得有点过度，恨不得握个手都拍得跟戴婚戒一样。后来她才知道这是小鲜肉团队为了蹭她热度搞事情，可惜这笔账还没跟他们算，就遇到了那起绑架案。

罗子琼说夏新名现在蛮红的，俩人捆绑搭伙也不算亏，只是不知道对方是算计好了还是真凑巧，考虑到南星的团队前科不少，她主观猜测对方不是什么善茬。

她拍了一下左罗的肩膀，语重心长地说："小左，她要是说想参加你什么活动，糊弄过去，别傻了吧唧地答应，知道了吧。"

左罗为难地看向沈麦："姐，我票已经给了。"

左罗送的票是他的 EP 首唱会，演出在一个小剧场举行，全程线上直播。现场就 500 人的位子，直接给粉丝后援会里消化完了，只是这消化的过程有点曲折，有点像故宫里演了个三国演义。

首唱会的安排包含 EP 的 5 首歌，再加上几首精挑细选的翻唱。演出的主持人正好是刚跟左罗上节目的那个，一上台就调侃左罗的公主抱，逗得全场笑成一片。沈麦往身边一瞧，真巧，那位公主抱的当事人正跟她挨在一起，也跟那儿哈哈直乐，丝毫不见镜头上的扭捏。

夏新名乐够了发觉有人看着她，转头看见沈麦，不好意思地嘿嘿一笑。

"你好，夏新名。"沈麦友好地打了个招呼。

"沈麦前辈，幸会！"对方的回复热情又礼貌，身为后辈的表现堪称教科书。

沈麦趁这机会跟她聊了起来，明明是夏新名的团队搞事在先，她说话却不卑不亢，放松自在，反倒是沈麦每次开口都瞻前顾后，坐立不安。她觉得问题出在夏新名太直白上，所谓真诚是永远的必杀技，对方张口一句"团队让我蹭左罗的热度"，直接给她整不会了。

说起那天后台的事，夏新名有点尴尬："我就是想给泠姐道个歉，之前发那首歌是抢了她的嘛，团队的事我也做不了主。"

"你道歉时就打算这么说？"沈麦心想这锅甩得，泠听要是能信这么多年也是白干了。

“她知道南星里都是什么人，泠姐也拿他们没办法啦，”夏新名露出难为情的表情，小声地补了句，“况且她跟梦姐也熟，知道她也带我好久了。”

沈麦半信半疑：“蒋梦也是你的经纪人？”

“泠姐没跟你说过？我以为你们关系很好。”

沈麦听了无言以对。

沈麦听说过，泠听离开天寰后的几年相当不容易。

南星文化这家公司以前不温不火，后来他们老总在欧洲旅游，看到了当地一档不错的选秀音综，就买了版权再改造一番，搬回了国内，后来那个节目成了好几年的收视霸主。

泠听当年参加了这个比赛，她过五关斩六将，剑指冠军。然而，决赛进行到最后，她却连季军的位子都没碰到，尽管如此，她还是顺利地与南星签了合约。

刚开始两年，一切都在正轨上，仿佛名次是公司的安排，资源是给她的补偿，然而后面的走向却越来越离奇，比如，泠听好不容易发首新歌，半天却不见团队宣传，明明是参加综艺的好时机，却都忙着商演走穴。

某一天，泠听突然公开与前东家闹起了解约纠纷，这些年她的遭遇，也通通曝光，然后大家都还没反应过来，她就已经落户了曾经的老东家天寰。

之后，泠听推出了自己的代表作《虞美人》，自强不息的形象很快就深入人心，并借着这起事件积攒的热度，扶摇直上。

夏新名说当年泠听来南星时，她还是个默默无闻的小朋友，泠听很照顾她，时不时让她担任自己的伴唱。当时负责她们的经纪人就是蒋梦，那时候蒋梦像是个翻版罗子琼，整个人像正能量做的能量棒一样，跟如今说话夹枪带棒的样子判若两人。

刚开始，冷听就像一列高铁先锋号，唰唰超车，上面满意得不得了，特地在年会上把她拎出来表彰了一番，结果这一表彰就出问题了。夏新名记得就是表彰后没几天，冷听的工作状态忽然急转直下，之后，她就遭到了长时间雪藏。

这期间蒋梦并没有放弃，一直在奔走争取，只是她似乎越努力，冷听就越提不起劲，就这样，别人只能眼瞅着她们之间的嫌隙越来越深。

沈麦问冷听后来是怎么去天寰的，夏新名也不清楚详情，只知道有人点名要冷听的合约。她说冷听去了天寰后，蒋梦完全变了个人，重新整合团队，全力打造夏新名，虽然她后面的做法处处针对冷听，但冷听对此毫无反应。

再后来，夏新名事业走上正轨没多久，蒋梦就突然离开了南星，杀进了天寰的光年团队，然后就是沈麦见到的，两位前搭档针锋相对的场面。

沈麦觉得这发展很正常，冷听为人一向如此，倒是蒋梦还有如此憋屈的时候，属实意料之外。她想难怪蒋梦这么大怨气，这么长时间热脸贴冷屁股，换谁都得翻脸。

这是一场成功的演出，左罗收获了粉丝，沈麦收获了新鲜的瓜，姐弟俩都有光明的未来。

聊了大半场表演下来，沈麦认为夏新名这个人可以处，扪心自问，自己要是处在她那个位置，表现怕是还没她高尚。

首唱会的宣传效果超出预期，除了主打歌外，其他几首歌的热度也是鲤鱼打挺。

其中有首摇滚风的曲子，被一个知名的足球节目相中，专门放在

精彩射门集锦里。这曲子前奏一响，就没有一个门将能摸到球。很快短视频平台就开始跟风了，有人把这歌放进了一场著名的七比零赛事剪辑中，音乐一响，画面里就是门将扭曲的大脸，看着又好笑又心酸。

沈麦寻思着国足这情况，硬碰硬是没戏了，得指望哪天靠科学研究出魔法来。

转眼国庆假期到了，导演终于耐不住卷王这么折腾，发话让全组回去歇几天。这天沈麦进门时，看见左罗刚健身完洗了个澡，趴在沙发上愁眉苦脸地看手机。

“怎么，又打你那企鹅呢？”

“没呢，有个活还没弄好。”

沈麦凑过去看他屏幕：“哟，你这上微博干啥？”

“我有个任务要发照片，说假期要营业。”

左罗微博上线很少，发也基本是团队帮忙发的，他粉丝特别喜欢盯着他的上线记录，一个时间差都能脑补出他 500 字的心理活动。

“简单，你不养蝴蝶兰呢，拍两张那个不就得了。”

“他说人必须要出镜，姐，帮我出个主意吧。”

“哎呀好办，手机给我。”沈麦拿来手机，又不知从哪找来一条毛巾，甩了两圈，对准他的头顶就扔过去。

“喂——”

左罗手忙脚乱地扯掉毛巾，见沈麦已经咔嚓完了。屏幕上是他掀起毛巾的抓拍，头发湿漉漉的，表情一脸茫然。

“不错不错，下次封面就这么拍，发啦。”

左罗有点郁闷地拿回手机，见系统右上角的提示正在疯狂地跳数，不一会儿就飘上了热搜。

“好看吧，晚饭给我加鸡腿。”沈麦得意扬扬。

左罗问她刚才出去干啥了，沈麦说去了对门，邻居家闲得没事研发了一道黑暗料理，想让她帮忙起个名。

左罗问有多黑暗，一看她发的照片，两块月饼夹牛肉，中间芝士富得流油。

“你起了什么名？”

“滚出中国。”

16

国庆的奇遇

姐弟俩下午跑了一趟医院，不过这次不是去看病，而是作为家属去送温暖。

沈麦的父亲是个名中医，在市里的三甲医院当大主任，带过的学生少说有一个排。沈麦偶尔会介绍朋友找他看病，阵仗最大的一次是云霆。当时两个爹见面一见如故，聊得上头，沈主任特别豪迈地来了句我女儿就交给你了，吓得隔壁阿姨拉着她的手，说这都什么年代了，怎么还有童养媳呢。

说起来基因这个东西也是神奇，沈麦的爸妈都跟音乐细胞八竿子打不着，她爸以前还被仪仗队看上过，可惜他哪哪都好就是唱歌会严重拉低士气，就没进去。仔细想想要是星二代全都完美遗传了，世袭制的娱乐圈也挺可怕的。

姐弟俩进门时主任还在讲课，没讲正经的正在瞎聊，他说对付闹事的大爷大妈不要穿制服，直接花衣服配大裤衩，化身路过正义群众，周围一圈小大夫和保安都听得特起劲，估摸着脑子里都是魔法对轰的场景。

见姐弟俩进来后，沈主任立马领着一群学生围过来，上来就对左罗上次在医院住了一晚的事大肆渲染，核心意思就我儿子要有什么事，你们都要随叫随到。

沈麦想起来，住院那晚亲爹也赶过来探望，一进门就来了句“麦麦你从哪带了个男的回来”，她想这脸盲遗传得可真够到位。

今天放假，国际部也没啥人，沈主任让俩人先出去转转，等讲完课了就叫他们。然后左罗丢下一句“去厕所”，就遛得没影了，只留下沈麦跟扫地阿姨大眼瞪小眼。

沈麦坐在走廊的长凳上无聊地翻了会儿朋友圈，突然听见有人敲门问沈大夫在不在，于是抬头看了一眼。

放假第一天出门遇到领导，可真新鲜。

她目送李霁云进门，等下又看他从诊室里出来，跟主任一同杀向病房，有说有笑的。

沈麦抓住这缝隙进去打听，学生们说他们这里有个很是神秘的病人，住了得有小半年了，在最好的单人病房，至于这病人是干啥的，主任不说他们也不敢问。

李霁云探病还挺频繁的，有时自己来，有时跟别人来。有个胆大的人悄悄告诉她，来的人里面，有穿警服的。

作为送温暖的一环，沈麦给大夫们签了一圈的名，还说让左罗也贡献一下，结果回到走廊，只见左罗整个人蜷在角落的座位上，兜帽盖住他的脑袋，半天不抬头。

沈麦以为他在打盹，发现他肩膀抖个不停，才意识到不对劲。

“左儿，你——”

“不要紧，马上就好。”左罗制止了她，他呼吸急促，但声音听起来并不虚弱。

又是 PTSD。大概是因为这里比较清静，左罗这次发作持续时间很短，沈麦安静地陪他坐了一会儿，就感到他的呼吸频率逐渐恢复正常。

“你是不是又看到什么了？”沈麦攥着他的手问道。

“没，可能最近累着了，医院里待着不舒服，”左罗晃了晃头站起身来，“没事了，姐。”

他没说实话，沈麦几乎是下意识地肯定。她记得从前也有这种短暂发作的情况，毋庸置疑的是，他一定看到了什么东西。

沈主任下午没安排了，要带俩人出去吃一顿。车上沈麦问起了领导探病的事，沈主任纠结了好一会儿，只透露了病房里是李霁云的父亲，再说下去就牵扯病人隐私了。

沈麦从后视镜里看了眼左罗,他不知什么时候罩着兜帽睡了过去。

一个突然的念头从她脑中浮现，沈麦悄悄拿来左罗用的药瓶，从里面倒出了两颗，藏到自己的衣兜里。

我只是想帮他看看这药有什么问题，没别的意思。她竭尽全力说服自己。

国庆假期一晃而过，沈麦来到公司后顺路去宣传部吸收点元气，进门就看见他们部长瘫在椅子上放空，一副半死不活的模样。

沈麦小心翼翼地问她咋回事，罗子琼说她刚经历一场社死，还需要度过冷静期。

故事是这样的，罗子琼参加了一场校友组织的联谊，照着《非诚勿扰》的流程整的，说是相亲还整了个外星人主题。结果呢，变成了一群女嘉宾争奇斗艳，男嘉宾则像看一群奇怪生物似的静静旁观。

罗子琼觉得没劲想走，但又舍不得那盒饭，说不知道主办方哪里搞来的老干妈炒牛肉，可好吃了。结果节目开始了其他人都在补妆，就她一个人蹲地上专心吃盒饭，主持也挺没眼力见儿的，说请这位工友给咱们女嘉宾腾个地方。

这时候有个以前不对付的女同学笑了她一句,说有点格调行不行。罗子琼哪能受这气，说你算老几还好意思谈格调，送人礼物都只会送A货，那个“爱马壮”和爱马仕是什么关系。

然后争奇斗艳变成了鸡飞狗跳，跳的过程中罗子琼手里那饭盒飞了出去，不偏不倚扣在一个男嘉宾的脑袋上。

罗子琼后悔两件事，一个是饭盒扣人扣歪了，还有一个是忘了问主办方这盒饭哪里买的。

沈麦真真是听饿了，满脑子都在琢磨怎么让罗子琼去弄到这份老干妈炒牛肉。

制作部经常是大会之后接小会，小会一般是李霁云和沈麦的密谋时间。

今天密谋的内容是关于左罗的榜单排名，李霁云说左罗以这个发展趋势下去，榜上超过林天炀是指日可待，不过光年国庆发布的新作水花很大，也不能掉以轻心。

沈麦问他还有什么招数，李霁云说要等，等剧和作品慢慢播出，自然有出手的时候。

“李总，你国庆是不是去了趟新海中医院？”她惦记着在医院见到他的事，扯到了看病难的问题，然后顺口扯出了沈主任。

李霁云很是惊讶：“沈主任居然是你爸，多少人想找他看病也看不上。”

“小事，找我说一声不就行咯。”

“不用，其实我爸跟他是同学，挺熟的。”

沈麦判断李霁云应该没忽悠她，圈子里好多人特别爱攀亲道故。她以前遇到过一小姑娘四处说自己是泠听的同学，弄得她忍不住刨根问底，最后人家急了，说了句驾校同学不算同学吗，沈麦想想好像也说得过去。

“那，你父亲他最近身体咋样啊？”

“不咋地吧，伤了腿在医院住好久了，你问我爸做啥？”

“没，我就好奇一下谁能配得上阮女士那样的大美女，他做啥工作的啊？”

“为人民服务。”李霁云轻笑一声，跟回答记者提问一样，主打一个让人浮想联翩。

《寻红者》的剧情推进到略带感情戏的阶段，双方是姐姐和炮灰男明星 A。两人的开始和结束都比较俗套，倒是弟弟对渣男展开的“军事行动”让人津津乐道。

男演员跟沈麦对戏有点紧张，表示不懂怎么诠释剧本上写的“轻浮又漫不经心的笑中带着几分凉薄”，沈麦不敢接茬——毕竟编剧写这角色的灵感素材是李霁云那些桃色新闻，她发给人家的，也不知道编剧是怎么把外貌描写发挥成这样子。

她回头一看，左罗倒是入戏挺快，看他那张脸现在就挺凉薄。

说起李霁云的桃色新闻，估摸着他是准备篡位了，这些日子低调了不少，倒是有一位深藏不露的媒体朋友，终于把一直隐身的泠听给揪了出来。

只是这篇文章刚露了个脑袋,就以迅雷不及掩耳之势被撤了下去，罗子琼干的，说这一撤给公司账户撤走了好几个零。其实文章也没写什么实锤，只是将面会给描写成了幽会，公司里不少人还在私下捕风捉影，觉得李霁云和泠听看起来有点暧昧不清。

罗子琼悄悄告诉沈麦，下指示撤新闻的人是泠听，而且她对这些八卦反应有点激烈，相当反常。

今天沈麦回到家时，感到气氛有些不大对劲。

爱心晚餐已经在加热板上备好了，按往常这时候的厨师要不去健身要不在打游戏，反正不该是现在这样坐沙发前，一脸阴沉得像是在算房租的样子。

“姐,你回来了。”左罗飞快地扔下手机,有点不自然地打了个招呼。

“别藏了，看啥呢？”沈麦一屁股坐沙发上，“咋了，又有人说你坏话啦？”

左罗摇摇头，沈麦拿来他手机一看，确实是坏话，不过目标不是左罗，而是她自己。

“沈麦复出后,就像她弟弟的附庸一样,丝毫没有自己的魅力了。”

“她当年作妖那会儿虽然烦人，但真是有记忆点。”

这两条评论点赞的人非常多,飙到了热评行列,在前排很是扎眼。

“开什么玩笑，我不是表演了吗？”沈麦忿忿不平地说，“上次晚会明明——”

“别找借口了，你复出后都不发新歌，唯一一次上台也是帮我救场，不是吗？”左罗转过身来，不甘地问，“姐，你到底为什么不愿意自己唱一首歌啊？”

沈麦叹了口气,不到万不得已,她并不希望自己的弱点暴露出来。

“我说我自己上不了台了，你信吗？”

“……上不了台？”

“跟你实话实说吧，我有舞台恐惧症，而且有点严重。”

沈麦说自己录歌时还挺有当年的风采，然而一走上舞台，一切就开始不对劲了。

舞台恐惧症的直观体验是，聚光灯照过来后脑子是一片空白，手脚也不听使唤，大致来说，就是明明每个动作都想到了，但镜头里就是手忙脚乱，毫无协调感，有点像当代年轻人的生活，忙了大半天不知道忙出了些啥。

后来她让父亲帮她找了个专业对口的心理医生，试了几个疗法没试出个所以然来。她还没当回事，医生倒是被打击到了，现在人跑到了国外进修，为攻克心理疑难病症添砖加瓦。

其实得这病的原因沈麦自己心里有数，当年她顶着争议上各种节目时就已经有些不适了，绑架案后再这么一闹，就集中爆发出来，至今也无可救药。

“可是那次中秋晚会上，你不是挺好的吗？”

“……因为不是光我一个人在啊，嗨，管他们说啥，要不以后都跟你一块唱得了。”

“不行。”

沈麦随口开了句玩笑，想不到左罗反驳得特别认真，那眼神和泠听逼她时一模一样。

“大家都想看你重新回到舞台上，而且，我——”左罗看样子还有话憋着出不了口，脸上微微泛红。

“再给我些时间，好吗？”沈麦握着他的手，认真地回应。

左罗还想说什么，突然被一阵电话铃声打断。

他接通电话，一开口就是母语水平的英语，标准得跟进口片里放原声似的，沈麦自诩英文是她成绩单的遮羞布，结果他才几句下去就整得她一脸懵。

“美国那边银行的电话，说有人来让他们转交我一个东西。”一通电话打完，左罗眉头紧锁，神情肃穆。

“……是我母亲留下的硬盘。”

银行知道这么重要的东西耽误不得，直接寄了效率最高的快递，于是没两天工夫，这个包含左罗母亲全部心血的硬盘，就来到了他们家门口。快递员让他们在单子上签字时手都在哆嗦，说这单价值太高了，搞得他差点去申请运钞车。

虽说拿到了硬盘，但密码还没有着落，柏儿在日记里明确写道，密码只告诉了自己在天寰最信任的人。沈麦左思右想，公司里除了云霆外，唯一与她有交集的人就是阮欣洁。不过，虽说有李霁云这层关系，但在不确定阮欣洁就是“最信任的人”前，她不太敢把这个消息暴露出去。

一番讨论后，她认为硬盘找回来的事知道的人越少越好，左罗的想法亦是如此，于是两人达成一致，对这件事暂且绝口不提。

很巧的是，硬盘收到的第二天，Galaxy 又上了一批云霆的歌曲，这次包含当年好几首大热门，飙升榜上瞬间挤得水泄不通。

沈麦想着，这要不是李霁云缺钱了，要不就是那位版权持有人想告诉他们，自己已经知道了硬盘到了他们手里。

自从全体续约后，光年的一切都回到了正轨上，只是眼尖的粉丝发现，全团活动的次数在悄无声息地下降，反倒是个人接活的花样显著变多。传言是林天炀跟公司的抗争起了作用，其他成员谈续约时，也都纷纷提了利于个人发展的条件，好一个前人栽树后人乘凉。

林天炀本人倒是无所谓，对他来说最大的改变是 solo 计划，之前给人听首歌还得偷偷摸摸，现在可算能在公司里光明正大。

光年的歌曲主打节奏感，林天炀自己则偏好舒缓的民谣，他的私下时间几乎都用来写歌了，几首作品经过精打细琢，放在一起也算有模有样。不过他自己也很清楚，唱作人这条路是真凭本事打铁，虽说大众对他的新风格反响还不错，公司也同意拨给他预算，但绝不会在宣传推广时雪中送炭。

沈麦明白以天寰的作风，肯定不会给鸟笼开一个口子。因此，在她的建议下，林天炀决定在 Galaxy 平台上发些自弹自唱的视频，水花能有一点是一点。

只是想吸引粉丝以外的人注意到他的作品，比想象中还要艰难。

“你为什么一定要年内把 solo 专辑发出来？”

在沈麦印象中，专辑的宣发都是走长线，林天炀的这些歌更涉及一个风格转型的问题，如果铺垫时间不够，他个人只会被团体的光环淹没。

其实，她倒是能理解一点谢尧的想法，他现在需要光年集中力量对抗李霁云，如果换个时间，谢尧未必会这么为难他。

“必须今年发，”林天炀说得不留余地，“因为我爷爷可能撑不到明年了。”

“爷爷？”

“嗯，因为他我才会走上这条路。”

这是林天炀第一次讲述自己写歌的理由，他自小是爷爷带大的，爷爷是个爱好民谣的老歌手，也是他音乐道路的启蒙人。从默默无闻到名声大噪，林天炀事业上的每个突破和拐点，都有这位老人亲眼见证。

“我很早就跟他约定好，要创作一张自己的民谣专辑……如果不是他病情加重得这么快，我还有很多时间可以打磨。”

沈麦不禁埋怨自己，她早该意识到有其父必有其子，谢家人掌控的天寰，内核从未改变。

17

红鹦草

相比起林天炀个人事业的困境,光年的团体事业则是另一番风景。

自从被李霁云威胁一通后，蒋梦就消停了不少，一门心思扑在光年上，这个组合的势头也出现了显著回升，很快就像一只巨大的拦路虎一样杀回来，横在了左罗面前。

沈麦看这几天 Galaxy 艺人榜的战况异常胶着，猜测李霁云又该有什么动作了。果不其然，在光年又靠新代言霸占了一波广告屏后，李霁云就呼叫了她和左罗，不过这次找来他们的原因，和工作没有丝毫关系。

姐弟俩一进来，李霁云就把门关得死死的，氛围搞得跟小黑屋审讯一样。

“你们是不是收到了柏儿的硬盘？”

“你怎么——”沈麦脸色一变。

李霁云不给他们反应的时间，继续道:“那位给你们寄硬盘的人，想亲自跟你们谈谈。”

沈麦怔怔地看着他拨通电话，很快对面传来一个带电流的男声，听着像变声器，让她脑子里一下想到惊悚片里好几个经典反派。

她看了眼左罗，当事人似乎也对眼前的状况没有头绪。

“柏儿的儿子，你好，”对面传来一阵很强的电流声，“你们已经收到我的礼物了。”

“你怎么知道我母亲把东西存在哪里？”左罗问。

“我知道她很多事情，包括你手中硬盘的密码，”电流又闪了几声，模糊的声音变得稍微清晰了一些，“你想现在打开吗？”

沈麦见状想起身，问左罗要不要一个人看，他摇摇头，当下掏出硬盘连通了电脑。

短暂的读取时间后，屏幕上显现一排又一排的音频文件，整整100首。看到这些价值不可估量的心血，沈麦震撼得腿有些打软。

电话那面的人说这都是柏儿在几年里写下来的，天寰高层一直想让她放些进曲库，柏儿坚决不同意，说除了云霆无人能驾驭这些歌曲。

左罗问他能不能放出来听听，对方说这是柏儿留给他的东西，随他处置。听了好几首后沈麦腿更打软了，这些未发表的歌曲个个都像预备好的主打，而且风格超前，领先业界十年。

“这些作品有点像是他们用来对抗天寰的武器。”李霁云突然蹦出一句话。

“什么意思？”沈麦问。

“你还记得我说过云霆工作室得罪了天寰吗？”

李霁云说明星工作室大多是为了优化收入和税收而成立，而云霆和柏儿这么干，是为了追求彻底的独立。其中最重要的一步操作，就是把歌曲的版权从天寰转移到他们自己手里，也就是云霆工作室的名下。

电话对面的人说版权不在自己手里，真正操控的另有其人。

沈麦以前就觉得很不可思议了，在他们这行，大牌歌手因为和公司闹掰，导致不能再唱自己作品的案例比比皆是，而云霆和柏儿不仅自立门户，还成功地把这些歌都带走了。

虽说手腕令人佩服，但是后来的代价，过于惨重。

时至今日，沈麦终于觉得自己触及了当年真相的一角，然而接下来的信息，又让真相变得扑朔迷离。

“云霆之所以能从天寰拿到版权，手段无外乎两种，一是钱，一是威胁。”李霁云脑袋向着屏幕摆了两下，“钱倒是好说，而这个威胁嘛，这位寄硬盘的朋友想必很清楚。”

气氛一时有些凝重，那人沉默了一会儿，没正面解释，只说了一句谁都有软肋。

“按照我们的计划，等云霆合约到期，工作室就会完全脱离天寰，柏儿那些作品也全都以工作室的名义发行，”对面继续道，“只是后来出了很多事……”

沈麦快速梳理了一下经过，云霆成立自己的工作室，并且通过某种手段将歌曲的版权转移到自己手里，而他们与天寰的矛盾，最终酿成了那起绑架案。

有点不对劲。

她原先是怀疑天寰的，但现在一看，仅仅是为了未发表作品搞出这么大的动静，对天寰来说实在不合情理。

左罗最终决定不用硬盘里的歌曲，李霁云有点惋惜，说他错过了一张惊为天人的专辑。

比起什么专辑，沈麦更担心人身安全问题，当年这硬盘害得他们差点丧命，如今七年过去，鬼知道又会招来什么东西。

电话里那人还挺好，宽慰他们不用担心，说硬盘回国这事没几个人知道，而且真出什么问题第一个遭殃的肯定是他，而不是沈麦姐弟俩。沈麦抓紧机会，问他为什么要把云霆的歌放到 Galaxy 上，对方只说自己和李霁云合作有缘由，然后锅一甩，直接下线。

锅飞到了李霁云头上，沈麦也不说话，就这么盯着他。

李霁云没顶住她炽热的目光，解释说这就是他们的交易，交易内容就是云霆的版权，对方需要一个影响力足够的平台，而他需要为竞争 CEO 增加筹码。

“为的还是改变天寰？”

“当然。”

“和云霆和柏儿的事有关？”

李霁云看了一眼左罗：“哈，是有点关系，要不然这小子也不会答应帮我。”

“姐，你觉得当年绑匪要的东西，会是这些歌吗？”回家路上，左罗提出了这个问题。

“……不太像，”沈麦跟他想到一块去了，“那上百个音频文件未必都是歌曲，柏儿为了藏这个硬盘整得那么复杂，里面可能还了些其他东西。”

左罗眼前一亮：“我也这么觉得。”

当晚，为了进一步调查硬盘，左罗自告奋勇一晚上闷在屋里，就在沈麦差不多想要与周公见面时，他终于抱着电脑出来了。

“啊，累死了。”左罗把电脑和耳机搁到桌上，难得地抱怨了一句。

他说自己把硬盘里的东西全听了一遍，绝大部分都是完成度很高的 demo，只有一个文件很怪异，播放界面上的音频明明看着容量不小，放出来却只有一些奇怪的环境声效。他猜测这并不是音频文件，就改了几个后缀类别，还试了其他解析方法，都毫无效果。

沈麦盯着播放器突然灵光一闪，拿来自己的电脑，让他把文件传过来。

左罗看着她打开一个软件把音频丢进去，像变魔术一样变出了一整个文件夹，里面还塞满了图片。

“这，姐，你这是怎么弄的？”

“怪哦，我们这些小作者爱干的事，她怎么也爱干呢。”

沈麦自己也纳闷，解释说他们有人怕把作品暴露出去，就把音频源文件伪装成一些看似无关紧要的图片或文档，后来大家觉得好玩就经常这么干。

而柏儿玩的是反向操作，是把图片伪装成了音频文件。

沈麦打开解密后的文件夹翻了起来，很快便感到毛骨悚然。

受父亲的影响，沈麦以前自学过一些医学的东西，特别是中医方面，曾经买过教材，还跟过一段时间的网课。对外行来说，奇经八脉的东西太抽象，她看完就忘了，药物和诊断的东西倒是记下来了不少，虽然达不到给人瞧病看诊的水平，但相关的概念到了眼前，心里基本有个数。

那些图片里是各式各样的药物，有外观有成分，都与心理治疗有关，沈麦熟悉其中的几种，当初绑架案过后的很长一段时间，她都有服用。

药物的包装没问题，但成分表中一行红色的字，让她一眼看出蹊跷。

“奇怪，这成分里怎么会有植物药。”

“植物药？这是什么？”左罗看着她指的地方，上面写着一个没见过的词：“红鹦草”。

“等我一下哦。”沈麦在网上搜了搜资料，没什么收获，便给父亲发了一条信息求助。

“你怎么问这个？这不是什么好东西。”沈主任看到她发的资料，非常疑惑。

沈麦随便找了个借口糊弄过去，说就是想了解一下，过了一会儿，对面发来了一些简短的资料，让她千万不能往外传。

她读着资料里的内容，脸色愈发凝重。

“姐，你刚才说的那个红鹦草是什么？”

“你知不知道药物上瘾？”沈麦问。

左罗点点头，说他在国外有同学遭遇过。

“这么说吧，是药三分毒，许多精神类药物成分本身就有成瘾的功效，这个红鹦草属于植物药，跟它们差不多的原理。”

上次编剧提过斯文森医疗后，沈麦刚好复习了一遍相关的内容，现在结合父亲发过来的资料，她发现这个红鹦草，与那家医疗公司整出来的药物，有说不出的相似。

她放大了药物的照片，继续解释道：“你看图上这个治疗失眠的药，里面本身的治疗成分已经足够了，再加功效这么强的红鹦草，就很不对劲。”

“我懂了，这药里加了不应该有的成分，就变成了毒药。”

“嗯，打个比方，我是失眠患者，熟人给我这个药用我肯定不会怀疑，”沈麦说着说着代入了自己，“失眠药物本来就有副作用，现在还放了这么大量的红鹦草，后果可想而知。”

“这种药,我小时候见过非常类似的。”左罗竭尽全力抑制着怒火。

左罗讲述起母亲生前的情况，一开始她的精神问题不算严重，每次吃药都能迅速缓解，可渐渐地，随着药越用越多，她的精神状态也愈发不正常。

他的描述，和沈主任发来的药物信息，完全吻合。

“这里面的成分挺复杂的，恐怕还不止红鹦草一种新植物药，”沈麦边看照片边查资料学习，“这些药都放了有上瘾作用的东西，单放一两种没影响，但这么多的话，问题就大了。”

毫无疑问，这些图片都是有人设计生产非法药物的铁证。

“也就是说，照着这些设计图，可以做出带红鹦草的药物？”左罗问道。

“差不多是这个意思。”沈麦这下明白了，那些人的目标根本就不是这些歌曲，而且非法药物存在的痕迹。

她问左罗打算怎么办，他想了想说还是按照原计划，证据不足，找了警方也没用。沈麦表示赞同，光凭这些照片确实没法对号入座，不过至少可以证明一点，左罗母亲生前，正是被人用图中的药物，坑害了性命。

她最拿不准的是，李霁云究竟知道多少，以及他到底站在哪一边。

那天之后左罗就把硬盘封存了起来，有新的证据前暂时不让它露面。沈麦估计是因为这几天疑神疑鬼，追剧网站首页给她推的都是谍战片。

EP 发售后，左罗个人专辑的主打歌正式提上日程，沈麦和制作人们开了好几天选歌会，最后，一首轻快中带着忧伤的曲子脱颖而出。沈麦想让他挑战一下自我，理由是左罗之前要不开飞船要不炸碉堡，从没尝试过这么细腻的东西。

深秋时节，海边的枫叶正值巅峰状态，主打歌的 MV 也马不停蹄地开拍。

拍摄地点在市郊的一个度假村，这里海边围了一大圈枫叶，秋景号称新海一绝，沈麦以前闲得没事喜欢开车来这找灵感。现在不行了，游客数量多得实在夸张。

自从左罗给人带货带成销冠后，品牌方就三天两头送衣服过来，这次的装扮也正好用在了 MV 中。这是左罗第一次拍有故事情节的

MV，讲一个发生在秋天的酸涩故事，前情是少年暗恋邻家的姐姐，出国后念念不忘，回来后下决心约她出来，准备表白。

片头少年凝视着手里的枫叶，满脑子都是回忆的画面，结果一个电话不仅等来了姐姐，还等来一个姐夫，导演对他这一段的眼神转变赞不绝口。

沈麦问他拍这段时心里想着啥，左罗给她看手机里的企鹅，幽怨地说想着抽卡歪了。

MV 上线后飞速空降榜首，沈麦搜集了一下粉丝的评价，提到最多的关键词是“少年感”和“干净”。

沈麦看到干净两个字一阵胃疼，她转型期间跟一个日本男演员拍广告，然后对方好多粉丝在网上闹，说他多么多么干净，怕被罪恶的她和内娱环境污染，反正形容得跟需要用 84 消毒液洗澡似的，搞得她拍摄现场连对方的手都不敢碰。

两年后这人塌房了，还被劈腿对象爆料脱了内增高后，实际身高只有一米六二，沈麦也不清楚粉丝哭那么惨是在哭偶像劈腿，还是实际身高只有一米六二。

总之，这首歌给左罗的专辑打了个开门红，团队干劲十足地准备下一首，他们打算拔高一些格调，初步定在讨论环保问题拯救地球。

然而这边地球还没开始冒烟，另一伙拯救宇宙的人就杀了出来。

一早罗子琼发来悲报，他们的歌在第一还没坐热乎，就被光年的新单曲给赶了下去。光年这次是来势汹汹，大制作的电子舞曲，科幻风的 MV，上来就跟星球大战似的打了个酣畅淋漓，沈麦本来觉得他们预算够富裕了，一看光年这排场，比起来人家是飞机大炮，他们整一个小米加步枪。

他们这颗炸弹是扔给音乐盛典的，只是有人率先遭殃了，Galaxy

艺人榜上，本来已经摸到林天炀后脑勺的左罗，再次被甩开一截。

对歌手们来说，每年一次的音乐盛典相当于大考，能在上面混个提名，对事业的助力不亚于多红一首“养老保险”。

今年新人奖主要是左罗和夏新名在争，虽说当下左罗人气更高，但夏新名不仅作品更多，也有一张正式的个人专辑，实力和热度都不容小觑。

沈麦看着榜单上的六边形越来越危险，于是找了李霁云，想讨论一下造势的思路，想不到他压根就不着急，倒是先关心起了林天炀专辑的发行。

“你说谢尧不肯给他拨资金？”

“怕他这个风格不好卖，”沈麦讲了一遍林天炀碰壁的事，“谢尧想让他发那种一听就能火的歌，完全不管人家 solo 做的什么风格。”

李霁云听了很无奈，说谢尧以前就这样，看什么赚钱就一条路走到黑，能把光年运营成这样已经是超水平发挥了。

他问自己有什么能帮上忙的，沈麦忍不住提醒赌约的事：“你再帮他，你那股份还保得住吗？”

“你就当我在给自己找退路吧，”他轻笑一声，语气也不怎么认真，“可惜了，我要是不出国，光年现在是谁的团还说不好。”

“光年，你的团？”

李霁云微微眯眼：“光年选秀的企划书是我写的，如果不是我中途出了国，落不到我表哥的手里。”

沈麦恍然大悟，她对当年光年成团的火爆印象深刻，每周直播一次，开票一次，周围同事每到播出前两天就吃不好睡不好，选手出个排名比高考查分还紧张。

一个节目把人心态搞得七上八下，高压的赛制功不可没。她记得当时追直播，节目组每周都有新花样来折腾选手，人气如林天炀也是险象环生。比赛到一半时，网上曾冒出来一条新闻，说最近速效救心丸销量大涨，专家呼吁年轻人早日展开定期体检。

李霁云说他一开始帮国外的朋友搞综艺节目，写了这份企划书作为参考，后来这节目没搞成，又恰逢天寰计划搞选秀，就给公司送了过去。想不到谢尧随后杀出来，交了一份七八分相似的方案，随后就以 CEO 的名义召集人马。

沈麦一听两份方案的细节，说这不叫相似，这叫妥妥的抄袭。她问李霁云为什么不出来为自己说话，他说自己也是大意，想不到表哥为了立功如此心急，再加上他本来就要准备出国，这口气就这么忍了下去。

“不过我现在不打算忍了，”李霁云笑笑，“给林天炀带句话吧，找谢尧不如找我，他不是在 Galaxy 上开了个人频道么，我给他推广就是了。”

“你这是打算干啥，策反他？”

“天寰出一个勇于反抗的人不容易，就像当年的云霆那样，”李霁云的眼神令人捉摸不定，“所以，我很好奇如果帮他一把，他能走到什么程度。”

18

突出重围的Solo

林天炀又一次与谢尧交涉无果，他爷爷现在的情况很不好，一天中清醒的时间已经不多了，就在他有点想病急乱投医时，沈麦把李霁云的意思告诉了他。

“你要是这么干了，就是正面和谢尧翻脸，”沈麦一字一顿地说，“得罪 CEO 的后果，后患无穷。”

“已经得罪过一次了，还怕第二次吗？”

林天炀说完后笑了笑，没有丝毫犹豫就去了李霁云的办公室，然后当天晚上，他的个人频道就上了 Galaxy 的推送头条。

之前林天炀只在频道上发点自弹自唱，这次他进行了长达两个小时的现场直播，把自己对歌曲创作和音乐风格的理解，掏心掏肺地分享给观众。更重量级的是，他公布了专辑发行的日期，以及会在 Galaxy 上举办一场线上演唱会。

顶流偶像不乖乖唱跳跑来玩民谣，这事本身就很博人眼球，再知道他这么干是完全背着公司在搞事，这一下在圈内圈外都炸了锅。

沈麦看着在线收看人数蹭蹭往上涨，心想看热闹的人中但凡有 1% 是真听歌的，就已经是谢天谢地、要烧高香了。看到林天炀一副破釜沉舟的样子，她有些明白了，为何云霆和柏儿当年为何不惜与公司撕破脸，也要把版权都拿回自己手里。

然而，当天寰真要不惜一切代价控制你的时候，你往往只能无能为力。

专辑的事在网上闹腾一晚后，第二天公司那边立马就有了动作。

“嘘。”罗子琼一见到沈麦，就比了个噤声的手势。

根据宣传部的说法，蒋梦给每个成员都下了封口令，不得提一句与林天炀 solo 有关的事。现在的情况是，光年的团体活动照常进行，但林天炀自己在 Galaxy 上做宣发，谢尧再一手遮天，也遮不到他表弟那边。

罗子琼说，Galaxy 版权不归天寰管这件事，已经让很多人怀疑谢尧对公司的掌控能力，反而左罗一路的亮眼成绩，已经让很多人对那位“制作部部长”另眼相看。

沈麦让她预测一下谢尧会如何应对，罗子琼说他们应该会第一时间控制林天炀的影响力，最直接的方法，就是对他本人发起攻击。

“不听话就整点不好的舆论，你懂的。”

“嘿，这我可熟。”沈麦想起以前一些事，表情立马嫌恶起来。

罗子琼一语成谶，只不过受到攻击的不是林天炀的人，而是他的作品。

林天炀一转眼就发出了几首歌曲的试听，乐评人们也是趁着这个热度，上赶着点评这次偶像跨界的动作。

沈麦提前听过整张成品，客观评价，林天炀写旋律的水平不算拔尖，但编曲很有想法，内容也足够真诚，只是这些歌一旦套上光年顶流的名字，就是另一回事了。

林天炀自己对此也很清楚，然而乐评的反应，比他们想象中还要不留情面。

“这是不是说的太过分了？”罗子琼看着刚刷出来的点评视频，气得手直哆嗦。

"明显有备而来啊。"

视频中，一个粉丝众多的乐评博主率先开火，称他这张作品是"一场不自量力的灾难"，文章扯了不少名词，还图文并茂，相当唬人。沈麦细心看了一遍，发现这篇文章的逻辑很怪。比起点评作品本身，作者更像是给林天炀竖了个靶子，一会儿靶子是顶级的同行，一会儿又是他自身的流量，总之他搞民谣就是不对，里里外外看一遍最后看出四个字，输出情绪。

"我都想找水军帮着冲人了，老板他们墨迹个什么劲儿。"

"你现在冲没用啦，他们都上头了，"沈麦指向评论区，"你看看多少跟风骂的。"

事情发展正如沈麦所担心的那样。既然有第一个敢写的，就有第二个、第三个，现在观众们已经被这情绪所感染了，站在道德高点上跟着他一起狂欢，顺便把每个反驳的人，都扣上了"流量粉丝"的帽子。

此外，嘲笑林天炀面对资本不自量力的声音，也暗戳戳夹在其中。

"这么损的招，十有八九又是蒋梦干的。"

沈麦很快就下了结论，只是知道凶手是谁没用，要扭转这个局面，必须得有一个重量级的人出来发声。

就在她琢磨怎么在Galaxy上做点什么时，有个人就自己跳出来了，而且相当重量级。

从光年出道开始，公司就让泠听跟个大姐一样提携他们，泠听这大姐当得兢兢业业，她跟光年每个成员都合作过，与林天炀同台的次数更是数不胜数，只是他俩同框的氛围太正经，所以没多少人觉得他俩私下关系能好哪去。

所以泠听这个时候站出来，所有人都大跌眼镜。

天寰的人们见光年对林天炀的事保持缄默，也跟着提都不敢提，任由负面评价发酵，泠听却在接受采访时不仅正面肯定了他的创作，还对乐评人带节奏的事含沙射影地批判了一番。

“我认为不光是天寰，还有我们整个行业本身，都要思考一下创作者的价值。”

说出这段话时，泠听声音洪亮，脸上毫无惧色。

泠听很少公开支持一个同行，采访一出，许多跟风的人也都犯起了嘀咕，不少人也跟在她的脚步后面纷纷发声，其中一位资深前辈义正词严地写道，应当对每个创作者一视同仁，不能戴有色眼镜来评判。

沈麦一边感叹天后的影响力，一边给这条评论点了个赞。

时间转眼来到12月，林天炀的专辑正式上线。

虽然天寰封锁渠道造成了一定影响，但粉丝的发力，以及线上演唱会的火爆，还是让这张专辑取得了一个值得拥有的成绩。

连林天炀自己都没想到，泠听一句话，居然能为局势带来如此大的变化。

为了给年度财报预热，Galaxy提前公布了几个特别好看的数字，新闻出来当天罗子琼说什么也要拉上沈麦去餐厅享受霸权，理由是Galaxy一折腾，天寰股价又又又又翻身了。

沈麦心安理得地接受了，罗子琼现在就是拿她当个财神在上供。

这段时间林天炀靠诚意慢慢赢得了口碑，个人作品卖得红火，也没太耽误光年的集体活动，乍看之下，天寰一哥的位子还能坐上很久。

然而Galaxy的艺人排行榜，却在不经意中风云突变，《寻红者》播出过半，左罗的六边形悄然膨胀，不知不觉已经与榜首的形状基本重合。

沈麦真正意识到这一转变，是她受邀成为泠听演唱会的嘉宾时。

时隔多年，沈麦又一次在现场看到泠听的表演，当年她之所以能压泠听一头，都是靠引以为傲的舞台表现力，而如今再看，她已经没有丝毫能赢泠听的自信。

泠听这轮巡演把全国跑了大半圈,凡是重点站都有嘉宾前来捧场，而最重点的这一场，名额则给了先前完全没有交集的左罗。

观众谁也没料到这个状况，现场一听到嘉宾名号，差点把天花板给掀了。

左罗穿着一身黑登场，还挂了件披风，一露脸就跟泠听对飙高音，泠听个头一米七气场两米八，平日里逮谁压谁，这次终于有点棋逢敌手的意思。

沈麦心想难怪观众激动成这样，这俩人站一起太和谐了，特别像女皇和她的骑士，在战场上并肩作战的那种，她想起自己跟左罗那半吊子同台，跟人家效果差了十万八千里，也难怪老粉丝们对她恨铁不成钢。

歌好听，人也好看，就是沈麦觉得坐得越久，胸口越闷。

泠听连唱带跳俩小时下来本来都没神了，见沈麦出现在后台，顿时清醒。

她完全没料到沈麦会来，问对方是来干啥的，沈麦说是陪弟弟来当嘉宾，顺便把她的整场演出给看了。

“那看了……如何？”泠听喘了口气，问道。

“不错，真挺不错的。”沈麦这话是真情实感说的，对方没想到她是这反应，小声嘟囔了一句“算你有眼光”。

“林天炀 solo 那事，是不是李霁云让你出来发声？”

“呵，你都知道了，”被对方点评后，泠听的精神头似乎好了不少，“这次的嘉宾也是。”

“你这么帮李总，是因为他帮你离开了南星文化吗？”

沈麦直觉这是个能聊的机会，便摊开来问对方，她在南星到底遇到了什么事，以及为何会与蒋梦分道扬镳。

如她所愿，这次泠听没像往常那样甩脸色。

“李总确实对我有恩，至于我那些破事不是什么好故事，你当笑话听听就得了。”

泠听说自己当年参赛的真相，跟外界猜得八九不离十，赛程过半时她的名次就被操控了，理由是她不愿意向南星的霸王合约妥协。当时力挺她的评委曾据理力争，还说不管她能不能进决赛，都要想办法把她签走带出去发展，结果节目组用了些手段直接让那个评委噤声了，由于担心人身安全问题，其他人只得装作什么都没看见。

她当时也算走投无路，回不去天寰，又被南星要挟，只得答应了南星的要求，与他们签约。对歌手来说，业务水平到底还是核心竞争力，南星发现给泠听的投入回报率非常高，于是头两年给她的资源还不错，算是半条腿迈进了一线大关。

泠听提起蒋梦的时候皱了眉头，说那时候两人确实志同道合，但想法都太天真，觉得肯努力又有资源，就能在歌坛杀出一片天。

后来转折点就来了，就是夏新名提到过的年会。

泠听与高层翻脸的导火索，是年会后的一场酒局。

细节泠听不愿提起，只说南星幕后一位大金主看上了她，然后对方的要求涉及了她的底线——尊严问题，于是场面当时就闹得非常难看，谁也下不了台。这位金主来头非同小可，泠听这一闹就闹来了长时间的雪藏，蒋梦试了许多路子都以失败而告终，最后干脆劝泠听向上面低头，泠听一不作二不休，直接跟自己的经纪人也翻了脸。

正当泠听心灰意冷，起了彻底放弃的念头时，一位号称来自天寰的访客不约而至。

那时候李霁云还不遮遮掩掩，见面就亮了家族身份，提出自己可以帮她与南星解约，条件是她回归天寰。

泠听很警惕，问李霁云帮自己有什么好处，他给了一个出乎意料的答案。

“他说自己和南星有私怨，还为了帮一个人，”泠听顿了几秒，沉声继续道，“那个人就是你，沈麦。”

沈麦怔了一下，她快速算了下时间，泠听离开南星签入天寰的时点，是在她自己成为 Galaxy 的一员之前，也就是说，李霁云从更早就开始布局了。

只是她怎么也想不明白，李霁云让泠听回签天寰，跟帮她自己有什么关系。

泠听说两人达成协议后，南风那边几乎是立刻妥协，除了象征性数额的违约金外，她这次解约几乎没付出任何代价。

沈麦心里暗暗吃惊，她知道李霁云很有来路，想不到连别的公司也能如此拿捏。

当时天寰的老大是谢尧的父亲，他说这事李霁云办得很妥，让泠听专心回来发展。很快，她这些年的成果都化成了那首家喻户晓的《虞美人》，一扫过去的阴霾。

而蒋梦就在那时候被留在了南星，变成了夏新名描述的那个样子。

泠听坦诚地说对不住自己的经纪人，她曾想过自己杀出重围后，后再把蒋梦挖过来，谁料对方走上了一去不复返的路，甚至现在还成为谢尧的帮凶。

“比起蒋梦，我更想不到连你也来天寰了。”

泠听那个“你”字说得特别重，脸上也不知不觉覆盖上了一层冰霜。

“你还在怨我当年没跟天寰续约吗，”沈麦的语气也不客气起来，

“我那些事你都没经历过，你有什么资格说我？我倒还想问你怎么没跟天寰签约呢，他们说如果我不留下，就会签了你培养成歌手，这么好的路你不走，为什么还要费劲去参加什么选秀？”

沈麦一口气说完，完全没发现冷听的脸色变得越来越难看。

“你自己都不稀罕的东西，为什么觉得我一定会要。”冷听沉默了一会儿，咬牙切齿地从嘴角挤出一句话。

沈麦也不知道自己随口一问，对方为何反应这么大。她本以为两人终于能有一场和平收尾的对话，结果最后又是尴尬地离场。

这是她第一次意识到，冷听对她的怨气，也跟七年前的那起案件息息相关。

《寻红者》第一季总算赶在年底前杀青，剧情进展到主角们追查犯罪组织，查到娱乐圈背后有个国外财阀，而姐弟俩的家，与这个家族颇有渊源。

最后一集结尾沈麦又被绑架了，不过这次是自愿去财阀那边当卧底，至于都卧出了个啥，要放在第二季告诉你。

杀青宴上一群人喝得昏天黑地，导演激动地给大家敬酒，还拿个手机投屏展示他们各大平台的成绩，说比预期超出了 50%，然后沈麦举起杯子喊道，才 50% 啊我以为起码能有 1/3。

现场顿时安静一片，左罗当机立断抢走她的杯子，说姐你喝醉了。沈麦想说她真没醉，醉了的话她的数学应该不是这个水平。

后来沈麦也看了下 Galaxy 榜上自己的位置，歌手的本行她啥也没干，硬是靠着这部剧杀进了榜单前排，而左罗那边，离第一名的林天炀仅剩毫厘之差。

另外，尽管有《寻红者》加持，林天炀的热度增长却微妙地停滞了。网上小道消息的说法是，自从他专注 solo 的工作后，公司对他的态度，也影响到了圈内人对他的态度。说具体点，就是大家都有意无意地在避开他。林天炀并非没有察觉这些，他说让爷爷看到他的成就已经心满意足了，至于以后的事他会自己慢慢去面对。

这场顶流搞出的风波暂时落幕，而天寰的转折点，也随之悄然到来。

19

过往，致敬

新海市的冬天不算难熬，但刚换季就一场冷雨杀到，搞得所有人措手不及。罗子琼气得把天气预报喷了一顿，说他们比国足射门还不准。沈麦瞧着她今天的“相亲战袍”有点清凉，不知道她抖成这样，是被气得，还是冻得。

回家路上沈麦突然念起了左罗，当年他们第一次见面，也是在这样一个雨水冰凉的天。

拍摄告一段落，左罗难得有个短假，沈麦一进门看见他忙着转移花盆，特别谨慎地给那两盆蝴蝶兰选了个温暖的地方。她有阵子没去露台了，发现不仅是花，绿植也多了好几盆，照这劲头左罗要是多放几天假，他们家迟早可以开个植物园，卖门票收费的那种。

沈麦知道他大概率要宅上两天，随口问了一句他想去哪儿转转，不想这次左罗不按套路出牌，很认真地问能不能借她的车用一天。

“你？车？我？”沈麦第一反应不是问他去哪儿，“你拿本了吗？”

“拿了，我美国考的，”左罗看她一副扭曲的面孔有些心虚，“呃，国内应该能用吧？”

“当然——不能，”沈麦唉了一声说果然如此，“你去哪儿？我送你吧。”

左罗有点为难，墨迹了半天后开口：“明天是我母亲的忌日，你能陪我去扫墓吗？”

多年前他提出过一模一样的要求，那时他的 PTSD 还没好转，刚进墓地症状就上来了，把家里人吓得够呛，于是自从在医院躺了整整两天后，他就再也没提过扫墓的事情。

沈麦生怕他又出一样的情况，所以这次准备很充分，左罗看她收拾得跟去非洲救灾似的，也不好说什么，只得帮她一一往车上扛。

柏儿下葬的地方在城郊的公墓，沈麦家这些年一直帮忙维护着，柏儿生前的好友还会偶尔探望，而当年闹掰的亲戚，则毫无踪影。

不光是为了弟弟，对于这位与自己擦肩而过的柏儿前辈，她也想亲自表达一下敬意。

沈麦带了辆轮椅，进公墓时死活得让左罗推进去，理由是他要半路晕了自己扛不动人。门口的保安大爷看这俩人健步如飞，问他们进去扫墓带个轮椅干啥，沈麦微笑着说了句我们推人用的，然后大爷撒丫子就跑了，比公交车上抢座的还利索。

姐弟俩按着父亲的指引，很快就找到了柏儿墓地的位置，这里是公墓偏僻一角，柏儿的墓碑上除了名字和一张面带笑容的照片，没有丝毫多余的话语，仿佛是她与人开了个玩笑，实际上偷着去什么地方玩了一样。

左罗走到母亲墓碑前时脸色有点发白，吓得沈麦赶紧把轮椅推到他后面，不过他很快就镇定了下来，抱着鲜花蹲了下去，轻轻抚摸着墓碑，似乎在无声地说着很多话语。

她许久没有看到弟弟露出这样落寞的表情了，沈麦看着墓碑上前辈的笑脸，想到柏儿的一系列遭遇，以及她对儿子造成的伤害，心里面不知道如何评判这个人。

在那种环境下，连云霆都无力抵抗那只大手，更别提这样一个隐藏在幕后的制作人了。

两人各怀心事，都没听到身后传来了脚步声。

“啊，原来是你们啊。”

沈麦回过头，看见阮欣洁正站在两人身后，浅笑盈盈地看着他们。

阮欣洁说自己每年这个时候都来扫墓，算是作为好友尽上一份心意。沈麦想起父亲说过除了他们家，也就另一家人在帮忙照顾柏儿的身后事，现在算是刚对上了号。

她这一突然袭击，沈麦最担心的是左罗的 PTSD。不过，估计是见了一次面的缘故，这次他倒是一切正常，脸上一点看不出不自在的地方。

沈麦刚想介绍一下他们跟柏儿的关系，阮欣洁表示自己老早就知道了，她说当时见面就发现左罗的眼睛和柏儿太像了，纯天然的，以前天寰好多人照着柏儿的眼睛整容，都是东施效颦。

“这地方真清净呀，说话也不用弯弯绕绕的。”阮欣洁把自己的花放在左罗那束旁边，没头没尾地蹦出这么一句。

沈麦听不懂她的暗示，问什么叫弯弯绕绕。

“给你们的硬盘，里面的东西听过了吗？”

阮欣洁起身掸了掸土，她笑得温柔，讲出来的话却令沈麦不寒而栗。

“哦，我应该说，看过了吗？”

阮欣洁双手合十向他们道歉，说给银行寄去硬盘，以及找李霁云演戏、装模作样地告诉他们密码，全是自己一人所为。她说自己想让他们早点知道真相，但苦于一直没有机会。之所以整得这么兜兜转转，是因为牵扯天寰的事，不得不谨慎再谨慎。

沈麦想起他们跟电话猜了半天谜，感叹有其子必有其母，这阮欣洁也是个爱折腾人的主。

“那您这么折腾是要防着谁，谢董事长？”

“当然是防弄出硬盘里那些东西的人，”阮欣洁收起笑容，“至于那些人是谁，想想你们演的电视剧，就知道了。”

“……斯文森医疗？”沈麦不太确定地问。

身旁的左罗听了这名字，脸色骤然一变。

“没错。”

沈麦恍然大悟：“莫非，编剧之所以能写出来这些东西，是因为您？”

原来编剧提过的那位“相关人士”，远在天边，近在眼前。

“怪不得云霆当年老夸你聪明。”阮欣洁欣慰地笑，说自己也没讲太多，只是给他们的剧本提供了些思路，毕竟暗示得太明显，难免会出些问题。

“所以，柏儿为什么会跟一个医疗公司扯上关系？”沈麦问。

阮欣洁没正面回答，而是看向左罗：“孩子，你看了哪本日记，已经知道自己是谁了吧。”

左罗看着母亲的墓碑，面色凝重，握拳的手不住地颤抖。

“左儿？”沈麦被他的样子吓到了。

“我来解释吧，柏儿用的艺名，其实是她真正的本名，Belle. Z.Swensen，”阮欣洁见左罗没有反对，继续道，“也就是说，左罗真正的身份，是斯文森集团的继承人。”

大概是脑子转速过快，今天明明很冷，沈麦却感到头上都在冒汗。

左罗向她坦白，当年读完母亲的日记后，他就知道自己的身世，比想象中还要离奇。

斯文森做医疗起家，凭借当年那些非法药物，实实在在地赚了一大笔黑钱，如今他们的黑手伸向了其他行业，凭借那些黑钱打下的基础，在海外做得风生水起。

柏儿的日记点明，自己的家族并没放弃非常药物的勾当，她没有明确点出红鹦草这回事，只说家里弄了些邪门歪道的东西，而他们重要的合作对象之一，就是新海市的天寰公司。

斯文森家族的创始人来自新海，与谢家的关系深不可测。

说到谢家时，左罗犹豫地看向阮欣洁。

“提到我哥了对吧，没什么好瞒的，天寰与这家企业就是走得很近。”

左罗点头，说母亲想帮云霆，也帮她自己逃离这个地方，详细的计划与李霁云上次讲到的基本一致，就是一步一步把版权拿回自己手里。

“柏儿日记里那些设计图，都是斯文森至今还在做药的证据。”阮欣洁一声叹息，“或许柏儿是从哪偷出来了这些东西，来威胁对方不敢动她，可是最后他们还是下手了。”

“您的意思是，给她下毒的，是她家里人？”

“你说的没错。”

沈麦闻言，发出“嘶”的一声。

沈麦走出墓地大门时保安大爷刚压完惊，看见两个人推轮椅进去变成三个人出来，大爷二话不说，踹掉椅子又跑了。沈麦心想国足要有这身体素质，恐怕对面连球都摸不到。

她着实想不到，左罗不过是献一束花的工夫，身份就从兢兢业业的小明星，变成了一个海外家族的继承人，还是类似反派角色的那种。

“喂，左儿，”沈麦见弟弟上车后一副灵魂出窍的样子，直接上手拍了拍他，“斯文森少爷？”

“姐，别这样。”

“嘿嘿，抱歉。”沈麦不太忍心折腾他了，掏出手机开始交停车费。

跟阮欣洁这么一聊，她脑子里的脉络逐渐清晰起来了，按照《寻红者》的剧情推演，斯文森集团控制天寰，借由天寰做着非法勾当，再进一步控制旗下的艺人……这深不可测的利益链，恐怕才是云霆和柏儿遭遇不测的根源。

“你在美国那边的亲戚，莫非是斯文森家族的人？”

“嗯。”左罗承认，说自己在美国，跟自己母亲那边的家人有不少瓜葛。

“他们真的找你继承家业了？”

“继承说不上，不过公司里确实有很多人盯着我，”左罗脸上的嫌弃溢于言表，“我母亲背叛了家族，他们觉得我迟早会跟她一样。”

“他们好像说的也没错。”

左罗说幸好有家主，也就是自己的外公护着，那群人平日里也没什么机会能为难他。

现在沈麦明白了，她以为左罗这七年都没动静，想必是过得乐不思蜀，不想现实却恰好相反。

隔日沈麦趁着与李霁云通话，提了一嘴斯文森家族的事。

“你们和我母亲见过面了。”对方的语气显然是意料之中。

李霁云说上次母亲打了一通迂回的电话后，纠结了好久要不要告诉他们，想不到这一偶遇直接解决了。

沈麦停了这个话题，她暂时不打算深入询问，有些线索还待进一步整理。

“有个事，云霆的出道纪念日要到了，我们打算办一场云霆的致敬演唱会。”

沈麦听了后，不禁“嚯”了一声。自从云霆去世后，由于版权和天寰的争议，官方一次都没组织过正式的纪念活动。李霁云说准备以

Galaxy 作为主办方，邀请歌手们到场，每人负责一首云霆的经典曲目，至于邀请哪些人，他和版权持有人共同商议了一份拟邀名单。

沈麦看了他发过来的名单，业内的熟面孔该有都有，不过她怎么也没料到，自己的名字会出现在天寰歌手的头一个，位于泠听之上。

“李总，我这是？”

“这是那位朋友的意思，他说有一首歌，无论如何都想看你怎么演绎。”

李霁云电话挂得有点快，沈麦一动摇，就错过了拒绝的时机，现在她不知道怎么解释，世界上有舞台恐惧症这东西。

曲目是版权合伙人定好的，其他艺人都对这个歌单很满意，于是这两天排着队来签合同，李霁云还把签合同的地方安排在谢尧办公室对面，特别杀人诛心。

罗子琼说天寰靠着沾《寻红者》的光，本来也有致敬云霆的计划，想不到被 Galaxy 仗着版权在手一下玩得很大，直接被截胡了。

不过，李霁云这次没有跟天寰切割，反倒是提出了合办演唱会的建议，并将版权收入以外的部分提供分成。谢尧哪能忍这口气，起初坚决不同意，后来他父亲不知怎的来了一个电话，回头他就灰头土脸地在合同上签了字。

纵观Galaxy这两个月的歌曲走势,云霆的歌曲基本霸在榜单前十，经常都是新秀打架打到前排，热度一褪，又是云霆一堆老歌顶了上来。不少歌手委婉地表示天王的“阴影”太大，适合单独开辟一个名人堂，让天王专门去跟神仙打架。

现在这么多神仙同时涌进一场演出，名单上的人哪怕只来半数，影响力都难以估量。

沈麦不敢想象自己在这么多同行面前翻车,那画面该有多热火朝天。

李霁云说让她演绎的曲目，名为《盛放》。当年沈麦在试镜的歌舞环节，也是用了这一首当做撒手锏，一锤定音。

这首歌云霆表演的次数不算很多，不过一旦出现就是在大场合。最后一次他准备表演，是要和沈麦在新海盛典上合唱，而盛典举办的时间，就是在那起绑架案发生的第二天。

沈麦想象过许多次当晚的盛况，想不到最后会迎来一个那样的结局。

自从转型走上争议路线后，沈麦就有近两年的时间没再与云霆同台了，这次演出对她来说，本应意味着“父女”二人和解，以及她向外界宣告自己的本性从未改变。

她感觉选出这首歌的人，像是在帮她完成当年的一个夙愿。

只是舞台恐惧症的存在，让她不知如何回应这番好意。

“怎么了姐，不舒服？”

左罗录完节目进了家门，看见沈麦瘫在沙发上，一副人已然凉了半截的样子。

“我惨咯，上面下令我去solo。”沈麦把自己的情况一五一十地告诉了他。

“你担心自己的舞台恐惧症？”

“嗯，我试过了，一个人还是不太行，当年搞唱跳出来的人现在站那儿腿就打抖，哎你说可不可笑。”沈麦说着对自己越来越气，忍不住埋怨了两句。

“姐，我有个办法，”左罗的语气胸有成竹，“一定能让你上这个舞台。”

第二天，沈麦来到左罗订好的练习室，里面没什么花里胡哨的东西，只有左罗穿着一套银白色的机车服，在此等候多时。

“这是？”

“全息 AI。”

左罗说他打算在舞台上制造一个虚拟的云霆，与她共舞这一曲。说来也怪，沈麦这恐惧症比较灵活标准，只要不是真正意义上的一个人撑场子，舞台上哪怕放个录音跟她一起唱，她都能顶下来。

“这行吗？”沈麦记得这项技术很多人用过了，用来简单合唱还行，但放在高密度互动的舞蹈上，效果不尽人意。

“那是因为他们只做了影像，没有用实时动作捕捉，”左罗说着，单手一撑翻跃到舞台上，“姐，你站着别动，马上就懂了。”

沈麦乖乖地站在原地，然后舞台上灯一黑，将左罗的身影淹没。

音乐再次响起时，她的面前，云霆穿着一身纯白的西装悄然现身。沈麦呆呆地看着云霆走到她面前，舞蹈的每一个动作、神情，都如同本人一般鲜活。

“姐，这个效果怎么样？”面前的人发出了左罗的声音。

“我天，吓我一跳。”

沈麦挥舞着胳膊啧啧称奇，左罗表示这就是动作捕捉技术和 AI 结合的结果，只要动捕一方模仿得到位，全息生成的影像足以以假乱真。

“姐，上来吧。”

“云霆”蹲下身子，向她伸出手来，沈麦愣了一下，本能地伸出手臂，紧接着，一股强大的力量将她带入了舞台的中心。

舞台上，两个人的动作交织在一起，亦如当年《父女》中，在学校舞会上共舞的二人。

“尽管把我当作云霆吧，沈麦。”

左罗与她擦肩而过时，沈麦耳边忽地响起一声低语。左罗今天嗓子本就有点沙哑，他刻意压低声线，再带上一点鼻音，声音竟与从前的云霆有八分相似。

这是左罗第一次直呼她的名字，搞得她耳根莫名其妙有些发热。

“喂……你也别太入戏了。”沈麦听着这太有磁性的声音，反而有点别扭，她想往前一步，却突然被对方按住肩膀，轻轻往怀中拽了过来。

“左儿你——”她不自在地动了动肩膀。

“MV 里就是这个动作，我看过无数遍了，”左罗轻声一笑，语气很是自信，“信我。”

沈麦实在捉摸不透，为何当年与自己的恩师共舞如此自在，反而换了这一起生活了许多年，她在心底当作亲弟弟的人，就有点方寸大乱的苗头。

弟弟，对，弟弟。

沈麦集中精神，回忆着 MV 中的每一处动作，不再去感受对方掌心传来的温暖。

20

致敬演唱会

致敬演唱会举办的地方又是新海体育场，掐指一算，光下半年天寰就给他们卖了十几万张门票，这次年度企业的榜首如果不是天寰，体育总局怕是会第一个跳出来反对。

云霆第一次名下有大规模的致敬活动，业内同行都非常给面子，沈麦去后台的路上看到周围全是一线明星，有头有脸的基本全齐了。同行们太久没见沈麦，一个个跟看见熊猫似的凑过来，整得她聊到嗓子都快冒烟了，她觉得是因为自己做太久幕后了，看谁都像可以发展的客户。

沈麦向罗子琼委婉地表达了自己的不适应，对方说你应该学学你弟那种顶流的气质，人往那儿一站就气场贼大，后辈都没一个人敢过来搭话。

她觉得这不光是气场的问题，还跟今天的主角有关。

今天左罗走出化妆室就把她吓了一跳，那眼神那装扮，跟她记忆中的云霆就是一个模子刻出来的，化妆师说他就画了一点点仿妆，没想到效果会如此难以置信。

沈麦忍着不去想当年那场未完成的同台，跟在他身后前去彩排。

权衡再三后，导演组决定把沈麦安排在泠听后面出场，泠听的选曲是串烧，排场也很大，沈麦则是简简单单一个人的舞台，这样一对比就算泠听出场在先，也不显得掉咖。沈麦有点感叹他们还在乎这个，她寻思要不是有云霆的面子，自己给冷听暖场还差不多。

说起冷听，虽然上次两人的对话收尾还是不大愉快，但沈麦明显感觉对方态度有些变化，至少相比起之前那个冰雪皇后，已经多了不少人情味。

彩排现场状况频出，连一向稳健的光年也不断临时调整。沈麦看林天炀很积极地帮队友们改动走位,完全看不出跟团体有嫌隙的样子。罗子琼跟她悄悄透露过，林天炀与Galaxy的合作对光年影响很大，现在团队内部倒是和睦，只是暗处已有人把矛头对准了更高层。

沈麦上台时心里七上八下的，不想彩排直接一遍就过。

就在她松了一口气，以为万事大吉的时候，就这么来了个始料未及的大状况。

"麦麦姐，他们说你这首歌有问题，不能唱了。"

沈麦想过许多舞台上的意外，万万没想到，她连发生点意外的机会都没有。

经纪人说不能唱的理由不是歌曲本身有问题，而是版权上出现了争议，先前节目单送审的时候谁也没说她这选歌有问题，想不到都开始彩排了，才突然来了个晴天霹雳。

"这理由就想打发我？"沈麦冷笑一声，"谁说的版权有问题，我要跟他谈。"

"这……"

沈麦目光掠过经纪人的肩膀，射向他身后的蒋梦，蒋梦脸色有些古怪，不太像之前那样把嘲讽明晃晃挂在脸上。

"你自己去和老板聊吧，李总也在。"蒋梦接过话来。

"是谢总提出来版权有问题？"

"是南星提出来的，"蒋梦说到自己前东家时撇开了视线，"详情你问他们吧，你选的那首歌，里面故事有点复杂。”

沈麦没琢磨明白，她查过这首歌的作者是柏儿，发行方是天寰，如果版权与其他歌曲一样转让给了云霆工作室，那就不应当存在被卡演唱权的问题。

除非，是当初转移的过程中出了差错，或者，里面的创作者牵扯了不止柏儿一人。

距离开演还有一个小时，观众已经陆陆续续都进来了，导演组觉得这天让大家坐着怪冷的，就安排了两个乐队开始暖场。这不暖不要紧，一暖好多人以为表演提前开始了，就都唰唰朝里面涌，搞得安保措手不及。

场内气氛火热，场外也是不甘示弱，沈麦觉得两位领导以前还能装一装，现在看他俩对峙那架势，是装不下去了。

回顾一下双方的过招记录，谢尧经常是被李霁云气得跳脚，而这次却是李霁云被逼得站了起来，谢尧在他面前掩不住的得意。

“沈麦，你来了。”李霁云打了个招呼，声音听上去还是很平静。

“谁能告诉我，我的选曲问题在哪儿？”沈麦丝毫不掩饰自己的不满，“我排了好几天，彩排完了来这一出，准备好套我是吧。”

“你误会了，沈小姐，是这首歌的作者里面有点问题。”

谢尧这时候摆出一副很有风度的姿态，沈麦第一次觉得他还有点领导样。

从谢尧的话中沈麦了解到事情的原委，如她所料，这首歌的创作背景比她想象中要复杂。

云霆的许多热门歌曲，词曲都是柏儿一人创作，版权怎么给也都能由她一个人说了算，然而沈麦的这首合唱，作词却是另一个人。

这位词作者沈麦有印象，名气不小，似乎就是这首合唱歌曲发行后，才在业内崭露头角。

曲子的版权已经从天寰转移到了云霆工作室,而词作者在几年前，将自己那部分版权转让了一家公司代理，这家公司就是南星。南星这时候就找准机会发难了，质问他们选这首曲子为什么不经过他们的授权，而且态度坚决，不接受先上车后补票。

李霁云拿了相关的文件跟他们争辩，但事实正如对方所说，云霆工作室并没拥有完整的版权，歌词那边人家但凡想卡你，都一卡一个准。

“我能和作词人谈谈吗？沈麦想着既然是代理版权，应该还有回旋的余地。

“他不同意见面，”李霁云意味深长地看着谢尧，“想必是有人提前给他打好了招呼。”

谢尧告辞前说自己没见过作者，应该是南星的意思，一句话给自己撇得干干净净。

沈麦看他那此地无银三百两的样子，终于明白夏新名说的怎么回事了，敢情这波是他们合伙冲她来的，想防也防不住。

这种体量的公司想让一个作者闭嘴，方法数不胜数。

现在演出直接陷入了僵局。云霆版权的争议本来就大，如果沈麦选择硬唱，会跟他们扯出一堆麻烦事，而如果不上场，放那么多预告最后打个哑炮，只会换一拨人扯一堆麻烦事。

她之前没有排过云霆任何一首其他歌曲，这时候换歌或者重新填词，无论如何都来不及。

“放心，你继续唱，南星那边的事我来解决，”李霁云给她拍了板，“因为词就不能唱这事，放外面看本身就不合理，舆论不会向着他们的。”

“你说得倒是轻巧。”

沈麦心想可没这么容易，已经有很多声音质疑云霆的版权被Galaxy独占这事了，谢尧要是借题发挥，对李霁云捅上一刀，还不知道对平台会有怎样的影响。

身后突然想起左罗的声音：“不用这么麻烦。”

左罗穿着云霆的经典装扮，他这么一走进来，沈麦差点以为自己出现了幻觉，只见他快步走到李霁云跟前，说要他打一个电话给那首合唱曲的词作者。

“你确定要跟他谈？他已经明确拒绝了。”

“交给我吧，霁云哥，我有点东西给他看。”

李霁云点点头，当即开拨视频电话，起初两次对方没接，第三次屏幕上终于出现一张不耐烦的脸，那人语气不太好地问什么事，然后他看见左罗在跟前，很是惊讶。

“您好，我们聊聊作词版权的事。”左罗开了口。

“不是已经跟你们说过了吗，我，我转让给南星了，现在我没有权力决定。”

“是不能，还是不想？”

对方被这么一问，没吭声。

“或许，这个能改变你的主意。”左罗掏出手机拿到屏幕前，作词人扶了扶眼镜，然后像是看到了什么可怕的消息，整个人不受控制地缩了一下。

“你怎么，怎么会——”对方语无伦次起来。

“给你五分钟时间,然后打给我。”左罗说着,示意李霁云挂了电话。

沈麦脑子里一团糨糊，她搞不懂左罗到底在说什么，也觉得那说话的样子也不像他。

短暂的等待期间，左罗解释起他到底拿捏了对方什么把柄。

他说这位作者写词看似高产，但公认质量过硬的就那么几篇，而这几篇的来历，恰好与他的合作方——柏儿，有密不可分的联系。

柏儿在日记里写到她在天寰的内部系统中，留了一份备用的歌词库，她在转移版权时发现自己的账号被封禁了，料想公司不会放过她的作品，就特地留了一手。

她将没有配套的歌词一并申请了版权，但申请人并非自己，而是挂到了云霆的名下。

左罗说他对比了这位作者与柏儿的作品，本以为要找很久，结果第一首歌就发现了不对劲，这歌的歌词有点忧郁范，经常被文艺博主引用，而其中那些精华的比喻，与柏儿的作品一比，查重率几乎100%。

他自己也没把握，就拿了其中一张截图试探了一下，想不到对方做贼心虚这么明显。

沈麦看着他发来的截图，又从Galaxy上搜来对应的几首歌，心想就这抄袭水平，能混成今天这样也是奇迹。

“等等，你是怎么登入她的系统的？”

沈麦忽然反应过来不对劲，这套系统的授权非常严格，哪怕是董事长这种级别，也得经过层层审批，才能查看一个制作人的账户。即使左罗有李霁云的帮助，都不可能查到这么细的东西。

“既然来了，就没打算再瞒着了吧。”李霁云突然蹦出一句没头没尾的话。

面对沈麦的提问，左罗起初回避着她的目光，似乎在纠结怎么找个借口，李霁云这么一说，他忽然像是被什么东西砸了一下，然后缓缓抬头，正视着沈麦的双眼。

沈麦已经习惯了他一副什么都不愿多说的样子，而这次他的反应，似乎格外不对头。

他的目光异常坚定，像是刚刚决定了要破釜沉舟。

“左儿？”

“我没有用系统，是云霆名下的版权记录里写得很清楚。”

“云霆名下的版权？”她瞪大眼睛，“莫非，你——”

其实沈麦以前就有预感了，以左罗的身份和他的经历，不可能与云霆就那么一点交集。

“对不起，姐，一直瞒着你这么久。”

左罗深吸一口气，说道：“云霆……我父亲的版权，其实一直在我手里。”

五分钟不到那个作词人电话就打回来了，上来就服软求饶一气呵成，他自己也知道抄成那个样子被人爆出去有什么后果，南星的威逼利诱与之相比不值一提。

然而这解气的时刻，沈麦无心享受。

“所以，这到底是怎么回事？”她几乎要拽来左罗的袖子，“你和云霆——”

“从一开始，我的交易对象就是左罗。”

李霁云说，两人借着Galaxy这个平台，交换了云霆的版权和天寰的资源，这件事目前只有沈麦一人知道，连阮欣洁都蒙在鼓里。

沈麦要问的事情数不胜数，但第一首歌马上要开始了，导演的声音在屋里震天响，吆喝着让所有人各就各位。

左罗说等演出结束后再跟她聊，便先行一步，头也不回地出了房间。

“是我让他对自己的身份保密的，”李霁云叫住了沈麦，“他跟云霆的关系，越少人知道越好，哪怕对你也是一样。”

“哈，当年绑架的时候，我是一点也没看出来。”

“这事说来复杂，柏儿毕竟是斯文森的人，很多真相她都没机会说出口，”李霁云努力给他找补，“左罗知道这些，也是到了美国之后。”

“……美国之后？”

沈麦全身涌上一阵寒意，意识到，左罗当年为了保护她，做出了牺牲云霆的决定，结果到了异国他乡，才得知被他害了的人，居然是他的亲生父亲。

“走吧，这首歌是他亲自为你选的，别辜负他的心意。”

观众们的欢呼声响彻体育馆，沈麦坐在房间里都感受到了震动。

“我明白了，”她缓过神来，起身揉了揉肩膀，“屏幕上的名字给我留久一点，我要留给观众朋友们足够的时间。”

这次演唱会没有主持人串场，主办方想搞点事情，每个表演结束后，大屏幕上都会显示下一个人的名字和曲目，从名字出来时下面欢呼声的大小，就能看出这位歌手的人气大概是个什么水平。

罗子琼觉得这么干不妥。为了防止冷场，她临时派了不少人混进台下，给观众们带节奏。幸好现场能来的歌手们大多粉丝不少，大家的欢呼声势差异不大，总体还算和谐。

天寰的几个重头人物都被分到了后半场，沈麦不爱在化妆室里跟人聊天，就跑去了导演组那边，这里离观众席很近，是个绝佳的观看表演的位置。

上半场的熟人主要是夏新名。夏新名夹在一男一女两个团体中间，观众的音量从她这里凸出来一截，她还是青春洋溢的风格，唱着公司打造的歌曲，像是把大屏幕上天天播放的 MV 给搬到了现场来。

上半场的气氛轻松愉悦，下半场则是高潮迭起。

光年一上来就放了大招，唱跳舞曲串烧，冲的就是掀翻体育场的天花板。虽然林天炀最近志不在此，但他在唱跳舞台上的表现力，比先前是丝毫不差，沈麦觉得他的唱功好像精进了，半开麦的音轨中，他的声音明显比队友要突出。

光年后面紧跟着是左罗，观众的欢呼声和光年打得不相上下。左罗致敬的曲目是一首摇滚，这首歌是云霆第一次尝试如此张扬的风格。很多观众和沈麦的想法差不多，今天目前登场的歌手里，唯有左罗身上能看出云霆附体的感觉。

沈麦跟在泠听后面上场，天后带了几十个人的合唱团，直接把后台给占满了。

相比起前面的后辈，久经沙场的泠听上台时，不知为何看上去有点紧张。不过当她一开口，所有的不和谐便烟消云散。沈麦认为左罗在舞台上那种气场已是绝无仅有，但与泠听相比，却显得气势有余，底蕴不足。

她不得不承认，历经千百次舞台锤炼的人，才配得上加冕的皇冠。

沈麦学着泠听的样子，找了个角落继续练起了今天的歌，也不知练了多久，一阵震耳欲聋的欢呼声突然给她拉了回来。

“准备好了吗？”左罗的声音传来。

她抬起头，看见左罗已经换好了扮演AI的服装，他身后的大屏幕上，“沈麦”两个字流光溢彩。

《盛放》，沈麦。

她随口说的那句话李霁云当了真，乐队在调试期间，屏幕上的文字迟迟不落。

全场几次三番地掀起了欢呼的声浪，除了她的粉丝外，还有好多人估计想到了沈麦当年的经历，也加入了为她打气的大部队中。

沈麦不知道自己是怎么当着数万名观众走上台的，反正心脏是蹦到身体外面了，整个人都是飘的，她一度怀疑舞台恐惧症又要发作。

这时候，身处黑暗中的左罗，向她伸手递来了一只话筒。沈麦接过来，抖了抖红裙，走到舞台中央，不知怎的，拿上话筒那一刻，心里忽然就平静了下来。

AI 云霆现身的时候，全场欢声雷动。

《盛放》是首复古舞曲，对唱功的要求却奇高，翻唱过的人不少，多因肺活量不够而大败而归。沈麦倒是一副不信邪的态度，改编的这一版，难度比原曲还上了几分。

沈麦减少了舞蹈动作，专注于唱，许多动作都交给了场上的那位 AI 云霆。她看见“云霆”一会儿走近观众，一会儿又回到自己身边，白西装的男子，红裙子的少女，所有的一切，都与七年之前没什么分别，所有的人和事，也都还有机会挽回。

她用尽全力高歌，就好像这场表演之后，马上就要跟束缚自己的一切告别、和解。

“姐，别走神。”

到了最后一段共舞环节，左罗的话语清晰地在耳边响起。

沈麦点了点头，牵住他的手，轻巧地转了个圈，最后停留在“云霆”的怀中。两人定格在一个略显亲密的姿势上，最后一个音符戛然而止。

她偷偷瞄了一眼观众席，从现场观众的反应来看，她对自己的舞台风评，显然严重低估了。

“干得漂亮。”

“你也是。”

聚光灯落下，两人相视一笑。

21

月光下

演唱会结束后，沈麦想试试这次不走后门会怎样，结果人刚出来就被摄像机堵了个水泄不通。这是她复出后第一次正式 solo，也难怪媒体朋友们如此大张旗鼓。

罗子琼说她错过了一场好戏，谢尧想着自己的计划完美无缺，结果作词人的背刺说来就来，他去质问对方是怎么回事，却被作词人倒打一耙，说如果他们对自己不利，就要爆出来他们与自己的交易。

谢尧气坏了，但对方一副鱼死网破的架势让他无计可施，沈麦听了后直摇头，心想对付这种人，还是得像左罗那样以毒攻毒。

等她收拾利索后大部队都散完了,就剩左罗还在化妆间门口等她。

“怎么就你自己？”

“太晚了，我让他们先回去了，而且我还想找你……”

左罗看着她欲言又止，沈麦明白他惦记着没聊完的，关于他父亲云霆的事。

“晚啥啊，我是睡不着了，你呢？”刚才舞台上太激动了，沈麦那兴奋劲儿死活下不去，现在她感觉比大半夜的猫还有精神。

“巧了，我也是。”左罗应道。

“那走吧，带你去看看我的秘密据点。”

沈麦停好车的时候，左罗疑惑地看了看四周，再三确认她没开错地方。

“怎么样，意不意外？”

左罗看着熟悉得不能再熟悉的公司大楼：“你说的秘密据点就在这里？”

“嗯哼，让你见识见识你姐的厉害。”沈麦从包里掏出一张香槟色的卡片，炫耀似的在他面前一晃。

所谓的秘密据点就在天寰大楼顶层，平时他们乘电梯最高能到顶楼会所，而想要见到会所藏起来的另一部分，还要经过一道门禁。眼看快半夜12点了，楼上都没几层亮着灯，两人一出电梯，却有好几个服务生在门口恭敬地等候。

“沈小姐，可好多年没见着您了。”为首的领班带头向他们行礼，他一副管家的装扮，头发已经白了一片。

“哎呀，我这不是才复出嘛，”沈麦拽来左罗的胳膊，“这我弟，带他来见见世面。”

“哟，天寰的大红人，第一次见。”领班笑笑，接过沈麦递过来的钥匙卡。

走过门禁，映入他们眼帘的是一间装修风格与门外截然不同的包厢，落地窗外，是灯火璀璨的新海。

“把你们新出的，好吃的好喝的都上来点，酒就不要了，”沈麦进门就跟太后似的往沙发上一瘫，发号施令，“哦，给他来一份奶茶冰淇淋。”

左罗看着大半夜一堆人为他们俩忙里忙外，有点不自在：“姐，这里到底是？”

“天寰的SVIP room，从不对外开放的。”

“为什么要来这个地方？”

“第一次是云霆带我来的，”沈麦眨了眨眼，“我也想带你来看看。”

安排妥当后，她讲起了这个 SVIP 的来龙去脉。

当年天寰有钱没地方花，董事长觉得市中心 C 位这个条件不用可惜，就把顶楼整修了一遍，专门打造了这个会所。他想激励最卖力的员工,于是在会所里专门设置了几个比 VIP 包间更高级的 SVIP 包间，专供特权阶级使用。所谓特权阶级就是指公司的摇钱树，云霆是全公司第一个有这待遇的员工。

人们都以为看景最好的地方是沿海的双子塔，事实上在天寰顶楼前，那光景不值一提。沈麦说云霆带她来过之后，她才知道了什么叫天寰的顶点，然后把拿下这间房列入了职业生涯的目标里，后来终于在出道的第五年时如愿以偿。

左罗问公司有多少人跟她一样，沈麦说这个 SVIP 的名额屈指可数，即便是现今的一哥林天炀都没能达标。她说当初左罗报到的时候，自己本来想拉他过来的，但当时她太怂了，觉得不回归舞台，就没有上来享受的资格。

直到今天，她终于可以正视这张会员卡了。

刚才两人都急着上台，左罗手持父亲版权的问题，沈麦终于可以问个仔细。

“你是什么时候拿到了云霆的版权？”

“就在我当初收到那本日记后不久，有个律师联系我，说来帮忙弄版权的继承工作。”

左罗说那个律师跟他父母认识，帮忙处理过很多云霆工作室的事务,有一份协议明文规定,左罗 18 岁之前,云霆的歌曲全网不可授权,等他 18 岁之后，版权便由他自主处置。

“所以，你用这些版权，换了李霁云的资源？”

“不止是资源，他知道我跟斯文森家族的关系，说可以帮我一起追查父亲遇害的真相。”

“那你父亲最后……到底知道他有个孩子吗？”沈麦问道。

“我听说我母亲怀着我时，他们就已经分开了，”左罗神色黯然，“我想，他应该死前都不知道我的存在。”

沈麦回忆着绑架现场云霆最后的表情，对他的答案不置可否，那并不是对一个陌生孩子所能露出的笑容。

落地窗前还有一个能唱歌的小舞台，沈麦以前偶尔在这里练一练，左罗看到墙角搁了一把吉他，便拿起来，径直走到了台上。

“怎么，没唱爽？”沈麦注视着他搬来一把木凳子，有模有样地坐了上去。

“姐，我有个礼物送给你。”

“……礼物？”

左罗没解释，而是调试好琴弦，轻轻拨动。

这是沈麦第一次见他玩乐器，演奏还算流畅，但指法上明显有些生疏的地方，像是一位认真努力的初学者，尽力做到自己的最好。

不过当他的歌声响起，这位初学者，便上到了一个大部分人无法企及的高度。

身为专业的制作人，沈麦时刻不让业务生疏，稍微有些受众的歌曲基本都过过她的耳朵，左罗演唱的是一首正经的抒情歌，两句即抓耳，如此有爆款潜质的作品，她竟没有一点印象。

她用力摇了一下头，沈麦忽然意识到，这个时候自己不应是制作人，而应该是一位纯粹的听众，毕竟眼前的歌者，第一次在这样的一首歌上全情投入。

纯净的月光穿过落地窗，流淌在少年眉间，照亮了他温柔如水的双眼，沈麦双手托腮，目不转睛地看着他沉浸在旋律之中，而她自己，也不知不觉地陷了进去。

就好像一首对的歌，遇上了两个对的人，谁也无法在他们之间，争得一丝缝隙。

最后一个音符落下许久，沈麦眼神迷离了好一会儿，才从歌声里悠悠醒转。

“这首歌到底是……？”

“是我的母亲，柏儿。”左罗的声音低沉而柔和。

他解释说，这首歌就藏在硬盘里。那天，他从歌曲中找线索时一下就被它吸引住了，因此就私下去学了吉他，想着有一天能当着姐姐的面演奏出来。

“姐，我唱得怎么样？”

“啊嘿嘿，这当然……好咯。”沈麦以为自己的点评能出口成章，不想一堆话到了嘴边却挤成一团，搞得连舌头都变得不利索起来。

她尴尬地转了个话题：“那个，左儿，谢谢你，帮我完成了当年和云霆的那场演出。”

“不用谢，这也是为了我自己，”左罗凝视着她的双眼，“姐，你知道吗，其实我一直梦想能与你同台，就像你跟我父亲那样。”

“我？”沈麦满脸疑惑。

“我其实，对致敬云霆一点兴趣都没有，”左罗停顿一下，“我之所以来天寰，不光是为了查清那些事，更重要的是，只有这样我才能与你站在同一个舞台上。”

沈麦愣了愣神，脑中闪过她拉着左罗看《父女》的画面。仔细想来，云霆的戏份，他都看得马马虎虎，但沈麦的每一帧镜头，他似乎都不曾错过。

“姐，你以前只顾看着云霆，你又什么时候注视过我呢？”

左罗两手紧紧握拳，上前一步，语气里的委屈愈发遮掩不住。

沈麦终于发现，身边有一个人因为她的胆怯而耿耿于怀，无论她再怎么看轻自己，在左罗的心中，她都是七年前那个所向披靡的模样。

看向月光下的少年，她感觉心中一团熄灭已久的火苗，悄然亮起。

云霆致敬演唱会的影响力十分夸张，凡是在现场演绎过的歌曲，一夜之间全进了Galaxy排行榜的前二十。平台还与天寰联合发布公告，演唱会的直播回放和改编版歌曲，不日将全部上架，而其视听收入的一部分，将捐给粉丝们为纪念云霆成立的慈善基金会，

宣传部反馈说沈麦这场表演的热度独一档地高，这次他们终于能用上之前那个作废的标题——“天后回归”。

沈麦婉拒了接踵而至的采访和邀约，然后联系了大半年没见面的心理医生，一问才知道他已经进修完毕了，提前回了国。

两人约到一个没有演出的小剧场，医生见到她时差点没敢认，说沈麦的精气神像变了一个人，有几分她当年在电视上天天亮相时的状态。

沈麦又试了试单独走上舞台是什么感觉，发现聚光灯闪过来，大脑一片空白的感觉还在，但相比起之前，那种由内而外的恐惧感，似乎减轻了一些。

虽说与能单独撑起一个场子还有距离，但医生说她的进步着实令人惊喜。

“以前你站在那儿，身上像是有许多枷锁，每走一步都特别困难，但刚才真的不一样，我可以明显感受到那些枷锁正在慢慢消失。”

医生形容得特别玄乎，念得还抑扬顿挫，沈麦寻思着他是不是进修了什么戏剧专业。

“你啊，这半年一定是遇到了许多好事。”

“好事啊……”

沈麦回想了下，这半年生活发生了翻天覆地的变化，而这一切，都是从左罗回来开始的。

上次中秋晚会新海台尝到了甜头，就决定在跨年的这天再次搞起了直播，沈麦惊讶地发现节目单上，林天炀除了有团体的表演外，还捞到了一首自己的独唱。

林天炀说这个节目是他自己争取来的，他连着上了好几个音综和音乐节，都是以 solo 歌手的身份参与，电视台看他最近的风评表现不错，便同意让他在跨年晚会上露一手。

当然还有另外一个原因，谢尧对他的控制，已经愈发力不从心了。自从陷害沈麦的计划差点偷鸡不成蚀把米后，谢尧就像泄了气的皮球一样，在李霁云面前毫无还手之力，眼睁睁看着 Galaxy 赚了个盆满钵满。

“恭喜恭喜，”沈麦真切地为林天炀的成绩感到开心，“什么时候评个年度励志奖，我第一个投你。”

“哈哈，这算哪门子励志，又不是白手起家，”林天炀说着拿起节目单，粗略地扫了一遍，“对了麦麦姐，怎么没看到你有节目啊？”

“我这次不参加啦,纯是跟家里无聊来陪我弟的,你看到他了吗？”

以前每逢跨年和春晚，都是沈麦在台上倒计时完了，回后台再跟左罗一起庆祝，这是头一回两人的位置对调过来。

“怪了，刚刚他还在，可能已经去候场了，”林天炀说着忽然想起了什么,“对了,我看他的样子有点不对劲,你等会儿见了面问问他。”

“不对劲？”

“就是看着有点不大舒服，有点像累到了……别是我想多了就好。”

沈麦想到林天炀之前过度劳累躺进医院的事,心里隐隐有些不安。

左罗在舞台上一点也看不出来林天炀说的样子，反而拿出了他迄今为止最好的状态。

对一个新人来说，电视台给他的表演时长已是最高规格，团队认为这个安排正适合做一场热单连唱，就集合了几位制作人联手，将他的代表作混在一起，全方位进行了改编。

这场表演像一份满分的答卷，将他迄今为止的本事，完全呈现。

沈麦看着他擦了擦汗水，向全场致意的样子，不知不觉眼眶有点发热。她不禁想象，如果云霆和柏儿都健在，他们的孩子在父母的托举下，是否会少走一些弯路，是否会变得更加优秀，而与沈麦这个人，又将会以一种怎样的方式相遇。

可惜，人生没有如果。

很快，沈麦不好的预感终究还是灵验了。

演出刚结束不久，经纪人就急匆匆地找到她，说左罗不舒服想去透透气，这都过好一阵了，人不仅没回来，连电话都不接。

两人找了好半天一无所获，正当团推这边打算通知公司时，左罗终于有了动静。消息只有简短一句,说自己先回去了,让他们不用担心。

其他人都如释重负，沈麦却越想越不对劲，果不其然，当她回到家后，发现屋里漆黑一片，人压根就没回来过。

“你在哪里？”沈麦拨了好几次才拨通电话，一听对方接了，语气有点急，“是不是遇到什么事了？”

“……对不起，我想一个人静一静。”

左罗沉默了好一会儿才回话,沈麦能听到他压抑着自己的喘息声。

沈麦没犹豫，当即从桌上抓起车钥匙，虽然没什么把握，但她隐约感觉，左罗可能在跟柏儿生活过的老房子里。

很多年前，左罗第一次犯病后不久，曾经独自偷偷跑回自己原来的家，那时候全家人找了他好半天，最后还是沈麦想到了那个地方。

这间房子不知道是什么原因，过了许多年还没被处理掉，沈麦看着这破败的院子，毫无生气的建筑，怀疑自己是否猜错了地方。

可是她轻轻一推，门就这么大敞开来。

“左罗，你在吗？”

她把手放在嘴边，抬高音量喊了一句，然后屏住呼吸。

无人应答，但是楼上清晰地传来窸窸窣窣的声音。

沈麦飞奔上楼,她也不知道在这个如同鬼片拍摄现场一样的地方，自己哪里来这么大勇气。

正如她所料，左罗就在他自己的房间里，跟当年第一次找到他时的位置，一模一样。沈麦第一反应是问他人怎么样，但屋里的景象，让她震惊得一句话也说不出来。

药物，满地的药物，治疗精神病症的药物，治失眠的，治抑郁的，与柏儿硬盘里那张设计图里的东西，全都一模一样。

左罗缓缓睁开眼睛，双目无神，已然来不及擦去嘴角殷红的痕迹。

22

幕间，左罗与阮欣洁

12 月 30 日 夜

自从云霆去世后，阮欣洁就离开了天寰，在公司附近开了一间小茶室。

前来做客的其实还是天寰那些人，即便她已经不为天寰效力了，大家还喜欢来找这位资深经纪人出谋划策，而阮欣洁亦借此机会，追踪着董事长的一举一动。

她还有许多旧账，没跟自己的兄长算清楚。

这间茶室开与不开，全随主人心情，今天夜幕刚刚降临，屋内的灯光悄然亮起。

“哟，怎么还拎着箱子？”阮欣洁看见少年风尘仆仆地进来，不禁莞尔。

“不好意思，刚从外地回来，我没让他们送。”

左罗把行李箱方方正正摆在墙角，入座，与茶室的主人面对面。他今天之所以过来，是受阮欣洁的邀约，对方说有些事，是时候让他知道了。

“辛苦了，孩子。”阮欣洁边泡茶边嘘寒问暖，问他节目录得如何，在公司里顺不顺，李霁云让没让他受委屈。

左罗很有耐心，一一给她讲得明明白白，他从没有想过，父母身后还有这样一个人，时刻关注着自己的一举一动。

聊了好一阵后，阮欣洁发觉自己太啰嗦了，赶紧打住，说一看他的眼睛就想起柏儿，于是自己这张嘴就停不下来了。

“呃，您经常对她这样……关照？”

“你猜猜，我这跟老妈子一样操心是因为谁？你妈这人啊，轻飘飘的还爱天马行空，想一出是一出，有啥问题都找我来黏糊，我都不知道她怎么长这么大的。”

“您跟她很熟？”

“当然，我们曾经是非常好的朋友，还有云霆，以及……谢奕。”

阮欣洁描述的柏儿，跟左罗记忆中的那个母亲，可谓大相径庭。

她调侃说柏儿那个迷糊样，谁也想不到她背后是那样的家庭，或许那些尔虞我诈的东西，都有家里人顶着，才让她能这么无忧无虑。然而，她偏偏有一身玩转音乐的本领，还遇到了云霆，这个被资本虎视眈眈的风暴中心。

左罗对柏儿最早的印象，是一位温柔少言的母亲，大部分时间她对左罗和颜悦色，然而有些时候，她会变得判若两人，将她自己关在屋里一整天，也不知道在宣泄什么。

“原来，她是这样的人。”

“谢家和斯文森家族是世交，我爷爷、父亲，都没少掺和他们的事，现在跟他们打交道的自然就是我哥，谢奕。”

左罗忍不住问：“冒昧问一句，您为什么要改姓阮？”

“我自己改的，公司里避嫌用，连云霆一开始都以为我是个普通的经纪人，”阮欣洁撇了撇嘴，“没啥用，终究还是脱不了干系。”

她说柏儿和云霆从第一次见面开始，就是天作之合。柏儿有着游历各国的经验，创作思路领先时代，其他人驾驭不了她的歌曲，唯有云霆能够完美演绎。

可以说不管是事业上，还是生活上，两人都像一对灵魂伴侣。然后，他们很快就决定了要相伴一生。

云霆腾飞的那几年，是他们最快乐的日子，没有矛盾也没有纠纷，只有聊也聊不完的梦。

后来，斯文森将魔爪伸向了天寰，而柏儿曾经最信任的家人，也露出了自己的真面目。

天寰旗下的艺人，越红就越什么都做不了主，幕后控制天寰的人，正是当时一手遮天的CEO，谢奕，在云霆最红的时候按下了一只大手。

“您刚才还说谢总是——”

“是朋友，不意味着在任何环境下都是朋友，”阮欣洁叹了一口气，继续道，“斯文森家族并不反对柏儿和云霆在一起，但他们要求云霆必须为他们完全掌控，他们给谢奕施压，让云霆不仅得听从天寰的所有安排，还得为他们干一些不法的勾当。”

云霆可以忍受与天寰的矛盾，但斯文森家族介入后，他就意识到天寰不可久留了。因此，后来那场因为出演音乐剧的争执，成为双方矛盾爆发的导火索。

“云霆其实早就有转移版权的计划，现在斯文森介入这件事，他和柏儿就提前了动身。”

“他知道我母亲的真实身份？”

“当然，你爸妈是真心相爱，毫无保留。”阮欣洁自嘲说相比起柏儿，自己就很不坦诚了，都到那个时候了，云霆还以为她是个普普通通的经纪人，不想把她牵扯进来。后来，斯文森家族的人找了柏儿，想让她制止云霆,想不到柏儿平时看着软趴趴的,这时候却非常勇敢，为了你的父亲，坚决跟家里划清界限。

一段艰难的对抗后，形成的格局是，云霆工作室仍然隶属于天寰，但柏儿创作歌曲的版权，尽数都转移到了他们名下，导致天寰对他的控制，力度已是大不如前。

“这时候，出现了一个变数。”

“是不是跟我有关？”左罗见对方迟迟没有继续，反倒是只顾着倒茶，不敢看自己。

阮欣洁苦笑：“没错，因为你出生了。”

左罗在心底问过无数遍，为什么父亲从来不知道自己的存在。

对方说柏儿很早就被家族囚禁了起来，而左罗则一出生，就被送往了斯文森的海外总部，作为继承人培养。

左罗绞尽脑汁回想着儿时的记忆，找不出母亲以外任何亲人的蛛丝马迹。

那时候云霆和天寰，柏儿和斯文森家族，都是僵持已久：就在此时，斯文森集团给柏儿开出了一个条件，他们可以放两个人平安离开天寰，与之交换的，就是柏儿要把孩子留下来，成为家族的继承人。

“然后，她同意了。”阮欣洁能理解好友的处境，但也为她的所作所为感到寒心，这不是交换，这是抛弃。

不过，柏儿很快就为自己的冲动付出了代价。

“但是，当时那些人还是不放心，就给她用了药，”看着左罗黯淡下去的眼神，阮欣洁一狠心，还是继续说了下去，“后来在你三岁的时候，斯文森的药物管线被彻查，内部大乱，为了保护你，他们把你送回到了柏儿身边。”

左罗心想，怪不得他对母亲最开始的印象，就是那个情绪不稳定的样子。

他忽然明白了，或许在柏儿眼中，只有她爱人的幸福与自由，而孩子从一开始，就是被舍弃的那一个。

阮欣洁说那些年，斯文森的人一直控制着柏儿，断绝了母子二人和云霆接触的机会，因此多年后云霆与左罗相见，彼此都意识不到他们的关系。

“你母亲她，其实一直都是在抗争的，那个硬盘就是最好的证据，”阮欣洁轻轻揉了揉眼角，“我最后一次跟她见面，她说已经感觉到自己要遭遇不测了，留了一些东西给我，以后有机会的话，务必打开看看。”

左罗明白了，所以自己才会在母亲自杀的当天上午，看到眼前这个女人。

“后来她出事后，我其实是想收养你的，”阮欣洁和蔼地看着他，“想不到终究是沈麦，与你更有当家人的缘分。”

阮欣洁讲述的真相毫无保留，犹如寒风刺骨，左罗只觉得周身麻木，全凭意志在撑，而沈麦的名字，就像一股暖流，突然就这么钻了进来。

“左罗，你后来是有机会接触云霆的，你想过去见他吗？”

“没有，我想，我当时是恨他的。”左罗平静地回答。

“原来如此……”阮欣洁也不知该说什么，只得长叹一口气。

左罗来到沈家时，《父女》已经播出了两年。

沈麦经常拉他一起欣赏这部剧，她对云霆的崇拜之情溢于言表，而在左罗眼中，她的所作所为，和自己的母亲如出一辙。

见到电视里的云霆，孩子们的眼里都是崇拜与向往。沈麦从来没有注意到，被她硬拉过来的左罗，又是用怎样的眼神注视着云霆。

左罗闭上眼睛，眼前闪过云霆塑造的诸多角色形象，全是儿时看过不知道多少次的身影。

他曾经想过，如果他能了解云霆，模仿云霆，母亲的精神状态是否会有所不同。可事实是，云霆不仅夺走了他的母亲，甚至还在沈麦面前，夺走了他所有的光芒。

更让他难过的是，沈麦甚至还曾将云霆的死，尽数归罪于他身上。

“那，你现在呢，还恨他吗？”阮欣洁迟疑了许久，问道。

“……我不知道。”

当初他在地牢里做出逃跑的决定，实际上，正是云霆的主意。而那个时候他并不知道，对方已经为了两个孩子，决意牺牲自己。

左罗恨了云霆那么多年，终于有一日得以见面。可谁能想到，这个他恨之入骨的男人，却在生命的最后一刻，选择用自己的性命来保护这个素未谋面的孩子。

他垂下头，用力摇了摇，低声反复说了好几次“不知道”。

“孩子，这些年你受苦了。”

阮欣洁知道左罗在美国还遇到了许多事情，从柏儿的日记到他手里那一天开始，这个斯文森的继承人，就是在家族中必须入局的一份子。

她亲爱的儿子，李霁云，早就为了控制天寰暗中开始了自己的布局。而至于谢奕，阮欣洁确定兄长掌握着他们的一举一动，但目前为止，他还没有任何出面干涉的意思。

就好像他在刻意等待李霁云成长，哪天来正面挑战自己一样。

没有人能预测这盘错综复杂的棋局，最终会发展成什么样子。

红的踪迹

* 第四章

23

药物的疑惑

沈麦已经默认了那些掺有红鹦草的药物都是斯文森的“杰作”。当她进门，见到左罗瘫坐在地上，身边全是这类东西，脑子“嗡”的一声就炸开了。

对方见她一副要抓狂的表情，无力地轻笑一声：“怎么，以为我干什么坏事呢？”

“那你说，这、这、还有这，都是些什么？”沈麦抄起药瓶，几乎控制不住自己的音量。

“放心吧，我没动那些药，”左罗胳膊硬撑着，直起身子，“我只是想找一找，看我母亲是不是还都留着这些东西。”

他用力抹去嘴角的血迹，也不多做解释。

“你说，你没有动这些药？”

“嗯。”左罗直视着她的眼睛，一点也不像扯谎的样子。

沈麦定了定神冷静下来，蹲下来凑到他面前，一股酒味就扑面而来，定睛一看，地上还倒着一个翻掉的酒瓶子。

“我天，你这是喝了多少，”她怎么也想不到“颓废”这个词，有朝一日能与左罗扯上关系，“你老实告诉我，你究竟遇到什么事了？”

“沈麦。”对方突然轻声叫了她的全名。

沈麦微微前倾，正想听清他在说什么，就突如其来地被他拽了过去。

“左儿？”

沈麦惊叫一声，左罗双臂一环，紧紧将她圈入怀里。她挣扎着动了动肩，对方却更加用力，像是紧紧抓着一根救命稻草，仿佛眼前的人一走，就会再也抓不回来一样。

她察觉到对方的痛苦，便放下手，就这么静静地让他抱了好一会儿，耳旁是左罗粗重的，带着些痛苦的呼吸，还有若隐若现的怦怦心跳声。

这不像是 PTSD 发作时的症状，沈麦也不清楚他到底是怎么了。

“姐，我问你，如果你当初不收留我，云霆……我父亲他是不是就不会死？”

“左儿，你喝醉了。”

“我很清醒，”左罗说着再也按捺不住情绪，“我知道你到现在还怪我那天的事，我不该报警，不该扔下父亲，只要你没收留我，你就不会离开舞台，一切都因为我——”

“左罗！”沈麦也不知道自己哪来这么大的力气，硬是给他胳膊掰开，狠狠往前一推。

左罗撞到墙角，狼狈地支撑着身子，良久不敢抬头。他无声地乞求着什么，似乎怕睁开眼，就看见对方离他而去。

然而下一秒等待着他的，却是一个使出了全力的拥抱。

“左儿，你听我说，当年你救了我，可是我却对你说了那样的话，这些年我一直……很想跟你道歉，”沈麦用力搂着他，吸了吸气继续道，“可是我就是不敢，我太没用了，我怕，怕你再也不愿意见我。”

“……”

“听好了，当年的你一点错都没有，是我自己，一直走不出来。”

沈麦又用上了几分劲，左罗怔怔地感受着对方怀里的温度，完全失了神。

“你能回来，我真的很开心，”沈麦说着说着声音有点哑，“什么叫你不在了就怎么样，说的什么话，左儿，你是我最重要的家人，我不允许你这么贬低自己，知道了吗？”

沈麦想象过许多次说出这些话时的场景，想不到真到了这时候，会是在一个左罗如此脆弱的时刻。

“姐，我跟家族的人之间……”左罗的手轻轻碰到她的肩膀，又像触电了一样，飞快地放了下去。

“我知道，你这小子肯定还瞒了我很多事情。”沈麦一只手伸出去，狠狠捶了他几下后背，耳边清晰传来一声倒吸冷气的“嘶”

她非常确信，左罗身上的那些未解之谜，以及他在美国的种种经历，都与这个操控天寰的黑幕，有着千丝万缕的联系。

沈麦正琢磨他会不会要老实交代什么东西，对方的脑袋就凑到了她耳边，开了口。

“答应我，不管以后发生什么事，都不要放弃我。”

左罗轻声低喃，这句话说得小心翼翼，似乎生怕会遭到拒绝。

“好，我答应你，”沈麦这句话说得铿锵有力，像是一句郑重的承诺，“有什么事，我都和你一起来面对。”

沈麦听着药物检测仪噼里啪啦的声音，心里面也跟着噼里啪啦的，护士给她端的水放桌子上很久了，愣是一口都没动过。

那天她离开前，趁左罗不注意偷偷拿走了地上一个药瓶，再加上那次她在左罗犯病时，悄悄从他身上拿走的 PTSD 治疗药，她已经手握了两条关于药物的线索。

这一天，为了搞清楚里面究竟是什么东西，沈麦再次来到了父亲的医院，她下定决心，无论从里面测出来什么东西，她都会信守对左罗的承诺。

沈主任看着女儿这一副如临大敌的模样，满脸疑惑，说他们病人做肿瘤筛查都没她这么紧张。沈麦什么也不敢跟父亲说，就说自己在演艺圈朋友那里找到了些奇怪的药，想让他帮忙鉴定一下，看看这位朋友是不是已经一只脚踏进了铁窗之内。

“所以这里面究竟有没有红鹦草？”沈麦见报告打出来了，急着问道。

“如你所料，确实有。”

沈麦听了父亲的话，心一下提到嗓子眼。

“不过，含量特别少，理论上要产生药物上瘾，光是一两瓶可不够。”

“……您说话可真会大喘气。”

“但是，你带来的另外几片药就有点怪了。”

“莫非那里面有——”

“不，那药跟红鹦草没关系，相反的，那是抑制戒断反应的药物，”他看了一眼手中的报告数据，“服用这个的人，可能已经有红鹦草这样的药物上瘾问题了，而且不轻。”

沈麦刚才还觉得在鬼门关前转了一遭，现在又一下手脚冰凉。

她明白了，左罗那两次犯病根本就不是因为PTSD，而是更加严重的问题。

药物的检测结果，沈麦决定先隐瞒下来，在没有新的证据前不去打草惊蛇。她相信左罗有自己的苦衷，等时机到了，他该说的一定会说。

元旦过后不久，一年一度的音乐盛典如期而至，跟许多走形式的颁奖礼不同，音乐盛典是动真格的。他们专门组建评审团，从入围提名公布开始，便对每个候选人进行严格考察，整个评选过程迂回曲折，找不出任何造假的空间。

沈麦坐在台下，对台上一连串冗长繁杂的环节兴致缺缺，只想看什么时候颁到最佳新人奖。

云霆的致敬演唱会是一个分水岭，如果说左罗之前还差一口气，那现在这个奖项的得主，可以说是十拿九稳。

“哎，你是什么时候拿过这奖来着？”一旁的歌手朋友戳了戳她的胳膊，问道。

“我没拿过啊。”

“咋可能啊，别逗我。”

“真没拿过，人家都是颁给出道第一年的，我那时候小学才刚毕业拿什么拿。”

沈麦一看摄像机又扫过来了，连忙摆出一副端庄的微笑，她想要不是身边这同行今天穿得跟只打翻了油漆桶的火鸡似的，镜头不至于这么关爱他们这一片区域。

她忍不住问对方穿成这样干啥，歌手朋友说沈麦这么多年没参加过盛典，不知道现在的流行趋势，这几年大家在着装上都是怎么博眼球怎么来。

沈麦左右扫了扫，发现了外星人、蝙蝠侠、孙悟空，甚至还有玛丽莲·梦露，便觉得身旁坐只火鸡好像也还可以接受。

左罗今天穿的还是代言品牌全套，青春又随性的运动风，在一堆奇装异服中间像个路过的游客。

宣布最佳新人奖的一刻，沈麦带头起来欢呼，摄像师刚把镜头对准她，一旁的歌手也跟着站了起来，直接给镜头挡了一大半，于是全场人都看着沈麦跟一只臃肿的火鸡手牵手，上蹿下跳地庆祝。

在这欢腾的气氛中，左罗一番发言学前辈学得有模有样，然后把话题扯到了沈麦身上。

“我能站到今天这个位置，最想感谢的人，就是我的姐姐。”

全场镜头瞄向沈麦，她看气氛不对，连忙从火鸡身后闪出来。

“是她在《父女绝密档案》中的表演，让我走上了这条道路，现在能与她一起演《寻红者》，是我这辈子最幸运的事。”他的视线定格在沈麦身上，说得情真意切，“有一种人会成为别人的光却不自知，在我眼中，她就是如此。”

镜头对准沈麦的眼睛，观众等着她热泪盈眶，不想她却露出一副若有所思的表情。沈麦脑子里都是两人在天寰顶楼的一幕幕，或许冥冥之中，云霆就希望把自己的儿子交给她。

正因如此，她认为自己有义务，不让弟弟走上一条歪曲的道路。

开年的大事一波接一波，不知不觉，Galaxy 也到了正式放榜的日子。

今天沈麦一来公司就感觉氛围不太对,每个人都忙得火急火燎的，连扫地阿姨都在装模作样地加班，她一问才知道天寰的董事长，那位叱咤风云的谢奕，今天来到了公司。

自从收到对方的信后，沈麦想见，又有点怕见到他。谢奕身为天寰最大的老板，沈麦对他最大的印象就是为人谦逊，跟他有点夜郎自大的亲儿子截然不同。

然而就是这样和蔼可亲的老板，当年几乎是命令似的，让她走上了转型的荆棘之路。

罗子琼说一早董事长就去了办公室，中途谢尧和李霁云分别进去了一次，谢尧是黑着脸出来的，李霁云到现在还在里面，不知道是挨夸还是挨批。

今天他和董事长的赌局就要见分晓了，沈麦有点替李霁云紧张。她从一早到现在刷了好多回手机了,就等着那堆六边形图啥时候出来。见办公室里面还是长久没啥动静，沈麦又随手一刷，就见 Galaxy 首页上多了一个大横幅，写着年度艺人榜新鲜出炉。

她焦急地往下划拉，刚划了一页，就见左罗凝视枫叶的那张照片，霸占了整个页面。配图旁边，那个六边形的面积，膨胀得十分夸张。

沈麦心中一块大石头落了地，不过说开心，也开心不起来。

她相信对于天寰来说，李霁云远比谢尧适合当领导。然而，这个人还藏着太多秘密，不好说以后能不能与她和左罗站在同一阵线。

沈麦觉得坐得腿酸，就来到楼下想买杯咖啡，刚点完单，就在柜台前迎面碰见了蒋梦。两人都愣了一下，然后蒋梦率先给她打了个招呼，沈麦觉得对方脸上好像没什么杀气了，也不知是不是几次三番落败，让她有点失去了曾经的斗志。

“你这是去哪儿？”沈麦看她手拿着大衣和包，一副要下班的架势。

“给谢尧搬救兵去，CEO这位子他保不住了。”

蒋梦也不遮掩话语里的嫌弃，说董事长听说了谢尧跟她最近干的那些好事，对他跨年晚会跟南星合伙坑人的行为尤其不满，于是作为惩罚，要卸掉他CEO的位子。

“那，救兵是指什么？”

“你不知道？董事长夫人是南星文化的大股东，里面全都是她娘家人。”蒋梦这救兵也不着急去搬了，干脆找了个地方坐下，跟沈麦闲扯起来。

“你以为谢尧为什么会跟李霁云结下梁子，还不是因为李霁云把他看上的人给挖走了。”

“你说，谢尧对冷听？”沈麦眼睛瞪得老大，“他们难道有，有——”

“想哪儿去了，”蒋梦打断她的幻想，“谢尧这人好面子，喜欢拉明星去不体面的场子，在天寰里他还收敛点，在南星可就放飞自我了。”

沈麦想到冷听说的尊严问题，心里有了个数：“他妈也不管管？”

“管啊，那可真是操碎了心，特别是发现李霁云不是个省油的灯后，”蒋梦打了个哈欠，懒洋洋地说，“你以为我是为了泠听来天寰啊，还不是董事长夫人的意思。”

对方突然说话这么坦诚，沈麦一时间有点难适应。

蒋梦说董事长夫人一直提防着李霁云，只是他以前太能装，让她以为这人对自己儿子没什么威胁，就放松了警惕，直到左罗一拳给林天炀差点干翻在 PK 台上，才回过神来。

可惜这神回得有点晚了，现在想按住李霁云的势头，已经没那么容易。

“哦，我应该不用去了，”蒋梦瞟了眼手机，耸耸肩膀，“等他妈自己上门来吧。”

沈麦想问她怎么回事，一看自己手机也跟着响，打开一看好几个群都炸了，所有人都在讨论公司刚刚发生的人事变动。

屏幕上，李霁云的名字和 CEO 的头衔并在了一块。显然，董事长是个愿赌服输的人。

“你怎么连点反应都没有？”蒋梦撇了撇嘴，“是不是早就知道了？”

“嘿嘿，我承认听到点风声。”沈麦心想可真新鲜，半年时间不到，自己就经历了两次换老板。

蒋梦说以董事长夫人的作风，肯定不会善罢甘休，高低也得给谢尧保下一个位子。

“我说实话，你气量可真不小，”蒋梦调侃道，“就我对你们做的那些事，你现在怎么清算我都不为过。”

“我其实不讨厌你啦，”沈麦实话实说，“况且，我听说了你原来在南星的事。”

“哟，谁跟你说我好话了，夏新名？还是……不会是泠听吧。”

“都有,也不叫好话吧,就是说了你也不容易,”沈麦觉得时机恰好，便顺着她的话说下去，“其实，泠听觉得她还挺对不住你的，我觉得你们应该谈谈。”

蒋梦一反常态地沉默了，她搅动着手中的咖啡，似乎在认真考虑对方的提议。

沈麦觉得自己不用再多说什么了，她想蒋梦也明白这个道理，这世上有太多的误会，都是源于身不由己。

24

与董事长再会

董事长一声令下，公司的管理层风云突变。

沈麦听说那天办公室里热闹得不行，董事长的什么夫人、妹妹、老领导全来了，围绕谢尧和李霁云打得不可开交。不过打得再热闹也没用，董事长态度坚决，用成绩事实说话，左罗那一大堆排行榜的数据摆在眼前，谢尧自己看了都理屈词穷。

管理层在换 CEO 的事上也分成两派，只不过与谢尧交好的那些人，交情也大都不怎么瓷实，于是看到大势已去，便纷纷见风使舵。

董事长夫人坚决不让儿子受气，当天就带着谢尧撤出了天寰，李霁云乐得清静，连着三天把自己关在公司，把管理层上下全都整顿了一番，一些关键职位，比如他一直担当的制作部长，也都换上了自己的心腹。

天寰管理层换血的新闻不胫而走，迅速霸占娱乐圈的头条，人们或是期待或是悲观，都等着看这位斗倒了谢家太子的 CEO，到底能有什么作为。

赌局尘埃落定，沈麦心中却愈发疑惑，谢家历来重视将权力放在自家人手中，然而这次一贯强势的董事长，却给了李霁云一个机会把天寰搅得天翻地覆。

她不知道谢董打了一副什么算盘，似乎从她回归天寰开始，一切都与七年前有所不同了。

沈麦听说李霁云这几天忙得不可开交，事事都得亲力亲为，要不在开会，要不就在去开会的路上。

她以为再见到李霁云，他会摆出一副大领导的架势，想不到当她走进新的办公室，对方还是一身休闲装扮穿得跟大学生似的，似乎比之前还随意了些。

她四处瞅了瞅，寻思着他这加班挺狠，桌子上书架上都是台风扫荡过的样子，跟他们制作人赶 deadline 的现场有一拼。

“怎么，有啥稀奇的吗？”李霁云打了声招呼，笑得有些许疲惫。

“就觉得挺怪的，前面还管你部长部长的叫，一转眼就升级成总裁大人了，”沈麦嘴上这么说着，人却随意地往沙发上一坐，“哎呀，还好我一直称呼您为李总。”

“哈，你们可真把这名头当回事。”

“得了吧，你要是不当回事，还费劲跟你舅舅打什么赌，”沈麦想起了当初李霁云讲过的话，继续问道，“你当初说，坐了这个位置想改变天寰，现在还是那么想的吗？”

“当然，现在才刚刚开始。”

李霁云的目光不知不觉锐利起来：“我不会让天寰再出现第二个云霆。”

“第二个云霆？”

“有些事情，是该让你知道了。”

沈麦对云霆和天寰的核心矛盾好奇已久，而李霁云在今日，终于把他们之间发生了什么，具体地讲了出来。她现在明白了，让云霆下定决心离开天寰的，不止是公司的一系列控制行为，真正爆发的导火索，正是斯文森家族的所作所为。

“斯文森医疗想要云霆成为他们新药的推广人。”

沈麦用力捏了一把沙发坐垫："他们直说让他给朋友介绍那些东西？"

"不，斯文森当然没有对他明说那药的是什么，但他们忘了自家的大小姐柏儿，是最清楚他们是做什么出身的。"

李霁云没细说红鹦草的事，说后来幸好斯文森在海外被查了，直接导致家族发生内乱，药物的生产线也彻底断了根。不过，斯文森这些年换了个面目重回大众视线,而他们对天寰的影响力,依然不可小觑。

总有一天，这个家族会像当时对云霆那样，重新毁了天寰。

"我之所以进入天寰的核心管理层，就是为了要让谢家跟斯文森完全剥离。"

"所以，你才找到了身为继承人的左罗？"

"我和他的交易是各取所需。"

李霁云说了最后一句，就此这个话题打住。

"……上次我碰到了泠听，她跟我说，你答应帮她离开南星，是为了帮我。"沈麦见他没再继续说下去的意思，正好想起一个抛在脑后很久的问题。

"哦，我以为你要是看到她在天寰，会更想回来一些。"

沈麦听了无语，嘟囔一句"就这"，然后立马反应过来："哎等等，你从那时候就计划着给我拽回来了？"

李霁云看着对方从不屑转变为惊愕的目光，非常平静地说了声"是"。

"到底为啥啊？"

沈麦非常不解，李霁云和左罗的合作，基于他们的条件和拥有的资源，本来就能达到与现在一模一样的结果，为什么他还要大费周折，让自己复出，并且成为计划中的一环。

“很简单啊，因为你是沈麦，天寰最优秀的女歌手。”

又一次，李霁云给出了这样敷衍的答案。

沈麦正忍不住发作，却见对方说这句话的表情，比以往哪一次都要认真。

“你不认识我，但我很早就见过你了，在你还在演《父女》的时候，”李霁云的笑容怀念中又带着一丝苦涩，“那个时候，你帮了我很多。”

李霁云有许多秘密，但沈麦从未想过其中有一个是关于自己的。对方不想这么早揭露，只说等他正在查的事情有苗头了，再找机会告诉她。

该道贺的道贺完了，沈麦联系上了董事长的秘书，想问大老板是否有空，很快那边就来了回复，老板听说是她来，二话不说就腾出了自己的时间。

进办公室之前，沈麦磨蹭了许久，手指顶在房门上，迟迟不去叩动。

“沈麦？进来吧。”

来客踌躇不前，等候的人却已先察觉。

沈麦一个深呼吸，走进了七年前，自己在天寰最后造访的房间。

当年她决意隐退，本做好鱼死网破的准备，谢奕却在最后一道关卡放了她一码，没有任何为难，也没有挽留，只是跟她说哪天想通了，随时可以回来。

回想起当年董事长的神态，沈麦从中读出了一丝难以发觉的忏悔。

谢奕跟七年前的模样完全没变化，甚至看上去还年轻了些。如今再次与对方面对面，沈麦发现自己对他的怨气不知怎的一扫而空，能记起的只有对方对她的器重与照顾。

“好久不见了。”男人笑得和记忆中一样和蔼。

“谢总，好久不见。”不知不觉间，沈麦身上的紧张一扫而空。

谢奕问了不少沈麦这些年的近况，最后把话题扯到新上任的CEO上，他说自己已经知道了李霁云之所以能赢那个赌注，离不开沈麦的出力。

“我选择了帮李霁云，而没帮谢尧……您不生气？”

“怎么会，我儿子有几分能耐，我还不清楚？”董事长笑道，“反倒是霁云那小子一路杀上来，有点我当年那样子。”

沈麦听说过，谢奕当年不是平稳接班，而是经过一番苦战后，才夺下了属于谢家的位子，而当时在这场内战中厥功至伟的人，正是他一手打造的天王，云霆。

这两人本是撑起天寰一段盛世的绝佳拍档，不想最后却闹到如此收场。

“您真的是觉得李霁云更适合当CEO，才答应跟他打赌？”

“不光是适合，我感觉，霁云或许是能改变天寰的人。”

她不清楚对方说的“改变”，是否与李霁云表露的是一个意思。

“我看到你在致敬演唱会上的表演了，一点都不比当年差。”

“啊，您看啦？那个本来是我和云霆——”沈麦意识到话不对头，立即打住。

“当年我很想看你们两个人，在那个舞台上《盛放》，”谢奕眯了眯眼，转过视线，“我希望你和霁云能够合作长久……而不是像当年的我和云霆一样。”

沈麦很擅长读人的眼神，她能感觉到董事长眼中的怀念，不像演的。

“还有，现在的你很好。”

沈麦听到这句话时，眼睛忽然睁大。

“如果当年让你按照自己的意愿发展，你肯定也会变得很好。”

“谢总……”

“不说这个了，我看你回来光顾着拍戏，什么时候打算出点自己的东西？”

“我……正在想。”

自从舞台恐惧症有所好转后，沈麦已经开始思考，这次复出后自己到底想做什么了。

“好好干，看到你重新站上舞台，云霆也会开心的。”

“嗯，我会的。”沈麦非常确信，她心中的那把火，已经完全烧了起来。

李霁云上任的第一把火，由他曾经率领的制作部点燃。

趁着最佳新人奖的名号还在热乎劲,天寰放出了左罗的正式专辑，上次的无预警空降，在圈内已是一场标志性的成功营销，这次他们故技重施，火爆程度较上次有过之而无不及。

现在沈麦刷到任何一个网页，屏幕上都可能出现一位背靠大海，手捏枫叶的少年。

她看到表单上一长串的宣传安排瞠目结舌，终于深切体会到，左罗现在享有的资源级别，已然是名副其实的天寰一哥。

不仅是外部，自从上次撞破左罗不为人知的一面后，她觉得对方现在也有了一些变化。比如，左罗以前是只顾自己的节奏，大部分事务由经纪人帮忙张罗，而现在他能与团队频繁地交流，而且大部分时候提出的意见，都有理有据，直中要害。

新专辑的热度如此持久，有相当一部分，都得归功于他自己的设计。

不过比起事业来说，沈麦更关心的，是他对自己的态度，似乎也与之前不太一样了。

前天，制作部全员给新来的部长接风，沈麦作为李霁云钦点的副部长，带头给人家灌得昏天黑地，自己也“伤敌一千，自损八百”，回到家时已是半醉半醒。

左罗没早睡，跟往常一样在家里等她，换以前他会摆出一副当爹的架势，边帮她醒酒边絮絮叨叨，而这次沈麦都灌下两大杯热茶了，对方依然没有向自己的耳膜发起进攻。

她琢磨出啥状况了，一睁眼，见左罗就这么愣愣地盯着自己，脸庞也与她近在咫尺。

沈麦第一反应，是他那样子跟 MV 里看枫叶的镜头一模一样，是眼神转变之前温柔的样子，而不是后面失恋时那副落寞神情。

沈麦胡乱猜着他这时候心里想着啥，反正肯定不是抽卡歪掉了。

“咋了，我脸上有东西啊？”

沈麦捏了一把自己的腮帮子，不知道是空调温度调高了，还是自己喝多了，反正大冬天的突然想吃点冰的。

左罗摇摇头说了句注意身体，转过身去给她倒茶，动作特别轻柔，一副小心翼翼的样子。

沈麦不知道该怎么形容他这种变化，最后只能归结于一个词——成熟。

与董事长见过面后，沈麦就动起了写新歌的念头，只是先前一直忙于左罗专辑的收尾工作。

经李霁云一提，她才想起来，这些年在 Galaxy 上的那些歌，创作灵感都来自看过的小说和影视剧，基本都是根据情节想好一个画面，再设计出自己想要的曲风。

她这次想玩点不一样的东西，但是没有灵感，没有故事背景，憋了一晚上，也迟迟没能动笔。

一无所获的一晚过去，沈麦一早出门碰见对门邻居在遛娃，忍不住向她大倒苦水。对门听了她的烦恼，直接提出了解决问题的方案，趁着春节假期，干脆组队去纽约玩一趟。

沈麦听了后眼前一亮，她的美国签证是现成的，本来想着申了后能有机会去找左罗，结果这么多年以来只去了一次，还是西海岸。

跟对门敲定了行程后，沈麦兴冲冲地跟全家人汇报，说今年春节去国外过。

左罗的反应有些平淡，说给他们当导游，自己也放心，而沈麦她爸那边就比较曲折了，他说护照被医院看得紧，得去找院领导批复。上次他想去趟日本，就去找领导批护照，领导问他有啥急事，他说再不去老婆就跟人跑了。然后领导语重心长地说，上次你用这个借口是跟你闺女跑拉斯维加斯去赌博。

沈麦想起来了，那次她跟一帮医生在赌场玩得有点嗨，她爸也没过脑子，赚了钱一高兴，就跟俩美女荷官搞了张合影。

“你说说，我怎么就飘了，非要发那个朋友圈，发就算了，还公开所有人可见。”沈主任每每提起这件事就痛心疾首。

“正常，我要是有你那手气我也飘。”沈麦幸灾乐祸，心想这领导也挺计较的，指不定自己在麻将桌上输过多少。

沈麦把父亲被医院扣下的事讲给她妈听,她妈听了也很幸灾乐祸，说反正这家伙连西餐都吃不了，来了也是遭罪，然后吐槽了一堆有的没的，沈麦边听边乐，心想母亲的口是心非这辈子是改不掉了。

今年除夕来得有点早，沈麦觉得新年才过去没多久，春运大部队就开始了运转。

罗子琼对春节斗志满满，说她已经制定了完善的相亲作战计划，保证让老家亲戚们看了后，催都不好意思催。沈麦问她之前有个男生聊得挺好怎么没动静了，她说问题出在俩人吃了顿饭上，他选啥不好偏偏选了个地锅鸡，结果愣是吃出了一种结婚变结义的感觉，这要不黄才怪。

大家心思都在放假上，左罗这边活倒是一点没见少，这些天都在几个电视台来回窜，其中最有排面的工作，是上今年的春晚。

天寰今年上春晚的人只有泠听和左罗，左罗的节目是跟一位前辈女高音合作，林天炀看了后心里特别不平衡，吐槽说光年第一次上春晚，大部分时候都是在伴舞。

沈麦回忆了一下，她第一次上春晚是 12 岁，穿着大红色的裙子，与一位德高望重的老艺术家同台，导演说想让她演出一副国泰民安的感觉，沈麦想破脑袋也没想出这咋演，只得模仿着那位老艺术家的表情。观众朋友看后都乐了，说第一次见到这么慈祥的小姑娘。

春晚的录制地点不在新海，沈麦跟对门一合计，大家决定到时候在转机的城市见，她先一步飞北京，接上左罗后再与他们会合。

除夕当晚，沈麦先拉上了父亲，一起去对门蹭年夜饭。

对门一大家子人忙得热火朝天，招待两人也是热情满满。沈主任拿出了优秀的职业素养，吃饭前给每个人号了个脉，老人家们连袖子都还没撸起来，脸色都开始红润了。这点沈麦很佩服她爸，好多人都说往他跟前一坐就觉得病好了一半。

有人问沈麦，如果她不当歌手会不会去学医，沈麦说她小时候有次算数学题，算出一个打折前 90 块，打了折 210 块后，她父亲就让她断了学理科的念想。

沈主任特别期待左罗在春晚的表现，沈麦说肯定中规中矩，他唱那歌又经典又大气,特别适合中间穿插展示我国高速发展的航天事业。

她瞅着时间差不多了，便告别了在牌桌上激战正酣的人们，向着机场进发。

沈麦有个很多人都羡慕不来的本事，就是上飞机能一倒就睡，当年她跟父亲那一队医生去西海岸参会，她是里面唯一一个不靠吃药都能硬倒时差的。

睡前唯一遇到的阻碍，是左罗不知从哪整来了两桶泡面，沈麦问他为啥放着头等舱的好东西不吃吃这个，他说这是以前坐长途养成的习惯。

“姐，要不要试试？”左罗把泡面盖子掀开，一股勾人的香气扑面而来。

沈麦看见一旁经过的空姐脸上都扭曲了，显然是不太能经受这么强的攻击性。

“请问有筷子吗？”沈麦那点困意给扑得全没了，也跟着光速投降。

吃饱喝足，终于睡了几个小时，当她再次醒来时，飞机已经不剩多少时间落地。

空姐正用广播教大家做放松颈椎的健身操，旁边的左罗动都懒得动，还在专心盯着游戏机，精神抖擞。左罗属于在飞机上睡不踏实的，沈麦数着他带了电脑、游戏机 1 号和游戏机 2 号，在自己睡着的期间，他已经把其中两个干没电了。

隔壁两位旅伴正一起靠沙发上看电影，这对狠心的父母，大过年的把孩子丢给老人照顾，自己跑来逍遥自在。沈麦希望她那个鼓鼓囊囊的红包，能或多或少安慰一下小朋友受伤的心灵。

沈麦打了个哈欠，稍稍打开遮光板，一束有点扎眼的光线透了进来，能隐隐看出下面的海。

她有点期待，这次难得成行的旅途，不仅能找到自己的灵感，也能与左罗这些年的过去更近一步。

25

大洋彼岸的假期（上）

纽约这边正值清晨，肯尼迪机场排队的人不算多，沈麦一身轻地过了关，左罗已经领先一步，在行李转盘那里把她的箱子给找了出来。

她本来收拾出来满满当当一个大箱子，装满了换洗衣服，左罗看了直摇头，说多久没来外面逛街了，不如缺什么买什么。沈麦听了他描述的松弛感很是向往，就把里面的东西去了大半，安检员一看这巨大的箱子空得能塞下一个人，立马警惕起来，估计是想到了什么犯罪剧里的邪门案例。

至于对门夫妻俩就更潇洒了，俩人总共背了一个包，去公园野个餐都比他们背的东西多。来机场接他们的人是男方父母，一对金发碧眼的地道老美，上来就对众人又搂又抱的，还用字正腔圆的中文来了句“春节快乐”，沈麦恍惚间以为自己还在看春晚，想着怎么来美国了还在包饺子的氛围里呢。

可惜接下来的环节没她事了，沈麦自认为英语还算不错，在外面玩能玩明白的那种，结果这群人一会儿吐槽治安一会儿展望时政，听得她是汗流浃背，完全插不上话。

她看着左罗跟他们聊天对答如流的样子，寻思着老弟是不是凭这本事勾搭过几个洋妞。

一行人从 JFK 机场杀向曼哈顿中心，前不久整个纽约飘了大雪，路面上铺着一层白。

曼哈顿实际上是纽约的一个区，人们一般管去这里叫进城。纽约绝大部分地区都很空旷，沈麦瞅窗外瞅了一路，直到过了一座大桥，才看见成片挤在一起的高楼大厦。在她的印象中，这片高楼大厦是好多电影爱炸的地方，一会儿是外星人一会儿是哥斯拉的，反正每次扔导弹倒霉的不是这里就是自由女神像。

路上左罗给她尽职尽责当起了导游,他这些年一直在上东区念书，经常去中城，参与过一些音乐学院的培训计划，对曼哈顿的中心和周边，算是了如指掌。

左罗说这个地方初来乍到很容易晕头转向，但如果了解街道的构造，去哪里都不难找。他教了沈麦在曼哈顿逛街时，怎么根据E、W、数字三个指标来判定方向，这里街与街之间的距离很短，知道东还是西，以及街上多少号，不用导航就能走到。

沈麦听得云里雾里，问他为什么不开车，左罗不解释，说马上你就懂了。

很快，当车子在进城方向堵了20分钟后，沈麦就明白了为何大街上的人们，一个个腿脚都看上去那么矫健。

左罗订的不是酒店，而是一间民宿，他以前跟房东认识，说住这里比酒店舒服，出门还方便。沈麦觉得新海市的建筑已经很密集了，跟这摩天大楼下饺子的阵仗相比，纯属小巫见大巫，左罗说中城基本都是这个样子，他们住的这片地狱厨房还好，再往东边特别是第五大道和麦迪逊大道，那还要夸张。

“地狱厨房？”

左罗语气一本正经：“以前很多黑帮聚集在这里，他们天天内斗，杀人放火，纽约人觉得这场面跟地狱一样，就这么叫。”

沈麦听了他的话有点发毛：“我们非要住这儿吗？”

“哈哈，开玩笑的，提醒你不要晚上乱跑。”

“喂！”

沈麦刚想找他算账，可进门一看到民宿的样子，那点气顿时消得无影无踪。

这间房子面积不大，两室一厅，装修有点美式乡村的风格，主打一个温馨，相比起住过不知道多少次的高级酒店，这里是有别样的风味。

“喜欢吗？是不是比酒店方便多了，”左罗不知从哪翻出一件围裙，“还能自己做饭，想吃点啥？我来给你露一手。”

“自己做啥啊，都来旅游了还不整点新鲜的，”沈麦说着围上特意准备的大披肩，“走吧，出门转转。”

沈麦出门想按左罗说的方法找方向，看见每条街都长得一模一样，立马打了退堂鼓。

左罗说带她去找点新鲜的，拐来拐去拐到一家中餐厅，沈麦看着菜单上全是熟悉的名字，问这到底哪里新鲜了，然后菜一上来，就秒被打脸。

沈麦惊讶纽约还有这么正宗的川菜，她记得上次去西海岸，街边找了个中餐差点没给自己齁死，至今还记得那个凶手的名字叫左宗棠鸡。

补充完能量后左罗说自己的学校离这不远，沈麦说她想去看看。于是两人向北而行，路上经过车水马龙的圆环中心，中央公园大门口，还有藏在市区里曾经让某个总统中途跑路的大学，最后来到一片视觉效果相当宏伟的大广场，步上层层阶梯，眼前是好几个剧院，还有一个冬天也不停歇的大喷泉。

“你学校不会在这里面吧？”

沈麦看着周围不少年轻人三三两两凑一起，她刚才就觉得这几栋建筑在哪里见过，如果她没记错，左罗读的这个音乐学院，可不是一般的来头。

“就是这里，可惜毕业后得把学生卡都交了，现在进不去。”

左罗说自己读书的过程比较折腾，文化课在外面的高中上，而专业课要专门跑到市里来，他称自己学的课程是预科，只不过进度比较快，老师说他入学起码可以跳级到大二。

“你老师是不是挺有名的？”沈麦记得李霁云提过，是位隐退的明星。

“嗯，他以前来过国内一次，指导过我父亲。”

沈麦本来想拜见一下这位高人，可惜他原本腿脚就不好，现在回老家去种地享受生活了。她想美国人怎么也学陶渊明那套，结果一看左罗发的照片，敢情是在卡车上夜夜笙歌。

“你这老师……看起来好像还挺好处的。”她看着一群比基尼美女之间，那个喝酒喝上头的老家伙，感叹道。

“好处是挺好处的，不过他教人的时候可严了，跟他一比，泠听对光年那根本不算啥，”他忽然给沈麦使了个眼色，“姐，快走，好像有人盯上我们了。”

沈麦不动声色地瞟了一眼远方，那是几个年轻的华人面孔，正对着这边交头接耳。

事实证明左罗这人气真不是虚的，两人才转移阵地没多久，就又被粉丝抓包。

当时俩人在圆环中心里的超市晃悠，就是那家号称只卖无添加食品、被不少人说是智商税的那个。一出门就围上来好几个留学生，很礼貌地问是不是左罗本人。

没过多久一张合影就出现在了网上，连 po 主自己也没想到，评论区里有人凭门口一盆花就猜到了他们在什么地方，接着好多在留学的粉丝蠢蠢欲动，一副山雨欲来的架势。

沈麦问他怎么办，左罗表示他们动作脚步再快，也经不住打游击战。

于是两人化身旅游特种兵，痛痛快快地打了一通游击战，从最南边的炮台公园出发去看自由女神，回来上岸后，从华尔街一路向北，沿路转了一圈 soho 区、高线公园，最后停留在时代广场时，天刚刚好暗了下来。

“左右往两边走都是百老汇剧场，你要是有想看的，我们可以现买票，”左罗指着旁边楼上的海报，上面是一幅海上日出的画面，“哦，那个剧我老师以前当过主演，要不要看？”

沈麦盯着海报脸上露出一丝惆怅：“老弟啊，我啥都想看，可我已经累到快见不到明天的太阳了。”

“好嘞，那我们现在去吃东西吧，”左罗看了眼手机，“再走 6 条街就到。”

“6，条，街？！”

“今天我们还没到两万步，姐你上次不是说想加强锻炼吗，现在正是时候，走吧。”

沈麦两眼一抹黑，她充分体会到，军训时那些教官为何把他当个人才。

“爽！活过来了，家人们。”

服务员端上来俩挖空的西瓜，里面果汁和烧酒混在一起，沈麦抄起吸管上来猛干一大口，吓得小姑娘花容失色，连说带比划“Not juice not juice”。

沈麦挺喜欢喝酒的，但不喜欢酒桌文化，主要是觉得好好的酒怪可惜的，都说喝酒讲究一个品字，真上桌就动不动李总我干了您随意，这能品出啥来。

“这东西有后劲，你悠着点。”左罗看她跟头饿狼似的，忍不住提醒道。

“我知道，韩国全是这玩意，又没啥稀罕的。”

两人走了6条街来到的地方叫韩国城，实际上就是韩国美食一条街，左罗说这里做得比韩国本地还正宗，沈麦尝着味道是挺正宗的，就是菜的份量明显经过了本土化。

“哟兄弟，好久不见！”

沈麦正往嘴里塞着炸鸡，看见一个男人来到左罗身后，拍了他的肩。左罗跟他寒暄了几句，介绍说他是这里的店长，两人很多年交情了。

店长看了一眼沈麦，眼睛溜溜一转，问左罗：“女朋友？”

沈麦嘴里塞满炸鸡唔唔说不出话，左罗也不正面回答，反问一句：“怎么，又有活动？”

“你这家伙真没劲，”店长嘘了他一声，“情人节预热，双人套餐八折优惠，拍张合影挂墙上就行，来不来？”

沈麦看向店里花里胡哨的墙，上面是挂着不少明星的探店照，亚洲偶像居多，后面是店里那个网红布景，拍出来还挺有些浪漫的氛围。

“姐，就当帮我朋友忙，咱们来一张吧？”

“哦哦，好啊。”

沈麦说不出来觉得哪里怪，不过看店长一副热烈期盼的样子，她也不好意思扭捏。

上次两个人同框还是拍摄《寻红者》的海报，而正经的合影，已经是七年前的事了。店长让沈麦坐高脚凳，左罗靠在她身后的桌台上，然后让两人离近一些，给镜头点发挥空间。

换作以前，沈麦会一把搂住左罗的肩，拍出来比真正的姐弟还显得亲密无间。而现在她不知道怎么摆动作了，只能双手乖巧地放在膝盖上，倒是身后这个高大的家伙，毫无距离感地凑了过来。

她忽然觉得左罗的手会搭上来，肩膀不由得微微一抖，不想他只是把手顶在桌上，整个人贴在她身后，跟她保持在一个不近不远的，微妙的距离。

“很好，Cheese！”店长抓住时机，连着咔咔咔好几张。

沈麦还没反应过来对方就完事了，左罗走过去检查他的成果，说效果不错，就用这张，一切都是那么利索又自然，好像和之前跟粉丝合影毫无区别。

她觉得自己的酒量似乎在退化，这才喝多少，怎么胸口就感觉闷得慌。

那晚沈麦后来喝得晕晕乎乎的，烧酒的后劲比她预料中大，估计是掺在西瓜里面看不出来，不知不觉就超了量。后面倒时差带来的困劲儿也上来了，于是她就这么个半醒不醒的状态，左罗叫了她好几遍都不太想应。

左罗没办法，只得先放着她缓缓神，顺便跟店长叙旧。

沈麦迷糊间听到他们聊到一些灰色地带的东西，也没多想，估摸着是美国这里的阿猫阿狗又有什么八卦，只要别来他们住的地狱厨房张牙舞爪就行。

只有一段对话让她有点在意，店主聊着聊着，特别严肃地提醒他当心，说“那些人”肯定知道他回来了。

左罗这时候压低了声音,像当时威胁那个陷害他们的作词人那样，说“那些人”只要不对家里人出手，他就不跟对方计较。

回想起来，沈麦觉得她是真喝多了，听到这么不对劲的东西，居然连点反应都没有。

沈麦一开始觉得曼哈顿比想象中小，玩深度游好像不太值当，很快她就发现别说一周时间，就算是花一整个月，也不能深度到哪里去。

左罗说很正常，他待在曼哈顿这么多年，很多东西也只是见到了冰山一角。

难得来一趟，沈麦嘴上说着休假要松弛，结果脚下一刻都闲不住，一天七八趟地铁，把左罗推荐的地方给打卡了个遍。

说起地铁，沈麦从没见过环境如此抽象的地铁，最抽象的一次是在42街的地铁站，两人被一位留学生粉丝认了出来，对方征求同意后想给俩人拍照，然后手机刚掏出来粉丝忽然一声惨叫，说耗子耗子，然后一溜烟上阶梯跑了。

沈麦回头看见盲人道上确实有只耗子，体型特别肥硕，她第一眼以为是哪家的狗跑丢了，她很同情地拍了左罗的肩膀，说弟啊你的魅力怎么抵不过一只耗子。

一天连逛几个博物馆后，两人去了百老汇剧场，看了左罗老师当过主演的那部戏。

看完戏后的第二天早上，两人出门在路边买咖啡，沈麦不爱喝苦的，这次却不加糖就咕咚咕咚喝起来，左罗很不解她发生了什么。沈麦一脸深沉地说，咖啡苦又如何，再苦也没有女主角的命苦。

26

大洋彼岸的假期（中）

眼瞅着假期过半，沈麦那个大行李箱也填了快一半，就在她谋划着该去第五大道还是 soho 购物区把剩下另一半填满时，这几天都没动静的亲妈，可算来了消息。

两人刚到纽约时，她给母亲发了条消息，对方说跟几个姐妹临时有约，完事了就来跟他们会合，转眼几天过去了，对话框一直静悄悄的，她像是完全忘了这回事一样。

沈麦收到信息时觉得怪怪的，换往常她妈早就一通电话杀过来了，这次却只有短短一句话，说自己在什么罗岛上。

“这个罗岛是啥意思？”

“罗斯福岛，走吧，我知道地方。”

左罗看了眼信息，脸色一瞬间不大对。

罗斯福岛听着远，实际上是紧挨曼哈顿的细长小岛，沈家买的房子就在上面的住宅区，左罗来市区的时候也会定期过来拜访。

比起住宅区，这里更像一个建在海上的公园，在高楼大厦中钻了好几天，沈麦从地铁站一出来，就有种灵魂受到洗涤的感觉。

只是这里太安静了，安静得有点诡异。

左罗带她在居民楼里七拐八绕，来到顶楼靠边的一间房。

沈麦的第六感总是在一些奇怪的时候灵验，就像现在，当她看到来开门的不是母亲，而是一个身材高大、西装革履的男人，就知道事情又不妙了。

左罗直视着对方的双眼，眼神的温度，悄然间跌至冰点。

男人笑得不怎么友善，也没多说，邀请两人走进屋。沈麦一进门就看见母亲坐在客厅的沙发上，她身后有俩人站得跟保镖一样，那架势跟看贼似的，怎么看都不是和谐共处的气氛。

她见了两个孩子，刚想站起来，却又马上缩了回去，脸上是大写的愧疚。

“总经理，你这是什么意思？”左罗对着那个领他们进来的男人问。

“你回美国，怎么连声招呼都不打？我不知道你在哪儿，自然只能问问你家里人了。”

沈麦听到左罗称呼他为总经理，第一反应，这就是斯文森的人。

“别把我家人扯进来，”左罗走到男人跟前，话语里的气势又强了几分，“我这次回来没有去公司露面的打算，你找我到底有什么事？”

“没什么，就是有几个问题想问问你。”

男人使了个眼色，沈麦只觉得身后一阵风，顷刻间，两个保镖已经蹿到了自己身后。

“你老实回答，什么都好说。”

沈麦专注听着几个人的对话，明白这是斯文森的人，来找继承人麻烦。

她后来又从李霁云那里了解到一些内幕，斯文森的现状是几位大股东谁也不服谁，虽然家主终结了内斗，也提出了正统继承人，但他们并不认为，左罗会是一个合格的继承人。

考虑到柏儿和云霆的所作所为，他们的孩子，确实让人难以信任。

“你回国进天寰，是不是家主让你干的？”

“我只想弄清楚害了我父母的凶手，”左罗看见沈麦被架着，态度稍微放软了些，“而且我说过很多遍了，我对继承公司一点兴趣都没有。”

男人对他的答案并不买账，在他看来，左罗自从知道自己与斯文森的关系后，每一步，似乎都是为继承家主的资产而铺路。

柏儿的日记也曾提到，天寰是斯文森重要的合作对象，从这些人的角度来看，左罗走的这一步，毫无疑问表示了他在接近权力的中心。

“我再说一遍，我进天寰，跟我外公的想法无关，”左罗语气尽可能诚恳地说道，“总经理，你有什么想问的，我们可以单独聊，别把我家人扯进来。”

“我也不想的，小少爷，可你最近在新海市的表现实在是太惹眼了。”男人有点张狂地笑了几声，“口口声声说着家人，你亲爱的姐姐，知不知道你背后到底干着什么勾当？”

左罗没吭声，只是看着他的眼神，逐渐阴冷。

“你眼中这个乖乖的小少爷，他跟天寰——”

男人的话没能继续说下去，突如其来的撞门声实在太大了，就像地震来了一样。两个保镖反应很快，然而一回头，就被一群破门而入的人给直接按在了地上。

为首的是一位戴眼镜的男人，他扫视了一圈屋内，然后走到倒地的保镖面前，一脚直接踩了上去。

沈麦看着这人气质挺儒雅的，想不到下手这么狠，她不动声色地挪开脚步，暗暗放下了正准备给公司发定位的手机。

男人又惊又怒，看着那群人对着他口中的小少爷毕恭毕敬，气得破口大骂，来者听了也不生气，说今天对方干的所有好事，他都会如实禀报家主。

“总经理，你该庆幸她们没有受伤，不然……”

左罗说着凑到他耳边，说了几句悄悄话，不知那几句话究竟有什么威力，对方脸色忽地煞白一片，然后就突然这么跪了下去。

沈麦看着跪地求饶的男人，还有一脸淡定的左罗，想起《寻红者》剧中，也有着非常相似的一幕，只是面前的男主角，比剧中的压迫感强太多。

沈麦的母亲转型作家前曾经当过好多年记者，她说自己什么大场面都见过了，今天这种小事不值一提。斯文森家族与左罗的关系，她早年已经知晓，只是担心沈麦知道这些事，会进一步加深姐弟间的误会，便什么都没跟她说。

来救他们的男人指挥着手下把人都带走，然后向着沈麦走来，到她面前忽然行了一个标准的绅士礼，问候得毕恭毕敬，沈麦不明白对方葫芦里卖的什么药，就也跟着低头哈腰的。

“这是左叔叔，我父亲家的亲戚，我来美国后就是他们家一直照顾我，”左罗介绍道，“他也是斯文森的老员工了。”

沈麦点了点头，她只知道云霆是艺名，而他背后的左家亲戚，这还是第一次见。

这位左先生说他跟云霆、柏儿他们很早就认识，后来左罗父母出事后，他外公深感痛心，就提拔了他，并让他培养好自己的外孙。

沈麦越想越怪，忍不住问柏儿都跟家里闹翻了，他外公怎么会不知道她后来遭遇了什么。

“家族底下，盘根错节。”对方一句话简单有力，引人遐想。

左先生临走前问左罗要不要去见家主一面，左罗说他提前回国这事惹得外公不太开心，等他什么时候查清楚真相，再回去复命。

沈麦母亲表示当人质当得有点乏了，想休息一下，让姐弟俩先去岛上散散心。

罗斯福岛的全长很短，除了最北边有个疗养院外基本都是住宅，现在还多了个跟学校合作的科技园区，比以前稍微热闹了点，但相比起大桥另一边的景象，还是好山好水好寂寞。

左罗几次给她介绍，说着说着又没了动静，沈麦看着他心神不宁的样子，肯定没想好该怎么解释这一出好戏。

“刚才那个人来堵你，是不是因为不想让你继任家主？”

“嗯，不是谁都能原谅我父母做的事，还有，天寰这个蛋糕太大了，谁都想要。”

左罗说刚才他叔叔所言不虚，家族内部十分复杂，每个人的利益彼此纠缠。斯文森医疗转型后，靠着当年在不法药物上赚来的黑钱，在多家行业有所发展，海外不少娱乐圈的公司，也跟他们有所联系。

尽管如此，天寰仍然是他们最重视的合作方。

“斯文森集团的每个股东，都掌控着不同的企业，刚才那个总经理，这些年他们那边做得不好，应该很需要天寰这条线。”

“其他股东呢？”

“一样，都是拉帮结派，也就是有家主镇着，还算没闹出什么动静。”左罗说那些人现在还盯着天寰不放，无非就是对当年没做成的事，耿耿于怀。

沈麦换了个话题：“你外公，他是一个怎样的人？”

“跟天寰的董事长倒是有点像，俩人应该聊得来。”

“那他——嗯，对你好吗？”

“至少他对母亲的愧疚……确实还挺像那么一回事。”

两人不知不觉走到最北边，那里有疗养院，还有一片背靠大海的广场，左罗说他曾经随老师来过这里，跟他陪几位老朋友打 UNO 牌。

“有时候我会想，如果母亲没有死，会不会也在这种地方安静地生活。”左罗望着天上盘旋的海鸥，忽然感慨。

“看见你现在的模样，她一定很开心。”

“哈，我想大概不会的。”

左罗笑得有些落寞，这是沈麦第一次见到他提起家人时，露出如此负面的情绪。

沈麦皱了皱眉，换了个问题：“哎，你刚才说提前回国惹你外公生气，是什么意思？”

“在他的计划里，我应该是读完大学再去天寰的，”左罗拧开一瓶路上买的水，猛地喝了一大口，“而且，他没想到我走上了云霆的路。”

沈麦想着云霆在斯文森老大的心中，那得是千刀万剐的待遇，唯一的外孙现在变得跟他爸一个样，那肯定是怎么看怎么不顺眼。左罗说外公很早就让他了解天寰的生意，然后到时候直接跟谢家接触，如果一切顺理成章，他应当成为谢尧的合伙人，不想半道杀出了李霁云这个程咬金，打乱了斯文森家族的如意算盘。

“所以你为什么要帮李霁云，如果是为了调查真相，跟谢尧合作不也是一样的吗？”

“因为他手底下有个 Galaxy，而你也在那里。”左罗看着她的眼睛说道。

沈麦对这个答复很是意外：“就因为这？”

“还有——”

左罗转过手中的瓶子，对准远处的垃圾桶，抬手轻轻扔了过去。

“我很想看看，他会把谢家搞成什么样子。

那天晚上沈麦她妈活过来了，拽着他们去体验正宗的 Jazz Bar，美其名曰体验民间艺术，实际上是想给她缠绵悱恻的总统故事找个 BGM。

她起劲地给两个孩子讲着自己的新作品，讲了一大段后她问听众感觉如何，沈麦说剧情够天马行空的，特别是盟国王妃离婚后当了邻国的总统夫人那段，她好奇这种关系会不会引发国际问题。

母亲笑话她看小说还联想现实，现实可比小说精彩多了，就跟她昨天看见市长夫人跟酒店的门童在车上亲嘴一样。

话音刚落，周围几张桌子的人齐刷刷回头，沈麦立马给左罗的脑袋朝着桌子按了下去。

第二天，沈麦问城外还有什么地方值得逛逛，左罗提议他们可以坐 7 号线去法拉盛，纽约最大的华人聚集区。

沈麦有点提不起劲，问跟之前逛过的唐人街有啥区别，左罗说那里主要吃得多，还有他以前最爱去的一家四川火锅。沈麦一想起那麻辣锅底就口水直流，浑身立马来了劲，说别磨蹭了现在就走。

两人一路在 7 号线上颠簸，最后在终点站下车，出站后沈麦忍不住盯了好几遍路牌，确定这里是在美国，而不是国内哪个三线县城。

左罗说不少国内移民都住法拉盛，有些人号称在美国过得怎么滋润，无非是去中城拍了照片炫耀，还得坐着这 7 号线杀回来。这里就像一个大型的老年社区，不会英语也能畅通无阻，你要说不向往城里那些纸醉金迷的东西，在这里住得也能挺舒坦。

沈麦看着路边正在列队的广场舞大军，感慨这也叫出国。

第一次在美国吃火锅，沈麦很是新鲜。网上都传这里的食材怎么不一样，她在红锅里一涮感觉跟国内一个味。给他们上菜的小姑娘是个留学生，开始他们还聊了几句，然后她上着上着发现不对劲了，老偷偷往左罗脸那瞅，沈麦见状掏出一叠厚厚的小费递过去，笑着对她比了个“嘘”。

小姑娘又惊又喜地收下了，不住地鞠躬道谢，沈麦估摸着今晚就能在网上看到一个帖子，赞颂她对我国留学事业做出了大力支持。

甩面师傅来到俩人桌前手舞足蹈时，店里正好放到一首云霆的歌，一瞬间，周围的气氛好像也都发生了变化。其实人到了国外喜欢的还是从前那些东西，好多人都定居这边多少年了，天天爱看的还都是老家网上那点八卦。

“姐，我父亲当年到底是怎样的人？”见姐姐听得入神，左罗一个问题打断了她。

沈麦双眼瞪得溜圆：“怎么突然问起这个？”

“我对他了解得太少了。”

左罗记得当年看过姐姐一个采访，她评价得比较表面，说云霆是个能为周围带来快乐的好人，全剧组上到导演和制片人，下到客串群演的狗，或多或少都被他的笑容感染过。

现在他想知道，是什么样的羁绊，能让沈麦的一举一动，都受到这个人的牵动。

“当年我还称得上红的时候，大家都在关心我飞得高不高，还有少数人，比如爸妈比如你，会关心我飞得累不累，”沈麦顿了顿，“只有他，会问我是不是飞得自由自在。”

从沈麦在合同上签下名字开始,天寰就把她这十年的路该怎么走，画得明明白白。

一开始她是借助云霆起飞的少女偶像，家长们眼中孩子的榜样，几年过后，她化身妖娆的小魔女，在争议中带来无数流量。而就在标着“洗白”的岔路口即将到来时，那场震惊全国的绑架案，就让沈麦的道路走到了尽头。

“你记不记得，当年我跟爸妈大吵过一架？”

“因为你那时候的造型？”左罗有点印象，那时候天寰给她规划的路线很是大胆，虽不到时刻搏出位的程度，但与先前的乖乖女反差也甚是惊人。

她咧了咧嘴："以我那时候的公众形象，造型恐怕只是最小的问题。"

那段日子，沈麦看似从自由发展到放纵，但很少有人看出来，小魔女的一举一动，四肢都被看不见的提线所缠绕，而打造这个木偶舞台的人，正是天寰的董事长，谢奕。

终于有一天，云霆主动找到她，开口便问："麦麦，这是你现在想做的事吗？"

按照她当时的人设，定会做一番假模假式的真我宣言，然而面对云霆，她却开不了口。

"明明他跟我一样，自己也逃不出天寰的控制，还费心思说了半天怎么帮我，你说，他脑子怎么就掂量得不清楚呢？"

"那你——"

"当然是拒绝他了，因为这样才是天寰想要的'叛逆'，不是吗？"沈麦垂下眼皮，有些疲惫地挤出一丝笑容。

沈麦的两年转型期，是她事业的巅峰，也是她最为痛苦的时期。

不可否认的是，公司设计的叛逆争议形象，让沈麦成功地突破了从前的人气瓶颈，并配合她全新的音乐风格，成为青少年眼中的另类精神领袖。

然而在这过程中她积累的负面口碑，最终却以一个意想不到的形式引爆。

绑架案后，网上许多人对沈麦的谩骂与恨，并不是来得无缘无故。虽然《父女》仍在热播，但为了让沈麦与"女儿"的形象解绑，公司开始刻意让云霆与她保持距离，除了必要的颁奖典礼外，各大活动几乎到了避嫌的程度。

此外，面对云霆的关心，沈麦非但不领情，后来她在采访中的一些发言，也与先前云霆这位“父亲”对她的期望大相径庭。这种为了流量不择手段的做法，在云霆粉丝的眼里，显得格外忘恩负义。

“我以为只要熬过这阵子，以后总有机会对他道歉。”沈麦捂着额头，眉头紧蹙，“结果我想说的话没说出口，还把气都撒到你身上……明明被网暴，全是我自作自受。”

“这不是你的错，姐，”左罗不由自主地伸出手去，语气坚定，“虽然我不太了解我父亲，但我相信他跟我一样，绝对不会怪你。”

沈麦点了点头，闭上双眼，专心地感受着他掌心传来的温暖。

27

大洋彼岸的假期（下）

两人吃饱喝足出了大门，一阵妖风给沈麦冻得一哆嗦。左罗体贴地说不坐地铁回去了，有司机专程过来接。

所谓的司机正是那天帮他们解围的左先生，对方讲起话来还是儒雅又温和，很难让人联想到他那天对着保镖飞踹一脚的样子。

上车后左罗坐到了副驾驶，这俩人也不当沈麦是外人了，就这么聊起了斯文森企业里的事情，什么生产线，财务数据之类的。

沈麦不敢插嘴，装着一副玩手机的样子，偷偷竖起了耳朵。

左罗问那天在罗斯福岛闹事的人怎样了，对方说家主最讨厌喂不饱的狼，其他股东正好借此机会嫁祸一些莫须有的罪名，给他推出去当了替罪羊。

斯文森内部的现状正如左罗所述，会里明面上支持一位正统继承人，实际上还是拉帮结派、各怀鬼胎。对他们来说，作为娱乐圈资本中心的天寰就像一把达摩克利斯之剑，若不能牢牢握在手里，就一日不得安生。

听到窗外忽然传来噼里啪啦的动静，沈麦想他们这觉确实睡得不怎么安稳。

沈麦对这动静并不陌生，《寻红者》一集一小打两集一大打，搞得她一听到枪响就下意识地匍匐翻滚，连躲子弹的本事都愈发熟练。

曼哈顿的枪支管制很严，但城外周边可谓一片混沌，这波半路劫道的人开枪毫无章法，一会儿打在车顶，一会儿击碎玻璃，前面两位已经下去还击了，而她只能趴在那里一动不敢动，全神贯注地听着周围的动静。

等了一会儿，枪声渐渐减少，忽然传来车子发动机的响声。沈麦鼓起勇气抬头，只见左罗和他叔叔站在路中央，两人看起来毫无发生，倒是对面一伙人仓皇而逃。

左罗对着其中一辆撤退的车子补了两枪，他的叔叔摇摇头，按下了他的胳膊。

两人走回来的时候，沈麦想都没想推开车门，直奔左罗而去，她脚下用力太猛了，直接一头给他撞了个踉跄。

“我——我没事。”对方搂得太紧了,左罗拿枪的那只手无所适从。

“没事你大爷，别动！”

沈麦急得扒开他的领子，上上下下翻了一遍，发现确实没伤口后，才稍稍松了口气。方才她在车里缩着的时候，冷静得连个情绪都没有，这时候才突然感觉到后怕，而且越来越怕。

这场袭击发生在偏僻的公路上，过程持续很短，连个目击者都没有。左罗最后决定不报警处理，说这种事在法拉盛屡见不鲜，更何况也不能牵扯出家族的事。

车子虽然能照常上路，但车身的满目疮痍是遮不住了，左先生说附近没有能修车的地方，便提议护送他们到地铁站，换一个安全点的方式回去。

左罗分析说这帮袭击者虽然带了枪，但显然不是冲着取他们的性命而来的，他们应该是受了会里什么人的指使，表演出一幕象征性的刺杀情节。

“是不是你们那个来罗岛的曾理事干的？”沈麦问。

“不像，他现在这个处境对我这么干，未免太不打自招。”

左先生赞同了他的想法，说会里早有一帮人看姓曾的不爽，这时候来个借刀杀人，再趁机把他手下那些资源瓜分了，一点也不稀奇。

沈麦问左罗以前有没有遇到类似的事，左罗没正面回答，只说自己在叔叔的安排下接受了很多专业训练，所以他们不能拿自己怎么样。

不过今天这个局面，正说明在他们的眼中，这位继承人带来的威胁已经今非昔比。

左罗估计是怕再吓到沈麦，两人坐地铁回去时不敢说话，小心翼翼地当她跟个瓷娃娃似的，沈麦气笑了，说这点场面还没俩人拍戏时刺激，让他别紧张兮兮的。

话虽如此，想起左罗走进枪林弹雨的画面，沈麦的手就控制不住地颤抖。

两人有一搭没一搭地聊着，过了几站后，李霁云突然发来了消息，问俩人在美国情况如何。沈麦看地铁车厢挺空旷的就开了视频，李霁云看她在屏幕里左摇右晃的样子，说你俩要再这么艰苦朴素下去，人们看见会以为他把天寰搞出了什么问题。

“怎么样，玩得开心吗？”

沈麦想说刚体验了一场枪战，琢磨后还是改口：“挺好的，有什么工作指示啊？”

“没啥，关心关心你们。”李霁云悠哉地坐在一个院子里，身后绿草如茵。

节前李霁云给了他俩一人一个大红包，够买辆好车的那种，现在沈麦看他的眼神就跟看财神爷似的，掐指一算真巧，今天国内还是正月初五。

沈麦好奇谢家现在什么情况，问他春节有没有去走亲戚。李霁云说舅妈和表哥现在跟他离断绝关系就差见个面了,这热闹他可不去凑。阮欣洁则跟几个富太朋友去了外地，而他正好趁此能休息休息。

她说给阮欣洁专门挑了个礼物，回去后带给她，李霁云笑着说了声好。左罗小声吐槽明明是姐姐贪人家店里买二送一，紧接着脖子后面就遭受了猛烈的攻击。

“对了，你不是说想找写歌的灵感么，如何了？”

沈麦手一下用力过猛，然后左罗咣的一声脑袋撞到了墙上。

“左罗？没事吧左罗。”李霁云吓了一跳，在电话那边招呼着。

“没事,他玩游戏抽卡歪了,”沈麦转过镜头,笑得元气满满,“放心吧领导，我一回去就开录。”

沈麦这海口是夸下了，却不知道如何收场，眼看后天就要回国了，她现在有种小学生眼见就要开学，作业还没动笔的感觉。

这首正式的复出单曲，她想延续自己在 Galaxy 上的复古风格，但要比之前更国际化、更放飞自我一些，这些天见识的东西已经给她不少思路了，但离醍醐灌顶开始动笔，还差那么临门一脚。

左罗听了她的苦恼，说有个地方本来打算最后一天带她去的，现在可以提前出发。

沈麦这些天已经习惯了特种兵的节奏，两人在 42 街时代广场下车，马不停蹄地向南前进，最后停在一个看似貌不惊人的门口前。

她以为这是什么购物的店面，左罗让她仰头看天，映入眼帘的，是市中心这群摩天大楼的头头，一眼望不见顶端在何处。

沈麦看见门口的画突然有印象了：“这不会是那个黑脸大猩猩爬上来的——”

“人家叫金刚，这里是帝国大厦，”左罗踏上阶梯，“走吧，票我买好了。”

两人跟着队伍上了电梯，直接来到102层的观景台。

今天是他们第一次来到曼哈顿的上空，将这30年代起便没有怎么再变过的画面，尽收眼底，旁边的网红拍照都换上第三套装扮了，沈麦还是注视着眼前的景象，久久不出声。

以前研究放克，迪斯科这些复古元素时，沈麦观赏过不少讲述纽约的影视作品，很多人都对大都会的繁华梦影十分向往，她也曾深深为之着迷。

沈麦以为亲眼看到这幅景象，会震撼得灵感迸发、文思泉涌，而不是像现在这样心如止水，仿佛眼前的一切都是过眼云烟。

就好像她曾觉得云霆是那么的星光璀璨，却也亲眼见证了他的陨落那般。

“想什么呢，一副多愁善感的样子，”左罗出声打断了她的思考，“有思路了？”

沈麦揉了揉太阳穴：“是有点想法，但好像不是我想要的那种。”

“那就按照你当下的想法来，”左罗往玻璃跟前凑了凑，不经意缩短了两人的距离，“我以前听老师说过一句话，好的创作，往往是源于当下那一瞬间。”

“哎哟，你会写歌？你还教我。”沈麦被他文绉绉的样子逗乐了。

“……反，反正就是，”左罗噎了一下，挠了挠头，“你给自己的歌，一定没问题。”

“那是当然，”沈麦扬了扬眉毛，“这次，我也有许多话想说。”

沈麦觉得大脑里面有个灵感计量槽，只要积攒的能量过了某个阈值，就会开始源源不断地产出。从帝国大厦回来后，她辗转反侧，怎么也睡不着，估计是阈值到了的缘故，一想起写歌的事，胸口就开始燃起一团火。

历经了前几天的特种兵后，两人最后一天彻底放空了，顺着第五大道晃悠，走走停停。沈麦满脑子都在想着旋律怎么写，于是逛着逛着，手里不知道都拎了些啥。

“怎么了，昨晚没睡好？”左罗见她一大杯咖啡灌下去，还是一副魂不守舍的样子。

沈麦抱着个巨大的垫子，幽幽地说：“左儿啊，我昨晚做了个噩梦，梦见你爬帝国大厦时掉了下去，吓死我了。”

“……那你可以买个抱枕，不用整个狗沙发来凑合。”

“狗沙发？”沈麦瞅着垫子左看右看，死活也想不到手感这么好的东西是给狗坐的。

经过一个高端潮牌时，沈麦看见橱窗里的男模眼前一亮，拽着左罗进去，高低也要让他照这样子搭一套。左罗不知道她为啥看中了这一身白，沈麦说他也该换换风格了，平时穿的不是黑就是灰，就差走路再端个保温杯了。

他换好后走出来，沈麦眼前一亮，旁边店员也跟着大呼小叫的，蹦出一堆中文，什么帅啊酷啊的，沈麦被这气氛搞得有点飘飘然，就大手一挥说我全都要。

说到中文，这片区域的店铺已经被中国顾客培训出来了，每家店铺必备一个华人面孔。沈麦刚才在店里还碰了个正宗老美，一开口普通话字正腔圆，看他跟服务员相谈甚欢，她才反应过来人家买东西主要是为了练中文的。

在沈麦的强烈要求下，左罗出门换上了这套装扮，结果由于回头率急速上升，才过一个街区，两人就被粉丝追得满地跑。

“你看，我就说好看吧，学生嘛，青春一点多好，”沈麦靠着墙角喘气，得意地欣赏自己挑选的作品，“小时候都是我给你打扮了才能见人。”

“你为什么还是把我当成小孩子。”左罗的语气不太情愿。

“不服气嘛，你以前哭鼻子的样子那我可是记忆犹新。”

说到哭鼻子时，沈麦心里咯噔一下。那时候，左罗第一次离家出走，自己在柏儿老宅找到他时，发现他蜷在墙角，像缩成一团的小动物。那是她头一回见到左罗哭，同龄小朋友哭起来基本都是大吵大闹，宣泄情绪，而他只会直勾勾地盯着沈麦，眼泪掉得一点声音都没有。

“可是，我已经不是个孩子了。”

左罗扯下脖子上毛茸茸的围巾，猛地上前一步，他的眼神陡然一变，或许他自己都没意识到，这里面有多强的威慑力和攻击性。

沈麦完全没反应过来，怔怔地抬头。

这些天，她已经见识了左罗许多次的出乎意料，唯独这次，她觉得眼前的这个弟弟，是如此陌生。

左罗憋了好一阵，似乎有许多话想说，最终却只憋出了一句“走吧”。

回去的路上气氛有点尴尬，还好沈麦她妈一通电话跟及时雨一样杀了过来。对方问他们什么时候出发去机场，自己也要过来，沈麦以为母亲要来送他们，一瞬间有点感动，说自家人有啥客气的，然后她妈来了句叫辆大点的车，要不然她的箱子塞不下。

“她说什么？”左罗问。

“嗨，老妈说她要跟着一起回国。”

“那走吧，早点回去收拾东西。”

两人顺势聊起家长里短的事，刚才小巷里的事情，全然当作没发生过。

就好像，左罗还是那个孩子，沈麦还是那个姐姐。

隔天一早，回国的队伍浩浩荡荡出发。到机场后，沈麦看了眼大家的行李，母亲就带了个小箱子，对门夫妇怎么来的怎么走，就多拎了个给闺女的玩具，唯独她的大箱子填得满满的，甚至差点还要托运那个狗垫。

回去的飞机上最前面被他们 5 个人包了，沈麦左看右看都是自己人，这一觉睡得特别踏实，美中不足的是还没睡饱就被一阵香味弄醒了，往右一看他亲爱的老弟又带了泡面，这次是在法拉盛超市新买的，比上次威力更胜一筹。

左罗见几头饿狼连同空姐都盯着自己，说这次自己买得多了点，问大家要不要。于是一时间，整个头等舱都充斥着这股罪恶的香味。

后来空姐随着海关申报单送来一张反馈问卷，沈麦一看第一个问题写着，您对本次旅途的餐食有何改进建议。

假期结束，沈麦回到公司的第一件事是把大包小包的礼物分给大家。她带了好多五颜六色的巧克力，包装得跟喜糖一样讲究，有人以为她这趟出国结了个婚回来。

见到罗子琼后，沈麦问她相亲成果如何，对方说一切都在预料之中——毫无建树。好在亲戚们念着她没有功劳也有苦劳，谁也不好意思再多说两句。

沈麦想着也该开始为可持续发展而奋斗了，于是她召集了同事们，高调地宣布，为了正式在乐坛复出，她打算推出职业生涯的第四张专辑。

制作部的惊叫声霎时间响彻整个天寰大楼。沈麦无暇顾及同事们的大惊小怪，继续说这张专辑的概念，她想延续这些年她在 Galaxy 上写歌探索的路线——复古风。

“里面大部分歌，我想做成 8、90 年代的风格，从歌曲中间部分开始，将时代感往后推，”沈麦起劲地讲着自己的想法，“最后的收尾回到现代，繁华落尽后，还是要活在当下。”

“复古风……跟你从前的形象相差很大，从市场角度来说很冒险，”一位制作人同行接上她的话，“你真打算这么设计？”

“当然，如果我在乎市场，从一开始就不会回到天寰。”

这一次，她要告诉天寰的人，倘若当年交由她自主选择，她会交上怎样一份答卷。

28

时隔多年的创作

《寻红者》第一季在春节期间播完了结局，第二季的拍摄也提上了日程。沈麦看导演的精神头和刚开机的时候判若两人，有种刚经历过咸鱼翻身的气质。

左罗拍完戏了也没闲着，公司给了他一个重磅的工作——准备个人演唱会。他出道到现在，除了 EP 发售时唱了一场外，还没有搞过大规模的售票演出，公司不确定他的票房号召力如何，打算先来个不到两万人的场地试试水。

沈麦看到场地名字时愣了一下，这里与她第一次开演唱会的场馆是同一个地方。

自从为演唱会做准备后，左罗就开始早出晚归，而且连着很多天，都与沈麦擦肩而过。沈麦非常确信，他是在有意回避自己。

她估摸着是因为那天小巷里的事，虽然俩人后来都没再提，但她能感觉到，左罗身上再次发生了一些变化。

比如家族继承人的那一面，他已经开始不再遮掩。

这天沈麦编曲正编得起劲，沈主任忽然打来电话，说是上次留在他那边的药物，查出了一些新的东西。

“先说跟我妈见了吗？”

“见了见了，你放心。”沈主任表示夫妻俩在总统文学作品一事上进行了友好交流，现在她母亲正与故友会面，已经去寻找新的灵感了。

“在新海找，还是去了外地找？”沈麦警惕地截住了他的话。

“……外地。”

“行了懂了，她回来那晚上您又去陪院领导喝了吧。”沈麦一点也不意外，她爸妈见了面就吵架是这几年的保留节目，目前尚未看到好转迹象。

沈主任有点受不了女儿的一针见血，迅速把话题转移到药物问题上。他说沈麦拿来那瓶含红鹦草的药物中，他们当初只顾着检查危险成分，发现红鹦草的含量不大就觉得没事，没想到进一步分析后，这药比他们想象的可玄乎多了。

“别看红鹦草就这么一点，我们给小鼠做了实验，发现这东西和药物原本的成分发生了一些奇怪的反应，结果小鼠身上的许多指标变化得特别怪。”

对方说着发来好几页纸，沈麦看着密密麻麻的数字直呼眼晕：“哎呀，您别发那么多数据，说简单点。”

“行行，那我直接讲这药是怎么回事。”

沈主任说这瓶药从效果上来说，有抗焦虑和治疗失眠的作用，治疗原理是药物的成分和神经中枢的一小部分发生反应，通过压制神经系统的兴奋，来使人镇静。

“那里面放了红鹦草，是影响到这个镇静效果了吗？”

“不，完全没影响，而且有了这东西后，还比正常的药物效果强不少，”沈主任翻着手上的报告，“我们给小鼠用了后发现，药物达到血药浓度的峰值比正常情况快了近40%。”

“嗯？这不是好事吗？”沈麦对这名词有印象，是药物生效速度很快的意思。

“好事？红鹦草可是个上瘾的东西，带这种东西的治疗药，病人越吃越离不开，你觉得这意味着什么？”

“意味着……啊！”

沈麦反应过来了，正是因为含红鹦草的药物效果更好，相比起正常药物，病人会倾向于选择这类治疗药，然后就因为反复服用，吸收了大量的红鹦草。

然后，就会导致神不知鬼不觉的，标准的药物成瘾。

她想起柏儿硬盘里面那些设计图，红鹦草混入的“正常”药物，有足足十来种。

“麦麦，你到底是从哪弄来这个东西的？”沈主任看她脸色好了点，问道，“你说是朋友手里的，但这药已经过期很多年了，连我们实验都得做特殊处理，才能测出正常的疗效。”

“哎呀那个，她就是喜欢收藏稀奇古怪的玩意儿嘛……”

“我都听你妈讲了，你们在美国闹出来好大动静，”沈主任温和地说，“你实话跟我说，这药是不是从左罗那里找来的？”

沈麦心里咯噔一下：“好吧，还是瞒不过您。”

她明白再瞒着也没用，便把最近跟左罗经历的事情，交代得一清二楚。对方听了后沉思了一会儿，十分认真地问了一句：“你相信左罗吗？”

“我相信他。”沈麦不假思索地回答。

“好，但有件事我必须告诉你。”

沈主任说，红鹦草已经在国内基本绝迹，想要获取药物原料需要靠国外的种植基地，由于警方对红鹦草一直严防死守，因此这些年来，斯文森的黑手从未伸到新海，然而就在上个月，警方忽然送来了几瓶没见过的新药，这些药的生产原理，与沈麦拿的这瓶药高度一致。

“也就是说，有人通过走私的方式，把包含红鹦草的新药带进了新海，在我们研究出结果前，警方也不知道如何检测这种新药，”沈主任缓了缓，继续道，“这说明，斯文森企图将这种东西带进新海市。”

“您怀疑这件事也跟左罗有关，因为他是斯文森家族的人？”

沈主任面色露出些许纠结：“我也不想啊，可是你相信他跟这件事一点关系都没有吗？”

沈麦想不出任何话语反驳，特别是联想到他自己的身体状况后。

“先往好里打算吧，或许警方能抓到嫌疑人呢，”沈主任还是安慰了她，“不过，如果你发现左罗在做什么危险的事情，务必告诉我。”

“我会的，”沈麦说着握紧了拳头，“我会盯着他的。”

“少爷，前些天他们送进新海的药被截了一批。”

“嗯，意料之中，”这是一个空间狭小的仓库，左罗穿着身训练服缩在角落里，“就算从我这里拿了当年的东西，也未必能如他们所愿绕过去。”

“可是，这样他们不会反悔吗？”

电话那头是他的叔叔左先生，男人话语里难掩担忧。

“不用担心，即使出了岔子，他们也只能选择跟我合作，如果他们想扳倒外公的话。”左罗端详着手中的药瓶，惨白色的灯光映亮了褪色的“斯文森”三个字。

“这件事闹得动静太大，恐怕家主已经知道你的计划了。”

“无所谓，他知道了又如何，反正我现在跟我母亲当年也没什么区别了。”

“不，我担心的是你的身体——”

“我心里有数，撑到把所有事情查明白不成问题。”

“沈小姐是个聪明的人，你瞒不了她多久的。”

对方的一句话戳中他的痛处，左罗忽然心头一震，额头上渗出豆大的汗珠，按着肩膀久久不语。

“少爷？”左先生听着这动静发觉不对劲了，“你是不是又发作了？”

“我没事，你盯好公司那边，一旦有人出境立马告诉我。”

左罗一口气说完挂掉电话，整个人向后一仰，顺着墙角滑落到地上，下一秒，他紧紧抱住脑袋，整个人剧烈地颤抖起来。

仓库外工作人员的说话声一会儿远一会儿近，预定的排练时间要到了，现在他这个主角不在，大家都一副不知所措的样子。

“哼，不愧是新研发出来的东西……”

左罗用力往嘴唇上一抹，一转眼，袖子上已是一片鲜红。

今天一来公司，沈麦看见大家跟考前突击似的埋头苦干，一问才知道，泠听临时召集所有人开会，讨论怎么做她的新专辑。

在当今这个快消费年代，做专辑是件吃力不讨好的事，很多歌手更喜欢发行一首接一首的单曲，或者几首歌凑成一张 EP，宣传周期越长越有性价比。对于泠听这样作品够多的歌手来说，更是如此。

不过随着大家对快餐文化开始了反思，专辑这种体现一个歌手艺术人格的东西，这些年又渐渐被重视了起来。

泠听倒是不管市场如何，每两年必出一张，雷打不动。正如她自己所说，她不喜欢待在安全区，每次发新作品都要有些突破，只是沈麦觉得上次她突破得不尽如人意，有点像口号喊得震天响，实际一看还是举棋不定。

大概是泠听的这种胆怯体现在了作品里，才导致上次的专辑市场风评走低。

沈麦决定一起去参加这个会议，她相信这个不服输的女人，会想尽办法一雪前耻。

泠听摇人的阵仗非同小可，公司有头有脸的制作人一个不落，人人都期盼着能把天后的专辑写上自己的履历。

相比起沈麦这八字没一撇的进展，泠听对专辑的规划已经很完善了，连选曲都完成了好几首，顺利的话，春天就可以发行。会议开始后，泠听先是总结了以往的专辑主题，然后聊起这次的创作理念，聊了一会儿后在场人们表情都有点尴尬，还都偷偷摸摸往沈麦那边瞟。

沈麦忽视着众人的目光，扮演一尊淡定自若的菩萨。

“总之，这次的曲目风格，我希望能在复古和现代之中，找到一个平衡点，”泠听一气呵成讲完，忽然意识到气氛不太对，“你们都盯着她做什么？”

“……沈麦新专辑的风格，跟你一模一样。”有人带头打破了这令人窒息的沉默。

泠听这张专辑的设计，和沈麦的思路惊人地重合，结构都是从复古走向现代，区别在于泠听想挖掘一些传统音乐，而沈麦想要学习的风格更加偏向欧美。

大家原以为接下来会是一场唇枪舌战，然而泠听却摆出一副无所谓的样子，说这几年乐坛本来就在流行复古，所谓的思路撞车，只是英雄所见略同罢了。

沈麦觉得自己肯定眼花了，说到撞车时，泠听的眼睛好像有一瞬间亮了起来。

开完会后沈麦拎着美国买的礼物去了总裁办公室，她想问问李霁云究竟知不知道，斯文森现在一群人视他为洪水猛兽。

沈麦进了门，看见李霁云一脸严峻地坐着，表情像是刚刚见过了什么洪水猛兽。

对方看她进来后打了个招呼，脸色稍有缓和。沈麦也不寒暄了，直接问情况是怎么回事，李霁云说刚才开会时，有股东提出来了Galaxy与天寰版权分离的问题，质疑他这么做到底有何居心。

李霁云面对这个质疑并不意外，他先前注重平台的独立自主，忘了走上更高的位置后，很多以前一拍脑门就能干的事，现在就得瞻前顾后。

“其他版权还好说，但云霆的版权，左罗会同意共享给天寰吗？”

“这要看他本人的意思，我们当时签了一份协议，如果我违约在先，恐怕就得收拾东西走人了。”李霁云的语气像开玩笑，表情却丝毫不轻松。

“我以为你们关系还挺好。”

“哈哈，再怎么说，他背后也是一整个斯文森家族。”

沈麦摇了摇头，想起当时在车上左罗跟他叔叔的对话，假如李霁云真的惹到了他，后果确实很难预料。

李霁云预计接下来一段时间，自己会面临许多质疑，虽然天寰目前正按照他的布局走，但董事长一家，主要是舅妈和谢尧对他的敌意，在股东会上已然十分露骨。

事实证明他的想法没错，谢家借着他被质疑的机会，一转眼就发起了进攻。

沈麦今天来了公司，看见罗子琼和左罗的经纪人在楼下咖啡厅坐一桌，她第一反应是俩人是不是有什么情况，然后看到他们对着手机唉声叹气的样子，估计又是炒股翻车了。

“哟，你俩咋了，被套住啦？”

“套大发了，绿得跟大草原一样。”罗子琼气得手都在抖。

沈麦拿了杯饮料凑了过去，问是什么情况，罗子琼给她发了两条新闻，说公司一早发了公告，有些股权变动来得相当突然。

大体梳理一下，董事长一家三口，各自都在天寰拥有股权，而现在董事长的夫人以及儿子，一同将手中的股份转让给了南星文化，而这份投资，也直接让南星文化一举成为天寰第二大股东，远超李霁云能够控制的范畴。

这份公告网上也是讨论得热火朝天，几家欢喜几家愁，力挺光年那一边的粉丝跟过节似的，而左罗的粉丝则与股民们抱团取暖。

沈麦想着等风波稍微过去，再打听些消息，不想一上楼，就被发配到了吃瓜第一线。

她第一次见到会议室里有这阵仗，谢家人鲜明地分成两边，暗潮汹涌，而她作为一个微不足道的小股东，跟其他几位高管看着这场面，求着这战火不要烧到自己身上。

天寰的董事长，谢奕坐在长桌正中，看着自家人坐山观虎斗，而他的妹妹阮欣洁，则坐在李霁云身后喝着茶，兄妹两人全程一言不发。

“霁云,一阵子没见,你有点憔悴了。”谢尧这个招呼打得还算客气。

“多谢表哥关心，事情太多，费心费力。”李霁云也装模作样地笑，“舅妈刚上任当领导，最近应该也很忙吧？”

沈麦有一阵子没见到谢尧了,他当时被李霁云搞得有些灰心丧气，这会儿倒是精神头好了些，只是不像以前那么意气风发。

真正难搞的人，想必是李霁云这位打扮雍容华贵的舅妈。沈麦快十年前见过董事长夫人一次，原先她整个人更柔和些，现在的气场今时不同往日，她儿子坐旁边大气都不敢出。

“当然，只是不需要像我们的小李总操那么多心罢了。”雍容华贵的女人回应了他，一副皮笑肉不笑的样子。

沈麦的目光一会儿左一会儿右，等着这场内斗的戏码，拉开帷幕。

风浪，逼近真相

* 第五章

29

天寰的异动

沈麦在观战区找了个位置坐下，旁边的观众昏昏欲睡，人已经快朝桌子倒下去了。会议开始前这位观众突然醒过来，不耐烦地朝这边一瞥。

“怎么是你？”见蒋梦一副无精打采的样子，沈麦吃惊不小，“你怎么在这儿啊？”

“咋了，有啥奇怪的，我跟谢尧他妈来的，现在南星的事好多归她管。”

蒋梦说董事长夫人把自己和谢尧的股份卖了后，她就成为南星文化的代表人之一，从一个普通的大股东，变成了有实质发言权的角色。

“所以，你现在算是她的手下咯？她这么罩你，不会想让你当儿媳妇吧。”

“什么儿媳妇，她是我姑妈，亲的。”

“哈？”

“要不然呢，你以为我愿意成天给他们擦屁股啊。”蒋梦烦躁地打着哈欠，沈麦感觉自从她失了斗志后，人就莫名其妙摆烂了起来。

她不知道蒋梦后来有没有和冷听谈一谈，不过看她的样子，应该还没想明白，究竟该以什么样的立场留在天寰。

假模假样的客套没持续多久，会议很快就进入了正题。

“各位，我们的小李总最近对天寰可是忠心得很啊。”

董事长夫人率先发难，她提出了李霁云被质疑的几个点，最突出的一点是他已经是天寰的 CEO 了，Galaxy 却还对天寰有这个版权那个版权的限制，显得名不正言不顺。

“别急，舅妈。”

面对她的质问，李霁云不慌不忙地摆出了一些事实数据，大屏幕上的内容证明了天寰收购 Galaxy 得到的好处，其中他们最引以为傲的引流效果，已经完全超出了预估。

李霁云强调，Galaxy 的版权独立性原则是持久运营的关键，然而他这番说辞并没有得到在场众人的认可。事实上，沈麦代入天寰众人的立场，也觉得这位 CEO 的说法站不住脚。

毕竟，没有云霆那些价值连城的版权，天寰失去的可是实打实的收益。

“都这时候了，大家心里面应该都有数了吧，”董事长夫人乘胜追击，将话题引向李霁云自私自利的方向，在场的人们很快便倒向了她这边，“虽然我不想这么说，但是你现在做的事，就是希望天寰分裂。”

她说着这话时，像一个居高临下的审判者。

“舅妈言重了，我跟表哥的管理理念不同，在资源分配上有些冲突是很正常的，”李霁云话锋一转，回击道，“不过，你们当初若能让沈麦平平安安唱一首《盛放》，或许就不会是今天这个局面。”

现场目光齐刷刷地扫过来，沈麦想起来了那次致敬演出的版权风波，这件事虽然没传到外面去，但公司里不少人都知道，这是李霁云赢过谢尧的关键一步。

“那件事就让它过去吧，”谢董事长忽然打了圆场，“自家人一些误会，没必要多说。”

沈麦松了一口气，她正担心这事扯下去，会扯出左罗跟云霆的关系。

见丈夫这么说了，女人也不好继续，便清了清嗓子道："不管怎么样，今天平台版权的事，你必须拿出一个解决方案。"

"那，舅妈意下如何？"

"让天寰能够无条件使用 Galaxy 上所有歌曲的版权，或者……"她的语气稍微变重了些，"你自己回你的地盘去，不要霸着 CEO 这个位子，在谢家的产业上吸血。"

李霁云听了这话也不恼："且不说我就是谢家的人，舅舅之所以答应让我来干这个位置，是因为我为谢家的产业创造了更多价值。"

对方正要反驳，他又接上一句："至少没有我和 Galaxy，云霆的版权不会重见天日。"

"你的意思是，我们要你给天寰共享版权，是得寸进尺了？"

"不，我可以在其他歌曲版权上做出让步，但云霆的版权，是无论如何都谈不妥的。"

李霁云又解释了一遍版权背后的故事，说云霆的版权牵扯了一份份量十足的协议，若是触发协议里的天价赔偿，谁也没有回天之力。

沈麦听着这你来我回的有点累，双方各有各的理由，怎么也吵不出个结果。她看向隔岸观火的谢奕，弄不清楚他夫人的所作所为，是不是有他本人在背后推波助澜。

"霁云，让我们跟版权的持有人谈一谈，如何？"谢奕见双方僵持不下，再次开了口，"既然都闹到这份上了，我们也想听听他本人亲自说，不能将版权给天寰的理由。"

这话一出，沈麦和李霁云都是被打了个措手不及。听了大领导的话，在场其他高管也纷纷附和，说不想再听李霁云的一面之词。

李霁云看他们咄咄逼人的架势，一时间骑虎难下。

云霆的儿子，还有斯文森家族的继承人……左罗这两个身份，无论哪个都相当炸裂。沈麦看着火热的会议现场，脑子怎么转，都转不出个办法来。

“等一下。”这次插话的，是从会议开始就一直沉默的阮欣洁。

她放下茶杯，面向自己的兄长说道：“我来帮霁云补充一下，Galaxy 跟那位先生签下了保密协议，里面有一些身份保密的条约，在让他出来之前，我们需要先征求对方的意见，如果对方不肯露面，我们也不能违背合同。”

“阮欣洁，你先看看自己有没有资格说话，”董事长夫人迅速转移炮火，“以前你跟云霆的事姑且不提，Galaxy 是你出资成立的，现在又拉上你儿子来挡天寰的道，你到底是怎么个想法，大家看得清清楚楚。”

“是挡天寰的道，还是挡你们的道？”阮欣洁微微一笑，“我倒是有点担心你的南星文化，今后会在天寰越来越没分寸呢。”

“你多虑了。”董事长夫人见对方反咬自己一口，再次声明她出售股份，没有任何损害天寰的意图。

沈麦知道阮欣洁这么干是想转移全场注意力，但目前看来效果甚微。

“这样吧，给我一点时间，”李霁云见不能再拖了，终于掏出手机，“我现在联系他。”

“不用那么麻烦。”

就在所有人注视着李霁云的动作时，会议室的大门悄然开启。

左罗进了屋，刀子般的目光一扫全场，沈麦一瞬间想到了他当初在学校复试的画面，只是这次他的眼神已经不再青涩，而完完全全就是那个临危不惧的家族继承人。

他大剌剌地坐到了李霁云旁边,上来就表明了谈版权归属的来意。董事长夫人摸不着头脑，问他一个公司的小歌手，怎么就能谈版权了。

“没跟你们介绍过，左罗是云霆和柏儿的儿子，也是云霆版权的唯一继承人。”

李霁云话音一落，屋里众人的表情很难形容有多精彩。

阮欣洁瞄了一眼谢奕，对方脸上波澜不惊，但放在桌子上的手，不自在地换了个位置。

“我就说公司对他怎么如此上心，”蒋梦小声嘀咕了一句，“喂，你早就知道了吧？”

“说实话，没比你们早哪里去。”

沈麦摇摇头，她想不通李霁云打的什么算盘，这时候就把左罗身份的老底给揭了。

左罗倒是一副意料之中的样子，他解释了一遍与李霁云合作的来龙去脉,包括入学程序、版权的交易,以及那场决定CEO之位的赌注,董事长夫人和谢尧越听，脸色越差。

“左罗,为什么你不想让天寰使用这些版权？”有人忍不住问道。

“这个答案，我想各位心里应该很清楚。”左罗说这话时，目光扫向了董事长那边。

沈麦屏住呼吸，跟所有人一起等着董事长的回应。

谢奕摘下眼镜擦了擦，长叹一口气：“孩子，从很久以前起，我就想跟你聊一聊了。”

这是一场极其私密的谈话，沈麦受左罗之邀入席，与他共同倾听天寰背后的秘密。

“当年天寰与斯文森，你中有我，我中有你。”

谢奕承认了这两家企业的关系，天寰需要斯文森的资金来撑腰，而斯文森企业的一些生意，则要借助天寰来发力。

“那个时候，斯文森一些人已经预料到他们的药物会出问题，因此主张早日放弃这条管线，但那款止痛药太暴利了，到了真的投票表决的时候，许多股东都不同意放弃，”谢奕停顿一下，“两种意见的人打得不可开交，最后闹得一发不可收拾。”

沈麦第一次听说，斯文森的内斗是这样的背景。

“左罗，你的外公，也就是现任家主，主张利用手头的资源大力发展实业，然而另一派的势力当时更强，与家主的意见完全相悖，”他说着这些话时紧紧盯着左罗的眼睛，表情看不出一丝一毫的虚假，“给柏儿下毒的就是这伙人，家主势单力薄，当时拿他们毫无办法。”

“您当年知道这一切，却什么也没有告诉我父亲，”左罗似乎对董事长的坦白并不买账，“甚至他到死之前，也从没见过我母亲一面，不是吗？”

“你说得对，我有不可推卸的责任，不光是对云霆，还有许多人。”

谢奕看向沈麦，欲言又止。

谢奕承认当年自己的独断专行，是云霆离开天寰的主要原因。

不仅是天寰，业内许多公司都对旗下艺人有着各种各样的束缚，从某种意义上来说，天寰只是遵从了娱乐圈历史悠久的“光荣传统”。

同云霆一样，沈麦在隐退前最后那两年，也饱受这个传统的折磨，并最终离开了付诸全部热情与爱的事业。

谢奕说云霆在决意出走时，他给对方施加了很多压力，还准备起诉他转移版权的行为，不想等云霆工作室拿到了版权，还未正式业务独立，柏儿就成了家族斗争的牺牲品。

“柏儿出事后，很多人怂恿我彻底按死云霆，不过那时候我们刚刚收到《父女绝密档案》的剧本，所以我认为，他还有可以利用的价值——捧红当时的新人，也就是你，沈麦。”

“结果没想到他借此翻身了，”左罗话语里没什么温度，“您很后悔吧。”

谢奕没有反驳，继续沉浸在回忆之中：“我以为，他老老实实地当个艺人，时间过去久了这事就能翻篇，不想斯文森那些人，到底还是不肯放过他。”

“您的意思是，那起绑架案是斯文森家族的手笔？”

“正是如此。”

董事长讲完后，房间里的空气跟凝固了一样。

“我明白了，”左罗依然没什么大的情绪波动，“您说的这些事，我这些年在会里也有所耳闻，是真是假我不清楚，但就我个人而言，现在并不打算追究。”

“……左罗，感谢你的理解。”

“所以，各位，关于云霆的版权，我有一个提议。”

左罗拿起麦克风，接通了电脑屏幕上的摄像头，屏幕另一侧，正是刚才会议室里，对结果翘首以待的人们。

“我认为，既然我跟李总的交易已经完成了，还把版权限制在Galaxy上面，已经没什么意义了，所以，我打算开放云霆曲库的使用权。”

左罗话音刚落，屏幕那头的会议室里一片骚动。

“那真是太——”

董事长夫人刚开口，就被他立即打断。

“当然，这是有条件的，我想用这个版权作价，来换取Galaxy的股份。”

他自顾自丢下一颗炸弹，静静地观赏着人们被炸得灰头土脸。

沈麦听着周围的人叽叽喳喳全是金融术语，有种自己跑错了片场的感觉。

她能学得来医，就是死活看不懂经济，所以从小到大赚的钱基本都给家里了，唯一一次没跟父母商量的投资就是买了套死贵的房子。

蒋梦受不了她手握 Galaxy 股份还一问三不知的样子了，主动给她科普起来："你手头的股份现在价值不算高，但如果将来 Galaxy 成功上市，你到时候用新的价格一转让，赚的可就大发了。"

"那他刚才说的版权作价是什么意思？"

"左罗想把手上的版权卖给李霁云，李霁云不用出钱，而是给他 Galaxy 的股份，一般来说这么干也是赌未来的增值，但是……"蒋梦拧着个额头，"云霆的版权要是作价，在 Galaxy 这种小公司里占的股份，那可就太夸张了。"

"夸张到啥程度？"

"完全控股呗，他想踢谁就踢谁的程度，连李霁云也能踢。我天啊，你连这点敏感度都没有是怎么混到今天的？"

"嘿嘿，泠听也这么夸过我呢。"

"……"

总之费了一番劲后，沈麦搞清楚了目前的状况，左罗想把李霁云踢出局，自己来当 Galaxy 的大股东。

在场的人都很了解云霆的版权价值几何，现在全都关注着李霁云的态度。

"我可真是招了一位不得了的合伙人，"李霁云似笑非笑的，"这才半年多时间，就开始策划着让我给你打工了。"

"不要误会，我只是觉得你们的上市进度太慢而已，这样下去，我姐的股权激励何年何月才能变现呢。"

“哈？”沈麦心想就手头那点公司承诺给自己的玩意，何德何能被人这么惦记。

“确实，是我疏忽了，”李霁云看向对面的母亲，“那么，阮女士意下如何？”

“公司是你搞起来的，你决定就好。”

“好，舅舅，Galaxy这边没什么问题了，你们要是同意，从明天起，我们就把云霆的曲库送到公司来。”

李霁云这决定做得太快了，董事长一家也没看明白他这卖的是什么药。

“我没有意见。”谢奕的表情放松下来，“霁云，叫人今天就把协议跟他签了吧。”

“好啊。”李霁云应道。

董事长夫人刚有点琢磨过味来,她可能是觉得这决定有点草率了，想和丈夫再商量一下，不想对方却站起身，径直走到左罗面前，然后深深鞠了一躬。

“孩子，天寰亏欠你很多，我想尽可能地为你多补偿一些。”

会议最后的场面可太稀罕了，天寰的大老总，娱乐圈的传奇人物，居然对着入职一年不到的新员工，低声下气。

大概是因为这事太魔幻了，散会后每个人都不约而同地装作暂时性失忆。另外，虽然董事长没有多说，但大家都明白左罗的真实身份一旦传出去，会有什么后果。

这场会议决定了两件事，一是天寰与Galaxy共享云霆的独家版权，二是Galaxy的最大股东，从阮欣洁变成了左罗。李霁云开玩笑说自己是在场最穷的，先是被舅妈抢了一块地盘，再是左罗一举占光了他的股份，反倒是他这个名义上CEO，变成了纯粹的打工人。

沈麦觉得他这笑容有点勉强,自己一手创办的企业为别人作嫁衣,这滋味能好受才怪。

“这些股份肯定不能挂在你名下,太招摇了,有人帮你代持吗?”会后李霁云也不墨迹,直接就找到左罗,商讨起转让程序。

“我能送给姐姐吗?”左罗语气特别认真,沈麦正在旁边晃悠着椅子,吓得一个没坐稳差点栽地上。

李霁云哈哈笑了两声,说沈麦这身份,也没合适到哪里去。

沈麦琢磨了一下,觉得这事很怪。李霁云想坐 CEO 的位子,就是为了让天寰和斯文森能离得远一些,想不到眨眼的工夫,左罗就扛着斯文森的大旗,直接闯进了他家后院。

这场景,就好像两人提前商量好,演一出戏给董事长一家看似的。

李霁云说 Galaxy 的变化对他们的工作没什么影响,倒是谢尧跟他母亲联合了南星文化,可是要给天寰带来不小的变化了。

第二天,沈麦就明白了他说的变化是什么意思。

30
慈善晚宴

沈麦早上来公司时迎面撞见了蒋梦，对方正领着一个女生在大厅里认这认那，沈麦瞥了眼那姑娘有点像夏新名，走出去几步又回来瞅了瞅，确实是本人无疑。

蒋梦说南星在天寰股份这里掺一脚，就是为了能让旗下艺人分享天寰的资源，而与天寰交集不少的夏新名，就成为他们的首选对象。

“麦麦姐好！”夏新名初来乍到，恭敬地问好。

“欢迎欢迎，”沈麦第一次与她正式地握手，“你们打算让她来天寰干啥？”

“出演《寻红者》。”

沈麦听了这答复挑了挑眉，心想南星那边可真会挑戏。

《寻红者》第二季今天正好开机，夏新名来报到时，各路主演正好聚齐。导演特别热情地向整个剧组介绍，这位便是他们最终敲定的女二号。夏新名有点惶恐地向大家鞠躬，然后送了他们每人一小盒自己亲手制作的点心，沈麦边往嘴里塞边想，自己当年要是有她这么会做人，媒体朋友们写她黑新闻时，指不定还能笔下留情点。

第二季的剧情开始于姐弟俩分离，沈麦被绑架后，沦为另一家族的人质。周围的人都跟操控娱乐圈的组织有关，他们企图同化这位大小姐，沈麦发挥了自己的演技，表面与他们合作，暗中却在为弟弟收集情报。

而左罗那边，一面需在学校中佯装若无其事，另一面则与林天炀一同追查姐姐的下落。与此同时，一位身世成谜的女生转入了左罗的班级，两人展开了一段新的故事。

沈麦看到夏新名第一场戏就进入状态了，这一幕是她与男主角在教室窗户边互相试探，只要别在意台词跟谜语似的，那场景和眼神交流，看着还挺浪漫。“网上都说这俩人是CP，这看着怎么有点真啊。”

沈麦听着身后工作人员的窃窃私语，不禁又往窗台那里瞅了两眼。

“演得确实还行。”蒋梦的声音忽然从她旁边传来。

“噫，你怎么在这儿啊？”

“我是夏新名的经纪人啊，大惊小怪。”

“啥，那光年呢，你不管了？”

“李总说了，光年那边有别的经纪人帮忙处理，”蒋梦说着伸了个懒腰，“我看他是不放心，怕我又帮着谢尧搞事情。”

“你还真有自知之明，”沈麦扮了个鬼脸，“不过你现在好歹代表南星，背后是他舅妈呢，他也不好说啥。”

蒋梦撇撇嘴：“算了吧，我还是看得出来谁是真正厉害的主。”

两人正准备说点公司八卦，身后工作人员“哇”地发出一声惊呼。

沈麦连忙看向片场，只见刚才还距离老远的两个人，不知什么时候面对面贴一块去了，夏新名刚才还一副纯情小女生的模样，此刻脸上挂了一丝狡黠的笑。沈麦想起来编剧管这角色叫小白狐，她演得还挺像那么一回事，两个字，勾人。

女孩就这么笑得跟狐狸似的，凑到一脸僵硬的左罗耳边，悄悄说了句什么话，紧跟着就是导演一句：“Cut！”

导演话音刚落，夏新名往身后一退，结果脚下一个踉跄，向课桌上倒了过去，幸好左罗眼疾手快，托着她的身子给拽了回来。

“小心。”

“多，多谢。”夏新名有点窘迫。

导演大声对着俩人一顿夸，说尤其是夏新名，第一次能跟左罗搭戏搭出这效果属实不多见，还调侃了一句说 CP 就是不一样，整得好多人跟着笑得不怀好意。

“你弟还挺绅士，介意我拍些花絮当宣传材料吗？”蒋梦举了个手机，语气干巴巴的，听起来像随口一说，也不怎么认真。

“我有啥可介意的，你随意。”

“哦，OK。”蒋梦应了一句，装作没瞅见沈麦手里捏得已经不成型的纸杯子。

剧组开机的第一天非常顺利，前面左罗和夏新名总共也没 NG 几次，到了沈麦这里更是大显身手，导演说她那些尔虞我诈的桥段发挥特别好，特别翻脸后那目光像能杀了人一样。

中间林天炀还有场跟她有点肢体冲突的戏，当时他就看沈麦的眼神不太对劲，果不其然，一开拍他就变成了女主角的沙包。

“我说，你这春节是不是练过了？”

林天炀捂着肩膀龇牙咧嘴，刚才她那几拳力道特别瓷实，跟揍仇人似的，他现在怀疑刚才导演夸奖她的那段是本色出演。

“拍打戏经验少，控制不好咯，”沈麦摩拳擦掌，显然还没有打爽快，“哦，你可以跟左罗那儿揍回去，我批准了。”

“饶了我吧，我可不想被你俩混合双打，”林天炀瞧了一眼远处专心背台词的左罗，“对了，周末那个慈善晚宴，你去不去？”

“慈善晚宴？啥晚宴？”

沈麦以前参加过好几次慈善晚宴，捐的钱说多不多，出的风头反正少不了。

“哦，请柬还都没发，我转给你。”

沈麦打开信息，里面是一张电子请柬，云霆一张经典造型的照片，赫然出现在封面上。

请柬上之所以有云霆的照片，是因为这次晚宴的筹款对象，是歌迷运营了多年的云帆爱心基金。这只基金是云霆还在世的时候成立的，他去世后，粉丝也都不离不弃，这次董事长让李霁云举办晚宴，是想借着云霆版权回到天寰的机会，回馈一下粉丝多年的善举。

她决定去看看，公司借着云霆的情怀能搞出多大名堂。

晚宴当天，天寰作为东道主，旗下艺人几乎悉数到场，南星的人也过来不少，其中好些人能出现在这里，一看都是沾了董事长夫人的光。

沈麦这次不想出风头，就让团队整了套低调素雅的装扮。

从红毯下来后，她碰到了一位熟悉的媒体朋友，对方吐槽沈麦变了，说原来她是艳压别人的体质，现在身上散发着一股洗尽铅华的气质。

沈麦乐呵呵地享受着清闲，然而看到台上的光景后，就乐不出来了。

一声“左罗！”如一道惊雷劈了下来，炸得媒体朋友们倾巢而出。刚才还如老朋友一样嘘寒问暖的记者们，一瞬间纷纷从她身边奔过，摄像头齐齐对准刚现身的那对金童玉女。

拍红毯拍到现在，媒体朋友们可算等到一个爆点，天寰新晋一哥和南星当红小花携手登场，场面可谓喜闻乐见。两人先前就在综艺里制造了大量的粉红色，现在直接把情侣档演到了大荧幕上，他们的造型是特别设计过的，男一身黑，女一身白，连配饰都讲究一个对称。沈麦瞅了眼自己那个洗尽铅华的装扮，想象着如果是自己站到左罗身边，媒体会编排出什么好笑的新闻出来。

记者们问两人在《寻红者》第二季合作的情况，还提到了网上蒋梦放出来的那堆花絮，问题一个比一个犀利，为的就是让他们招架不住。

沈麦看着他们面对记者的表现，虽然不大熟练，但那种青涩感，让两个年轻人之间的氛围，更有种说不出的暧昧。

她转过身，头也不回地向会场走去，越走越快，跟脚底抹了油一样。

晚宴把每个人的位置排得明明白白，沈麦看见自己的座位夹在左罗和夏新名中间，忽然有些来气，就偷偷换了名牌，给左罗安排了过去。

“怎么，干啥坏事呢？”

沈麦回头，李霁云正端着个香槟站在自己身后，周围好几个明星被他晾在原地。

这些日子新任 CEO 没少上各种新闻，他已经抛弃那个纨绔子弟的假人设了，还让媒体朋友们整了些诸如浪子回头的文章，做戏都在做全套。

“我不想坐那地方，闹腾，”沈麦瞅见远处左罗和夏新名进场了，忽然向前一步，凑到了李霁云跟前，“李总，我忽然有个新专辑的想法，不知您现在方不方便帮我参考一下？”

沈麦语气非常正经，然而在旁人看来动作却扭扭捏捏的，有点勾引领导的嫌疑。

“乐意之至。”李霁云也不知道她葫芦里卖的什么药。

“我们去外面讲吧。”沈麦说。

两人在众目睽睽下向门口走去，正好与来者打了个照面。

沈麦见人都过来了，忽然伸手挽住李霁云的胳膊，李霁云也没什么反应，两人就这么大大方方地往前走，媒体朋友们发觉事情不对，摄像头顷刻之间，全部调头。

两位后辈恭敬地打着招呼，夏新名赶着说了两句话，左罗则没有吭声，目光一直追着沈麦走，直到大领导和他的得意干将消失在了会场尽头。

离他最近的媒体朋友，很确定刚刚有股杀气一晃而过。

“戏瘾还不小，什么新专辑的话题非得出来聊？”

两人来到楼上一个没人的小阳台，李霁云叫住她，等着对方招供。

“炒点话题，领导不会介意吧？”沈麦说这话时有些心虚，她刚才一冲动就这么干了，完全忘了人家在铺垫浪子回头，“其实我是在里面待不下去了，想问你能不能捐了款就撤。”

“哦？你已经捐完了吗。”

“我把过年那俩红包上供了，借花献佛，不介意吧。”

“还好还好，不过如果我是你的话，可能就会少捐一点。”

“……什么意思？”

“天寰的背后可是斯文森家族，”李霁云举起香槟杯子喝了一口，“一个慈善基金，而且是捐款来路很多的基金，可是能方便他们搞不少操作。”

沈麦虽然对金融一窍不通，但也听说过行内有利用基金来洗钱的事，什么虚假合同、空壳公司、转移赃款，反正都是一些违法犯罪的勾当。

“你是查到什么东西了吗？”

“不，他们面上的账都做得很完美，恐怕只有他们公司内部的人，才知道他们到底用善款做了什么——如果这些真的都是善款的话。”

沈麦正琢磨着他话里的意思，主持人激情洋溢的声音就从会场中传来，晚会马上要开始了，很快就是领导的讲话环节。

“那我先下去了，”李霁云整了整领带，“哦，你的假我批了，回家好好休息吧。”

“嘿嘿，谢谢老板。”

沈麦寻思着回会场也没什么意思，准备先一步开溜，而就在此时，一位领导显然没有批准离场的人，拦住了她的去路。

“姐,原来你在这儿啊。”左罗站在楼梯口前,往墙上一靠长腿一伸，给她的去路堵得严严实实，沈麦很少见弟弟对自己摆出一副臭脸，他现在这样子活像个抓贼的。

“里面晚会不都开始了吗，你跑出来干啥？”

“你刚才跟李霁云在上面聊什么？”

“哎哟哟，关心我跟他聊什么，还不如关心你那当红 CP。”沈麦双手抱在胸前，高高地扬着眉毛，语气有点挑衅。

“……姐，你不会生气了吧？”左罗愣愣地看了她两秒，表情忽然玩味了起来。

“我生气干啥？”

“我告诉你那 CP 是怎么回事，第二季剧组要炒话题，所以宣传部找了我跟夏新名。”左罗往前迈了一步，刚才那副臭脸不见了，现在他嘴角忍不住上扬，“姐，你是气我跟她走得太近，还是气把你女一号的风头给抢走了？”

“我管你——那你说说，从小到大，我什么时候管过你交朋友？”

“我就没交过什么朋友。”

沈麦看着他睁大眼睛一脸无辜的样子，一时语塞。

“所以，你到底跟李霁云聊了什么？你们说的东西，是不是跟斯文森家族有关？”

“嗯，李霁云觉得这慈善基金有问题，”沈麦决定不逗他了，如实交待，“毕竟是云霆粉丝的心血，我也怕天寰在里面搞什么黑钱。”

“明白了，其实我也在调查这件事。”

左罗说李霁云的猜测没错，斯文森至今还在利用新海的娱乐圈做着些不法行径，他之前听说公司有些途径从天寰那边转移资金，后来一查，居然跟他父亲的名字挂上了关系。

“姐，查这件事很危险，你不要参与进来。”

“你到底想做什么？”

“我就快抓到凶手了，到时候，我自然会把他们送进地狱。”

沈麦看他眼中仇恨几乎要按捺不住了，不禁向后一缩。

“姐，万一我哪天抽不出身了……”左罗看到对方脸上的惧色，无奈地笑了一声，“你答应过我的，不要放弃我。”

“左儿？”沈麦看他模样不对劲，叫了声他的名字。

左罗想迈开步子过来，脚下却一个不稳，忽然就这么跪倒在台阶上。

“左儿！”

沈麦吓得不轻，连忙下去扶他，却被他的胳膊挡在身前，生怕她来碰自己一样。

然而下一瞬间，那只胳膊就耷拉了下去，他硬撑着挺起身子，勉强没有瘫倒在地。

“……别过来。”左罗使劲用另一只手提上围巾，语气近乎哀求。

然而已经迟了，沈麦非常清楚地看见，遮在他嘴角的围巾上，染上了大片的鲜红。

沈麦跟团队那边打了声招呼，一路扶着左罗避开人群，最后来到了自己的车前。如果有沈主任的朋友在场，看到她这超乎寻常的冷静，一定会感叹一句虎父无犬女。

只有沈麦知道，如果这时候要按着她测个血压，表上的数字将会惊心动魄。

现在找人过来帮忙太招摇了，沈麦一时间没什么好的处理方法，只能动用医学知识，尽可能地帮他止血，左罗硬撑着等嘴里不怎么流血后，虚弱地倒在座椅靠背上，整个人缩成一团，大口大口地喘着粗气。

“姐，老毛病了，别像上次那样叫救护车，小题大做的，”左罗小声道，“相信我。”

“好好，我小题大做，这压根不是什么老毛病，”沈麦强压着声音里的愤怒与恐惧，“你用了跟当年柏儿用的一模一样的药，对不对？”

“……”

沈主任发给她的资料中显示，起初接触含红鹦草的药物，反应不会严重，就是随着服用次数增多，会开始呕血。当出现这个症状时，就说明了使用者已经到了一个相当危险的状态。

“你是怎么知道的？我明明没用家里的药……”

“对，你没用家里的药，但你带了治PTSD的药，我拿了两片去检验，医生说那是治疗药物上瘾用的，还有，警方查出新海市走私进来了红鹦草，是你跟斯文森家族干的，对吧？！”

左罗惨笑一声，没有做出任何辩解。

31

隐藏起来的伤口

左罗这次病症发作的持续时间不长，沈麦却觉得仿佛过了一天一夜。

父亲上次跟她强调过，红鹦草乍看之下能增强药物的治疗效果，但本身也有严重的毒性。

不知不觉，就会利用患者对它的依赖，把人蚕食得干干净净。

车子快开到家门口时,左罗似乎有了些精神,轻声呼唤了一声“姐”,不止他脖子上的围巾沦陷了，特地为晚宴定制的西服也未能幸免。

他看见沈麦双眼红肿，脸上好几道白印子，低声说了一句对不起。

“到底是为什么？”看他情况稳定不少后，沈麦开口问道，“为什么要服用这东西，还要带进新海？”

她有许多重话已经到了嘴边，看到对方的模样后，愣是说不出口。

“为了让制造红鹦草的人现身，我必须用自己来当诱饵。”

“诱饵？”

“凭斯文森自己的力量是复刻不出当年那种药的,”他顿了顿,“害死我母亲的那种。”

左罗说红鹦草并非斯文森家族凭一己之力制造。这种药物的原料和技术，实际上都是来自一个身份成谜的代理人。这位代理人不仅与斯文森合作，还与海外药商多有来往，然而当年那场绑架案后，这个代理人就失踪了，斯文森也就断掉了红鹦草的供应来源。

“但是，那些家伙不死心，他们用代理人留下来的红鹦草，改良了当年给我母亲用的药物，现在还在实验阶段，没有扩散到市场。”

左罗忽然剧烈地咳嗽几声，嘴角又渗出一丝鲜血。

当年家主亲自引领他接触会里的产业链，每个理事的底细基本都被他摸得清清楚楚，包括谁可以信赖，谁需要提防。因此，他很快就分辨出来了，谁是自己要合作的对象。

“所以，你用了那药？”

“想要骗过那些股东，光靠继承人的身份，是取得不了他们的信任的，”左罗虚弱地靠在她的肩头，“所以我对他们说，我恨我的父母，只要能让家主下台，我什么都愿意做。”

“那他们信任你吗？”

“口头说说当然还不够，我还得拿出一份投名状，”左罗沉下眼皮，“所以，我当着他们的面，服用了他们手里的红鹦草。”

沈麦死死咬着牙：“从什么时候开始的？”

“去年，我 18 岁的生日那天，我做过一些抗药的锻炼，但是效果……好像不太好。”

“你傻的吗，这是害死你母亲的东西！这东西要是随你摆布，还叫什么投名状？！”

沈麦说着说着气急了，她用力揉了一把眼睛，嗓子哑哑的。

“对不起，可是，我也只有这个办法了。”

左罗继续解释起沈麦所说的走私是怎么回事，代理人留下来的红鹦草药物，破坏力实际上不如柏儿当年服用的早期药物强。那些反对家主的人认为，只要能够重新打通红鹦草流入新海的渠道，那个代理人就会重新回来跟他们合作，然后让斯文森借助天寰这个平台，彻底扎入新海。

“左儿，莫非你——”

“我答应找来母亲当年用的‘原初药’，让他们制作出能够流入新海的药物，而且我也愿意去天寰，接替云霆的位置，”左罗语调不知不觉变得阴冷无比，“最后，我会亲手把他们送进地狱。”

沈麦终于明白了一切，左罗成为明星进入天寰，自始至终就只有一个目的，以身入局，玉石俱焚。

“你知不知道，你这是在犯罪，”沈麦尽力平稳着呼吸，“为什么不交给警方？”

“警方拿那些家伙没办法，”左罗哼了一声，“姐，你不知道去年这个时候，为了抓捕红鹦草的代理人，新海市牺牲了两名警察。”

沈麦一脸茫然，她是属于对新闻过目不忘的人，但这种大事在脑中毫无印象。

“那个代理人，在国外有一些不法组织的庇佑，想解决掉这个人，只能把他引来新海，哪怕为此做些违法的事，我也无所谓。”

“可你现在这个身体状况……你为什么要赶这么急？”

“在他们看来,正因为我这身体好不了多久了,所以就得加以利用，不是吗？”

沈麦被他一副罔顾自己性命的模样，震惊得不能自已。

“而且,即使没有我在,斯文森家族的人迟早会找到下一个‘云霆’，可能是泠听，可能是林天炀，但我最怕的是……”

左罗颤抖着抬起手，拽住沈麦的衣袖：“我最怕他们会盯上你，姐姐。”

“你这个，自以为是的，臭小子！”沈麦一开口就哽住了，用力抓着他的胳膊，“要不是你回来，我还在享受我的大好生活，才不会回去掺和这些破事……”

左罗无声地看着她微笑，没再接话。

当天晚上，沈麦做了一个特别可怕的噩梦。

她梦见左罗困在一个着火的房子里，他人往大火中间走，怎么唤都不回头，最后抬起一只手挥了挥，留给她一个被火焰吞没的背影。

沈麦吓醒后第一时间冲出房间，发现左罗一早就出了家门，留了条信息说自己好得差不多了，今天要去公司早点开工。

这梦太真实了，真实得她现在看了火就害怕，连路上煎饼摊见了都绕着走。

浑浑噩噩地来到天寰后，沈麦看着电梯前的人山人海，然后掏出手机，犹豫着要不要给父亲打个电话。左罗现在做的，就是无比危险的事情，她几乎可以预见，如果放任他继续下去，结局会和噩梦里的情形如出一辙。

不对，这不对。沈麦冷静了下来，她意识到现在不能打草惊蛇。

左罗的计划经过了一番周密的布局，一旦她轻举妄动，就会既抓不到幕后黑手，也会让他迄今为止的努力功亏一篑。

她明白，要帮助左罗，当务之急是要找到一位与自己立场一样的同伴，而且对斯文森家族背后的事，要尽可能了解。

沈麦左思右想，只有一个符合条件的人选。

好巧不巧，沈麦来到总裁办公室时，里面的会议刚刚完事。

左罗正好推门出来，而跟在他身后的，居然是谢尧和蒋梦。蒋梦简单地向她点头致意，谢尧态度倒是相当不错，跟她寒暄了好几句，脸上一副久违的神清气爽的样子。

沈麦想叫住左罗，对方却回避开她的目光，匆匆离去。

与谢尧的神清气爽截然相反，沈麦走进办公室，看到了十分少见的，一脸乌云密布的李霁云。秘书打了声招呼先出了门，看她那表情，似乎对刚才会议的场面心有余悸。

“坐吧。”李霁云招呼着来客，勉强在嘴角上勾出一丝笑容。

“人家升职都是能爽一把，你这咋还越升越憋屈了，”沈麦看见他比自己还愁眉苦脸的，心里莫名其妙地舒坦了一点，“刚才怎么回事？这几个人能凑到一起，真稀罕。”

“为了 Galaxy 的事，谢尧想出了一些新政策。”李霁云递来桌上一份文件给她，那是一份还没正式签署的协议。

沈麦翻了一下，上面都是一些新提议的方案，有面向作者的，也有面向会员的。她随便挑了几条看了看，一下子就明白了，李霁云为何会有这么大反应。

李霁云说 Galaxy 这些年其实一直在亏损，多是靠他别的投资攒下的钱来输血。现在平台的多数股份都在左罗手里，他的控制权弱了一大截，因此谢尧这时候乘虚而入，美其名曰，打算帮助他解决 Galaxy 的亏损问题。

天寰认为要从业务上弥补亏损，就得从平台本身的收费政策下手，于是谢尧带来了一份管理层的方案，还拉来了左罗，想让他答应自己的提议。

沈麦仔细研究了下这些改变，就用户方面而言，Galaxy 准备对会员集体涨价，并且推出更多针对追星定制的业务。说白了，就是变本加厉地割粉丝韭菜。

对创作者方面就比较复杂了，其一是增加了分成版税的门槛，简单来说，原来每个人只要在平台上发歌，就能享受版税分成，而现在公司准备设立一条播放量的基准线，只要不达到这条线，无论发多少作品，都分不到一丝一毫的收益。

而另一点，就是继续增加了播放量与收益的挂钩比例，并且推出了一条新的方案，创作者可以降低版税的收入比例，以此换取系统将歌曲放入推荐歌单的更高概率。

李霁云认为，这些改动毫无疑问能增加平台的收入，但也与Galaxy的品牌形象，以及他个人的经营理念完全相悖。

“这些东西，左罗都同意了？”

“不用担心，到时候这里面有许多操作空间，”李霁云话锋一转，“倒是你俩昨天在慈善晚会上，到底发生了什么？”

沈麦把协议放回桌上，心里面敲鼓敲得震天响，犹豫着要不要把左罗那些事对他讲。

“李总，你对斯文森家族了解多少？”

“应该比你想象得要多一些，”李霁云身子前屈，两手交叉顶在下巴上，“比如，我知道左罗那些含红鹦草的药，是从什么人手里来的。”

沈麦听了这个答案，一时不知该如何反应。

“你不用紧张，我跟他的目的一致，都是希望天寰能够逃脱斯文森的控制。”

“既然你们目的一致，他为什么还要收购股份，这不是跟你对着干吗？”

“缓兵之计罢了，要不然版权的事不好解决，”李霁云无奈地笑笑，“至于这些赚钱的东西，就当给他们的甜头了。”

“……明白，我就当你俩又演起来了吧。”

沈麦听了这解释稍微放下心来，便将她跟左罗在会场外的事，原原本本地告诉了李霁云。

听了对方的话，李霁云的眼神不知不觉降下了温度：“果然，这家伙是做好了鱼死网破的准备。”

沈麦将左罗的计划全盘托出，说他真正的目的是要将红鹦草的代理人引到新海，而自己服用药物，和参与非法交易，都是最终鱼死网破的一环。

“我很担心他的状态，”沈麦说话的时候手不自觉地打颤，“他好像觉得，只要能给那些人揪出来，自己是死是活……都无所谓。”

她以为左罗已经从泥潭中走出来了，事实上七年过去，他反而陷入得越来越深。他亲眼看着母亲因为红鹦草，一路走向深渊，而轮到他自己，却是义无反顾地走上了这条不归路。

“左罗说得没错，去年确实有一场抓人的行动，只不过不在新海，而是在其他国家，”李霁云顿了顿，“不过牺牲的警察，确实来自新海。”

“我不明白，他为何不肯与警方合作？”

“嗯……他毕竟是斯文森家族的继承人，至少在明面上，警方也不能跟他掺和什么。”

在沈麦印象里，李霁云已经很久没有给出这种模棱两可的答复了，就好像是左罗和警方，似乎也不是毫无联系的样子。

“李总，为什么你那么了解警方的事情？”沈麦毫不掩饰自己的怀疑。

“等下给你解释，”李霁云顿了顿，“既然你想帮他，那么我们要不要考虑合作？”

李霁云打开办公桌的抽屉，递给沈麦一份文件，她翻开一页，发现纸张已经有些泛黄了，上面是密密麻麻的英文，沈麦集中精力读了一段，然后翻到下一页的配图，发现文中的酒店，自己出国的时候曾经住过。

沈麦不解：“这酒店跟你说的合作有啥关系？”

“这是一家跨国集团，他们每隔几年都会举办一次大型晚宴，跟他们合作过的企业都会被邀请参加，其中就包括天寰。”

“怎么又是晚宴……所以？”

“云霆当年就是在这个场合，遇见了红鹦草的代理人。”李霁云沉声道，“今年是他们集团的大型周年庆，他们必然会再次举办跟当年差不多的晚宴。”

李霁云说红鹦草的代理人，警方已经掌握部分信息了，这个人名为艾罗特·杨，最后一次在新海市现身，就是在那场晚宴上。这个人除了姓名外，其他一概不为人知，只要不暴露出红鹦草的信息，哪怕走到警方跟前，也很难露出破绽。

因此，左罗将他引诱出来，是当下最合理的选择。

“我明白了，你的意思是，我们要阻止左罗参加这场晚宴？”

“恰恰相反，我们要让他能顺利参加晚宴。只有这样，才有可能见到那位代理人。不过——”李霁云看着她的眼睛，表情有些许变化，“我不知道以左罗现在这个状态，见到对方后会做出什么事来。”

沈麦明白对方的意思，李霁云跟她一样，害怕左罗会在看到那个人的一瞬间，被仇恨冲昏了头脑，做出什么不可挽回的行为。在左罗看来，或许复仇就能了却他的心愿，但沈麦是希望他能走出过去，真正地作为一个明星，在舞台上发光发热。

不能让左罗独自前往那个地方，至少，在他失去理智的时候，得有人能够阻止他。

沈麦十分坚定地想。

“如果我也想去那个晚宴，有什么办法吗？”

“嗯？”

“某人曾经说过，我是天寰最优秀的女歌手，那我自然也有机会咯？”

“哈哈，确实如此，不过这比你想象的要难很多。”李霁云表示那场晚宴是商务局，前去的明星基本不是靠自己的名气，而是要与会员品牌有深度的合作。

“当年云霆之所以被邀请，虽说沾了天寰的光，但更多的是靠品牌代言人的身份，”李霁云快速翻了一下手机，“现在天寰有两个艺人符合参加的条件，一个是左罗，还有一个是泠听。”

“他们两个都是酒店旗下会员企业的代言人……”沈麦眼珠一转，“那，假如我跟其中一家是会员企业扯上关系，是不是也有可能被邀请？”

“当然可以，我要跟你说的合作，就是这件事。”

李霁云简单聊了下自己的思路，沈麦取得参加宴会的资格，然后在现场看住左罗，而他暗地里联系警方，为那位红鹦草的代理人布下一个局。

总之，他需要沈麦帮忙打开一个口子。只是找到合适的品牌，还要在短时间内要做出成绩，拿到被邀请的资格，绝对不是一件容易的事情。

“交给我吧。”沈麦听了他的说法，没有一丝打退堂鼓的想法。

“好，那我们——”

“等等，你还有一个问题没回答我。”沈麦打断了他的话，“你为何会对警方的事这么了解？就好像……你也是警察一样。”

“走吧，我带你去一个地方，到了，自然就明白了。”

李霁云起身，拿起扔在办公桌上的大衣。

32

沈麦的计划

李霁云这次什么人也没叫，而是自己开了车过来。沈麦看他车前导航的位置愣了一下，目的地正是她爸天天上班的地方。

“你是想去带我去看你父亲？”她问道。

“今天本来就是我要过去的日子，现在捎上你正好，”李霁云一脚油门踩到底，“我应该感谢你的，我爸和沈主任当年是战友，他出事后多亏了这层关系，才能在这病房住着。”

这不是沈麦第一次进来里面的单人病房区，左罗小时候有次病得不轻，就是在这个地方待了一段时间。她不太喜欢这个地方，这里过于整洁、幽静，人待得太久，似乎会凭空流失身体内在的活力。

两人来到最里面的病房，沈主任刚刚推门出来，看到女儿也在这里，十分惊讶。

“辛苦了，沈主任，”李霁云问候道，“我爸有什么动静吗？”

“你爸的情况还是很稳定，但还没有清醒的迹象，”沈主任拍了拍他的肩，“他苏醒过来的欲望很强，不用担心。”

沈麦走进屋内，病床周围没有多少机械设备，只有一个病人安静地躺在那里，床边摆着几束鲜花，似乎是刚有人来探望过。

“刚才不是说，去年新海市牺牲了两名警察吗？”李霁云走到她身后，看着病房里的景象，小声道，“其实，其中一位还活着，就躺在这里。”

沈麦定了定神，看向床上的男人，他一动不动地闭着眼，神色安详，那硬朗的面部轮廓，这么一对比，确实与李霁云颇为相似。

“我好像跟你说过，我爸是为人民服务，”李霁云顿了顿，“这趟他要是平安回来，我早就得叫他一声李局长了。”

“怪不得，你对警方的事情如此了解。”

李霁云苦笑一声，拿起床边一束花，凝视着上面还没干掉的水滴。

“献给英雄的鲜花，是不是还挺好看。”

李霁云说，因为云霆当年闹出来的事，新海市的警方一直盯着红鹦草供应商的动作。

这位红鹦草的代理人，艾罗特·杨，神出鬼没，不止一个国家的警方试图抓捕，新海警方期间也有几次与他国的合作，但是数次出手，均以失败而告终。

究其原因，正是左罗讲述的情况，红鹦草的供应商牵扯了许多非法药企的利益，想保这个人的势力，比比皆是。

“就在去年，我父亲得到红鹦草在一个港区交易的情报，他和另一位最优秀的特警，前去追查这件事，想不到这是斯文森家族设下的陷阱。”

“……怎么会是斯文森家族？”

“现在执着于追捕他们的警察不多了，我的父亲正是其中之一。”李霁云说出了自己的猜测，“左罗合作的那些人，想展示自己对代理人的诚意，那第一件事，就要除掉新海警方的关键人物。”

沈麦明白了，除掉李霁云的父亲，答应与左罗合作，再让他接替当年的云霆……那些股东的一系列所作所为，就像是复仇一样，想让新海市的娱乐圈沦陷在他们的药物之中。

如今，天寰正处于最危险的境地。

“有这层关系在,左罗自然不好跟警方碰头,”李霁云轻笑一声,“不过我个人倒是代表警方与他合作，所以请你放心，只要他不触碰红线太过分，都在我们的容许范围内。”

“我懂了，这小子原来是传说中的卧底，”沈麦轻笑一声，目光忽然变得坚定起来，“那么，就让我也帮你们做些力所能及的事吧。”

如沈麦所料，Galaxy 的新政策公布后，大家都非常不买账，纷纷把矛头指向了天寰。

有一位创作者带头发声，说从云霆的独家授权放开起，这个平台就与天寰狼狈为奸，背叛了用户们的信赖。面对人们的齐心声讨，李霁云担起了创始人的责任，除了照常公关外，他还用了一个娱乐圈里的惯用操作——转移视线。

于是沈麦晚上再回来看新闻时,热搜前排的Galaxy已经悄然退场,接替而来的，是左罗和夏新名在街上的一张同框抓拍。

沈麦认出来了，这是在片场后面，当时她自己也在，只是莫名其妙地被裁出了画面。

她很不爽地跟罗子琼抱怨，问为什么新剧的宣传都不带别人，就可劲逮着左罗跟夏新名反复消费。对方说这是公司的策略，观众觉得姐弟俩走一块再正常不过了,哪里像刚认识不久的少男少女有新鲜感。

罗子琼的说法合情合理，沈麦只得把这口气憋了回去。

《寻红者》第二季，两位主角的故事分开进行，大部队的关注点都在左罗和夏新名那边，沈麦干脆跟导演申请，一口气将她的戏份拍完。

导演说她内卷卷出了她弟的风采，沈麦说她差远了，毕竟左罗那边要忙的花样更多，拍戏、综艺、广告，还有策划已久的个人演唱会。

算起来，整个二月姐弟俩都是聚少离多，待在家里的时间还不如定时上门的小时工。

这天晚上沈麦连着拍完了好几段关键戏份，想着跟左罗好久没见面了，就发了条信息，问他人在哪里。

左罗有个领导很喜欢的品质，就是秒回消息，沈麦从没见过手机距离他超过一米以外。可这次足足等了一个小时，对面却一点动静都没。沈麦盯着手机屏幕，忽然有点心慌，自从知道了他接触过红鹦草后，这种长久的静默就有了不一样的含义。

沈麦忍不住了，连拨几次电话，就在她准备放弃时，对面嘟嘟的提示音戛然而止。

“姐，怎么了？”左罗看起来精神还不错，就是嗓子有点沙哑。

“你，我——”沈麦一激动，张口组织不出一句完整的话来，“喂，为什么不回消息？”

“抱歉抱歉，刚才一直在排练，没顾上看手机。”

沈麦仔细一听，对面确实传来一些断断续续搬东西的声音。

“出什么事了？慢慢说。”左罗察觉到了她的情绪不对，柔声问。

“没啥，就是有点担心你，”沈麦松了一口气，“那个，万一你又像上次那样，懂吧。”

对面沉默了几秒，紧接着沈麦的手机嗡嗡作响，屏幕上显示了一个通知，邀请她进行视频通话。沈麦点开后看见左罗半个身子，他穿着运动服，脖子上围了一条毛巾，身后的工作人员正在撤场子，看起来那边的排练刚刚结束。

“怎么样，现在可以放心了吧，”左罗装模作样地活动活动筋骨，“你把我当成啥病号了，天天吐血？”

“你别蒙我，你最近到底有没有发作？”

“真不骗你，我以前受过一些训练，能让戒断反应减轻很多，不会很频繁。”

沈麦心想他这说法可真忽悠人，懒得搭理：“行啦，你早点睡，我看你又瘦了。”

“喂等等，你这就挂电话？”左罗慌了一下，人脸凑到屏幕跟前来。

“怎么，还有事？”

“不，我就是……想跟你多说说话。”

左罗小声嘟囔了一句，沈麦莫名觉得他看上去有点委屈。

沈麦被他的样子逗乐了：“这样，我这边拍得差不多了，过两天就回新海陪你。”

“可是我……”

“你是遇到什么事了吗？”

“没事，这些天工作太累了，”左罗用力抹了一把脸，“算了，我再去看一下编曲情况，你也早点休息。”

沈麦挥挥手回了一句晚安，然后怔怔地看着他切断了信号。

“哈，搞什么？”她胡乱揉着自己的头发，说不上来自己到底在期待什么。

现在公司的人已经不太把沈麦视作幕后团队的一员了，罗子琼说她现在特别有七年前的架势，走路依旧带风，只是少了当年的飞扬跋扈，多了几分从容气度。

拍完戏回来后，沈麦也不再像以前那样闷头写歌，而是拉着制作部的人连轴开会，好几次都是泠听前脚刚开完会，她就明目张胆地进场抢人。

即便如此，泠听只是偶尔吐槽几句，一次也没表露出想阻止她的意思。两人关系的奇妙变化，让周围的人也是看得云里雾里。

沈麦认为，这次时隔七年的交锋，泠听肯定也希望她能全力以赴。

“最近咋事业心这么强，突然开窍了？”这天罗子琼拉她吃饭，问起了这件事。

“也称不上开窍吧，就是有点想明白了。”

沈麦说这些年她一直没走出绑架案的阴影，幕后早就成了她的舒适区，而现在自己想走出来了，自然就不再是那个状态。

“扯那么多，我看就是受你弟刺激了吧。”

罗子琼随口一说，沈麦却一下子警惕起来：“啥，啥刺激？”

“还能有啥刺激，看他现在火成这样眼红了呗，还跟人小姑娘炒CP炒得火热。”

“放屁，我会计较这个，”沈麦松了口气，她总怕别人一提左罗就扯到什么药物，“对了，最近要是有什么品牌找代言，或者拍广告，都帮我留意着点。”

“我天，你这是真受刺激了，”罗子琼做了个行礼的手势，“放心吧大明星，只要你一声令下，品牌方第二天就会把我的手机打爆。”

沈麦想起赞助商们围着自己团团转的场面，仿佛还在昨天。

对方说的没错，她这次是真的受刺激了。

罗子琼在自己那堆人脉里吆喝了两句，沈麦瞬间就被品牌方抛来的橄榄枝包围。品牌方给出的条件都还不错，大多是想邀请沈麦合作推广，有些牌子甚至开出了相当诱人的价格，直接邀请她成为代言人。

然而沈麦研究一圈后，最后却是一个也没选中。

“你这眼界够高的啊，不会是想走国际路线吧。”

罗子琼很坦诚地说沈麦现在的人气可能悬，她固然底子硬，但今年发力次数太少，想要能够对标泠听咖位的商务合作，短时间内怕是不大好找。

“我当然知道自己有几斤几两，我的意思是——”沈麦把文件理好了放到桌上，“哎，你还记得当年我最成功的广告是哪一支吗？”

“记得，那个饮料嘛，大街小巷都在放。”

罗子琼说着上网把当年的视频搜了出来，品牌方当时直接跟她合作了一个系列，每支配了原创新歌的广告，精美程度都不逊于一支MV。

“我想要能深度合作的牌子，就像这种的，大不大无所谓，但要跟我做的音乐风格相符。”沈麦盯着屏幕的双眼炯炯有神，“当年我能给一个牌子打开知名度，现在当然也能。”

罗子琼看着她把自信写在脸上的模样，面露喜色：“没问题，我来帮你搞定。”

左罗今天从外地回来了，沈麦随手一刷看见他的机场照片飘在热搜上，看周围安保那严阵以待的样子，估计是怕这次粉丝又研发出什么新的高科技武器。

说起高科技，上次左罗从机场出来时，浑身全是彩带和亮片，跟刚从婚宴里跑出来一样。经纪人说是因为他们大意了，想不到接机粉丝人手一个礼炮，见俩人出来就齐刷刷地开火，吓得警察以为机场进了恐怖分子，他们死活想不明白礼炮是怎么过安检的，可能这年头追星也在推进科学技术进步。

沈麦以为左罗这次回来还要赶什么活动，想不到自己一进家门，就看见门口搁着个大行李箱，而它的主人正躺倒在沙发上，睡得不省人事。

她蹑手蹑脚地凑到左罗跟前，听到他平稳的呼吸声，才松了一口气。

以前左罗每次在她跟前合眼，都是因为犯了这个病那个病，沈麦许久没见过他睡得这么安稳的样子了，不知不觉便看得出了神。

他睡着的样子如此平静，丝毫看不出身后背负着那么多沉重的东西。

“……姐？”

左罗迷迷糊糊地睁开眼，看见沈麦伸出的手，几乎就要碰到自己的鼻尖上。

“啊，嗨，你回来啦。”

沈麦也不知道自己的手是什么时候伸出去的，有点尴尬地放了下来。

左罗打了个哈欠，面色痛苦地按着自己的额头，说昨天没休息好。”

“瞅瞅你那是什么魔鬼行程，这能休息好吗？”沈麦给他倒了杯水，坐到他身边，“你小时候身体本来就不好，现在碰了那种东西，教人怎么放心。”

“姐，你好像比从前会唠叨了。”

“到底是谁害的啊，你还好意思说。”沈麦作势要打他，最后手落在他的头顶，又是给他头发揉成一团糟。

“你今天去公司了？”

“不，我刚从医院回来，”沈麦放下手，“告诉你个好消息，我的舞台恐惧症好了。”

“好了？！”左罗脸上最后那点困倦瞬间烟消云散。

沈麦说医生也觉得不可思议，以前自己单独站舞台上，没唱两句就会觉得大脑整个麻木，而这次的治疗中，她没有任何助力，就在舞台上完完整整地唱下了一整首歌。

医生给出的说法是，有一个特别重要的目标，彻底点燃了她回到舞台的欲望。

“这个目标是做好专辑？”左罗追着问。

“不告诉你。”

“姐——”

“你瞒了那么多次还不允许我瞒一次，”沈麦扬了扬眉毛，“哎，你最近忙出了些啥？”

“上次说的慈善基金，我已经查出了一些东西。”

“所以，那基金真的有问题？”沈麦的表情一瞬间严肃起来。

“嗯，我查到了几笔走向很奇怪的转账，很可能是涉及红鹦草的交易。”

左罗说他对比了云帆基金的公开财务报告，以及斯文森公司里一些内部资料，发现内部资料上提到的几家公司名称，都没在公开报告上出现过。然而，有相当一部分捐款在多次转账后，并未流向公开报告提及的机构，而是悄悄流入了这几家奇怪的公司。

他把这部分细查了一下，发现这几家公司都是空壳，存在的意义就是遮人耳目，这些捐款在他们内部又经过一番周转后，最终流入了一个境外账户，位于一个欧洲的小国。

“这个国家靠近边境，毒品泛滥，政府已经放弃了管理，我怀疑红鹦草的种植基地就在这里，”左罗把外套往身上拽了拽，继续道，“只要查明这条资金的路线，就能斩草除根。”

“你见过那个组织的代理人了吗？”沈麦忐忑不安地问。

“没有，我找不到那个人的任何资料，”左罗草草提了一嘴，转移了话题，“除了这个转账外，还有一件事，转账的金额总数和捐款数额差得很多。”

“转出去的比捐款少？”

“不，是多了很多，只是大部分都不是流向那几个慈善机构的账户。”左罗说着眼神一冷，“那些和捐款一起进来的钱，来路很复杂。”

沈麦想起之前看过的一些案例，已经明白了个大概。

基金里这些虚增的捐款，很多都是斯文森在销售非法药物时，赚到的黑钱。那些股东跟天寰勾结，把这些赃款混进去，洗得干干净净，换成一条明面的路子，再流通回他们自己的海外企业。

想到云霆粉丝的一片心意被如此糟蹋，沈麦只觉得心底的怒火越来越旺。

关于该拿这些查到的东西怎么办，左罗说暂时没什么好办法，斯文森家族的根基在海外，新海市的政府和警方在管辖区内拿他们无能为力，如果简单粗暴地把这事捅出去，顶多会让那些股东断掉跟天寰的联系，但动摇不了他们的根基。

“既然只有一次机会，就必须将他们一网打尽。”左罗的语气坚定不移。

沈麦明白他的意思，最好是找出一个更致命的证据，然后把他们查到的所有东西一起捅出去。

“可是，查到现在就够不容易了，真能找到更好的机会？”

“我好歹是家主承认的继承人，再找出他们更大的破绽也不是什么难事。”

左罗这话说得轻飘飘的，沈麦却隐隐嗅到一股危险的气息。

33

剑走偏锋的广告

想到左罗这颗定时炸弹随时会搞出大事，沈麦明白自己必须立即行动。

她抽空去了一趟冷听的广告拍摄现场，对方几乎是把自己擅长的风格发挥到了极致，复古装扮往她身上一搭，优雅的气质浑然天成，从视觉上，就已经抬到了相当的高度。

沈麦决定先从音乐本身做起，于是她找来了从前的大客户、现在志同道合的创作人同志——林天炀。两人还是约在天寰人爱去的那艘游船上，这次林天炀终于订到了一个包间。沈麦进门，看见里面不止林天炀一个人，还有个夏新名坐在他对面。这俩人都戴着耳机闭眼不语，像是在对着冥想，搞得沈麦想问点八卦的东西都无从下手。

“喂喂，你俩这是——”沈麦受不了这个魔幻的场景了，忍不住打断他们。

“啊，麦麦姐，”夏新名先回了神，“没想到你也在 Galaxy 哎。”

“也？”

沈麦还没反应过来，对方手机就送到了她面前，她定睛一看那是 Galaxy 创作者的画面，只见那个二次元头像旁边，赫然摆着相当惊人的粉丝数。

“嗯，夏新名跟咱俩一样，都是 Galaxy 的创作者。”

林天炀表示他也是偶然发现她是创作者同行，只是夏新名的情况与两人不同，南星文化对艺人私下的工作把控严苛，因此她会写歌制作的一面，从未对外表露出来。

“说实话，你想做的风格我不太擅长，但如果是她，你们可能会碰出点火花。”

“这，这是——”沈麦听了夏新名新发布的歌曲，很快就明白了林天炀说的意思。

这首歌没有采用单纯的人声，而是混了电子合成器，可爱之余还有点亦真亦幻。更有趣的是，虽然歌曲充满了二次元的风味，但整体的风格基调，却有着上个世纪作品的色彩。

这些特质无一不是沈麦想要的，于是林天炀说的火花，很快就燃烧了起来。

敲定合作的初步想法后，沈麦想从自己的作品里挑出一首当参考，于是她登录了 Galaxy 账号，然而首先映入眼帘的，不是一如既往的作曲人主页，而是一页写得满满的新政策公告。

她把该点的地方都点了，又瞅了眼右侧的排行榜，只见前十名除了左罗的歌外，基本都是些毫无印象的歌曲。再一看，进驻平台开通了个人频道的明星也比之前多了许多，原本属于创作者的空间，俨然已经被挤压得喘不过气。

“是不是感觉完全变样了？”林天炀无奈地耸肩。

“这是啥啊，什么乱七八糟的……”沈麦对着屏幕乱点一气，气打不过一处来。

林天炀说如今想在 Galaxy 上推首歌特别复杂。现在一位创作者，既没有人脉，又没有家底，还想在平台上像以前那样低成本推广作品，简直难如登天。

“现在买量可难了，好不容易写首新歌，要是不用版税收入换推广流量，就基本只能靠自己吆喝，”夏新名苦着个脸，“有公司推广就不一样啦，我上次还自己把自己坑了呢。”

夏新名的号在 Galaxy 上也算一线作者，之前她发首歌随随便便就能上前排。然而，现在公司给她本尊开了个人账户，开始砸钱拉她 Galaxy 上的热度，很巧的是，上次她的本尊和马甲同时发新歌，南星从中一捣鼓，马甲发的歌曲热度，顷刻间无影无踪。

沈麦找了几首歌，都是热度引人点进去，质量让人退出去，大抵明白了是怎么回事。

林天炀说，Galaxy 赶跑了一批老用户，但原来平台最为人诟病的营收问题，现在确实得到了一定的改善。只是长久下去，必然会将越来越多的创作者扼杀在摇篮里。

沈麦有些唏嘘，李霁云想打造一个不按天寰规则走的平台，最后到底还是逃不出去。

沈麦说这次想做的歌曲和以往风格区别很大，打算先做几首试试水，看市场能不能接受。

“另外，我有个打算，就是泠听什么时候发新歌，我就什么时候发。”

“这是你们公司的安排？”夏新名问。

“不，这是我的主意，我们这次撞了同一个风格，”沈麦把桌上的蜡烛往中间挪一挪，“泠听以前就想跟我正面 battle 一下，这次干脆就成全她。”

林天炀估计想到了当时跟左罗同台 PK 的画面，脸上稍稍有点挂不住：“她的实力、资源摆在那里，可不是个好应付的对手。”

沈麦笑了一声：“好应付的话，找你们过来干啥？”

一顿热火朝天的讨论后，沈麦明白为何林天炀会把夏新名拽来了，这姑娘平时是个中规中矩的小偶像，但一聊到创作就格外强势，完全判若两人。

“麦麦姐，我建议你从采样入手。”夏新名一句话说得斩钉截铁。

“采样——没错！”

经这么一提醒，沈麦瞬间就想到了云霆。她师父从前就把复古的东西玩得炉火纯青，既然他的歌曲已经送到了天寰的曲库，那她完全可以找一首云霆的老歌来进行采样。

所谓采样，就是将一首老歌的精华片段提出来，再进行二次创作，融合进自己的原创作品里面。这种创作手法多年前就有，现在复古潮盛行，乐坛里也越来越普遍。

这一次，沈麦打算换一种方式，再次借助师父的肩膀。

思路确定下来后，沈麦当下住进录音室，熬夜奋战后，终于搞出了两首可以见人的曲子。一首中板轻快，一首快板动感，同样走复古风格，且都在采样上花了大心思。

“你用了采样？”林天炀听着 demo，一副难以置信的表情。

“当然，我用了复合采样，你听不出来也正常。”

沈麦得意地解释道，第一首的主编曲改编自一首 60 年代的老歌，而第二首则同时采样了一首 80 年代的舞池经典，以及云霆的一首热门单曲，混合改编后，不仔细对照原曲，还真不容易听出来端倪。

整个听完后林天炀给出了很高的评价，说两首歌难分伯仲。

“你想像之前说的那样，都发出去试试水？”

“不，我现在有个想法，可以再凑一首。”

沈麦说她打算效仿左罗，先搞张完整概念的 EP 出来，如果市场和乐评反响好，就整张专辑继续做，若这么折腾方向不对，悬崖勒马也能来得及。

“三首做出一个完整概念，有点意思，你是打算讲一个故事？”

“还没想好，但风格一定要统一。”

“你要想好了，泠听只会发一首单曲。”林天炀的意思是，一首歌曲的宣传资源非常集中，如果沈麦想用 EP 去抗衡，最好在宣传上做出一些别出心裁的东西。

沈麦说这个不用担心，她已经有想法了，只是还缺一个合伙人。

沈麦说的合伙人就是品牌方，到底能不能碰到一拍即合的品牌，她心里也完全是未知数。不过，当她还没想出一个 Plan B 时，机会已经悄然到来。

下午罗子琼急匆匆地找到她，说又来了几个品牌方，其中有两家她觉得值得考虑，让沈麦赶紧来挑选看看。

沈麦拿来那两个品牌方的资料，其中一家是个珠宝大牌，在国际上名气不小，泠听曾经当过他们亚太地区的代言人，而这次他们在与泠听续约前，还想看看是否有更有新意的选择。她经常在电视上见到泠听那支广告，珠光宝气，美轮美奂，双方把彼此的知名度都在富贵名流圈里狠狠地拉了一把，毫无疑问是次成功的合作。

另一家牌子，则跟左罗的代言出身相似，都是大集团下刚刚开始冒头的子品牌——VOM。沈麦在纽约逛街时，遇到过好几次这家的专柜，这家的化妆品在欧美销量不差，但在亚洲一直卖得不温不火。罗子琼说她有个朋友在 VOM，他们刚经历一轮管理层重组，新上任的领导想看能不能借着与天寰的合作，打开国内的知名度。

“珠宝那边财大气粗，我看他们给泠听签的代言费吓死人，你要是缺预算的话肯定是个好选择，而且，这个代言很提咖位，”罗子琼认真地分析道，“化妆品那边，不知道子品牌有没有那么富裕，但是他们肯定好说话，都看咱们这边安排，你之前不说想要更有个人风格的广告吗，我觉得这个也可以考虑。”

“我明白了，帮我约化妆品那边聊聊吧。”

“嗯？不先接触一下珠宝那边吗。”

沈麦摇头，说自己跟珠宝有点八字不合，当年她陪朋友去店里买金饰，对着柜台来了一句“这蛤蟆还怪好看的”，然后店员脸都绿了，说那叫金蟾。

今天是沈麦复出以来第一次正经来谈商务合作，没有任何人的帮助，纯靠自己。

出发前罗子琼说让她自信点，他们分析过天寰艺人的商业价值，沈麦就算 7 年没在业里混，凭她的底子接这种广告也绰绰有余。

沈麦到 VOM 公司门口后，老板亲自带队过来迎接，他说只是抱着试试看的心态发了邀请，想不到对方这么爽快地就过来了。

“沈小姐之前了解过我们牌子吗？当然不了解也——”

“啊，我用过的。”

沈麦从包里掏出一支口红，非常认真地分享起了自己的使用体验，周围品牌方一群人听傻了，感动的样子跟不会唱歌的人听到修音后的自己一样。

有了沈麦这态度，接下来他们之间的沟通顺畅了许多。老板带她简单逛了逛公司，介绍了他们的产品线和品牌理念，那热情四射的样子，让她想起当年接触的第一家品牌方。

沈麦其他内容听得不是很仔细，但有一点，她感觉到了这家品牌想做出成绩，让母公司刮目相看的决心。

“我听你们罗部长说，你在泠听代言的那家珠宝还有我们之间，选择了我们。”参观结束，老板带她回到会议室前，有点不安地提出这个问题：“实话说，我们能给的条件肯定比不上人家，沈小姐选择我们 VOM 是出于什么考量吗？”

“当然，因为我想做的东西，珠宝表现不出我想要的效果。”

转了一圈后，沈麦对VOM的印象不错，其他硬件姑且不提，在产品理念和广告风格的契合度上，她觉得双方的合作效果可能会超出预期。

沈麦掏出手机，放了一小段歌曲的伴奏。

“这是我正在制作的新EP，三首歌，拼成一段完整的故事，”沈麦见会议室里众人听得入神，顺势介绍起来，“我想做出三支复古主题的MV，还有一个系列广告，代言费我不需要多少，但是制作的预算还有宣传费用，要看你们能不能接受。”

“我们这边赞助三支完整MV，然后取其中片段做成广告，是这样？”

“嗯，预算上我这边有个参考标准，保证不会太离谱。”

“没问题，沈小姐。”

老板听了她的话两眼放光，说他们其实资金很足，只是之前投了很多宣传大多打了水漂，这两年才一直在亚洲市场抠抠搜搜，今天听沈麦一说，他才知道自己品牌缺了什么东西。

“要不要来赌一把，等这广告一出，亚洲市场我让你们全线飘红。”

“跟了。”

会议室的人们集体跟着老板欢呼雀跃，像是提前庆祝一场胜利的到来。沈麦跟着他们一块拍手庆贺，完全没有透露选择他们的真实目的。

VOM，是那场宴会的老牌会员之一。

沈麦丝毫没有辜负品牌方的期待，趁着热乎劲很快就把广告影片的概念设计了出来。VOM那边也给她的方案出了一些主意，于是两边分工明确，沈麦继续完成歌曲和视觉设计，他们去协调拍摄的具体工作。

沈麦好久没有体会过鸡血打满的感觉了，天天在录音室和练习室间来回窜。估计是她练舞练得太勤了，公司里有人传她接了什么女团再就业的工作。

这天沈麦和夏新名研究编曲时，她意外地发现这个后辈对 90 年代之前歌曲涉猎相当不浅，好几次更好的采样方案，都是经了对方提点出来的。

“你这小小年纪，怎么对这些老掉牙的东西这么有研究？”沈麦忍不住问道。

“老歌好听啊，我搞创作参考的都是老歌，”夏新名盯着她，眼睛溜圆，“我跟你说，我有个梦想是有朝一日能穿越回几十年前。”

她说自己并不喜欢当下很多流行歌曲，只是对公司而言，把自己包装成现在的风格，是提高商业价值最好的方式。用另一个说法，就是快销品，好挣钱。

夏新名聊着聊着，忽然掏出手机，给沈麦翻了一段收藏的动画 MV 出来。沈麦看的动画不多，但能看出来这支 MV 的画风，俨然是上个世纪的风格，相比起现在纯熟的新技术，里面采用了大量的手绘画面，精细程度并不输当今多少，更显作者功力深厚。

她夸了两句后夏新名有点激动，嘴里蹦出好多沈麦听不懂的词，总之把现在的动画连同二次元文化环境批了一遍，沈麦被她那热血沸腾的模样震住了，心想她真适合去演一部年代剧，活脱脱一个进步青年。

“反正就是，现在这些东西没有精气神啊，精气神。”夏新名痛心疾首地往桌上敲了一下，“对了麦麦姐，咱合作的歌写名字时，不要写我，用我 Galaxy 上的网名就好。”

“明白了。”

沈麦想起大荧幕上夏新名那清纯的笑脸，还有她私下创作里的那些叛逆因子，明白夏新名面临的矛盾，不是什么好处理的东西。

EP的最后一首歌曲，沈麦写得相对比较舒缓，三首排序以中－快－慢的顺序，完整地拼出了她想要表达的故事。Galaxy的两位同伴有幸成为她第一批听众，两人一致认为她不需要考虑什么市场的反响，现在她所做的风格，恐怕没人比她更加适合。

隔日沈麦拿着歌曲成品，拉了公司一堆人来到品牌方这边，一场会议，敲定了三支MV拍摄的细节。

在她的构想中，第一首的场景与着装要还原美国60年代，体现一个情窦初开的少女和一个走向开放的时代；第二首则要呈现80年代的风格，舞蹈热辣、奔放自由，画面还要增添几分科技感；最后一首，场景设定在现代，服装复古，沈麦演绎一位仿佛走错时代的少女，试图在满街的高楼大厦中，寻找昔日的旧梦。

“现在知道为啥我不选他们了吧，”沈麦看着众人崇拜的眼神，又掏出了包里的口红，“珠宝表达不了我想要的东西，但妆容，有着每个时代的缩影。”

品牌方老板大手一挥，各路人马迅速行动起来，妆面、造型、布景，等等工作，很快都在拍摄之前搞定。

当沈麦穿着致敬《罗马假日》的服装，从化妆室走出来时，在场所有人都按捺着提前开香槟的冲动。

她跨上自行车，对着镜头轻轻一踮脚，几个小时之后，这幅画面化为一张神秘的预告图，迅速在网上扩散开来。

34

属于你的时刻

沈麦复古造型的预告图发布后，吊了全网好些天的胃口，之后便没了一点动静。唯有粉丝群天天都跟侦探似的，希望从她行程的蛛丝马迹上，找到一点线索。

三月末的一天，就在大家差不多对预告失去兴致时，VOM 的官网忽然毫无预警地上了三则广告片。一则广告配了一个页面，视频的右侧，是沈麦在影片中的造型特写，特写下方还配上了详细的解说文字，以及一长串制作人名单。

这三套造型一出，一套一个词条，直接引爆热搜。

天寰这边亦同时间发文宣传，介绍这三支广告片以“时代丽人”为主题，全部由沈麦亲手操刀设计，还很浮夸地吹了下幕后海外大牌御用的造型团队。而三支广告的完整版 MV，将在四月初与沈麦的全新 EP 同步上线。

沈麦庆幸遇到了一个好的合作方，正如她所希望的那样，VOM 虽然代言费给的不高，但 MV 的制作投入堪称有钱任性，连她自己都被成片的奢华程度吓了一跳。

至于他们后续的宣传更是火力全开，沈麦也不知道铺天盖地的广告到底花了多少，反正罗子琼是看傻了，说这帮 old money 是真有实力。

天寰的门口和大厅分布着大大小小的屏幕，平时基本轮播人气艺人的近期作品，这段时间存在感最高的是左罗，沈麦听说有不少人反映他严重干扰了公司交通。

沈麦今天一来公司就发现不对劲，本该无处不在的左罗不见了，所有的屏幕全都播起了她的广告片，搞得天寰硬生生变成了一个购物广场。她看着三支 MV 中的自己同时向着人们抛媚眼，尴尬得有点想跑，然后就这么被紧随其后的进门的左罗给拦了下来。

“怎么了,忘拿东西了？”左罗问了一句后抬头,脸上一愣,“哇哦。”

“哇哦你个头，丢死人了我的天。”沈麦戴上了巨大的蛤蟆镜，企图掩耳盗铃。

“为什么觉得丢人？拍得那么好。”

左罗掏出手机，给大厅的全景留了张影，周围有些人看他这样子，也纷纷效仿起来。

“我当然知道好，”沈麦嘟囔了两下，小声问道，“哎，你觉得哪一个造型好看？”

“嗯……”左罗看了看屏幕,又转头端详着她的脸,眼神耐人寻味。

“咋，咋了？”

“人长得好看，怎么打扮都好看，你要早几十年出道，就没好多影后啥事了。”

“油嘴滑舌。”

沈麦推了他一把，也不知道这随口一句玩笑，整得她这么不自在。

EP 最后的赶工时刻，沈麦过得从容不迫，这都要归功于新来的经纪人，工作能力实在过于稳定。

沈麦看着蒋梦左一个电话右一个电话地应付，现在还觉得这画面挺魔幻。

事情是这样的，李霁云觉得她现在这工作压力，正需要一个经纪人帮忙，就问她有没有属意的人选，沈麦想了想周围的人，一时没什么主意。

“我有个想法，不知道你能不能接受。”

李霁云说自从董事长夫妇出现裂痕后，蒋梦就归到了南星的那一边，加上她跟光年最后到底也是没能磨合到位，也就让出了他们经纪人的位子。

“你是说，想让蒋梦当我的经纪人？”

“对，一方面，她的能力你很清楚，另一方面，我需要有人帮我盯着南星的动静，”李霁云把目的说得很直白，“当然，我知道你们之前有过不愉快，所以我只是提一个建议，决定权在你。”

“怎么说呢……我们关系也没那么差啦。”事实上，李霁云的提议，正中沈麦下怀。

蒋梦刚来她这里报到，就忙不迭地处理行程上的事宜，沈麦寻思着机器人都得设定个程序，还不及她一半利索。

“想不到我们居然还有能共事的一天。”她把沈麦下一个月的行程定得差不多了，终于得空闲聊几句。

“娱乐圈不一直是这样吗？没有永远的朋友，也没永远敌人，都是变量。”

沈麦想用装个逼的方式回应她，忽然意识到自己这个数学水平居然还会说变量，顿时笑得上头，一秒破功。

蒋梦被她这样整得有点无语，把话题扯回到工作上：“EP 上线时间定在四月七号，泠听那边新歌预告也是这个时候，撞得可真巧。”

“她也拍了 VOM 广告类似的东西吗？”

“没，她应该也没啥空了，对了，你知道网上说你这次广告最大的亮点是啥吗？”

“亮点……贵？”

“松弛，”蒋梦又强调了一遍，“很松弛，跟以前完全不一样了。”

沈麦默默地念着这个评价，她最有流量的那两年台上台下都是一副高度紧绷的状态，面对镜头的每一秒都显得无比漫长，而这次连拍三支 MV，她却是悄然不觉间完成了工作。

想不到，正是她当年没走成功的路子，成为这次复出的撒手锏。

沈麦 EP 发售前两天，泠听与珠宝品牌的新广告同样毫无预兆地上线。

与上次的代言风格类似，泠听依然保持着雍容华贵的风范，只不过上次是一人在宫殿里独行，而这次则是来到了贵族齐聚一堂的奢华舞会。短片中的泠听一头大波浪卷，衬托得脖子上的钻石格外耀眼，单曲的风格上同样是复古，但气质与沈麦截然不同。

如果说沈麦的关键词是“松弛”，泠听的关键词就是“高端”。

两人新歌同时上线的当天，无论是公司大厅的屏幕，还是各大网站的排行榜，都是分庭抗礼的局面，距离上次出现这样的画面，已经是整整七年。

“现在也就你这当事人这么悠哉了。”蒋梦一早来制作部串门，看见沈麦跟没事人似的抱着咖啡闭目养神。

“该做的都做了，听天由命呗。”沈麦本来以为自己会对成绩很忐忑，但一看周围的人比她还紧张，她反而还平静了下来。

蒋梦刚好带来了一些新的战况，她说泠听粉丝基础厚，热度冲劲很猛，沈麦现在是被她压了下去，但死咬在后面不放，对方也没有绝对的领先优势。另外，沈麦代言的新系列产品，亚太地区的销量已经远远超出 VOM 的预期。

“可以了可以了，我没有想比过她。”沈麦心满意足地伸了个懒腰。

沈麦的想法是效仿当初左罗在《Attack！》上对林天炀的路子，只要在一个足够人关注的平台上，蹭到泠听的光，不管是输是赢，宣传效果都不会差，至于有现在的成绩，则完全是意外之喜。

“话可别说太早，你这三支 MV 才刚刚发出来，她不一定能笑到最后。”蒋梦看着屏幕上好几个展开的网页，轻声嘟囔一句。

沈麦不知道蒋梦的自信从何而来，后来她觉得可能这就叫资深经纪人的第六感。

正如蒋梦所说，她这三支大手笔制作的 MV 起到了非常关键的作用。先前三支广告片都是取其中的片段做成，不光是粉丝，所有看了片段的观众，对完整影片的期待值，都比她料想中要高出许多。

蒋梦认为三支 MV 的上线，势必会为短视频的传播再添一把大火。不出她所料，不仅是参与了营销的美妆博主们，连带唱歌、跳舞、文化考据等众多领域的博主加入了进来。反倒是泠听，歌曲质量丝毫不差，却没有在互联网上掀起多么大的水花。

于是，就在两人交战的第四天，排行榜上的名次开始飘忽不定起来，被泠听稳压一头的沈麦开始了反击，三首新歌围剿泠听，开始反复超车。

虽说泠听那边的推广预算很足，但在不少网站的推广位都被沈麦压了一头，对方团队有怀疑的对象，却拿不出证据，只能无可奈何。

沈麦猜测，这背后估计有李霁云在助力。

蒋梦说市场部评估了 VOM 的广告影响力，认为她的合作成果远远超出预期，因此，公司给沈麦定下的策略，就是合作期间保持与品牌高度绑定，双向曝光。

于是接下来这段时间，沈麦无论出现在什么场合，都是以 VOM 代言人的形象自居，品牌方专门给她团队派来了两个顾问，确保沈麦每次登台，都让媒体吹得毫不费力。

蒋梦给她安排的宣传活动遍布全国，沈麦让她专心照顾夏新名，自己正好出去散散心，便只身离开新海。

从前沈麦喜欢高调，恨不得到哪都带一堆人，跟旅游团出境一样，如今习惯了独来独往，发现只要稍微遮掩一点，并没多少人会发现一个明星走在大街上。上次她逛街时看上一身衣服想试试，被店员大力推荐另一套复古套装，理由是觉得她打扮一下会像沈麦。

这些天她一个人飘在外面，无暇顾及与泠听 PK 的那些事，这样的清静固然令人享受，但美中不足的是，她有些想念左罗了。

沈麦看着已经好几天都没有动静的聊天界面，打了一行字，又匆匆删除。

左罗的演唱会即将开始，他暂停了一切无关的工作，专心闭关排练。

沈麦走过几个城市的商圈，相当一部分广告屏都被他们两人霸占，一个卖美妆，一个卖汽车，画风搁在一起不仅和谐，还有点登对。

广告里的左罗穿得像个科幻电影主角，整只手臂被机械覆盖，他双眼透着蓝光，表情冷漠、疏离，像是什么高等的外星生物，在城市上空俯瞰人间。下个瞬间，广告的画风摇身一变，左罗驾驶一辆豪车穿过旷野，随着罗盘数字的飙升，眼神里逐渐散发出光彩。

沈麦知道这是他的新代言在做植入，这卖车的跟她那家美妆一样，都是押大了宝，不计较成本地投入。

她看着左罗时而冷如冰霜，时而热血沸腾的面孔，很难想象这么一个精心打造，某种意义上可称之为完美的艺人，身上居然背负着那么沉重的过往。

“我已经不是个孩子了，沈麦。”

那天在曼哈顿的小巷里，左罗的话语和眼神，再度浮现于她的脑海之中。

“可是，你终究是我的弟弟。”

沈麦心口一阵刺疼，她紧紧地咬牙，对着大屏幕上肆意奔驰的少年，讲出一句话。

最后一个品牌活动终于结束，沈麦得以回家休息两天。

她给左罗发了条消息，问对方在忙什么，左罗回复问她能不能来看自己的排练，有一些编曲上的问题，想请教她的意见。

她很干脆地答应了，左罗发来一个很开心的表情，还说给她准备了一个惊喜。

沈麦买了一早的机票，打算下了飞机就直奔天寰。

她以为早上的飞机会清静一点，想不到刚一落座，一大队人上来就瞄着商务舱，刷刷刷地将她包围。这群人没有急着坐下，而是先为他们的领导做好开道工作，沈麦眼瞅着众星捧月的女人走到她面前，摘下墨镜，还是那个活脱脱的“冰雪皇后”。

泠听也认出了她，然后不动声色地坐到了她旁边的位置，周围那群团队的人，紧接着就给所有的座位包了圆。

“怎么，在给你那牌子跑活动？”泠听跟机组成员打好招呼后，终于有空搭理沈麦。

“对啊，你呢？”

“拍 MV，”泠听顿了顿，“你那几支 MV 拍得挺精彩的。”

“呃……谢谢？”

自从在网上打得不可开交后，沈麦就没跟泠听打过照面，她想象过许多充满了火药味的场景，不想俩人真坐到一块时，氛围是如此的平静。

“听说你现在的经纪人是蒋梦。”飞机开始动了，泠听往她旁边凑了凑。

“嗯,新名那边基本都在剧组,我又忙不过来,就找她过来帮我了。”

“想不到你们关系还处得挺好。”

沈麦问她俩后来还有没有聊过，泠听说的确有一次碰面，但谁也没提以前那些事。

“我就知道，你俩都不是坦率的人，先开口跟要老命似的。”沈麦无奈地扶着额头。

“我其实很羡慕你，”泠听脸往旁边一转，望着遮光板外，“只有你有这种本领，跟任何人都能搞好关系。”

沈麦习惯了“冰雪皇后”的别扭，对方突然这么坦率，让她格外错愕。

“你回到天寰后，我之所以一直跟你过不去，其实都是因为我自己，”泠听自嘲地一笑，“沈麦，你知道当初为什么我不同意跟天寰签约吗？”

沈麦摇摇头，她只知道天寰当年想全力打造一位新天后，在他们看来具备资质的人选，只有她与泠听。她自己之所以拒绝是因为那起绑架案，但泠听拒绝的理由，她从未知晓。

“他们当时这么对我说的，”泠听闭上双眼，表情克制不住地有些挣扎，“泠听，你很幸运，因为沈麦不要这个机会，所以现在就落到你头上了。”

“怎，怎么会这样？”

沈麦很清楚尊严对泠听的意义，也明白这句话对当时的泠听，究竟有多么大的打击。

“我总想着，有朝一日你要是能够复出，就与你堂堂正正地较量一次,"泠听没有管听众的反应,继续道,"想不到你复出了还是在幕后,甚至不肯出一首歌,给粉丝一个交代。"

"……那,现在算不算较量过了?"

"当然,是我输了,"泠听嘴上这么说,脸上却十分释然,"粉丝把我夸得天花乱坠,只有我知道,谁才是天寰最成功的女艺人。"

沈麦忽然想起来,这个称呼似曾相识。

"李霁云——"

"李霁云是对你最认可的人,"泠听话语间似乎多了一丝酸涩,"他当年跟我说得很清楚,之所以把我拉回天寰,是因为我曾经当过你的对手。"

沈麦脑子有些乱,她从没料到,李霁云在她不知道的时候,做了如此多的事情。

"泠听,我复出后之所以不上舞台,和任何人都没有关系,"沈麦鼓起勇气开口,"是因为那起绑架案,给我落下了严重的舞台恐惧症……"

时隔七年,天寰的两位老对手,终于有一个机会能彼此将话说透。

下飞机后,泠听和一大队工作人员浩浩荡荡地开路,沈麦跟在他们屁股后面,好不自在。

她问能不能蹭对方的车子,泠听白了她一眼,说她现在这么火还好意思开口,然后往电梯那里头也不回地就走,只留下沈麦在身后冲她做了个鄙视的鬼脸。

在外人看来两人的相处模式和之前没啥区别,只有当事人知道,一切都开始改变了。

沈麦给经纪人打电话说了自己的位置,对方听说她要来看排练,便亲自过来接她。对方的气色看上去不大好,她想估计是左罗最近使唤他太狠了，导致他那原本就十分浓厚的社畜气质，现在修炼得变本加厉。

沈麦问排练的情况怎么样,经纪人说左罗对首场演唱会非常上心，造型、编曲、舞台等每一个细节都亲自去盯，他觉得林天炀已经是他认识最抠细节的人了，跟左罗一比倒显得有点小巫见大巫。

听到左罗找了大半个制作部，要将每首歌重新编曲时，沈麦也觉得事情不太对。

“说实话，我也不知道他怎么想的，第一次演唱会就把标准立那么高，”他说着说着，罕见地抱怨起来，“人家事业都走持续发展的，他这第一次就跟最后一次的阵仗差不多，以后这可怎么办哦。”

听到“最后一次”几个字眼，沈麦心中一颤。

35

来不及回去的两人

即使团队对市场的态度有些谨慎，左罗的演唱会在业界看来也是一场必爆的投资。

公司给了他一间专用的练习室，团队的人说，左罗每天都是来得最早，走得最晚，经常是其他人都撤退了，还在现场琢磨这琢磨那。

沈麦不太明白他在着急提升什么，一进练习室，才知道里面的景象有多超出想象。

练习室里一首歌刚刚开始，一群舞者整齐划一地发力，跟包着火的旋风似的，几乎要将观众卷进来一同燃烧殆尽，卷着卷着，舞者忽然分为两队，从他们中走出来的那一位，嘻哈打扮，头戴兜帽，那人做了个致意的手势，随即来了一段难度相当大的dance break，动作的力度与完成效果，似乎相较其他人更高一筹。

音乐停了后，那位领舞一拍手，说队形已经没什么问题了，然后摘下了兜帽。沈麦看着气喘吁吁、满头大汗的左罗，嘴张开了老大，半天一句话都说不出。

“姐，”左罗大步向她走来，“这个惊喜，如何？”

沈麦一巴掌拍在自己脑门上，左罗虽然之前在舞台上气势十足，但动作多为摆架势，实在称不上会跳舞，也不知怎么短短时间里，他的舞技就在光年面前也不逞多让了。

她问左罗身上到底发生了什么，左罗说为了这场演唱会，他想把自己能补的短板都给补齐，就稍微做了些特训。

这可不是“稍微”做了些特训，她看到左罗小臂上缠了几圈绷带，完全能想象那身宽松的衣服下，是怎样的伤痕累累。

团队负责人详细地给沈麦介绍了演唱会的情况，她的注意力一直放在左罗身上，负责人的话大部分也就听了个响。

左罗自己的意思，是想让演唱会的节奏尽可能紧凑，很多曲目之间宁可不休息也要保持连贯，沈麦看了他们的曲目安排，中间一长串快歌基本做成了 Non-stop 形式，也就是曲子之间无缝对接。

这种安排对观众来说很过瘾，但对歌手的体力无异于巨大的挑战，从各方面来看，他完全都没必要做到这个程度。

那句“最后一次”像是魔咒一样，久久在她心里挥之不去。

由于左罗目前只有一张专辑，因此部分曲目也是靠买了翻唱的版权得来，其中有好几首来自他的父亲云霆，而最突兀的一首，来自沈麦刚发布不久的 EP。

“为什么会有这歌？”沈麦指着曲目单，好奇地问。

“因为我想让你来当我的嘉宾，”左罗低头擦汗，露出脖子上一小块膏药，“没有其他人，只有你一个，可以吗？”

他提问的样子，又开始变得小心翼翼了起来。

“当然可以了，你让我来捧场，我能不来吗？”

沈麦轻轻把手搭上他的肩膀。

“……谢谢。”

左罗将掌心叠在她的手背上，露出一抹疲惫，又如释重负的笑容。

沈麦回到公司不久，李霁云找到了她，说红鹦草的事又有了些新的眉目。

李霁云说他把左罗发现的路线细查了一下，大体和他们的猜想一模一样，慈善基金混入了赃款洗钱，以及红鹦草是从一些小国走私而来，只不过这些东西都是在海外操控，警方短时间内想阻止，也是有心无力。

“有个消息，我听说红鹦草的代理人，艾罗特·杨已经来到亚洲了。”

“还没有到新海？”

“嗯，泰国和日本那边，最近有些动静。”

“来得这么快，我现在这水花都还没做大。”沈麦克制不住地焦躁起来。

“你已经做得很好了，”李霁云给她打气，“VOM在海外的影响力不小，如果你能与他们深度绑定，弄到宴会的邀请函，不是难事。”

“好，那我们接下来怎么做？”

“你照常给左罗的演唱会当嘉宾，至于那个代理人，我会盯着他什么时候来新海，”李霁云沉声道，“我想，这个人不会磨蹭太久。”

左罗演唱会火爆的程度，显得当初团队的决策过于保守。不到两万人的场地实在承载不下他的人气，沈麦看着网上一个个天文数字的票价，忽然觉得自己的数学水平，至少在面对金钱时，能有一个清醒的认知。

罗子琼问她当初第一次在这里表演是什么情形，沈麦坦诚地说比左罗的人气差很远，当时自己也就将将撑满一个体育馆，而左罗的水平，应该去和光年、泠听他们坐一桌。

观众开始陆续进场时，沈麦来到了后台休息室，所有演出人员还在焦头烂额，唯独他这个主人公孤零零地坐在沙发上，像是被世界遗忘了一样。沈麦吐槽他这心态真不一般，说自己第一次上万人场时，开演前恨不得把能拜的神佛全都拜了一遍，不像他，跟来一趟综艺当嘉宾似的。

“你当真一点也不紧张？”

“这些歌我排过很多遍了，没什么好紧张的，”左罗淡定地看着她，“真要说的话，只有一首歌我怕发挥不好。”

“啥歌，云霆的？”

“当然是跟你的那首。”

“搞笑呢，咱都同台过两次了。”

“不，这次跟以前不是一回事，”他站起身，语气有点急躁起来，“以前你都是坐在后面，一想到要在台上跟你面对面，我就……”

“左罗，看着我的眼睛，”沈麦往他面前一站，两手搭在他的肩上，微微昂首，“上了舞台，我不是你的姐姐，是与你合作的女演员，乐坛前辈，沈麦。”

说完后，她笑着继续道：“当年我给云霆当嘉宾，他也是跟我说了差不多的话。”

“明白了，沈麦……前辈。”

工作人员的呼叫声恰好传来，左罗向她认真地一点头，脸色已然恢复如初。

“我走了。”

“加油，左儿。”

沈麦目送他走出休息室，默默祈祷着今晚演出一切顺利。

沈麦听来一个消息不知是真是假，左罗这次演出的资金投入，创下了光年之后新的纪录，规格处处对标当年的云霆。

演唱会开场五分钟后，她就断定此言不虚。天寰之前投入研发了一个新的虚拟视觉技术，很长时间都没什么动静，这次终于在左罗的演唱会上一显真容。

沈麦很早就听说过这项技术打造的舞台非同一般，果不其然有的粉丝激动过头，都没撑过开场5分钟，她看着保安费劲地从现场抬人出去，衷心地希望这位粉丝晕倒之前，起码听到左罗唱了两句。

正如左罗排练时想要达成的效果，演出小半场过去，歌曲节奏紧凑，一气呵成，沈麦也从开始的替他担忧，逐渐转变为沉浸其中。

沈麦看过，也参与过许多人的演唱会，用她公正的眼光判断，左罗这次的演出水平完全对标云霆的巅峰时期，都属于很多年以后，还值得拿出来回味的佳作。

她时不时瞟一眼手上的曲目单，生怕自己太过投入，错过了上台的时间。

两人合作的曲目来自VOM打头阵的广告，沈麦多年没有演绎过的轻快舞曲。

"接下来我要请上场的，是今天唯一的嘉宾，"左罗穿着一身复古的装扮上台，排山倒海的欢呼迎面而来，"她是一路带领我走到今天的人，也是我最重要的家人——姐姐，沈麦。"

左罗侧过身，在大屏幕前用绅士的姿态脱帽致意，迎接高贵的女士上台。

这首歌的合唱版本由沈麦亲手编写，在凸显少女情怀的复古小调中，增添了更多爵士与蓝调的元素，将左罗的气质整个容纳了进来。

两个人被伴舞围在中间，将歌曲演绎出一股欢乐的气息，这是沈麦第一次见到左罗在舞台上如此鲜活的样子，看起来无忧无虑，很像那个时代的年轻人。

歌曲到了间奏处，节拍骤然发生变化，沈麦扔掉发带，将头发彻底甩开，左罗则解开领口，将礼帽一甩飞向台下。

轻松写意的小调，在迎来高潮时忽然转变为节奏激昂的舞曲，两人按照排练的那样，在若隐若现的灯光中，急速拉近距离。也不知是谁的步子稍微迈得猛了点，沈麦一回过神，眼见只与对方的面庞相距毫厘之差，两人彼此都愣了一下，很快便在聚光灯打过来时，回到了自己应有的位置。

在场没有人注意到，左罗转过神后，脸上那一瞬间的慌乱。

左罗的首场演唱会堪称盛况空前，沈麦在后台卸妆的工夫，便看到网上新闻话题应接不暇，顶配舞台、全新技术、表演质量……也不知道是媒体还是宣传部刻意的，有些特地把他与云霆的名字放在一起，凭空生出许多无谓的流量与火药味来。

沈麦看着媒体火力全开的阵仗，为他自豪，但又开心不起来。她仿佛看到暗处有一双红色的眼睛，盯了左罗很久，随时准备有所行动。

“麦麦姐，你看到左罗了吗？”

就在她对着那堆五花八门的头条思考时，经纪人忽然找上门来。沈麦问是怎么个情况，他说本来定了要给左罗做些临时采访，结果他一散场后人就不见了。

沈麦以为这次又要大费周折地找他，想不到她一个电话过去就接通了，过了一会儿，她来到了体育馆上的一处小天台，上来看见左罗平平安安地待在上面。

“累死了，不想去应付记者。”左罗声音有些发虚，他闭上双眼，顺着墙壁坐了下去。

“不想去就不去，”沈麦俯下身子，拍了拍他的肩，“你今天这个阵仗妥妥爆了，根本不缺他们那点锦上添花。”

“爆了，呵，会里那些家伙看了应该会很开心吧。”左罗把头埋在胳膊里头，一副毫无兴致的样子。

“那你自己，觉得唱歌开心吗？”

“我……”

那时候《父女绝密档案》第五季刚刚播完，如日中天的沈麦，也终于有足够的咖位邀请云霆来当她的嘉宾。

演出结束后，云霆问了沈麦一模一样的问题，她以为自己会毫不犹豫地给出答案，不想真的开口时，却变得莫名的艰难。

现在眼前这位炙手可热的新晋天王，与她当年的反应别无二致。

左罗一时说不出答案，问沈麦指的这个开心是什么意思。

“你不用想这么复杂，就比如说这场演唱会特别成功，让这么多人爱上了你的歌，你有没有种成就感，或者说，就是那种自己实现了梦想的感觉？”

“不，我没有觉得。”左罗答得干脆利落。

“……为什么？难道，你并不喜欢当一名歌手？”

“我当歌手只是为了两个目的，一个是为了得到去天寰的机会，还有一个，是为了与你站在同一个舞台。”左罗语气冷静，像在陈述着一个冰冷的事实，“至于什么梦想、成就感，对我来说太遥远了。”

“原来你是这么想的。”

沈麦莫名觉得心里空落落的，从很早以前她就有这种感觉了，左罗作为歌手的天赋万里挑一，公司里的同行，即便满腔热血全力以赴，也依然跟他有着不可逾越的差距。

只是，沈麦从来没在他身上感受到过对音乐的热忱，他的每一次演出、每一个工作，似乎都是达成目的的一部分，而他本人自始至终，都是一个冷漠的旁观者。

“我从小就听云霆的歌，看他演的电影，在我母亲眼里，只要云霆这个人能在舞台上活蹦乱跳，所有的事她都无所谓，包括我在内。”

天台上渐渐起了小风，沈麦向左罗靠得近了些，听着他又一次讲起自己的过去。

“我不明白这个人到底有什么魔力，能让她沉迷其中不可自拔，最后还变成那个模样，”左罗沉声道，“那时候我想，是他，还有他的歌害死了我的母亲。”

沈麦摇摇头，将外套裹得紧了一些。

“在遇到你之前……我一直觉得这些继承于他的音乐天赋，是我用来报复那些人的武器，仅此而已。”左罗停顿了几秒，凝视着今晚有些昏暗的夜空。

“你知道吗，云霆也问过我唱歌开不开心，”沈麦聊起了往事，“那段时间，我表面上胡言乱语，兴风作浪，看似快活得不得了，其实我知道自己是被关在一个笼子里面，每天只能唱着不想唱的东西，说不属于本心的话，那个时候，我也不觉得唱歌是件开心的事。”

“但是，正因为我喜欢音乐，所以我今天又把一切都捡了起来，”沈麦语气一变，朗声道，“倘若我选择放弃了，今天绝对没有机会跟你站在同一个舞台上。”

左罗听到这句话，眉眼间似乎有些触动。

“左儿，你真心喜欢的事，又是什么呢？”

“喜欢……”

左罗一动不动地看着她，眼里似乎有很多说不清道不明的情绪。

沈麦想叫他放轻松，慢慢想这个问题，刚刚开口，左罗先一步打断了她。

“只要能和你在一起，什么事我都喜欢。”

“……你说这话，是什么意思？”

“意思是，我不准备再把你当作姐姐来看了。”

左罗眼里的那些暧昧渐渐消失，取而代之的，是一团炽热的烈火。

沈麦脸僵了一下，换作平时，她可以打个哈哈轻易把这话题绕过去，但是现在，她知道是该把话挑明的时候了。

她太清楚左罗说这话是抱着什么心思了，那个说不清道不明的眼神，从很早以前他就像这样，偷偷注视了她太多次。

“……左儿，你听我说，你年纪小，见过的人还太少。”

左罗不屑地一笑：“我 14 岁时差点被会里派来的人打死在街头，你管这叫见过的人太少。”

“我不是那个意思，”沈麦定了定神，继续道，“你这个年纪，只跟我演过戏，还没怎么跟圈内的女生合作过，会对自己的姐姐有些冲动的想法，很正常。”

“可是，我们根本就不是亲姐弟。”

“你错了，自从那次官宣后，在外界看来，我们就是亲姐弟。”

“别自欺欺人了，你真的把我当作一个弟弟来看吗？”

左罗忽然上前一步，俨然已经突破了往日的安全距离，他眼中的渴望与不甘，沈麦这下子看得清清楚楚。

沈麦被他搞得心跳漏了一拍，正想出声反驳，整个人就陷入了一个突如其来的拥抱中。

“你和我，明明都心知肚明。”

左罗的话语仿佛有什么魔力，令沈麦的双手像失去控制一般，搭在了他的肩上。

两人就这个样子维持了许久，直到左罗主动打破了沉默。

“姐，我们现在究竟算什么关系？”左罗的脸又凑近了些，“从今往后，我们还能扮演相亲相爱的姐弟吗？”

“左儿，你冷静一下，有些话不说，我们还来得及回去——”

沈麦说着想用力推开他，不想对方抱得死死的，弄得她身子完全动弹不得。

“来不及了，”左罗凑到她耳边，轻声低喃，“我想和你堂堂正正在一起，沈麦。”

又一年

Red 1/2

＊ 第六章

36

Galaxy 的变化

当天晚上，左罗就要马不停蹄地赶往下一个城市，那里有新一轮的演出和拍摄任务等着他，这一走又是起码一周的时间。经纪人看他状态不太对，提议让他缓一缓隔日再出发，左罗拒绝了，说有些事情该做时就得做，不能拖着。

他说这句话时，目不转睛地望着沈麦。

沈麦若无其事地上了车，回到公寓，简单地收拾了下东西，吃了口夜宵，然后就这么在浴缸里泡下，泡着泡着，就忘记了时间。

她对今晚发生的一切都早有心理准备，也在脑中提前预演过，如果左罗真的付诸行动，自己该怎么作为一个年长的姐姐，引导他回到正确的路上。

然而当对方真的说出口，她却大脑一片空白，想好的话一句也讲不出来，就像是给自己强调了无数遍要理智，结果感性就在一瞬间夺取了意识。

左罗临走之前留下一句话，说让她慢慢考虑，不用着急给出答案。

“只是，即使你对我说不，我也不打算就此善罢甘休。”

对方再开口时已经不是她熟悉的弟弟了，分明是那个在枪林弹雨中穿梭的，脱胎换骨的男人。

沈麦长长地叹了口气，将半个脑袋沉入水里。

这一夜沈麦几乎没有合眼，任由杂乱的思绪在脑中乱窜。

她陷入了回忆之中，像是回到了从前，与左罗一同把成长的轨迹再走一遍。

沈麦拉起葬礼上那个绝望的孩子，与他经历了日常中的点点滴滴，然后在那个转折点，见证了绑架案前后两人的误会与纠缠。转眼多年过去，那个不合群的孩子，成长为了顶天立地的男人，陪伴她回到了一直逃避的舞台。

然后，这个男人说，他想要堂堂正正地和她在一起。

在沈麦风风火火的职业生涯中，有过数不胜数的绯闻，特别是她转型后，打破清纯形象的那段时期，只有知情人了解，她与每个人都是逢场作戏，从来都是赚够了热度即分道扬镳。

网上总说着这个好姑娘多么可惜,实际上就想看她朝着深渊堕落，一去不复返。

当她看过圈子里太多的真假，取悦大众也愈发感到腻歪的时候，便对与他人产生亲密关系这件事，产生了一种难以言喻的冷漠。

特别是在那场绑架案发生以后，沈麦总以为，在人们彻底将她遗忘前，自己就会这么冷漠下去，掺入不到任何一段亲密关系里，从未想过心中的那团火，会被如此轻而易举地点燃。

更从没想过点火的这个人，至少在大众眼光看来，是她一手带入演艺圈的弟弟。

这一切，到底是从什么时候开始的? 这个问题，她很想问左罗，更想问自己。

天寰今日的焦点，毫无疑问是昨晚大放异彩的左罗。

沈麦走到哪，都能听到人们讨论演唱会的新闻，据罗子琼所说，这场演唱会的各项数据堪称今年之最，不到 2 万人的场子，愣是整出了全国人民都在关注的声势。

他本人不在，人们最瞩目的对象自然就成了沈麦，幸得今日有着一连串的部门会议，沈麦才得以清静。

“昨天他的演唱会，你们是不是发生了什么？”

沈麦跟李霁云开会的期间，对方看见她聊起她最擅长的东西时频频卡壳，整个人跟丢了魂似的，敏锐地察觉出来有问题。

“没，没有，一切都很顺啦。”

沈麦清了清嗓子，想要找回思路，结果看到对方那看穿一切的眼神，只得缴械投降。

“……好吧，他昨天跟我说，自己从未对当歌手感到开心，这让我不太能接受。”

李霁云看起来一点也不意外：“很多人都不是因为热爱而唱歌，可能恰巧有这个天赋，而这个天赋，可以帮助他取得更高的成就。”

“是啊，他是你说的这种人，”沈麦忽然好奇，“李总，你之前做过那么多行业的投资，最后来到天寰，是因为喜欢这一行吗？”

“很早以前，我跟他一样是不喜欢的，直到遇见了一个人，”李霁云轻轻眯眼，“还记得我说过，你帮过我很多么？”

对方终于为自己那句没头没尾的话，给出一个解答。沈麦意识到，最早从 Galaxy 的成立开始，这个人就一直关注着自己，时不时在关键时刻出手，悄然改变着她的人生轨迹。

“李总，我们究竟最早是什么时候见面的？”沈麦问道。

“是你刚上高中的时候，《父女》已经演了好几年了，我当时学校放假回来，母亲想让我实际接触一下天寰的东西。”

这是她第一次听李霁云讲述他过去的故事。

“那时候云霆已经和天寰闹翻了，我也知道他究竟遭遇了些什么，所以，我说不管是音乐还是天寰，我都没有兴趣。”

沈麦回忆着那个时间点，那时她为了自己，刚刚对公司有了一点小小的反抗，而云霆在柏儿去世几年后，已然放弃了抵抗。

“然后她说，只要来看一次你的演出，一定会改变主意。”

“……阮欣洁女士？”

“那场演出，就是你在新海体育馆的第一次演唱会，”李霁云有点出神，“我从没见过，有人能够在舞台上展现如此的生命力。”

沈麦记得演唱会，公司是来了不少人给她捧场，对什么领导的孩子，完全没有印象。

“当时我就决定了，我要进入天寰，然后把你带向更高的地方。”

在沈麦惊异的目光之中，李霁云郑重地说了一句。

沈麦想象过许多李霁云签她的缘由，想不到幕后只是这样一段简单的故事。

“我那时候想着成立Galaxy，是为了脱离天寰，打造一个人人都能自由创作的平台，”李霁云自嘲地一笑，“是不是听起来很像一个无可救药的理想主义者？”

她摇摇头，对方则自顾自继续道：“我想，离开天寰的你是一位绝佳的合作伙伴，所以从一开始，我就计划让你加入进来。”

沈麦憋不住了：“结果，兜兜转转还是到了天寰，您这伯乐规划得还真是长远。”

“我说了，我之所以接触这个行业，都是因为遇到了你，”他语气一沉，“还有，左罗想做的那些事也正是我想干的，要让那些伤害了你们的人，付出代价。”

“谢谢你，李总，”这是沈麦第一次发自内心地向李霁云道谢，“因为有你帮我，我才能重新能回到这个舞台。”

回想起来，当年唯一的巧合，就是她遇到了Galaxy这个平台，而之后一系列发生的事，与其说是李霁云刻意布局，不如说更像是水到渠成。

“你的歌声里有一种力量，我见过这么多艺人，唯有你一人，哪怕是泠听、左罗，都没有你这种天分，”李霁云一番话说得真心诚意，“所以我才会说，你是天寰最优秀的女歌手。”

“再优秀又如何，照样拦不住我那不省心的老弟。”沈麦有点难为情地扯开话题。

她想到左罗现在的盛况，还有一直暗中盯着他们的人们，愈发感到不安。目前来看，在那个组织的视线范围内，天寰最炙手可热的明星，显然只有他一位。

“他们既然按捺不住地出来了，近期应该会有所行动，”李霁云顿了顿，“……你俩，你和左罗，都要小心一点。”

“李总，你是有什么想要告诉我的吗？”

李霁云脸上难得显出一丝担忧的神色，沈麦总觉得他话里有话。

“没事，我相信你俩能处理好。”

他脸上的担忧只持续了几秒，转眼间，就变回了那个波澜不惊的天寰 CEO。

沈麦点头说了句好，没再多问。她觉得李霁云这次看似讲了不少心里话，但他还有很多想说的东西，似乎还藏在心底，就跟他本人一样，让人怎么看都看不透。

沈麦以为今天自己够魂不守舍了，跟夏新名搭了两段戏后，才发现有人比自己还过分。

她大部分戏份先前已经拍得差不多了，导演看她今天来公司，就顺便给她叫到了片场，说跟夏新名拍上两幕对话，用不了多长时间。

结果这一拍就是 NG 再 NG，时间几乎都浪费在了夏新名鞠躬道歉上。镜头里的她完全没有往日的水准，连平日招牌的笑容，都是一副强颜欢笑的模样。

好不容易磨完，导演说今天看大家都没什么状态，明天再继续。

“怎么了，没休息好？上次看你演跟这差不多的戏，可没这么费劲。”沈麦看夏新名郁闷地坐在墙角，过去安慰她。

“麦麦姐，公司发现我的 Galaxy 账号了。”夏新名扫了一眼周围，小声说道。

“啥？这怎么发现的？”

“怪不得别人，是我大意了。”夏新名说她在公司录音室里编曲，不小心在电脑上留下了自己的音频文件，上面的署名和曲子与 Galaxy 上发布的完全一致，而接下来，发现了这个事情的人，就把相关的证据提交给了领导。她自己大致心里有个数，这件事或许是公司里的对家所为。

“蒋梦知道这个事了吗？”

“知道了，不过她好像也是被领导通知的，”夏新名手指在脚下的垫子上抠来抠去，“公司对我们私底下干啥管得可严了，更别说我这还牵扯了分版税的问题。”

“你有没有试着去跟他们谈，让你开发一下自己的音乐风格？”沈麦琢磨了一下还是提了出来，“毕竟你帮我一块做的歌，市场反响真的还不错。”

“说得容易啊，麦麦姐，你想想当年的泠听。”

夏新名耷拉着脸，说自从云霆跟天寰闹出那么大事后，业内公司就对艺人的控制更加谨慎，泠听当时就是不屈从于上层，才遭到了如此之多的打压。

现在想想，沈麦熟识的这些艺人，几乎人人都面临着差不多的问题，泠听、林天炀、夏新名，还有当年的她自己，总之意识上或是利益上，总有一个与公司冲突的地方。

有野心的艺人向往独立自主，而公司不想看到任何不安定的因素。按照李霁云的说法，这是一条对行业运行来说，不可或缺的定律。

“那你这情况，南星要怎么处理？”

“他们本来要我注销账号，还要下架所有歌的，多亏有梦姐帮我挡了一下，”夏新名说着松了一口气，“她让我发个请假声明，先不要往 Galaxy 上发东西。”

沈麦听得合不拢嘴，再三确认对方描述的人是那个蒋梦。

“麦麦姐，你是不是也觉得她变了？”夏新名也是一脸想不通的样子，“换以前她要发现下面有艺人接私活，那高低这几年也别在圈里混了。”

“可，可能她也看明白了一些事吧。”

她问夏新名接下来打算怎么办，对方现在也没什么招，只能按照公司的安排继续活动，不过按蒋梦的意思，虽然她不能在 Galaxy 上活动，但依然可以帮沈麦一起做专辑。

沈麦好奇她这么喜欢作曲，为何会当了一个偶像歌手，夏新名说最开始自己也是兴趣使然，想不到就这么上了南星的贼船，如果泠听不出那档子事，或许她还会当很多年的小透明。

“我不打算就这么放弃，”夏新名收起了嘻嘻哈哈的面孔，认真地对沈麦说，“我不管公司还要把我架在这位子上多久，但以后有机会，我还是要做自己真正喜欢的事情。”

沈麦看着她一阵恍惚，仿佛看到了当年被公司逼迫转型前的自己。

两人离开片场时蒋梦刚从外面回来，夏新名像是受惊的小兔子一样，说了句自己要去练舞，就飞速逃离了现场。

“看看你把人家吓得。”沈麦越看蒋梦越像上学时跟教室后面偷看的班主任。

“她做贼心虚，好好地去写什么二次元歌，写就算了，还发到网上赚钱了，”蒋梦批评得挺严厉，脸上却看不出生气的迹象，“我刚才在南星就是在给她处理这事。”

“我听说啦，因为有你帮忙才保住了她的 Galaxy 账号。”

“得了吧，那是她运气好，领导现在想让她跟左罗搞好关系，毕竟现在 Galaxy 的事，就是你弟一手遮天。”

沈麦发现她跟冷听一个德行，难得做点好事，还非要把自己整成毫不关心的样子。

蒋梦从 VOM 那里又带来了好消息，说昨晚沈麦跟左罗那场合作后，让他们的订单数再次猛涨了 45%，现在他们已经调集人手设计夏天的广告了，说沈麦还要拍什么东西随叫随到。沈麦听了又好气又好笑，说自己跑了这么多品牌活动，合在一起才顶上抱着顶流大腿唱首歌，蒋梦表示她理解太浅薄了，从商业逻辑上来说，正因为前面基础铺垫得好，才会有这样的指数式增长。

“况且，真正重头的活动在后面。”

“这是？”沈麦从对方手里接来一张巨大的信封，封面上一条烫金的龙，闪亮又夺目。

logo 下面写着显眼的三个字，龙宫号。

终于来了。沈麦神色平静地读着请柬，内心惊涛骇浪。

这正是她努力争取的晚宴入场券，今年集团的晚宴在一艘游轮上举行，就是他们出巨资打造的龙宫号，一艘中西风格结合的巨型游轮，之前被媒体炒得神乎其神。

她以前看过无人机航拍的照片，这船气派得很，确实很像一条海上的游龙。

蒋梦说他们的晚宴上汇聚了各个圈子的名流，举办方是为了进一步巩固关系，而前来参加的人，则是看中了众多潜在的合作机会。

这次沈麦之所以受邀，就是靠了 VOM 品牌代言人的面子，品牌方这次在亚洲的成绩亮眼，他们也希望沾沈麦的光，继续开拓这个市场。

“咱们公司还有其他人去吗？”

“泠听，还有左罗，都是他们代言品牌邀请的，”蒋梦拿出电话，“怎样，去吗？去的话我现在就联系造型那边。”

“我要去。”

看着请柬上花里胡哨的签名，沈麦默默地在心底做起了打算。

37

龙宫号（上）

沈麦见过许多大场面了，但这个像宫殿一样的庞然巨物浮现在海上，还是让她震撼得有些迈不开步子。她庆幸这片海域没有冰山之类的东西，要不然这船的体积，让人容易有不好的联想。

集团举办的答谢晚宴和起航仪式一同举行，所有被邀请的宾客，都会先在起航仪式的红毯上走一个过场。沈麦的车子开到现场时，左罗正被摄像机团团包围，经纪人说他们是从机场过来的，飞机差点晚点，在路上才匆匆忙忙地把装扮都换上。

左罗喜欢穿黑中带点红的搭配，今天的礼服依然是延续了这一风格。沈麦感觉每次他在大场合上露面，脸上的青涩就褪去一些，如今他的一举一动已是游刃有余，面对再多的提问，也能维持着淡定、从容。

下一位宾客的到来，成功地将左罗从记者手中解救出来。

沈麦坐在车里向他招着手，她身着 30 年代风格的礼服，还有与 MV 如出一辙的复古妆容，还没下车，就已吸引全场摄影师的镜头。

她往签名墙走时意识到一件事，今天左罗是黑中夹着一点红，而她则是红中夹着一点黑，真真正正的登对。

沈麦对着一大片相机站了一会儿，发现那些记者没有一点要撤的意思。

人群中忽然传出一阵起哄的声音，沈麦回头一看，只见刚刚下台的左罗，不知怎的又返了回来，然后在频频响起的快门声中，与她站到了一起。

主持人立马上前来，问他们姐弟俩是不是一起订制的造型，不然怎么会这么配，沈麦还不知怎么回答，左罗就抢在她前面说了句“对”。

沈麦轻轻给了他一肘，凑过去悄声问他是什么意思。左罗没回答，只是那脸上的笑容，有种阴谋得逞的感觉。

不管她反对不反对，现场已然变成了两人的合影时间，容不得其他人来抢风头，以至于后面来的宾客尴尬地站在场下，半天走不到签名墙前。

沈麦登船时，眺望了一眼远处无垠的海，时值夕阳西下，海面上洒下了大片的金红色。这些年她不常来海边，基本穿梭在高楼大厦之间，全然忘记了新海市也有如此的景象。

“姐，像不像你今天穿的裙子，很美。”

左罗稍稍走在她身后，此刻忽然靠了过来，他声音听起来有点沙哑，比平日更富磁性，此时声音入耳，竟让她的耳朵有了几分酥麻的感觉。

“你小子今儿嘴巴开了光？”她心里有点忐忑，不知道左罗是不是要提起上次的事，还有那个管自己要的答案。

不想对方似乎忘了他说过的话，一直跟她聊些工作上有的没的，像是完全沉浸在参加晚宴的角色之中。

直到进会场前的一刻，沈麦终于忍不住拉住了他。

“左儿，你听我说，那天——”

“回去再说吧……姐姐。”

沈麦敏锐地捕捉到他脸上的一丝纠结，转瞬即逝。

还没等她反应过来，左罗就轻轻一摆手，消失在了人群之中。

外面红毯上还在排队，进入会场的人们已经迫不及待地开始了行动，转眼间，会场里已是热火朝天。

沈麦很快便在人群里找到了 VOM 的老板，对方正跟几个同行聊着，看到自己的代言人来了，便拉着几个人聊起了她的广告。她发现自己着实低估了 VOM 广告的影响力，她就这么走在人群中，主动来打招呼的人比比皆是，这些人里相当一部分都是不关注娱乐圈的，都是因为那些广告，对她留下了印象。

她跟品牌方的人聊够了，便找了个角落一边休息，一边观察着这个会场。

首先映入眼帘的是左罗，他正在跟一个外国面孔的人交谈，那人似乎来头不小，周围一群人围着他们，一副想插话又插不进来的样子。

再瞄两眼，就看到了泠听，她身为代言人，一直陪着珠宝商那几个老板身边，兢兢业业。泠听今天打扮得也像个“冰雪皇后”，只不过这次是珠光宝气的版本,沈麦忍不住数着她身上到底戴了多少颗钻。

目前看，会场里面一切正常，她不知道李霁云有没有按照计划，在其中布下了天罗地网。

“沈麦，你来了。”

“嗨，我就说你哪儿去了。”沈麦举起杯子，与李霁云轻轻一碰。

全场这么多企业家里，李霁云属于最年轻的那档，估计是这个原因，他今天的装扮格外成熟干练，加上他本人的气场在那里，跟同行们站在一起，气势丝毫不落下风。

沈麦问那个代理人有没有动静，李霁云说自己带了个帮手，现在正在暗中搜寻，叫她专心看好左罗，不用担心。

“怎么样，跟他们聊得来吗？”

“说不上聊得来，给品牌方添点光吧，”沈麦瞅着神采飞扬的左罗，

“倒是那小子，快给人老板的活都抢了。”

“哈哈，到底还是有他爸的基因，”李霁云也往那边盯着，“……确实挺像的。”

“咦，你见过云霆吗？”

“当然见过了，”李霁云见沈麦一副惊奇的样子，补充道：“而且我认识他的时间比你还要早得多。”

“真的？我以为你一直在国外。”沈麦忽然发现，自从认识李霁云以来，她一次也没听到对方讲云霆本人的事。

“看你也没心思跟那帮人聊了，那么，跟我聊聊吧。”

沈麦点了点头，她有预感，对方会说到一些迄今为止，关于云霆的，她不了解的秘密。

大部分时候沈麦与李霁云聊天，都是在他的办公室里，避人耳目，而这次两人聊起天寰的往事，却是在人来人往的游轮会场之中。

沈麦决定不耽误工夫，单刀直入地说，想要多听一些云霆的事情。

“当时我还上小学，第一次见到他，就是在这样一个场合，”李霁云回忆着当时的情形，“那是谢家举办的宴会，云霆也参加了，他是全场的大红人，不管是谁都想跟他说上两句。”

沈麦看着左罗被一群人围着，死活没法脱身的样子，能想象出来李霁云说的盛况。

“那你和云霆是怎么认识的？”

“我当时很喜欢他的打戏，问能不能跟他学两招，后来他真的抽了个时间过来教我，一来二去的，我就跟他混熟了。”

“哈哈，他对小孩子一向很好。”

“可能因为我妈的缘故，他很照顾我，就像我的大哥一样。”李霁云点点头，“我那时候年纪小，对将来做什么还没多少想法，不过遇到这个人之后，我就觉得能成为天寰的一份子，还不赖。”

“……然后，我就亲眼看着他变得越来越糟。”李霁云沉声道，眼神冰冷如霜。

李霁云说云霆跟天寰的矛盾，在外界暴露的只是冰山一角。他的舅舅，董事长谢奕，远比人们想象中要冷酷无情。

“云霆和柏儿，两个最理想主义的人，偏偏在天寰相遇了，”李霁云的语气有一点讽刺，“天寰，特别是谢家的天寰能走到今天，最根本的原因，就是我的舅舅，他非常擅长控制。”

“控制……”

“控制一切，艺人的一切，”李霁云继续道，“对于云霆这样的人，舅舅只想要他当一个最稳定的收入支柱，任何偏离市场、偏离大众的想法，公司绝对不能接受。”

身为被控制的受害者，沈麦此时想起了谢奕当时对她说的那些话，她不知道对方的愧疚，到底有几分出自真心。

人是复杂的，在每个时间点下做出的选择，或许都将与今后的另一个时间点，判若两人。

“李总，你现在坐上了这个位子，是怎么看待公司和艺人的矛盾的？”

“其实，舅舅他当年也很难，这种局面对两边来说都很难，”李霁云喝了一大口酒，“只是再难，也不是公司伤害旗下艺人的理由。”

李霁云说云霆有许多公司不乐意见到的想法，但由于谢奕的知遇之恩，他最终选择了妥协。事实证明，天寰给他规划的路线非常英明，那几年云霆维持着公司打造的风格，在同赛道上，可谓没有任何敌手。而他的经纪人阮欣洁，则夹在朋友与家人中间非常尴尬，也就是在那个时候，她的心中就已经埋下了与谢家走上对立的种子。

“后来有一天，云霆就来到了这个宴会。”

沈麦现在已经明白了，若不是宴会上闹出非法药物这种事，云霆和天寰不至于闹成那样。不过李霁云却说，谢奕对这件事似乎是真的不知情。

宴会后，云霆下决心要离开天寰，谢奕自然不能容忍，于是就控制歌曲版权，完全限制了他的演出，然而他们忘了一件事，柏儿既是大部分歌曲的作者，又是斯文森家主的独女。

“我不清楚柏儿是怎么做到的，但她确实挨个收回了云霆的版权，并且转移到了他们成立的工作室里，只是还没成功独立前，柏儿就被家族的人囚禁了。”

李霁云说斯文森当时内斗处于白热化，企图把红鹦草带进新海的人，害怕柏儿会把红鹦草的事捅出去，就动了先一步控制她的念头。

那时候，柏儿的父亲根基未稳，无力保护自己的女儿。

红鹦草的上瘾力度，远比医生们认为的要强，而且越到后面，对神经系统的破坏力就越厉害，正是如此，柏儿后来才会与行尸走肉无异。

沈麦不解：“既然柏儿拿到了那些设计图，为什么不找机会反击？”

“当然是因为她和云霆的儿子在家族手里，云霆只知道她被囚禁，不知道他们的孩子，一出生就被当作继承人送走了。”

“……这不就是个死局吗？”

“后来，家族的内斗接近尾声，那一派的人打算斩草除根，”李霁云继续道，“他们意识到不能让设计图流传在外面，就策划了那场绑架案。”

“所以，策划绑架案的人，还是出自斯文森家族。”

李霁云说的真相，与她所想的基本没有出入，沈麦在意的是，杀害云霆的凶手，是否依然还没有捉拿归案。

沈麦正想追问凶手的调查情况，一声呼唤恰好打断了她的话。

“姐，李总，你们聊什么呢？”

沈麦吓得一激灵，刚才只顾着跟李霁云说话，完全没注意到左罗是什么时候过来的。

“聊你们代言的事，现场这么多品牌，我打算今天给你们接触一下。”李霁云忽悠起人来脸不变色心不跳。

沈麦见左罗满脸写着怀疑，却也找不出什么能质疑的空子。

“怎么，我看你跟人家聊得很起劲的，”李霁云走了后，沈麦逮着左罗问，“刚才那个老外是谁啊？身后还跟着俩保镖，好大的排场。”

“哦，他是我代言品牌方的高管，问我有没有兴趣当全球代言人。”

“嚯，要上天了你。”

沈麦记得当时自己拿到第一个大代言，激动得两天没睡好觉，换到左罗这里，说得就跟拿了个红包一样稀松平常。她看了一眼会场中心，宾客们还都聊得热火朝天，主持人已经在中央的舞台上就了位。

“姐，现场可能藏着斯文森的人。”

左罗悄悄塞给她一个小瓶子，沈麦不动声色地看了一眼，有点像防狼喷雾。

“拿着吧，这是我从国外搞到的，遇到危险就用。”

“这东西你是怎么过安检的？”

“多加小心。”左罗忽然凑到她跟前，飞快地说了一句。

沈麦还没反应过来，会场的灯光就暗了下来。聚光灯照亮了舞台中心，只一瞬间，左罗就化为黑影，消失在了人群之中。

会议的开幕式整得声势浩大，沈麦手里攥着左罗给的瓶子，心里面直打鼓，无暇观赏。

左罗的语气，分明已经知道了今天龙宫号上会发生什么事。

几个充满了仪式感的环节过去，等全场气氛炒热得差不多后，主办方的董事长终于慢慢悠悠上台，那人先是念了一长串感谢名单，然后开始宣传集团去年的业绩有多么遥遥领先。

“沈小姐，您的弟弟说找您有事，在会场外面等您。”

沈麦回过头，来者正是递给自己香槟的服务生，她方才还跟这人聊了一会儿，对方分析她那几支广告，说得头头是道。

她应了一声好，便在人群中移动起来。

船上所有人几乎都集中在会场里了，刚才还人来人往的过道，此刻显得冷冷清清，也不知为什么，连灯光都昏暗了不少。沈麦心想这船富丽堂皇的，节电方面倒是还挺接地气，她左右望了望，压根没看到左罗的踪影，只有说不出诡异的寂静。

她忽然发觉不对，以左罗谨慎的性格，至少也应该找个熟人来通知她，怎么也不会找个服务生。

短暂的思考过后，她当下换了方向，向回会场最近的路快步折返。

沈麦一边跑，一边止不住地心慌，依照她看过众多惊悚片的定律，当所有人都集中一个地方的时候，逆向而行的那个人，多半要遇到一些惊险刺激的情节了。

果不其然，这情节很快便让她给撞了个正着。

作为有丰富被绑架经验的演员，沈麦对现在的情况一点也不陌生，她好好地在路上跑着，就被几个人给这么一绑，挣扎还没来得及挣扎，人就被甩进了一个小房间内。

沈麦昂起头，眼前这几个绑了她的人，有几个似乎曾在美国打过照面。

“你们是斯文森家族的人，对吧？”

“沈小姐还真是好打交道，名不虚传。”

为首的那个人坐到她面前,皮笑肉不笑的脸让沈麦看得寒毛直竖。沈麦心想装也要装成毫不畏惧的样子，问他们到底想干什么。

“沈小姐听说过红鹦草吗？”

见沈麦明显颤抖了一下，那人继续道：“我们的小少爷很懂，这可是个好东西。”

“呵，可是我听说，他好像跟你们合作得挺不错啊。”

沈麦飞快地转着眼珠，她想找出可以用来脱身的东西，但眼前这阵仗，只能让她在密封的小房间里动弹不得。

“确实不错，他作为继承人，各方面都可圈可点，只是……”

那人的手上，忽然变出一支细小的，很不起眼的注射器。

“我们，还需要多一道保险。”

38

龙宫号（下）

沈麦瞬间就明白了所谓的保险是什么东西，整个人连连向后缩，她想把手伸向衣兜，周围几个人却盯她盯得很死，让她不敢轻举妄动。

对方的意思是左罗缺少一个软肋，他虽然亲自服用了红鹦草，但即使把这事曝光出去威胁他，对天寰和斯文森家族也没有好处，因此，他们想到了沈麦。

正好，VOM 广告为她带来的巨大影响力，又让她成为一个再合适不过的“云霆”，在新海娱乐圈内埋下有毒的种子，将身边的人一个接一个吞噬……

沈麦看着那针头越来越近，用尽全力让身子往外面顶，然而胳膊却很快被两个人按住，怎么挣扎也无济于事。

“放开我！”她拼命尖叫哭闹，想闹出大些的动静，然而换来的只有更粗暴的对待。

“放轻松，很快你就要爽翻天了。”对方说着就突然发力，沈麦感到胳膊上一阵刺疼，觉得心脏瞬间像冻住了一样。

“他这姐姐跟云霆一样倔，当初要是早点给云霆一针，指不定就老实了。”

云霆的名字偏偏在这时候忽然出现，沈麦登时怒不可遏，挣扎得更加凶猛。

“不许动——”

就在对方要新一轮的施暴时，房间的门不知怎的就开了，一个暗处看不大清面容的人，出现在门口。屋子里的人都没反应过来，只有沈麦用力挣脱其中一个人的手，从衣兜里掏出左罗给的那个东西，对准他的眼睛按了下去。

这是一个威力极其凶残的喷雾，沈麦一通乱喷，屋里惨叫声连连，趁着混乱，她掠过门口的人，夺门而出。

这里看不出是船上的什么地方，周围依旧空空荡荡，沈麦无暇顾及刚才救了自己的人怎么样了，机械地在连接通道迈着步子。沈麦感觉这药见效奇快，还没跑几步，心跳便有种要过速的感觉，眼前的画面也开始扭曲、变形，像是行走在什么不真实的世界。

她摇摇欲坠地走，在一个拐角处，迎面撞进了一个人的怀里，那人被撞得不轻，刚高声呵斥一句，就化为了一声熟悉的问话。

"……沈麦，你这是？"泠听被她的样子吓到了。

沈麦估计自己现在那满头大汗，浑身颤抖的模样，肯定很像惊悚片里那不可名状的女鬼。

"救我，泠听。"她顾不得狼狈了，抓着泠听的手跟抓救命稻草一样。

"别说话，我们走。"泠听当机立断扶住她，一句也没有多问。

两人向外行进了一段时间，沈麦能感觉到暗中有一道视线在背后追着她们，弄得她整个人头皮发麻。沈麦一步都不敢回头看，直到跟泠听走了不知道多远，那让人莫名恐惧的视线，才渐渐弱了下去。恍惚间她听到一阵门的声响，然后自己就这么摔在了床上。她抬头一看，这里似乎是船上的客房，里面有人住了，放了个大行李箱。

"李总，沈麦出事了，"泠听迅速打完电话，说道，"这里是我的房间，门锁了，他们进不来。"

沈麦用尽全力说了声谢谢，然后一头倒了过去。

沈麦在心里面叫着天灵灵地灵灵，像这样的惊悚片，她这辈子再也不想来第二次。

意识蒙眬间，她感到有清凉的水灌进了自己嘴里，正好她觉得口干舌燥，便不自觉地大口下咽，差不多灌下大半瓶后，整个人忽然清醒了不少。

她睁开双眼，看见天花板的下面，是神情关切的李霁云和泠听。

“别着急，我大概知道怎么回事。”

李霁云说让她不用怕，刚才进去救了她的人，正是自己带上船来的特警，那人是父亲的老部下，区区几个家族的打手，对他而言不在话下。

他放下水瓶，抬起她的手臂检查了两眼，脸色骤然一变。沈麦顺着他的眼神看去，只见自己的胳膊上，那血点和周围一圈殷红，格外触目惊心。

“实话跟我讲，他们给你打了多少？”

“只推进去了一点点，然后……有警察这时候进来，跟他们打在一起，我就趁着那时候逃了出来。”

“超不超过一支？”

“没有。”

“赶紧去医院处理，泠听，一会儿靠岸了马上叫救护车，去新海市第一医院。”

“明白了。”

“沈麦，你在这里好好休息，我去找左罗。”

沈麦看见李霁云拿起腰间的呼叫机，喊了一声“鹰翔小队”，那边的警察也迅速做出了回应，向他接连做起简短的汇报。

“等等，李总。”

沈麦感觉眼前的画面正在趋于正常，便一用力站起身来，吓得泠听走上前想接住她。

“我跟你出去，左罗他会听我的话。”

李霁云点了点头，说了声来吧，先一步走出门口。

沈麦灌了两瓶水后，感觉脑子清醒了些，现在有点微醺的感觉，暖暖的，甚至还挺舒服。

李霁云熟练地向对讲机发号几段施令，就像一个战场上的指挥官一样，他带来的那位特警经验丰富，短短时间就把该处理的处理好了，家族来的就那么几个人，就这样戏剧性地，被一网打尽。

“你真的在局子里干过？”沈麦好奇地问。

“跟我爸照猫画虎而已，”李霁云没多做解释，“左罗应该去追红鹦草的代理人了。”

“……他应该没想到那些家伙会直接对我下手。”

“是我疏忽了，只想看着现场，没顾好保护你们。”

两人原本的计划，是先等代理人来跟沈麦接触，想不到他们用了更粗暴的方法，企图用药物直接控制她，然后威胁左罗。李霁云从刚才起就一手对讲机一手电话，他一刻不停地给左罗打，对方却一点回应的迹象都没有。

“这小子，肯定是光顾着找人，顾不上看手机。”

李霁云担忧的是他们弄出来的动静太大，对方说不定已经做好了逃跑的准备，现在这情况，恐怕只能指望左罗了。

就在他们不知往哪里走时，对讲机里再次传来了异动，说船甲板上有动静，似乎有人在往救生艇的方向前进。

两人赶到甲板上时，一幅双方对峙的画面，映入沈麦的眼帘。

左罗举枪，对面的人举起双手，沈麦定睛一看，居然是当时在会场里，跟左罗聊得不亦乐乎的外国面孔。

红鹦草的头目跟她想象中的模样有点相似，只是外表气质，要儒雅许多。

“想不到这位家族的小少爷，还带了帮手。”那人开口是标准的中文，他面对枪口丝毫没有惧意，反倒是向来者微笑着挥手。

左罗没想到沈麦也会上来，有一瞬的动摇，不过手上的枪口纹丝不动。

“艾罗特·杨先生，幸会，”李霁云朝两人走过去，也报以一个微笑，“想着家父承蒙关照，哪天要与您见上一见，想不到今天竟然这么有缘分。”

“原来是你，”男人脸上忽然一僵，脸上的淡定少了些许，“哈，李鹰翔可真是养了个能干的儿子啊。”

“听闻红鹦草的生意在国外做得风生水起，想不到离开了天寰支持，也不过如此，”李霁云示意左罗先放下枪，继续道，“为了抢回天寰这条线，不惜亲自过来一趟，辛苦您了。”

男人哼了一声，将目光对准了沈麦。

“不提那些事，红鹦草的滋味怎么样，小姑娘？”

对方话还没说完，左罗的手枪忽然重新举了起来，伴着子弹上膛的声音，对准他的脑袋。

“你刚才那话，是什么意思？”左罗阴冷的眼神中，迸发出强烈的杀意。

“就是你理解的意思，”男人狂笑两声，“你亲爱的姐姐，跟你注射了一样的东西。”

“左儿，他们只打了一点，然后我就——”

沈麦话音未落，一声巨大的枪响划破夜空，紧跟着是一声凄厉的惨叫。她下意识抱住头，睁开眼，看见男人抱着一条腿倒在地上，左罗的枪口青烟未散。

“姐，他们真的给你用了那东西？”左罗转过头，他的恐惧真真实实地映在沈麦的眼里。

“放心，剂量不大，上岸后你陪她去医院处理一下。”李霁云上前拍了拍左罗的肩膀，按下他的枪口，在他身后，刚才救下沈麦的特警，悄然现身。

左罗看着那人三下五除二地将艾罗特捆了起来，喃喃自语了几句，忽然重新举枪，正对准男人的额头。

“下地狱吧。”

“左儿！”

又是一声雷鸣般的枪响，在场所有人都是一惊。

李霁云飞快地检视了全场，没有人受伤，全因沈麦反应极快，直接将左罗扑倒在了地上。

左罗望着天空，双眼空洞，沈麦紧紧抱着他，脸埋进他的胸膛，不住地颤抖。

“霁云，那家伙怎么办？”特警指了指掉在地上的那把枪，又指向左罗。

“这件事我来处理，你先把犯人带走吧。”

“明白。”

胳膊草草包扎过的艾罗特，被架起来时，脸上已经没了什么血色。李霁云长出一口气，望着海岸上严阵以待的媒体和警察，享受着这片刻的宁静。

船靠岸前，李霁云帮着警方那边，迅速封锁了对外的消息。

龙宫号虽然在甲板上演了一出好戏，但会场里自始至终都没闹出太大动静，因此人们只是胡乱猜测，谁也想不到会动真刀真枪。

沈麦和左罗刚下船就被一群人接上了车，直接拉去了医院。大概是由于刚才的变故，左罗的状态非常不对劲，车上他全程低着头，死死抓着沈麦的手，倒是沈麦很淡定，轻声安慰着他，说自己一直在，不会放手。

到了医院后，沈麦就开始接受一个接一个的排毒治疗，左罗全程都陪在她身边，父母劝他去休息一下，说什么也不肯。

她明白左罗之所以会有如此反应，是因为觉得自己害了姐姐。

在左罗的计划中，他只算到自己如何引诱红鹦草的代理人，没想到身边的人，也会因他而陷入了危机之中，就像当年的绑架案，云霆没有想到会牵扯到两个孩子一样。

沈麦再一次喝完杯中的药，味道古怪，极苦，与红鹦草带来的幻觉与暖意，截然相反。

也不知有多少人，在甜美的幻觉和残酷的现实中，选择了前者，就此沉沦下去。

正如李霁云所说，小剂量的红鹦草威力不大，幸好当时沈麦奋力脱身，经过沈主任安排的一系列流程后，她体内的红鹦草提取物，当晚就已经清理得一干二净。

当沈麦昏昏沉沉地从病房醒来时，时间已经快到中午，左罗人已经不在了，她的母亲正坐在床边，专心致志地盯着手机。

沈麦问左罗去哪了，对方说他一晚没合眼，所以自己先送他回去睡了，毕竟沈麦的身子现在也没大碍，反倒是左罗的精神状态，已经到了必须尽快休息的程度。

她看了眼手机，上面全是同事朋友们发来的消息，其中有一条还是阮欣洁发来的，说李霁云会把警察这边安顿好，叫她不用担心。

问候的人众多，唯独没有左罗什么动静。

沈麦轻轻把手机放到胸前，有些按捺不住想要见他的心情。

沈麦进家门时蹑手蹑脚,然而很快,她就发现左罗的卧室房门大敞。

房间里不仅没人，还一下子空荡了许多，沈麦扫过床边的书架，上面的奖杯放得整整齐齐，旁边家人的合影却消失不见。

她忽然有个不祥的预感，三步并两步跑到衣帽间，打开柜子，里面果然少了一个行李箱。

沈麦当下给团队那边去了电话,确定左罗这几天是什么日程安排。根据天寰的规定，为了规划行程，每个艺人如果要去外地，都要提前跟公司报备，迄今为止左罗在这块都是模范员工，像这样拿个箱子就消失不见，还是第一次。

这不是简单的消失不见，从他拿走的东西来看，可能就没打算再回来。

沈麦踉跄着到沙发上坐下来，顾不上胡思乱想，直接拨通李霁云的号码。她担心对方忙得什么都看不到，出乎意料地，李霁云几乎是秒接了电话，就好像一直盯着手机，顺手就按了下去一样。

“左罗他不见了，他可能不回来了。”沈麦尽力平稳着情绪，跟他讲述了现在的情况。

李霁云安慰她别急,他现在就在警局,很快便求助起周边的人来,沈麦听着电话那头一声声中气十足的应答声，感觉悬着的心放下了一点点。

“他要去纽约，飞 JFK。”很快，出入境管理局那边就查到了东西。

“什么时候，几点？”

李霁云快速把航班信息发给了她，沈麦一看，时间有点紧但是还来得及，显然左罗也是前不久刚做出离开的决定。

沈麦说了声谢谢，正准备挂电话，就被李霁云叫住了。

“我送你，顺路。”

“我让公司派车过来，很快。”

“再快能有警车快？”

沈麦被问沉默了，对方轻轻一笑，扔下一句“马上就到”。

事实证明李霁云的决定是英明的，要在这个车流大军中抢出来追人的时间，必须得使用一些非常规手段。

沈麦看着前面警车给他们开道的画面傻眼了：“我的天，这就是特权阶级啊，你到底享受了这待遇多久啊？”

“你把我想成什么人了，这次纯属是碰巧。”

李霁云说车队出动的理由，是追寻龙宫号案件的重要证人，觉得不够，还加了句此人有持枪嫌疑。

“他那个枪……”

“不知道是怎么得来的，估计跟走私红鹦草差不多路径。”李霁云说这件事肯定得向他追责，但当务之急还是把人先找回来。

“我害怕他这时候回去，会做出什么过激的事。”沈麦想着当时自己脑子一热，朝他扑了过去，就不住地感到后怕。

若不是子弹因为这一下打偏，就要闹出不可挽回的大错。

“我能理解他为什么会下死手，”李霁云看着沈麦胳膊上还未消除的痕迹，“他的父母都是被这个东西害死的，现在你又成了他们的目标，如果是我的话，我应该也控制不住。”

沈麦点点头，她明白从左罗开枪的一刻起，他就将自身的前程弃之不顾了。

车子到机场用的时间是平时的一半不到，李霁云说警方已经跟海关打好招呼了，都用不着前面去人给左罗拦下来，光是给他们开一条道，时间就足够充足。

进了候机楼后，李霁云说要跟海关这边办些手续，让沈麦自己进去。他的理由是，现在还能劝动左罗的，除了她以外别无旁人。

“去吧，沈麦，”李霁云冲她笑了笑，“把他带回来。”

“谢谢你。”沈麦迟疑了一下，点点头，随即转过身去。

她顺着指引很快就找到了登机口，离登机还有好长一段时间，附近没什么人，埋头坐在那里的少年尤为突出。

沈麦径直走了过去，往他旁边一坐，他似乎听见有人来了，肩膀轻轻一动，也没有抬头。

“就这么走了？”沈麦轻声问了一句。

“……你为什么会来？”左罗还是把脑袋闷在衣服里面,沉默许久，回应道。

“我最讨厌有人不辞而别，你当年就这么干了一次，现在又想干第二次，”沈麦紧紧攥着手心，讲话不知不觉地加重了力道，“如果你觉得我妨碍到你了，那好，这次你走了，我绝对不多问一句。”

左罗猛地一抬头，沈麦看见他的双眼通红。

这个表情她在大荧幕上见过不少次,无一例外地指向崩溃的边缘。

“你是不是觉得因为你的计划，害我遇到危险了？”

左罗那表情一看就是被她说中了,他低下头，不敢去看沈麦的脸。

“如果不是我执意要引诱那些人的话……”

“你是不是太小看我了，”沈麦有点凶地打断他，“当年的绑架，难道我没挺过来？”

“这是两回事！”左罗撸开袖子，手臂上正有着一圈和沈麦一模一样的殷红，“我很清楚被这个东西控制住，是什么滋味。”

“那又如何？”沈麦一伸手，抓住他的手臂，上半身往前一凑，“我还不了解你吗，从以前起你就是这样，犯了什么错，总觉得就是错在自己，好像只要你不在，所有人所有事都会变好一样。”

“可是我这次是真的——”

“还记得你让我承诺过什么？”

左罗正焦急地想要辩解，沈麦一句话，让他动作整个定了下来。

“不管以后发生什么事，我都不会放弃你，还有，你想从我这里知道的答案，我也是时候该告诉你了。”

沈麦抬起双手，轻抚左罗的脸颊，急速拉近距离，直到两个人之间，再也没有缝隙。

左罗空洞的双眼中，眼泪悄然滑落。

39

真凶的踪影

龙宫号的事告一段落后，《寻红者》的拍摄还在继续。剧情进展到夏新名所饰演的角色身世揭晓环节，原来是个试图从幕后黑手逃离的可怜孩子，导演本来打算这季就让幕后黑手下线，结果这剧实在火爆，大 Boss 只得继续“加班”到第三季。

沈麦发现一个尴尬的事，跟左罗确立关系前，俩人处得像姐弟一样，谈恋爱之后，反倒开始跟做贼一样。像今天她本应该休息的，因为惦记左罗就来了片场，当时他正跟夏新名拍一场对手戏，这不来还好，她一来左罗在镜头前就紧绷得不行，愣是把俩人吃顿饭演出了鸿门宴的架势，搞得夏新名也慌了，以为是自己的演技出了什么问题。

中间休息时沈麦过去和导演聊天，夏新名也凑了过来，只有左罗连瞅都没瞅这边一眼，一个人向外面走去。

导演开玩笑说沈麦这探班纯属探瞎了，问她跟左罗是不是刚吵架，要不然左罗为何一见她就溜得老远，沈麦心虚地说自己也不清楚，估摸着是他有什么心事。

“我知道啦，他肯定犯啥错了不敢跟你讲，”夏新名信誓旦旦地说，“我上学时偷着去门口拿外卖也是这么防着我爸妈的。”

沈麦心想她这一句话点到重点了，两人防了半天，也不知道是在防啥。

“左儿，你给我站住，”左罗刚从楼梯上来，就见沈麦气势汹汹地堵在了他前面，“这两天你是在搞什么？见了我跟洪水猛兽一样，公司里都以为我们在冷战。”

左罗有些无辜地看着她：“谁让某人见了我，总是控制不好表情。”

说着，他整个人往前一大步，沈麦“嘶”的一声，闭上双眼。

假如这时候有人经过，应该会以为俩人在预演什么MV，还是戏份比较大胆的那种。

“疯了吧你，这是公司里哎。”沈麦捂着有点发烫的脸，给了他肩膀一下。

“放心吧，后面没人，”左罗那表情看着不大正经，“为了让姐姐尽快习惯，我不介意陪你多练习几次。”

“去你的。”沈麦明白他说的没错，自从两个人站一起会生成粉红色的气泡后，她每次跟左罗处于一米之内，都会控制不住地脸红心跳。

“等等，那刚才你跟夏新名演成那个德行算咋回事。”

“哦，我那是怕你误会，”左罗挠了挠头，“毕竟我跟她名义上还在炒作。”

沈麦瞪了他一眼：“我有那么小心眼吗？你可别因为这个影响工作。”

“好吧，下次可别去天台赌气了——”

两人腻歪间完全忘了这是个公司过道，等沈麦回过神来，看见李霁云就站在俩人身后，一脸看戏的表情。

沈麦满脸黑线，一副社死的表情，左罗倒是坦坦荡荡地牵过她的手，向领导问好。

李霁云无可奈何地看着他们，说了句你俩注意点影响。

沈麦问李霁云是什么时候发觉他俩有问题的，李霁云说比她想象中要早不少。

"毕竟，这小子的心思可是太好猜了。"李霁云瞥了一眼左罗，对方别过头去，假装在看风景。

"你俩其实很熟吧？"

"说来话长。"李霁云收起了脸上的笑意，"有件事要让你们俩知道，警方对船上那些人的调查刚刚结束。"

李霁云说龙宫号上的涉案人员已经全部抓获，除了艾罗特先生是红鹦草的代理人外，其他都是斯文森家族那几位股东的手下。

"那些股东的想法，跟左罗想的一模一样，只不过，我俩都没料到他们会向你下手。"

"不，这不是你们的错。"沈麦紧紧捏了一把左罗的手腕。

李霁云说警方连夜行动，端掉了斯文森在新海市参与走私的人员，当然这其中也有左罗的帮助——那位帮过他们几次的左先生，称职地扮演了内鬼的角色，虽然天寰和斯文森还没有解绑，但经此一番波折，家族的影响力，想必会走向衰落。

"既然这些人被抓了，是不是以后就不会再有这些糟心事了？"

沈麦听着李霁云的描述，他成功地削弱了家族，左罗报复了红鹦草，而她虽然当了个靶子，但收获了一株窝边草，整起事件，似乎已经有了一个不错的结局。

"恰恰相反。"李霁云眉宇间丝毫没有放松："斯文森家族认下了很多事，但唯独没有认下杀害云霆。"

"哎？"

"也就是说，当年害死云霆的凶手，现在还在逍遥法外。"

……

"麦麦，今天 NG 次数有点多啊，怎么了？"

沈麦愣着出神，意识到是搭档在关心自己，慢慢抬起头来。云霆关切地看着她，脸上是一如既往的微笑。

换往常有什么烦恼，沈麦会叽叽喳喳给他大倒苦水，天王这人就是这样，在外人眼里高高在上，然而熟了以后她才知道对方其实特别八卦，什么事情他都关心。

然而沈麦已经16岁了，入行4年，如今心烦的，也不再是那些小事。

“云哥，我不喜欢公司现在安排给我的工作。”沈麦警惕地看了眼四周，小声道。

云霆脸上没什么波澜，还是像往常那样，静静地等候她说下去。

沈麦说刚开始自己进娱乐圈，是全凭兴趣，现在好不容易知道自己想走什么方向了，然而公司给她安排的路线，却跟她真正想要的风格大相径庭。

“你想唱的，是那天私下给我听的歌吗？”

“对！”沈麦一下子兴奋起来，攥着拳头继续诉说，“我其实不讨厌现在的音乐风格，但公司给我搞了个新人设，说要转型，比较搭……”

“我很懂你的感受，因为我也与你有着一样的遭遇。”

“骗人吧，”沈麦瞪大眼睛，“谁敢对云哥您这样。”

“当艺人，特别是当天寰的艺人，总要面临这些东西。”

云霆怜爱地摸摸她的头，脸上的表情与其说是淡定，不如说像经历太多事情后，对任何事情都已经没了太大反应。

“麦麦，我希望你自由，不要像我一样，留在这个地方，不能回头。”

……

这是两人最后一次掏心掏肺的对话，随后，沈麦就走上了那条充满争议的不归路。

沈麦许久没有梦见过云霆了，不知道为何，今天梦里的他就像亲身进来一样，他的话语一字一句都格外清晰，仿佛带她穿越回了10年前的那一天。

那时的沈麦还没体会到他话里的苦衷，现在想一想，云霆时时刻刻都在提点着她。就在那之后不久，不光是歌曲风格，连在圈内的人设也再由不得她做主。

“姐，你还好吗？”左罗贴心地端来刚泡的咖啡，“是不是又做噩梦了。”

“……我梦见了云霆。”

沈麦说那时自己虽然风光，但过得并不开心，就时不时跟云霆诉苦，而那个时候她才知道，云霆有着一模一样的遭遇，忍了许多年。

“左儿，那些人都说云霆不是他们害的，你信吗？”

左罗思考着她的话，表情忽然定格，似乎想起了什么不得了的事。

“怎么了？”

“当时我们都逃出了那个地牢，后来只听说了我父亲被撕票，”左罗沉声说道，“可是，谁也没说凶手就是那几个绑匪。”

沈麦仔细回忆着当年的情形，警察汇报现场情况时，她脑子都是蒙的，只记得他们说在地牢里发现了身故的云霆，而那几个企图逃窜的绑匪，也被他们击毙。

“你的意思是，对云霆下杀手的，另有其人？”

“……如果他们说的是真话，不排除这个可能。”

“你们俩是不是知道了什么？”李霁云听说两人想查一些当年绑架案的资料，问道。

左罗说了他们关于凶手的猜想，对方听了后双眼一亮。

“这件事其实我也怀疑过，但一直没查到新的证据，所以没跟你们讲，”李霁云走到办公桌前，翻起抽屉来，“但是他们既然都不承认，情况就不一样了。”

沈麦问能不能去警局查一下当年的资料，他说用不着，当年那起案子所有的记录，他都留好了备份。

李霁云翻了一阵，找出一个文件夹，递给他们。

沈麦阅读着警方的搜查记录,里面清晰地描述了现场当时的情况。一开始，警方以为云霆是死于暴力殴打，经法医和之后的解剖检查才确认，他真正的死因，是太阳穴中枪。

“凶手用的是小口径手枪,他死的时候没什么痛苦。”李霁云说道。

沈麦强迫自己去回忆当时的画面，无论怎么想，都没有绑匪用枪威胁他们的记忆。

“你记得没错，那些绑匪身上没带枪，”李霁云看着两人惊讶的表情，继续道，“这只是其中一个疑点，更大的问题在于后面那个。”

根据文字的描述，那几个绑匪是仓皇逃窜的，之后在短暂的负隅顽抗中，被警方击毙。令警方百思不得其解的是，即使当时场面混乱，他们也可以确定自己打出了几发子弹，然而那几名犯人身上，却出现了一些对不上记录的枪伤。

“也就是说，这些人逃出地牢之前，就已经有人向他们开了枪。”

沈麦摇摇头，说自己当时虽然有片刻昏迷，但非常确定在地牢里没有人发动袭击。

“向他们开枪的人，是在你们走了之后进来的,”李霁云非常肯定，“关于这点，警方有证据。”

李霁云说警方后来搜查时，在地牢的墙上找到了两个弹孔，而警察们开枪的时间，确定是在绑匪们逃出去以后。

“云霆死亡的时间，与绑匪被击毙的时间非常接近，我们没法判断真正的凶手到底是那些家伙，还是这个找不到来头的袭击者。”

左罗插嘴问道：“霁云哥，警方的配枪都是统一的，现场有没有发现不一致的子弹？”

“你说的这点他们都想到了，他们找遍了地牢的每个角落，都找不到子弹在哪里，很显然，凶手将子弹带出了现场。”

不仅如此，李霁云还说从弹孔的分析来看，这支枪不符合警方的任何记录，大概率是从国外走私而来。

“考虑到这个案子对社会有很大影响，上面的要求是尽快结案，父亲那边也有很大压力，”李霁云指着报告的最后一段，“这里本应有一段描述，说需要对现场的第三方袭击者做出进一步的调查，但现在时间已经过去太久，很难再度追溯了。”

沈麦顺着他指的方向读完，结论明确了这是一起绑架撕票案件。

“李总，对凶手的身份，你有什么猜测吗？”

“家族内斗的可能性仍然不小，当年在新海有能耐走私枪支的人，只有他们，”李霁云看向左罗，语气稍微放轻松了些，“我们的小天王又有什么想法？”

“据我所知，当年内斗双方主要是围绕红鹦草的问题，在绑架云霆这件事上起内讧很奇怪，”左罗认真分析道，“如果害死我父亲的人是那个袭击者……他未必是斯文森的人。”

沈麦盯着手上的资料，头皮一阵一阵地发麻。她本以为当年的真相已经水落石出，想不到就在最后一层，又发生了变数。

或许，真正的始作俑者，还在幕后注视着他们的一举一动。

红鹦草的事暂时告一段落后，沈麦的日子一如既往。

在公司的人看来，她跟左罗还是天寰最默契的姐弟搭档，即便《寻红者》的新 CP 热度火爆，也没对两人的关系造成什么影响。

这段时间，剧组几位主角经常组团出席活动，沈麦和林天炀上了台会自觉靠边，为中间两位后辈腾出空间。

那天的宣传活动上，有个好事的记者问沈麦，会不会管弟弟的个人问题，沈麦笑得很暧昧，说这小子可远比你们想的要心中有数。

她说话时左罗一直往这边盯，表情紧张兮兮跟等着挨训似的，媒体朋友们精准地捕捉到了这幅画面，于是“姐管严”的称呼瞬间出炉。

沈麦有时候觉得，她跟左罗的关系其实没有什么改变，两人还是用着“左儿”“姐姐”这样叫惯了的称呼，在外人面前也是如此表现。

她想，也许两人早已经习惯了有彼此陪伴的日子，而今时不同往日的身份，只是会让这种陪伴，长久地继续下去。

时间不知不觉流逝，新海市再度迎来了夏天，沈麦掐指一算，离当初命运齿轮开始转动的时间，正好快满一年整。

就在她觉得一切刚刚平静下来时，天寰内部又掀起了新的风浪。

斯文森家族遭受一记重创，对天寰的格局没造成什么影响，李霁云跟谢尧母子仍然在明枪暗箭，倒是 Galaxy 因为那些激进的新政策，在业绩上表现得颇为亮眼。

不过，再漂亮的数字，也掩盖不了即将爆发的矛盾。

新的业绩数据公布当天,Galaxy 上掀起了一波大规模的抗议活动。

自从那些改革开始实行后，除了排名稳定前列的人外，大部分创作者都需要出让自己的版税分成，来换取更多的推广机会，这样发展下去，很快就形成了严重的内卷格局。随着业内带资的明星进驻，本就紧张的宣传资源，也变得杯水车薪，于是创作者们愈发不满机会和资源都往头部靠拢，认为崇尚自由的平台，已经变成了资本的走狗。

沈麦知道迟早会有这一天，只是没想到这次抗议的导火索，居然是夏新名。

起因是夏新名在Galaxy上的账号暴露了，显然是被有心之人捅了出来，此外，有媒体还爆出了为了打压夏新名，南星强制让她把所有的作品下架。

出乎意料的是，创作者们忽略了她身为明星的身份，反倒是与她站在了同一边。

这场抗议持续数天，完全没有平息的迹象。沈麦问李霁云对爆料的人有没有头绪，对方认为，这事大概率是南星内部点火。

“不过，趁着这把火，我们可以有些动作。”

李霁云说这话时表情阴森森的，沈麦一点也不想多问。

40

藏起来的话语

午后，蒋梦带来了一些品牌方的新消息，说看到 VOM 被沈麦带火后，好些品牌都打算与她进一步接触。沈麦问她怎么给自己规划，对方说现在沈麦与 VOM 高度绑定，不宜再去接大品牌的工作，不妨等专辑推出并宣传完毕，再考虑下一个周期的宣传计划。

“智者所见略同。”她的想法与蒋梦不谋而合，讲究一个放长线钓大鱼。

“对了，我跟品牌方聊的时候，碰上泠听了。”

对方提到泠听的名字时眼神有点躲闪，沈麦连忙竖起耳朵，问她俩到底聊了些啥。自从上次泠听在游轮上帮过她后，沈麦只来得及给她发条感谢的消息，两人还没有机会碰上面。

蒋梦说其实也没聊啥，就是其中一个品牌方跟泠听合作，她本人正好过来续约，然后就坐到了一桌。合同都谈完以后，泠听叫住了她，然后郑重地说了句话。

“说了啥？说了啥？”沈麦觉得自己现在这样有点像小狗摇尾巴。

“对不起，还有，辛苦了。”

“……哎呀，对泠听而言，或许已经是很大的进步了。”

“我懂。”蒋梦脸上有点别扭，嘴角却不经意地微微一翘。

“哎，她要叫你回去当她经纪人怎么办？”

“你这里就够不省心了，我哪还有空管她，”蒋梦撇了撇嘴，“而且，现在最令人担心的是夏新名。”

夏新名的情况和当时的林天炀有些相似，但当前的局势要复杂许多。

Galaxy 的抗议大军把她塑造成了资本控制下，失去了独立自主的受害者，并借着她的知名度，一举闹上了社会新闻。

这些新闻对南星的风评影响立竿见影，甚至还连累到了天寰的股价。蒋梦说南星的内部斗争也是错综复杂，谢家入了大股这件事，也有很多人不满，她认为那些人想要借着这个机会，一举搞垮南星，逼迫谢奕的夫人背这口黑锅。

“新名现在情况怎么样？”

“她还好，新剧的宣传工作也都差不多了，现在就当放个长假。”

蒋梦给她看了夏新名发来的视频，她现在宅在自己租的小公寓里，正悠哉地边唱歌边逗猫玩，外界吵得那么厉害，似乎没对她造成什么影响。很玄学的是，夏新名在第二季中，也是一个在家族里饱受迫害、身不由己的角色，各方面的描写都与现实中的她异曲同工，新闻闹这一出，反而扩大了这部剧的影响力。

“等等，你看这个。”蒋梦正在网上翻着消息，忽然看见一条天寰的新闻，毫无征兆地落到了前排。

“这是，林天炀？”

沈麦凑到屏幕跟前，发现这篇文章出自一个知名记者之手，里面放了大量图片，还列举了详细的时间线，从头到尾地，把林天炀筹备新专辑的过程，在天寰遭到了哪些打压，以及最终怎么走向 Galaxy，事无巨细地讲了个清清楚楚。

沈麦点开自己所在的创作人群，群里也在义愤填膺地说着这事，看他们这架势，下一轮抗议的高潮，俨然已经开始酝酿。

她又仔细读了一遍这篇文章，文中着重强调林天炀作为公司的头部艺人如何失去自由，很明显有人在幕后发力，想借这两人的新闻，对天寰不利。

沈麦忽然想起李霁云那些话，或许，他已正式向舅舅一家，发起了进攻。

林天炀的遭遇曝光后，Galaxy 上的抗议愈演愈烈，许多业内的音乐人也纷纷响应，用自己或是周边人的真实故事，为创作者的呐喊添上一把火。

以前林天炀和光年的那些事，虽然也在网上闹过不小的动静，但天寰操控舆论是一把好手，到底最后也掀不起多大风浪。然而这次就不一样了，曝光林天炀的文章不仅出自内部人员手笔，还有幕后操作者刻意为之的投流，事态很快就超出了天寰的控制范围。

沈麦看不清局势，便选择在这场抗议中保持了沉默。

“左儿，咱们最近保持点距离吧。”晚上姐弟俩难得闲在家，沈麦看左罗抱着电脑不知道干啥，就坐到了他的对面。

“为什么？”

“天寰为了转移大众注意力，肯定会对有爆点的人下手。”

沈麦不是没想过被发现后该怎么办，她在脑内预演过许多次这样的场景，最后能想到最好的办法，就是大大方方地承认。

两人的人气肯定会受到巨大的冲击，但终究不到艺德败坏的层面，只要踏踏实实地重新努力，总有峰回路转的一天。

“嗯，明白。”

沈麦满脑子都在深思熟虑，左罗却随意地一应付。

“喂，听我说话了吗？”

沈麦看着他无所谓的样子有点来气，抄起沙发上的枕头走过去。

等她绕到左罗身后才发现，他电脑的屏幕上开着好几个窗口，设计图、音频文件，居然全是柏儿硬盘里的东西。

左罗说当时找出设计图后，便觉得硬盘里应该不会再藏着什么秘密，现在细想，母亲当初大费周折，又是日记又是硬盘，也许她留给自己的东西，不止这些。

"这件事是阮女士提醒我的，"他拿起放在桌上的日记本，"她说我母亲是个细腻到极致的人，有些话她或许知道自己没机会说，就已经提前偷偷写了下来，只有了解她这份细腻的人，才能发现她藏起来的真心话。"

沈麦想到了柏儿曲折的经历，还有她这些费尽心思的设计，觉得阮欣洁的提醒，想必就是为了给他指引正确的方向。

"姐，我打算再试一试。"左罗揉了揉眼睛，稍微打起了精神。

"家族允许我爸妈离开，条件是要我作为继承人留下来，所以我一出生，就注定会与他们分开，"他语气平淡得近乎冷漠，"我一直以为，母亲心里只有云霆这个人，而我对他们来说，只不过是换取自由的筹码。"

沈麦心疼不已，轻轻伸出胳膊，从背后将他搂住。

"从我记事开始，她便已经意识不清醒了，万一……万一她真的像阮欣洁说的那样，在留下那些证据时，也给我留下了一些话呢？"

左罗抚过沈麦的手，深吸一口气道："姐，你能陪我一起找吗？"

"当然，"沈麦俯下身去，"即便她什么东西都没给你留下来，我也一直都在。"

想从已经研究过一遍的材料里再找出蛛丝马迹，难度无异于大海捞针。沈麦花了不知多长时间，将每首柏儿留下的歌曲一一听过，然而直到最后也没什么新的发现。

柏儿留下的日记，再看一遍，亦是同样的结果。

“你那边如何？”她摘下耳机，感觉脑袋嗡嗡的，确信今晚不能再继续。

左罗摇了摇头，他用各种解码方法把硬盘里的东西试了一遍，还尝试拼接那些药品的设计图，仍然一无所获。

“我们可能都想复杂了，柏儿前辈是专心做音乐的人，不至于在高科技上下功夫。”沈麦瞅着屏幕上五花八门的分析软件，说道。

“姐，如果模仿制作人的习惯做些操作，会不会发现什么？”

“制作人的习惯……嗯……比如我，就是闲得没事爱整理文件夹。”

沈麦打开装歌曲的文件夹，将 100 首歌的文件在屏幕上横向铺开来。她盯着屏幕又看了两眼，突然发现哪里不太对。

“奇怪，为什么这些歌曲都是英文名？”

她之前研究过，云霆的英文作品不多，而仅有的那些也大多不是柏儿作曲，然而文件夹里现在有 100 首英文命名的歌曲，每首的名字看起来也不是瞎起的。

沈麦忽然有一个奇怪的想法，她调整了这些文件的排列顺序，从首字母，调整到了创作时间，再次横向铺开一大排。

“姐，等等。”左罗叫住她，将手指点在第一首歌的名字上。

“T、o、m、y、b……”

他小声念了几个字母，然后拿来桌上的纸和笔，飞快地对着屏幕记录下来。

沈麦反应过来了，原来按她的做法把文件重新排列后，每首歌的首字母连在一起，就形成了一段完整的话。

“她说，在老房子里……藏着留给我的东西。”左罗将纸上的那句话翻译念出来，声音微微颤抖。

两人丝毫不耽搁，当即出门上车，向着左罗家老宅的方向开去。

看到柏儿给儿子的留言，沈麦真切地为弟弟感到开心，当事人则一副患得患失的样子，说从未想过母亲会在话语里，写下他的姓名。

沈麦非常能体会他的心情，左罗现在就像收到了一份从未期待过的礼物，直到打开包装确定是给自己的之前，都会是如此的忐忑。

即便线索都藏到这份上了，柏儿在留言里也依然有所保留，她说东西所在之处，是左罗最喜欢的地方。

“留言里用词是 secret base，我的秘密基地。”

“秘密基地？”

“她……都知道，只有我才明白这是什么。”

两人走进老宅，沈麦在左罗的引领下，来到他自己的卧室。她打开手电一时不知道该往哪里照，只见左罗走到衣柜旁边，也看不清他做了什么操作，柜子就忽然往一边挪去。

衣柜挪动到最边上后，沈麦照过去才看清，后面居然还藏着一片空间，地方虽然不大，但容纳一个小孩子绰绰有余。

“这就是你的秘密基地？”

“对，这是她每次发作时，我会躲进来的地方。”

左罗戴上口罩，整个人探了进去，不一会儿，他就从里面掏出一个陈旧的文件夹。

“找到了，这是我母亲最后留下的东西。”

两人没在老宅逗留，径直出门上车离去。

那份轻巧的文件夹被层层遮掩，藏在最深处，其信息分量之重，难以估计。左罗当着她的面打开文件夹，里面只有两样东西，一沓文件，以及一张全是手写字迹的信纸。

“To my beloved boy，”左罗看见信纸的抬头，浑身颤了一下，“这是写给我的信。”

看到信尾的落款时，两人沉默了许久。

“云霆？”沈麦捂住嘴，“左儿，这，这是云霆写给你的信。”

“姐，拜托你……能不能先帮我看一下？”左罗的脸上是前所未见的纠结和胆怯。

“好，我们回家再看。”沈麦大概能猜到他在害怕什么。

“除了信以外，其他是什么东西？”

“……这是许多天寰和斯文森账户之间的交易记录。”

左罗将其中几页递给她，沈麦浏览一遍，不光是交易记录，还有许多实实在在的证据，表明娱乐公司和黑帮势力暗中勾结。她意识到，凭着这些东西,以及云霆基金会的异常转账证据,足以将天寰推向深渊。

左罗手里的那份文件则是全英文，沈麦凑过去看了一眼，乍一看像证书资料，还有许多黑体加粗的部分，像在警示某种风险。

翻到第二页，一张手枪的照片赫然映入眼帘。

“这是在美国的枪支交易记录，里面写得很细，”左罗把灯光往下调了调，仔细翻了两页，“格洛克 19 Gen5，交易的时间是我出生的那一年。”

“左儿，难道……”

“嗯，这个买家，很可能是杀害我父亲的真凶。”左罗翻到最后一页忽然不出声了，沈麦瞟了他一眼，只见他双手不住地颤抖。

“这个买家，是不是我们认识的人？”

“Yi Xie……”左罗看着文件上的签名，迟疑两秒，继续道：“天寰的董事长，谢奕。”

不知为何，听到这个答案，沈麦并没有太惊讶。或许命运就是如此安排的，这个人，亲手将云霆送上神坛，最终也亲自让他万劫不复。

“有个问题，警方说当年现场没有留下子弹，光凭这个购买记录，证明不了什么，”左罗冷静地分析道，“靠非法持枪的交易记录，就想证明他是凶手，太难了。”

“这事不会这么简单，柏儿既然能留下这个东西，说明她有自信一定会派上用场。”

沈麦连做了两个深呼吸，她暗暗发誓，一定不会让柏儿的努力功亏一篑。

左罗洗完澡来到客厅时，看见沈麦正埋头坐在沙发上，整个人极度疲乏的样子。在她面前的桌上，信封已经开启，云霆的亲笔信静静地躺在一边。

“你来啦。”左罗正要出声，沈麦先一步应了他，声音有点哽咽，俨然还没从汹涌的情感中缓过来。

“我父亲……他是说了些什么吗？”

“我想，这个得你自己来看。”沈麦抬起头，擦了擦眼角，露出一抹温柔的笑。

左罗没说话，挨在她身边坐下，信纸上父亲的字迹，令他表情愈发不安。

“不用怕，我已经帮你看过了，”沈麦轻轻揉了揉他的头发，“他写这封信的时候，我们的剧才刚刚开拍……你有很好很好的父母。”

这是一个父亲，写给素未谋面的儿子，最后的话语。

左罗看着她的眼睛，过了良久，终于下定决心，将信纸拿到面前。

沈麦不知道这封信是如何到了柏儿手里的，也不知道为何她从未给过左罗，而是以这种方式，将信与那些秘密，藏在一起。

客厅里陷入一片寂静，只能听到左罗的呼吸声，从轻微逐渐变得粗重。

沈麦安静地注视着他，看见左罗慢慢地，一步一步地陷入回忆之中，再到难以抑制的情感，像火山一般彻底迸发出来。

她紧紧地抱着他，祝贺着这个历经磨难的孩子，终于解开了长久以来的心结。

To my beloved boy:

你好啊，儿子，我是你从没见过面的父亲。

用这种不负责任的方式跟你打招呼，实在是对不住。

听说你刚被斯文森家送回来，回到了你妈身边，可是我没办法去看你，只能寄希望于你能够收到这封信。

说来惭愧，我不知道你的名字，我跟你妈被迫分开之前，还没有机会认真地讨论过。

你妈喜欢英雄电影，她曾经开玩笑说，如果想不出来，就随便从电影里找一个给你，所以你哪怕叫超人，蝙蝠侠，我都不会意外，哈哈。

这封信寄出的时候，你刚刚三岁，不知道现在的你已经多大了，真希望我能亲眼看到啊。

不管怎样，我和你妈，都想先对你说声对不起，这么小就把你送到了家主那里，如果你怨恨我，一辈子不打算原谅我，我都能理解。

儿子，我想你应该已经知道了，为什么我们当初不惜一切代价，也要离开天寰。

你可能会觉得谢奕是这一切的罪魁祸首，但是，我其实并不恨他。

天寰这么多年，之所以能屹立不倒，就是因为有一个又一个的谢奕撑了起来。

我和他，既然走上了那个位置，就会面对太多无奈的事，有朝一日，你也许会明白。

但我并不想让你明白，我只希望你过得开心、自由，不要重新走上我的老路。

扯远了，谢谢你能看到这里。

我已经委托了律师，办好了版权相关的手续，万一我哪天发生不测，我所有的版权要怎么处理，都会由你说了算。

要珍惜使用的机会，那是你能保护自己的武器。

哦，你妈也有一份礼物送给你，她为我写了许多没发表的歌曲，我是没有机会唱了，我们都相信，你一定能比我唱得更好。

但是，如果你不愿意唱的话，卖掉也没关系，这些歌跟我的版权一样值钱，值钱到你这辈子躺平了，都能养活自己。

我们是不合格的父母，只能用这样的方式，尽可能地补偿你一点。

至少现在在你心里，我们没有那么可恶了吧，哈哈。

不过，我真的好想听你唱歌，至少挑一首试试吧。

对了，我今天同意了谢奕的提议，出演了一部青少年剧。

这部剧的新人，是我见过最有潜质的孩子，她叫沈麦，以后一定会红。

如果哪天能见到你，我要把她介绍给你认识。

这部剧对我来说，是个重要的机会，再等等我，等我把事情解决以后，就来找你。

愿你一生，平安顺遂。

父亲，云霆

41

通往真相的大门

新的一天，天寰迎来一个好消息和一个坏消息。

好消息是，Galaxy 的抗议活动声量终于减弱了一些，坏消息是，舆论矛头从南星调转到了天寰自己。造成这个局面的原因是，那个曝光林天炀遭遇的文章作者，忽然开始翻起了天寰旧账，首当其冲的重点对象，自然就是当年叱咤风云的天王——云霆。

文章把当年云霆闹独立的事，又拿出来分析了一遍，作者不仅点名道姓说了谢奕，称他对云霆施加很大压力，更扯到了后面的《父女》拍摄，以及最后的绑架案。行文虽然没有刻意说出谢奕做的事情，但处处都在暗示，云霆的死跟他有脱不开的关系。

想到他们才查出来绑架案真凶的身份，沈麦愈发肯定，对方这次就是冲着谢家来的，而且大有发起总攻的意图。

沈麦决定去找李霁云问一问，他和他母亲的这盘棋，到底有什么样的打算。

沈麦走进 CEO 办公室时，没看到李霁云的人，只有一位客人坐在沙发上，专心摆弄着手中的茶壶。

阮欣洁看到她后露出和蔼的笑，说自己一直在这里等她。

“你是想问这几天网上的事，对吧？”

沈麦左看看右看看，正不知如何开口，阮欣洁就先一步点明了她的来意。

“是我策划的。”一向游离在外，一副事不关己模样的女人，给出了如此肯定的回答。

“阮女士……如果我没猜错，您的目标是，董事长。”

“嗯，我哥，”阮欣洁目光扫过办公桌，还有旁边塞满书的柜子，“当年他就坐在这个办公室里，我和云霆、柏儿，在这里跟他聊过很多，很多次。”

“董事长他，为何当年要那样对待云霆？”

“不是他要那样对待云霆，而是天寰要那样对待云霆，”阮欣洁皱了皱眉，“所以，我才反对霁云在这条道上走得那么远，一旦坐上这个位子，你做的所有决定都不再是你说了算。”

“当年我哥——谢奕，是真的把宝都押到了云霆身上。”阮欣洁为她倒上一杯茶，讲起了沈麦多年前好奇了很久，却从未了解过的事。

她说当年天寰人才济济，不乏天王级别的人物，当她把云霆这个新人带进公司时，管理层看他过于青涩，评价褒贬不一，最终拍板的人，就是当时还没成为CEO的谢奕。当时的CEO并不是谢家人，而是一位当经纪人出身，后来被董事长一路提拔的资深老人，这位CEO虽然明面上听从董事长，其实一直在巩固自己的派系，明里暗里地按着谢奕的成长。

沈麦听到这里，忽然觉得一切都似曾相识。

后来，谢奕和阮欣洁兄妹二人联手，云霆出道即一鸣惊人，没过多久，他的风头就彻底盖住了CEO力捧的那些人，而那位CEO也终于按捺不住出手，派系之间的战争，就此打响。

随着后来的传奇制作人——柏儿的加入，云霆开始影、视、音全面开花，变得势不可当，如果当年有一个Galaxy的排行榜，他的六边形，恐怕后人再也难以超越。

就在云霆出道的第三年，天寰的派系战争告一段落，谢奕以绝对的业绩优势，成为众望所归的下一任 CEO。

于是就在这个时候，谢奕为云霆设计的阳关大道，出现了意料之外的变数。

“你可能没法想象当年云霆和我哥的关系有多好，有时候我觉得自己都像是个捡来的，”阮欣洁露出怀念的笑，说她的音乐天赋远不如兄长，从来都插不进去他们的谈话，“他们两人喜欢的音乐，想做的舞台，怎么聊都是一拍即合。”

谢奕其实从小是有当歌手的梦想，但他是谢家的长子，继承天寰是他注定的将来，因此他的梦想，也逐渐变为了培养一个自己心目中的歌手。

而云霆，不仅是他事业上的最大助力，亦是寄托了他梦想的存在。

那时候几个人团结一心，不管 CEO 再如何打压，都按不下去他们的意气风发，云霆和谢奕一个台前一个幕后，所向披靡，天王的皇冠从那个时候起，便再未旁落。

然而，当谢奕自己成为公司的领导人后，许多身不由己的事就开始接踵而至。

“众多资本介入，特别是还有来自斯文森的压力，他们二人的处境，你想想便知道。”

“那后来他们——”

“后来，自然是矛盾重重。”

阮欣洁说云霆一直忍受资本的裹挟，但时间一长也意识到，当初他和谢奕畅聊的那些想法，在对方登上权力的宝座后，已经越来越不可能实现了。

天寰之所以能运行这么多年，在行业头部屹立不倒，有些资本定下的规则不可或缺。

云霆无法接受自己被控制，成为天寰的傀儡，谢奕也顶不住周遭的压力，逐渐变成了强硬的铁腕，两位昔日亲密的战友，最终分道扬镳。

“后面的事你都知道了，云霆接受不了红鹦草，与柏儿逃出了天寰，后来他们失败了，柏儿被囚禁，云霆为了她不得不再次向谢奕妥协。”

沈麦的思绪，又回到了初次见到云霆的第一天，天王温和的笑容中，隐隐透着些许忧伤。

“纵使云霆背叛了他，但那个时候，谢奕还是对他网开一面的，”阮欣洁继续道，“但是，云霆的屈从只是表面，即使柏儿人已经不在了，他背地里还在悄悄转移自己的版权。”

“怎么会，那董事长他——”

“他当然发现云霆又背叛了自己，而且这次，他发现云霆还收集了许多天寰跟斯文森勾结的证据，打算将这些东西公之于众。”

阮欣洁抬起手，伸开两根手指，点到自己的太阳穴上。

“所以，这就是结局。”

“您的意思是，害死云霆的真凶就是谢奕？”

“很多年前他凭着跟斯文森的关系，从国外搞到了一把手枪，”阮欣洁双眉紧锁，“当时柏儿有些黑客朋友，他们帮她入侵天寰的系统拿版权文件，无意中发现了这个东西，柏儿跟我提过一句，但我从没见过，现在应该就被她藏在某处。”

沈麦惊讶地叫出声来。

“你，莫非知道了？”阮欣洁问。

“我们在柏儿以前住的地方，找到了那份交易记录，还有许多天寰勾结斯文森的证据。”

阮欣洁听了后，神情复杂，她喝了口茶，半天没说话。

沈麦问她靠着这些东西，能不能指证谢奕是杀害云霆的真凶。阮欣洁和左罗的想法差不多，说购买记录只能证明他参与了非法交易，没有任何证据显示当天他在现场，毕竟警方把地牢搜了个遍，连个子弹的影子都没发现。

“这件事，我想交给你和左罗决定。”阮欣洁突然说道。

她说虽然无法证明谢奕参与了绑架案，但天寰和斯文森勾结的证据，已经足以把这个娱乐集团送进深渊。

“您的意思是，不指证谢奕本人，而是把这些东西一块捅到公众面前？”

沈麦很清楚这么做的后果，天寰本就因为最近的事情风评岌岌可危，要是把这些事一股脑地爆出来，对他们必然是毁灭性的打击。

“对，如果你们想为云霆报仇，这是最有效的办法。”

“为什么，难道您不在意自家的心血？”

“自从我改掉自己的姓氏一刻起，就不想再和谢家扯上关系了，”阮欣洁的眼神瞟向办公室的窗外，“霁云说想让天寰和斯文森家族彻底脱离，谢奕其实也想过一模一样的问题，他或许以为自己能改变一切，最终却什么都做不到。”

沈麦稍微有点明白了，之前阮欣洁对天寰那微妙的悲观情绪从何而来。

“所以，与其让霁云变成像他舅舅那样，不如让一切就在这里结束吧。”阮欣洁温柔地看着她，表情似乎有些悲伤。

“您错了，这不是谢奕一个人的天寰，”沈麦沉默了一会儿，说道，“为了他，让这么多努力的人跟着陪葬，这不是我，也不是左罗想看到的结果。”

“……你竟然是这么想的？”

“是的，我相信李霁云，”沈麦发现了对方在动摇，便坐直起来，认认真真地盯着她的眼睛，“谢董事长曾经跟我说过，他相信李霁云能改变这个公司，我愿意赌一把，他能引领一个全新的天寰。”

“你们……”阮欣洁摇了摇头，说如果李霁云继续按照自己的想法来，谢奕迟早会出手，如果他们不用上手头的这些证据，想把他拉下马，跟天方夜谭无异。

“也许，我们用得上呢？”

沈麦正思考这个问题，李霁云的声音突然响了起来。

沈麦回头一看，办公室大门紧闭，看不见李霁云人在哪里。这时候对方又出声了，说看自己办公室里俩人聊得起劲，就接通了监听通话，听听她们在说什么。

“喂，你这什么恶趣味啊。”沈麦忍不住损了他一句。

“哈，抱歉抱歉，CEO 办公室一直都有这个东西，”李霁云的声音有些许电流声，他调了调信号，有所好转，“我跟左罗在一块，正好在聊跟你们差不多的事。”

“霁云……”阮欣洁想到刚才自己对儿子说的话，有点尴尬。

“妈，别在意，我这里有好消息带给你。”

李霁云让沈麦打开电脑屏幕，连通了视频通话。

画面里，坐着一位让人完全意想不到的人物，那是一位不怒自威的中年男子，眉眼之间与李霁云颇为相像，只是身上的气场明显要大了几分。

沈麦想起来了,这个人正是自己在病房见过两次的,李霁云的父亲。

阮欣洁惊得合不拢嘴，飞快地凑到屏幕前：“阿翔——你，你什么时候醒来的？”

“抱歉，让你们担心了，医生不让我多讲话，咱们长话短说，”

男人似乎刚从病痛中恢复过来，表情还有些挣扎，“霁云和左罗把绑架案的事都告诉我了，你们想要的证据，就在我手里。”

沈麦傍晚回到家时，依然感觉心跳得很快。

李霁云父亲所说的证据，确实出乎他们想象，他的证据，加上柏儿留下的遗物，足以让当年的真凶付出代价。

万事俱备后，接下来要做的，就是要选一个最合适的机会，将这件事大白于天下。

她好奇这件事为什么不在警方层面解决，李霁云的父亲说，天寰是娱乐圈的龙头，谢奕在幕后有什么势力、资本，谁也摸不透底，如果这件事在公众层面上激不起浪花，最后在天大的利益面前，也只会在内部默默地沉到海底。

而这，也就是他当年对证据做了手脚的原因。

沈麦进了客厅，见左罗一手扫把一手抹布，有时他心烦意乱，就会像这样做做家务。

“怎么，左儿，愁啥呢？”

“我在想,怎么能把这事闹出去。”左罗见她来了,撂下手里的工具。

大家都是天寰的人，很了解公司对舆论的操控水平，他担心直接在网上列举证据，就会像李霁云父亲说的那样，无声无息地被掩盖掉。

“最好是在现场，一个关注度足够高的，又不会引起谢奕注意的现场，”左罗表情愈发苦恼，“可恶，如果我之前没开那场演唱会的话……”

“哟，你的想法跟我一模一样，”沈麦两手啪啪拍在他肩上，“所以我已经找好咯。”

“找好了？”

“嗯，我自己上呀。”

沈麦说公司评估了她这段时间的人气，涨幅极其惊人，几乎是回暖到了当年的水平，为了巩固这个成果，她打算趁机举办一场个人演唱会。

时间、地点，还有相关的设计很快就敲定好了，就在左罗刚刚开过的场馆里举办，并且在她的要求下，要进行全场直播。

“然后，我就要借这个舞台，搞些大事情。”

沈麦自信满满地比了个手势，浑然不觉眼前的人，脸色已经全黑一片。

“姐，你这是——”左罗板起脸来，“你知道这有多危险吗？”

“怎么，你是觉得应该由你来出这个风头？”

“这跟出风头一点关系都没有——”

“家族的势力那边已经没了大半，谢奕不可能不防着你，”沈麦语气柔和下来，“越是这时候，你就越不能高调，由我来出面是最合适的选择。”

“但凡还有人要保谢奕，就不会让你在现场把话说完，他们真要动手，我还能对付得了，”左罗抿了抿嘴，正色道，“如果你出了什么事……我一辈子都不会原谅自己。”

“左儿,交给我,好吗？”见对方还是纠结得放不下,沈麦上前一步,轻轻地揽过他的脖子，“之前都是你保护我，现在，我不想再躲到你的身后了。”

左罗知道自己是劝不住她了，低下头去，对着她的额头轻轻一吻。

“姐，我保证，一定会在你身边。”

沈麦装扮完毕，坐在后台稍事休息，看着罗子琼发来一条又一条捷报。

这是她第一场真正意义上的复出演唱会，在《寻红者》与 VOM

广告的热度加持下，网络上的热度可谓气势如虹，比起左罗的盛势，居然丝毫不落下风。

“这些年你的粉丝一直没有忘记你。”蒋梦说自己在沈麦的粉丝群里做了不少工作，发现他们对偶像的爱与热情，都远超她的预期。

“我明白，所以我要选在最好的时候，给他们一个交代。”沈麦听见舞台那边熙熙攘攘的，知道是观众开始进场了。

这场演唱会她一个嘉宾都没找，台下熟人倒是一个不少，蒋梦赌5毛说直播后第一个上热搜的话题，就是观众席上的豪华亲友团。

左罗的身影倒是不在其中，今天他有一场活动来得突然，如果顺利的话，能在今晚的大戏上演前赶回来。

“差不多该准备上台了，”蒋梦叫了她一声，语气跟之前完全不一样了，“加油啊，大明星，自信点！”

“嗨，不瞒你说，有人跟我讲过，沈麦是天寰最优秀的女歌手。”

沈麦站起身，拿起桌上的宫廷折扇，向着今晚盛大的开幕走去。

42

最盛大的舞台

今天是新海电影学院，音乐学院，舞蹈学院三校一同初试的日子，也是沈麦与左罗重逢的一周年整。

去年这个时候，沈麦习惯戴着巨大的蛤蟆镜，不敢一个人站上舞台，而一年后的今天，她坐在花车上，在近两万人的注视下，正式宣告着自己的归来。

“我回来啦——”

沈麦登场时，手持折扇半遮面，歌曲前奏响起，她转了几下扇子，高声呼喊。

演唱会的主题与广告一脉相承——“时代丽人”，场景与服装皆依此设计，从十八世纪的欧洲洛可可风格开场，一路走到现代。

沈麦从刚开始制作专辑时，就策划起了这场演出，拍戏之余的时间，她花了很多功夫将自己的经典作品重新编曲，并且赋予了更多复古的色彩。

正式演出时，除了 VOM 广告三部曲外，这些改头换面的老歌也悉数登场，几首歌曲连唱过后，所有人往舞台最前方移动，沈麦雀跃着穿梭于观众席，亲友团也都心领神会，抓紧时间开始抢镜。

只有冷听没有张牙舞爪，矜持地向沈麦微笑、鼓掌，沈麦经过她时稍稍停顿一下，看见对方张口，嘴型是一个非常标准的“加油”。

两人做了多年的对手，几乎很少相互打气，这是沈麦第一次见到

“冰雪皇后”脱去了冷漠的外衣，露出了深藏不露的炽热。

沈麦用力地朝她挥手，全力回应着那终于点燃的火苗。

从以前开始，沈麦在演唱会上都是一副忘我的状态，唱着唱着就忘了时间，多年后依旧如此，在她刚刚感觉到有点疲累时，现场已经到了观众开始安可的环节。

沈麦等该换的妆和衣服都换好后，叫来了蒋梦，问她场外的直播热度如何。蒋梦说她一直在多平台关注，目前看来，她这次演出的热度和话题数量，都是今年的顶尖水平，只比她弟弟略逊一筹。

“哦还有，我赌输了，第一个热搜词不是你的豪华亲友团，”蒋梦停顿了两秒，“是沈麦——玩扇子。”

沈麦绷不住一笑，说玩个扇子有什么大惊小怪的，然后伸出手，从道具师的手里拿来一把更加惹眼的东西。蒋梦看着那把造型板板正正的手枪，跟她那未来女战士一样的科幻装扮，觉得哪里有些违和，又说不上来。

“你这是要……”

“我要给观众朋友们一些很棒的惊喜，”沈麦把枪拿在手里转了两下，“不管是在看演出的，还是没在看演出的。”

沈麦听着外面经久不息的欢呼声，还有一声声“沈麦”的大名，最后整了整发型，走向通往舞台的升降机。

沈麦在观众喊得差不多了后回到舞台，上来便连唱带跳三首歌，第三首结束后，她终于有了能够说话的空隙。

“各位今天玩得开不开心？”

全场又是一轮山呼海啸。

“我的老粉朋友们都知道，演唱会大部分时候我是不爱讲话的，跳那么多舞累都累死了，再说就该背过气儿去了，像现在这样，哎哟。”

沈麦做作地摆出一副弱不禁风的模样,在笑声中回到舞台的中央。

“不过今天呢，是我复出以来第一场正经的演唱会，所以我有很多心里话，想借这机会跟大家讲讲，”她站定后，接过伴舞递来的毛巾擦了擦汗，调整好呼吸，继续道，“各位应该都知道，我当年之所以隐退，是因为那场云霆的绑架案。”

全场不知不觉间安静下来，沈麦开始讲起了一些推心置腹的话，从当初退出歌坛的心态，到激发创作的热情，怎么进入 Galaxy，再因为机缘巧合而重返天寰。

“我想感谢一直以来都支持我，不放弃我的各位，正是因为有你们，我才能克服自己的舞台恐惧症，完成今天的演出。”

沈麦点了几位熟人，大屏幕的镜头给到了台下的亲友团。

沈麦向他们郑重表示了感谢，又隔空调侃了几句左罗，说今天没来捧场，哪天必须补上。

“还有一位我特别想感谢的人，他今天也不在现场，”沈麦双手碰着话筒,酝酿了酝酿,表情稍微严肃了一点,“他就是曾经培养了云霆,也挖掘了我的，我们的大老板，谢奕老师。”

镜头给到亲友团上，冷听和林天炀都藏不住脸上的惊讶，观众们大多认识这位叱咤风云的天寰老总,但谁也没想到沈麦会在这个时候,特意感谢这个人。

“……绑架案发生后，我很感谢他给我那么长的假期，调节自己的心理问题，虽然我最后还是选择了离开，对不起啦。”

沈麦说这话时是微笑着的，但在镜头中，这笑容有一丝莫名的不真实。

“您曾经对我讲过，云霆是您这么多年以来最珍重的艺人，对于他的离去，您的悲伤一点也不比我少。”

观众席上，人们窸窸窣窣的声音四散开来。

“谢董事长，我其实有个问题，想问您很久了，”沈麦手伸到腰间，拔出那把手枪，“当年您在地牢里，用这把枪对准云霆的时候，也有感到这样的悲伤吗？”

接下来事态的发展，都在沈麦意料之中。

她讲完这句话后，全场静了那么一下，然后瞬间翻了天。沈麦抓紧时间，将警方进入地牢搜查的来龙去脉，一五一十地讲了出来，只是还没多说几句，就有些来历不明的人推开保安，接二连三翻上了台。

她知道这些人为了保下谢奕，必须让她闭嘴。

沈麦一个人势单力薄，只得冷静地向后退，然而嘴上却完全不停歇。其中一人看时间不能再拖，便先一步朝她扑来，沈麦下意识地缩起身子，下一秒，只听一声惨叫，那人便在她眼前飞了出去，直接跌下舞台。

她愣了愣神，看见一个高大修长的身影，正护在自己面前。

对方回过头来，口罩遮住他大半张脸，他给了沈麦一个眼色，示意她继续说下去。

“左——”沈麦又惊又喜，下意识想喊他的名字，又连忙改口。

趁左罗与几个人缠斗在一块，她继续面向观众席，说道：“谢奕老师觉得，没人知道自己有枪，只要在现场不留下任何证据，就不会被警方发现。”

然而，智者千虑必有一失这个道理，再一次应验。

“但是，您太大意了，在国外用本人的真名买枪，再让斯文森家族的人走私到国内，其中再怎么遮掩，也改不掉原本的交易记录，恰巧这个东西，现在就在我手里。”

沈麦掏出一张纸，向全场展示：“这份购买枪支的文件，警方刚刚与国外那边对接了认证，完全真实。”

想阻止沈麦的并不止眼前这些人，只是不管来自天寰还是斯文森家族，都不是左罗这位警方代表的对手。混乱的场面下，观众席上却意外得安静，生怕错过沈麦爆出来的每一句话。

“您或许会说，靠购买记录只能证明持有一把枪，说明不了您当时就在现场，”沈麦感觉对方越来越耐不住了，往左罗身后退了退，“可惜，您以为清理了现场所有的痕迹，却还是留下了不该留的东西。”

耳机里传来后台大乱的动静，沈麦摘下耳机，继续对着麦克风喊道：“您真的以为，自己带走了所有的子弹吗？”

左罗刚刚撂倒一个企图扑向沈麦的人，向后大退几步，到她的身前来，观众们都以为他是沈麦的保镖，对他的身手啧啧称奇，似乎没有人看出端倪。

“再坚持一下。”沈麦往前靠了靠，小声说道。

他应了一声，目前这个局面他尚且应付得游刃有余。

“谢奕老师，您是亲手捧出云霆的人，也知道他有多么爱他的粉丝，”沈麦的语气愈发愤怒，“可是就连他走了，你都不放过他粉丝最后那点心意，各位，你们知道吗，那支云帆基金——”

“小心！”

沈麦正要爆出虚假账户的事，左罗忽然转身，朝她扑面而来。全场尖叫声四起，像是因为什么恐怖的画面而失控了。

“左儿……？”

沈麦被他扑倒在地，左罗挣扎着抬起脖子，脸上因为痛苦而扭曲，下一瞬间，他的头无力地垂了下去，

她伸出手摸到左罗的后背，霎时间，大脑一片空白。

对天寰的人来说，很难形容这一晚究竟有多么炸裂。

沈麦隔空指证凶手的时间，正好是收看人数最多的那个时段，后续直播的热度则开始了几何式增长，在下架前，成功创下了全网的收看纪录。

杀害云霆的真凶真相大白，以及左罗中刀进入医院抢救，两件事合在一起，让新海市的今晚，成为一个不眠之夜。

“抱歉，让你久等了，”李霁云放下电话，难掩脸上的疲惫，“来点咖啡？”

“好吧，反正今晚也睡不着了。”沈麦叹了口气。

“左罗的情况怎么样了？”

“失血有些多，其他没什么大碍，”沈麦说着将外套裹得紧了些，“但是我爸说那一刀的位置很险，再偏一点的话……”

沈麦当时全神贯注在揭露谢奕的罪行，丝毫没发现那些人中，有人已悄悄掏出了刀子。倘若左罗当时没有挡在她身前，她不知道自己能不能挺到从抢救室出来。

“想不到还有漏网之鱼，”李霁云用力捏着拳头，“没事了，现在已经安全了。”

“幸好你们来得及时……呃，霁云队长？”

沈麦开玩笑地叫了一句，李霁云脸上难得有点不好意思。

李霁云并不是正式的警察，但他曾在父亲的培养下，学过每一项警察的本领，是名副其实的公安一份子。在父亲遭人下毒陷入昏迷后，李霁云就与父亲的部下对接上，通过自己进入天寰的契机，继续调查斯文森与红鹦草。

“有件事,我一直没跟你说过,”一整杯咖啡下肚,李霁云醒了醒神，说道，“当时左罗在美国上学时，很多训练的内容都是我帮他定的。”

沈麦的手正要去拿杯子的手，定在了原地。

“我们的计划，早在他决定去天寰前就开始了。”

李霁云说，左罗在拿到柏儿的遗物时，他就找到了对方，告诉了他许多事情，于是从那时起，左罗便为自己的复仇计划，着手准备。

音乐的事，李霁云并未帮上他多少，只有两点，他亲自陪着左罗才能做到。

其一，左罗那身过人的功夫，实际上是特种兵格斗术，由李霁云亲自指导，加上日后不断精进，他现在的水平已在李霁云之上。

其二，左罗说自己对红鹦草有抵抗力，并不是骗沈麦。李霁云说，缉毒警内部有一种药物，可以有效抵抗药物成瘾，但能成功服用的人少之又少，理由是吸收这种药物，需要经历十分强烈的戒断反应。

“左罗……他是我第一个见到能撑下来的人。”李霁云闭上眼睛，用力摇了摇头，似乎不愿去回想那段惨烈的画面。

“所以，他是真的一直把自己当作复仇机器。”

沈麦端起杯子将咖啡一饮而尽，里面没加奶没加糖，她却一点也没感觉到苦涩。

“我本来是想叫你回去休息的，可是……”李霁云迟疑一下，“谢奕已经被捕了。”

李霁云说，沈麦的演唱会刚开始不久，他们队伍就做好了追捕谢奕的准备。

出乎意料的是，当警方来到他家中时，只有董事长一人在家，不逃，也不抵抗，甚至还对李霁云说了一句，你们终于来了。

沈麦在现场没说出的那颗子弹，实际上是当年云霆偷偷捡起来，并藏在自己手里的，直到死，也没有松开拳头一丝一毫。

从见到谢奕的一刻起，他就知道眼前这位曾经的好友，为了天寰，再也容不下自己了。

事实证明，他对谢奕的心思猜得十分透彻。

那颗子弹之所以没发现，是因为李霁云的父亲搜查时，害怕天寰会掩埋证据，偷偷留在了自己手里，而这子弹终于派上用场，正是因为在多年后，等来了柏儿手里的交易记录。

她本来以为，纵使交易记录和子弹的证据合起来非常有力，他也依然有不少辩白的空间，要让这位董事长乖乖就范，肯定是一场长期作战。

然而，他就像早就知道今晚会发生什么，就等着坦然接受自己的命运。

警方的审讯十分顺利，谢奕承认了自己当年对云霆开枪，与斯文森家族以及红鹦草的制造商勾结，包括现在也没放过他的慈善基金。

除了跟李霁云长谈一番后，他便拒绝再与任何人接触，包括沈麦。

沈麦想起谢奕曾经对自己说过的鼓励话语，不知道怎么描述自己的心情，对于真凶落网，她并不感到开心。

她想起了几次与谢奕的谈话，或许那时候，他就已经知道了自己的结局。

“我……曾经，不，也包括现在，还是很尊敬我的舅舅。”

在沈麦心目中，李霁云是个善于规划棋局，定下目标后就坚定不移的人，这是她第一次看到这位似乎无所不能的强者，脸上写满了迷茫。

“我想，他之所以会放弃抵抗，是因为他自己也受够了这么多年的一切，”李霁云垂下双眼，两手用力往头上一扣，“也许真像我妈说的那样，坐上那个位子，终究是身不由己。”

沈麦想着阮欣洁描述的，谢奕和云霆曾经那些美好的时光，心里五味杂陈。

“沈麦，”李霁云忽然叫了一声她的名字，“我现在很怕，怕自己不出几年，最后还是会变得像我的舅舅那样。”

他硬是从脸上挤出一个笑，看起来无奈，又有些无助。

“左罗，泠听，光年他们，还有你……如果我总有一天会伤害你们，怎么办？”

“放心吧，李霁云，”沈麦温柔地笑了，像安慰一个最好的朋友，轻轻把手搭在他的肩膀上，“不会有那么一天的，从你创办了 Galaxy 开始，你已经与谢家的其他人，走上完全不一样的道路了。”

李霁云怔怔地看着她，说不出话。

“你说过，我是天寰最优秀的女歌手，那么我要亲眼看你变成，天寰最优秀的董事长。”沈麦直视他的双眼，做出了一个无比坚定的承诺。

两人相视良久，李霁云爽朗地笑了两声，像一缕阳光照进昏暗的室内，让一切旧日的阴影烟消云散。

“……谢谢你，那一天，我一定不会让它到来。”

43

大结局

沈麦赶到医院时，手术已经顺利结束了。记者和左罗的粉丝们包围在外，沈麦费了一番力气，才潜入了进来。

父母从左罗的病房出来迎接她，沈麦见了他们，忍不住冲上去，跟他们抱在一起。

“咋了，闺女这么激动，别怕，可顺了。”那边母亲忙着一把鼻涕一把泪，这边父亲紧紧抱着她，安慰道。

“因为，终于结束了嘛。”沈麦从他们怀抱里出来，笑容如释重负。

父母走后，她轻手轻脚地进了左罗的病房，想在回去休息前看他一眼。

月光透过病房的窗帘，照了进来一点，沈麦坐到左罗床边，轻轻撩开他的被子，只见绷带在他胸前缠了一圈，触目惊心的伤口，似乎还隐约可见。

沈麦的手不敢碰上去，于是轻轻抚过左罗的额头，不知怎的心里一颤，然后眼泪忽然决堤，怎么止也止不住。

“姐……？”

不知道是不是听见了她抽鼻子的声音，刚才还睡得昏沉的左罗，忽然睁开双眼。

“笨蛋，你这个笨蛋，你知道当时我快吓死了吗？”沈麦轻声骂了他两句。

“上次在船上我没保护好你，这次……我终于做到了。”左罗吃力地想抬手，刚刚抬起来一点，就被沈麦按了下去。

“好好睡，回头我来接你出院，晚安。”

“晚安，姐姐。”

两人相视一笑，沈麦揉了揉红肿的双眼，将想要对他说的话，通通放在了心里。

沈麦回去草草收拾了一下，躺下后辗转反侧，还没睡多久，新一天的朝阳便如约而至。

新海市的七月，一如既往的火热，就像今天网上的各大头条一样。

谢奕被捕和认罪的消息，警方连夜公布了出去，同时宣布对他本人进一步调查，还有一些与他相关的陈年旧案，要出结果，也不是短时间的事。

出乎意料的是，警方提出的问题几乎都针对谢奕本人，至于天寰和斯文森家族的事，则只字未提。沈麦心想这或许是李霁云父亲的意思，也许他也与自己一样相信，李霁云的天寰，会以一个前所未有的姿态，扫去谢奕留下来的那些阴影。

一切都已经结束，而一切也很快要与从前有所不同。

沈麦一晚上几乎没看手机，里面的消息再一次填满了信箱，她懒得回复，想给罗子琼打个电话，又想起对方估计会咋咋呼呼，带着一整个宣传部来围观，就作罢了。

她拨通了蒋梦的号码，听对面那里也鸡飞狗跳的，时不时传来声女人的怒吼。

“你在天寰？”沈麦想公司老大没了，那边闹腾些也正常。

“不，我在南星，办辞职呢。”蒋梦语气听起来特别轻松，跟那边的环境格格不入。

沈麦一问才知道，董事长夫人也是黔驴技穷了，说这刀子一定是阮欣洁捅的，就在那里闹，阮欣洁也不搭理她，说反对的话可以警察局见，我跟老公儿子一起等着你，差点给董事长夫人气出内伤来。

“告诉你个坏消息，你得重新找经纪人了。”

蒋梦说她连天寰那边一块辞了，这些年当经纪人当得实在累，跟过的艺人还老整些惊天动地的大事，所以她打算给自己放个长假，等什么时候又念起来了，再回来。

沈麦吐槽她就这么把自己抛下了，不过还是真心说了句恭喜。

“你不是说有人夸你是最优秀的女歌手吗，那我也夸你一句。”

蒋梦在临挂电话前，为她留下一句话。

“沈麦，你是我合作过的最优秀的艺人。”

“1、2、3，谢谢大家！”

天寰的艺人齐刷刷在舞台上站了一排，沈麦左手拉着林天炀，右手拉着泠听，在全场观众的欢呼声中，鞠躬谢幕。这幅画面随即上了各大新闻的头版，媒体统一的结论是，身为新上任、饱受质疑的年轻董事长，李霁云用这次演出交出了一份漂亮的答卷。

谢奕被捕毫无疑问是天寰史上最大的危机，在资本、社会公众的质疑下，李霁云几乎透支了自己，硬是让天寰历经此劫屹立不倒，并且逐渐回到了正轨。

从 Galaxy 的政策再次变动开始，李霁云的一系列举措，无一不显示他改变这个公司的决心。

当然，这其中少不了天寰众人的鼎力支持。

李霁云身为董事长正式上任时，正赶上天寰的传统盛事，夏日狂欢节，历年全公司的艺人都会在此时齐聚一堂，举办一场大型晚会。

今年的狂欢节，沈麦主动扛起了组织的大旗，力图用一场前所未有的演出，为全新的天寰打响一个开门红。其中最让观众意想不到的是，沈麦、林天炀和夏新名，均以自己在 Galaxy 上的身份登场，并且演唱的歌曲风格，与往日大相径庭。

这场演出空前的成功，许多人都说今天舞台上的明星们，相较往日，显得格外鲜活。

“麦麦姐，去庆功宴吧！”

散会后，夏新名第一个跑了过来。

沈麦想到辞职的蒋梦，看见她时还恍惚了一下。如今夏新名也已经离开了南星，在沈麦的力荐下，成为名副其实的天寰艺人。南星在大将接连出走后，现在属于苟延残喘，李霁云已经做好了哪天并购他们的打算。

“我露个脸，马上有事得走了，急事。”

沈麦急匆匆地跟着她跑进宴会厅，一边跑一边看着手机，司机已经在外面等着她了，随时准备向机场出发。

天寰众星荟萃一堂，唯独缺了一个最重量级的面孔，左罗。

关于他去了哪里，外界说法不一，目前公司统一的口径是，那次他伤得很重，需要经过一段时间的疗养，至于何时复出，得再看他的身体状况。

然而他无法出现的真正原因，比这个说法要复杂很多。

李霁云说父亲那边已经尽了最大的努力，但左罗的复仇计划，实施时已多次超过了法律的红线，纵使警方认可他的正义，但也得让他低调一阵子。于是在那些陈年旧案完全了结之前，李霁云只得选择将他暂时雪藏。

左罗的态度亦是如此，他说自己的复仇结束后，也打算放弃斯文森家族的继承人身份，将权力转交给自己的叔叔，左先生。

要办妥这些事，他必须出发去纽约，至于什么时候能回来，尚且是未知数。

出发的时间，就在今晚。

沈麦终于掐着时间到了机场，见到左罗刚从柜台那里办完手续出来。

两人远远地就望到对方，左罗背着一个大包，快步向她走来。

她想起来，上次在机场见面，左罗是因为伤到了自己而仓皇逃窜，而这次他是坦坦荡荡地站在自己面前，并且承诺了，解决完家族的事情自己一定会回来。

“左儿，能回来过个新年吗？我……”沈麦握着他的手，本想一定要笑着告别，才一开口，便觉得喉咙一涩。

“我一定回来，”左罗轻轻抚着她的头发，温柔地笑，“要是那么重要的日子，抛下最心爱的人，你岂不是会恨我一辈子。”

“那当然，恨你几辈子都不够。”

沈麦本想一拳捶到他胸口，想到他身上的刀伤，就收回了力道，慢慢放了上去。

“你家里一群动真刀动真枪的，你叫我怎么放心，”她用手指轻轻划过伤口的位置，露出担忧的神色，“在这里还有霁云他们能保护你，在那边——”

“姐，就像霁云哥一样，我也有自己必须要面对的事，”左罗情不自禁地搂住她，贴到她耳旁说，“相信我，好吗？”

“嗯。”沈麦感觉刚才酸涩的情绪逐渐消失了，取而代之的，是真真切切的温暖。

“……等我。”左罗凑到她耳边，轻轻低喃一句。

两人就像许多影视剧里的情侣那样，就这样依依不舍地，等到了离别的时间。

“姐，我走了。”

“一路顺风，左儿。”

左罗转过身去，只犹豫了那么一瞬间，便径直走向安检口，再也没回头。

沈麦微笑着目送着他，直到他走下扶梯，再也见不到他的身影。

每年一度的新海市年度企业评选，天寰娱乐又上榜了，这是连续第四年。

财经网今年给出的评语是，“天寰娱乐，是走向深渊，还是涅槃重生？”当期财经杂志的封面人物，正是全市最年轻的CEO，李霁云。封面上是他一张侧身像，李霁云看向窗外的蓝天，一副认真思索的样子，似乎也在问着自己同样的问题。

没有人知道答案，每个人也都有着自己的答案。

时间转眼来到今年的最后一天，沈麦人在录影棚，忙得昏天黑地，最近她的人气呈几何式增长，自从她那张EP扩成整张的复古专辑后，俨然已经成为这个风格的代表，哪哪都想找她去秀几下玩扇子的本领。

“左罗那家伙，还是没来消息？”经纪人帮她打理好换上的便服，问道。

沈麦摇了摇头，说他这阵子在忙收尾工作，估计实在赶不回来了，要不然新海台整的跨年晚会，肯定不会放过他。

“也好，这小子回来，我可真是忙不过来了。”经纪人叨叨了两句，难掩脸上的寂寞。

沈麦回到家时，看见自家门口还是冷冷清清，对面倒是热闹得很，大敞着门，里面有几个孩子跑来跑去的声音，她想肯定又是对门拉了一大帮亲戚过来。

“哟，沈麦！”对门听见动静，从门口探出身，“来啊，进来坐会儿再走。”

沈麦被她拽进门，里面果然一大家子人，她想对门买的面积明明跟她差不多，为啥自己家就显得那么空旷。对门跟其他几个大人说说笑笑地，然后端来一托盘蛋糕，新鲜出炉的，看着面相都挺好。

“咋样？尝尝。”

“不错不错，手艺精进了，”沈麦其实没什么胃口，吃了一块尝了个味，“好多人啊，真热闹你们这儿。”

“热闹就先别回去了，你弟又没回来，空虚寂寞冷啊。”

“没事，今天拍得太累，我先回去休息了。”沈麦谢绝了她的好意，准备撤退。

“等等等等，再给你尝一个这个。”对门拦住她，顺手拿来一个小盘子。

“这哪儿买的啊？这个好好看。”沈麦接了过来，忍不住赞叹。

“你猜——”

“啊！姐姐，这个是对门哥哥送的。”

混血小姑娘忽然大叫一声，她母亲露出一副好事被坏了的表情，而沈麦却是整个人定在了那里。

“啥，啥时候送的？”沈麦说话都有些结巴了。

“今天啊——”

“行了丫头，你别说了。”

对门笑得有些尴尬，说左罗确实是回来了，一回来就先过来跟他们打招呼，送了好多东西，还特地说要留一个最好看的蛋糕给姐姐。

“那小子让我们帮他打掩护，我估摸着他要布置房间，给你个惊喜。”

“真的？”沈麦露出狐疑的神色。

“哥哥特意说这个最好看。”小姑娘指了指她手里的盘子，一副口水要掉下来的表情。

“去吧，沈麦，他很想你，”母亲拉起女儿的手，向沈麦挥一挥，“跟姐姐说新年快乐。”

“新年快乐！”

“新年快乐。”沈麦蹲下来，将蛋糕上的小草莓取下来，喂到小姑娘嘴巴里。

“那么，我走咯。”

沈麦踏出门框，朝他们挥挥手，说了声明年见。

在众人此起彼伏的祝福声中，她走到自己家门前，没像往常那样按指纹，而是轻轻按了两下门铃。

“欢迎回来。”

门开了，沈麦迎着那束光，走入了自己最珍视的温暖之中。

一年后。

“稀客稀客，想不到还能在这里跟你聊天。”

李霁云虽然当上了董事长，但还是爱坐 CEO 办公室的老位子，理由是这里海景独好。

“听说你现在到处旅游，搞摄影？”

“你可以叫我自由摄影师。”蒋梦给李霁云发了几张获奖作品，她自己也没想到仅一年时间，就把一个临时起意的副业做到了这种地步。

“很厉害，”李霁云由衷地说，“不过我觉得你回来当经纪人会更厉害。”

“那就得看我心情了。”蒋梦挑了挑眉毛。

自从蒋梦离开南星后，他们终归是没挺过一年，曾经盛气凌人的董事长夫人也不得不低头，任由李霁云将他们的产业收入囊下。

“你有没有去见沈麦？”

“见到了，她现在可真是——”

蒋梦说起刚才的画面就浑身起鸡皮疙瘩，那是沈麦去参加一个颁奖典礼，在红毯上慢慢悠悠地往前走，浑身上下只有手闲个不停，她手上戴了个特别显眼的大钻戒，对着媒体朋友们左晃右晃上晃下晃，恨不得怼到摄像机前面，让他们拍个够。

“哦，我管不了她。”李霁云无奈地摸着脑袋。

“霁云总……蒋梦？”

两人正对着无语，身后的门突然开了。

蒋梦迅速打量了下泠听，她打扮风格好像和之前不太一样了，倒是有了几分沈麦的影子，现在这随意又显得青春的搭配，倒是更符合她现在的年龄。

“我是不是来得不是时候？”泠听看两个人都苦着个脸，往后缩了一下。

“不，你来得正是时候，”蒋梦勾起嘴角，问李霁云，“怎么，你俩吃饭去？”

“哈哈，是要聊点事。”

“我走咯，去会会老朋友们，”蒋梦出门前往泠听肩膀上拍了一下，“什么好地方，下次叫上我。”

蒋梦有些介意以前自己做的那些事，碰到光年难免尴尬，林天炀却不以为意，直接拉她到练习室里，享受同伴们热烈的欢迎。

好多人以为林天炀走上 solo 后，就会与光年聚少离多，事实证明粉丝们多虑了，自从李霁云给了每个成员更多的自由空间，这支团队的凝聚力反增不减。

林天炀给的理由很简单，一哥的位置被抢，大家还是心有不甘，于是趁着好机会，决定在 Galaxy 榜单上把曾经失去的一切夺回来。

“呵，那你们可得加油了，那位大天王差不多该回来了。”

“要不回来当我们经纪人吧，这样我们更有底气。”林天炀笑道。

一个有点熟悉的女声忽然传来：“怎么，嫌弃我啊，安排的活不够多？”

蒋梦回过头，看见罗子琼一副气势汹汹的样子，站在林天炀身后。

“罗，罗姐！没有——”林天炀立马怂了。

“你们经纪人……你？”

罗子琼大大方方地说自己在宣传部干腻了，工作太忙还成天都是老一套，就打算换个岗位，最重要的是她怀疑宣传部跟她八字犯冲，严重干扰了她的相亲进度。

“走吧兄弟们，今天记不住动作不许吃饭。”

蒋梦看着这位新来的女魔头比自己有过之而无不及，目瞪口呆。

蒋梦这趟回来，主要是来帮忙处理一些南星的并购手续，现在忙得差不多了，准备在楼下买杯咖啡就撤退。

然后她就看见经纪人跟两个保安一起，打开公司大门，费了老半天劲把一个企鹅塞进来。

那是个企鹅大人偶，后面还跟了个夏新名，用力推着企鹅的大脑袋。

“你们这是在干啥？”蒋梦看着这抽象的画面，实在挪不动腿。

“嗨，嗨，梦姐，好久不见。”

夏新名气喘吁吁地跟她打招呼，解释道今天他们在公司拍 MV，是她和沈麦合作的，用来当《企鹅侠》大电影的推广主题曲。

自从签约天寰后，夏新名就从唱跳偶像转变成了唱作人，开始用她拿手的二次元复古风格，给观众动画游戏提供歌曲。李霁云想开发这部分市场，给企鹅侠 IP 投了不少钱进去，这次的大电影，亦有天寰的参与。

蒋梦调侃说前光年经纪人现在也是发达了，天寰的头部艺人挨个给他带了个遍，对方苦笑着说自己最近压力大，自从那个宣传部的卷王来到他们这里后，光年就打了鸡血一样在榜单上蹭蹭上涨，得等哪天他们这里的卷王回来，才能拼上一拼。

夏新名忽然问道："对了，刚才麦麦姐那大钻戒是怎么回事，我记得她没接珠宝代言啊？"

"我也不知道，她不说，我也不敢问啊。"经纪人摊开手。

"咳咳，你们就让人家穿成这样罚站，不太好吧。"

蒋梦指了指那个企鹅大玩偶，那东西看着怪沉的，里面的人一进门就乖乖地站在原地，动也不动一下，有些过于敬业。

"呀这位大哥，抱歉抱歉。"

两人向蒋梦告别，忙不迭地把大企鹅往电梯那边送。

蒋梦寻思这出天寰的步子是迈不出去了，前面大企鹅刚走，又来一大钻戒怼脸上。

"呀，什么风把你吹来了，"沈麦边打招呼边晃手指，那枚大钻戒晃得蒋梦差点睁不开眼，"好看吗？"

"好看好看，别秀了。"

蒋梦瞅着平日里低调的她穿了件特有气势的礼服，像跟泠听互换了灵魂。

“嘿嘿，不要太羡慕哦。”沈麦陶醉地看着自己的手，表情有点蔫儿坏。

“你成心气我是不是？”蒋梦想着刚从国外转完一圈，回来又被父母催婚，又被沈麦秀的，想想就觉得憋屈。

“好啦，我是来拍 MV 的，《企鹅侠》里那冰雪皇后是我演的。”

沈麦问刚才是不是有个大企鹅上去了，蒋梦瞅了一眼，企鹅还卡在电梯外面没进去，显然这群人没搞清楚公司电梯的尺寸。

“啧啧，我得跟李总提议一下，该扩建电梯了。”

“你们用货梯不就得了……”

“货梯？哦，对啊，谢谢你！”沈麦那表情跟发现新大陆似的，走前朝她挥了挥手，“回头有空吃饭！”

蒋梦看着一群人对着企鹅手忙脚乱的景象，忍不住弯下腰去，畅快地笑出声。

她想，也许有朝一日回到天寰，也是不错的主意。

蒋梦笑够了直起身子，看见沈麦莫名其妙地转回来了，又伸出手来显摆那个大钻戒。

“哎，你再帮我看看，他们说这有 10 克拉，真的有吗——”

“滚！”